Habakuk

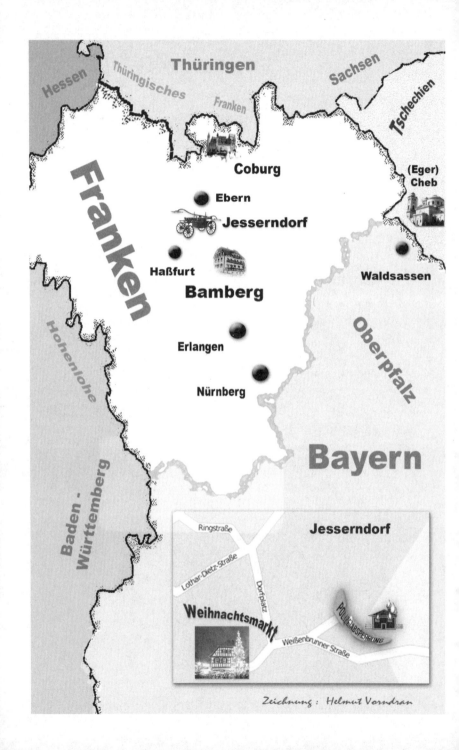

Zeichnung: Helmut Vorndran

Hafen

Regnitz

Erba Insel

Regnitz

Bamberg

1. Dom
2. Kaiser Heinrich Gym.
3. Honeypenny & Fidibus
4. Brauerei Greifenklau
5. Blaue Schule
6. Grundbuchamt
7. Weihnachtsmarkt

Helmut Vorndran, geboren 1961 in Bad Neustadt/Saale, lebt mehrere Leben: als Kabarettist, Unternehmer und Buchautor. Als überzeugter Franke hat er seinen Lebensmittelpunkt ins oberfränkische Bamberger Land verlegt und arbeitet als freier Autor unter anderem für Antenne Bayern und das Bayerische Fernsehen.
www.helmutvorndran.de

Dieses Buch ist ein Roman. Handlungen und Personen sind frei erfunden. Ähnlichkeiten mit lebenden oder toten Personen sind nicht gewollt und rein zufällig.

HELMUT VORNDRAN

Habakuk

FRANKEN KRIMI

emons:

Bibliografische Information der Deutschen Nationalbibliothek
Die Deutsche Nationalbibliothek verzeichnet diese Publikation
in der Deutschen Nationalbibliografie; detaillierte bibliografische
Daten sind im Internet über http://dnb.d-nb.de abrufbar.

© Emons Verlag GmbH
Alle Rechte vorbehalten
Umschlagmotiv:© mauritius images/imageBROKER/
Helmut Meyer zur Capellen
Umschlaggestaltung: Tobias Doetsch
Gestaltung Innenteil: César Satz & Grafik GmbH, Köln
Lektorat: Marit Obsen
Druck und Bindung: CPI – Clausen & Bosse, Leck
Printed in Germany 2015
ISBN 978-3-95451-693-3
Franken Krimi
Originalausgabe

Unser Newsletter informiert Sie
regelmäßig über Neues von emons:
Kostenlos bestellen unter
www.emons-verlag.de

Wie lange, oh Ewiger, habe ich gefleht,
und du hörst nicht.
Ich schreie zu dir über Gewalt,
und du hilfst nicht!
Warum lässt du mich Unheil schauen
und siehst Elend an und Gewalt vor meinen Augen,
und Hader entsteht, und Zank erhebt sich.
Darum ist ohnmächtig das Gesetz,
und nicht siegreich geht das Recht hervor.
Denn der Frevler umringt den Gerechten,
darum geht das Recht gekrümmt hervor.

Habakuk

Nach wahren Begebenheiten

Prolog

Er schob das Paket zu seinem Bruder hinüber, der gar nicht so recht wusste, was er sagen sollte. Eigentlich wollte Benjamin nur weg, das mit dem Geld hätte er erst viel später zur Sprache gebracht. Er starrte das Geldpaket an, dann stand er auf und nahm seinen Bruder in den Arm.

»Mach's gut, Felix«, sagte er, dann ging er, ohne sich umzudrehen.

Es war das letzte Mal, dass sich die beiden Brüder begegneten.

Das Sommerloch

Die erste Begegnung mit der seltsamen Frau hatte Bernd Schmitt. Der dünnhaarig bezopfte, Sonnenbrille tragende und deshalb irgendwann einmal von irgendwem mit dem Spitznamen »Lagerfeld« bedachte Kommissar der Polizeidienststelle Bamberg saß am Montagmorgen nichts ahnend an seinem Schreibtisch und versuchte, die brütende Sommerhitze an diesem 1. August irgendwie zu überstehen.

Größere Delikte oder gar Mordfälle hatte die Dienststelle gerade nicht zu bearbeiten, es war aus kriminalistischer Sicht ausnahmsweise einmal ruhig in Bamberg. Die bayerischen Schulferien hatten gerade begonnen, und auch die Unterwelt in Bamberg schien ein bisschen unter Hitzebeschwerden zu leiden, jedenfalls hielt sie sich mit lästigen Straftaten, die den jungen Kriminalkommissar aus seinem Stuhl scheuchen würden, bisher zurück. Dieser Umstand führte dazu, dass die Kollegen Haderlein und Huppendorfer sich heute freigenommen hatten und dass Lagerfeld endlich einmal dazu kam, den liegen gebliebenen Krimskrams aufzuarbeiten, der schon seit gefühlten Jahrzehnten in der untersten Schreibtischschublade vor sich hin moderte.

Als er jene ominöse Schublade mit der imaginären Aufschrift »Darum kümmere ich mich irgendwann« nun jedoch herauszog, signalisierte ihm diese durch das Herausfallen des Schubladenbodens, dass auch sie dringend der Zuwendung und Hilfe bedurfte. Die ganzen Papiere, Fotos und Schnipsel, die er eigentlich für das Archiv sortieren wollte, verstreuten sich in Gauß'scher Normalverteilung über den Dienststellenboden, und er ließ entnervt die Stirn auf die Platte seines Schreibtisches fallen.

Riemenschneider, das Dienststellenschweinchen, hatte das ganze unglückliche Manöver mit größtem Interesse verfolgt und beobachtete nun mit schief gelegtem Kopf, wie Lagerfeld leise fluchend alles aufsammelte und auf seinen Schreibtisch stapelte.

Lagerfeld beobachtete seinerseits das Ermittlerferkel aus dem Augenwinkel und meinte, ein mühsam beherrschtes Grinsen in Riemenschneiders Physiognomie erkennen zu können, was seine Laune nicht unbedingt zurück in den grünen Bereich katapultierte. Haderlein und Huppendorfer saßen jetzt ganz sicher gerade auf irgendeinem Bamberger Keller und tranken ein Seidla oder zwei oder auch drei, und er blamierte sich in der Sommerschwüle bei langweiligsten Aufgaben im Büro vor einem grinsenden Schwein. Na toll.

Hinzu kam eine gewisse nervöse Grundspannung, die jeder werdende Vater verspürt, wenn er sekündlich damit zu rechnen hat, dass Frauchen anruft und vermeldet, dass der Nachwuchs gedenkt, den Boden dieser Welt zu betreten. In diesen Tagen sollte es bei seiner Ute so weit sein, ein Umstand, der bei Lagerfeld eine gewisse Fahrigkeit und unkonzentriertes Handeln auslöste. Da war ein ruhiger Tag im Büro mit gleichmäßiger, stumpfsinniger Aktenarbeit eigentlich ganz gut geeignet, um Stress abzubauen – vorausgesetzt, man hatte es nicht mit altersschwachen Schubladenböden und hämisch dreinblickenden Zimmergenossen zu tun.

Der bleierne Zustand sommerlicher Hitzeträgheit hielt noch ein paar Stunden an, dann kam der momentan einzige menschliche Mitinsasse, Marina Hoffmann, die Bürofee der Dienststelle Bamberg, mit eindeutigem Blick auf Lagerfeld zu.

Honeypenny hatte eine Frau im Schlepptau, die sie Lagerfeld auch sogleich vorstellte. »Bernd, das ist Angelika Schöpp. Frau Schöpp möchte unbedingt einen Kommissar sprechen, *mir* wollte sie nicht sagen, um was es sich handelt«, stieß sie mit schnippischem Unterton hervor, dann machte sie kehrt und ließ die gute Frau Schöpp einfach bei Lagerfeld am Schreibtisch stehen.

Verwirrt blickte diese der davoneilenden Marina Hoffmann hinterher, bis Lagerfeld ihr einen Stuhl anbot, auf dem sie sich zögernd niederließ.

Lagerfelds erster Eindruck von der Frau auf der anderen Seite seines Schreibtisches war der einer noch recht jungen, ausgesprochen nervösen, fahrigen Person Mitte zwanzig, die zwar gut gekleidet war, ansonsten aber etwas verlebt daherkam. Unauffällig musterte er sie.

Angelika Schöpp war, fränkisch betrachtet, ein sogenanntes »langes Elend«. Bestimmt eins achtzig groß, hager, die dünnen, langen braunen Haare mit einem Seitenscheitel nach hinten zu einem Zopf gebunden. Ihr Gesicht, das sich hinter einer großen

Brille mit dunkelblauen Rändern versteckte, wirkte äußerst blass, fast grau und im Grunde ungesund. Die Augen schienen zwar wach und aufmerksam, machten aber einen irgendwie überkandidelten Eindruck. Ihr Blick irrlichterte ohne Ruhe über ihn hinweg und stolperte ziellos über alles, was die Dienststelle in seinem Rücken optisch so zu bieten hatte.

Wenn ihn nicht alles täuschte, war diese Frau seelisch gerade etwas derangiert. Aber es blieb erst einmal abzuwarten, was Frau Schöpp eigentlich von der Bamberger Kriminalpolizei wollte.

»Nun, Frau Schöpp, wo drückt denn der Schuh?«, versuchte es Lagerfeld mit einer aufmunternden Gesprächsofferte, und der Blick der Angesprochenen huschte in Windeseile aus den Tiefen des Raumes zurück zu ihm.

Lagerfeld sah am Gesicht der Frau, dass es gewaltig in ihr arbeitete. Eine Weile schien sie heftig mit sich zu kämpfen. Sie saß stocksteif und verkrampft auf ihrem Stuhl, die Augenlider zuckten, ihre Finger krampften sich in das Kunstleder ihrer braunen Handtasche.

Erst als erste Schweißperlen auf ihrem Gesicht erschienen, wurde der innere Druck offensichtlich zu groß, und sie stieß mit zitternder Stimme ihre Botschaft hervor: »Sie müssen mir helfen!«

Ihre Augen flackerten, und die Finger flüchteten von der Handtasche nach oben und bewegten sich nun unruhig über die Tischoberfläche, als würden sie diese nach irgendwelchen Unregelmäßigkeiten absuchen. Davon gab es auf der durch jahrelange Polizeiarbeit malträtierten Resopaloberfläche reichlich, sodass die Fingerbewegungen zu einem eklatanten Ablenkungsmanöver für Lagerfelds Augen wurden. Da nun aber der Mann im Allgemeinen und Bernd Schmitt im Speziellen für parallel laufende Aufgabenstellungen eher weniger geeignet ist, hatte der Kommissar sofort Stress, noch bevor er überhaupt wusste, worum es hier eigentlich ging.

Mühsam löste er seinen Blick von den zehn Unruhestiftern, die da hektisch vor ihm über die Tischplatte tanzten. Dann versuchte er, hier irgendwie weiterzukommen.

»Ja gern, Frau Schöpp, aber dafür müsste ich, mit Verlaub, erst einmal wissen, worum es überhaupt geht«, meinte er lakonisch.

Der Blick der Frau blieb starr auf ihn gerichtet, nur ihre Finger hörten schlagartig auf zu tanzen und gingen, ganz plötzlich flach auf dem Tisch liegend, in den Ruhestand. »Wie meinen Sie das?«, fragte sie atemlos, und ihre Augen bekamen einen leicht fiebrigen Glanz.

Lagerfeld schaute sie einen Moment lang ratlos an, schließlich war er, was seine Rechengeschwindigkeit betraf, gerade auch nicht ganz auf der Höhe. Dann versuchte er es noch einmal. Die Frau war, wie es schien, einigermaßen durcheinander. »Nun, ich meine das so, dass ich gern gewusst hätte, wie genau ich Ihnen helfen soll. Also was genau das Problem ist, bei dem Ihnen die Bamberger Kriminalpolizei behilflich sein kann.«

Lagerfeld hatte alles, was er noch an Konzentration, Geduld und Formulierungsfähigkeit aufzubieten hatte, in diese Fragestellung hineingelegt. Hoffnungsfroh lehnte er sich zurück, die Arme hinter dem Kopf verschränkt, und harrte des Redeschwalls, der da kommen musste oder jedenfalls üblicherweise kam, wenn Menschen ihre Anliegen hier bei der Polizei vortrugen.

Aber nichts dergleichen geschah, im Gegenteil, die Unruhezustände der Besucherin wurden nur immer auffälliger. »Sie wollen mir also nicht helfen«, stellte sie mit Fassungslosigkeit in der Stimme fest, während ihre Finger sich nun, wahrscheinlich als spontane Sicherheitsmaßnahme, ineinander verschränkt hatten.

Lagerfeld war völlig perplex. Er starrte zuerst diese Angelika einige Sekunden lang konsterniert an, dann wandte sich sein Kopf hilfesuchend zu dem in einigen Metern Entfernung am Boden sitzenden Ferkel hin, das aber mit ebenfalls einigermaßen ratlosem Gesichtsausdruck, das rosa Haupt diesmal auf die andere Seite geneigt, die merkwürdige Frau betrachtete. Von hier war also keine große Hilfe zu erwarten.

Als Lagerfeld seinen Blick ratlos in die andere Richtung schickte, zu Honeypenny, die etwa vier Schreibtische weiter zu Hause war, bemerkte er, dass die Gute mit auffällig unnatürlicher Konzentration die Ergebnisse ihrer Internetrecherche auf ihrem Computerbildschirm betrachtete. Das konnte er auch vergessen, er war vollkommen allein mit dieser Durchgeknallten.

Nun gut. Er hatte keine Zeit und schon gar keine Lust, sich weiter diesen inhaltsleeren Mist anzuhören. Er ließ seine Arme nach vorne auf den Tisch fallen und bohrte seinen Blick in die

Augen der guten Frau Schöpp. »*Wobei* helfen?«, knurrte er einigermaßen genervt, was bei seinem weiblichen Gegenüber zwar zu einer Reaktion führte, aber nicht zu der gewünschten.

Es kam keine Entgegnung, schon gar keine plausible Erklärung. Angelika Schöpp war zur Salzsäule erstarrt. Dann, urplötzlich, senkte sie ruckartig den Blick, und ihre Hände machten sich fluchtartig auf den Weg zurück zur Handtaschenoberkante, wo sie mit besagtem Blick von ihrer Besitzerin festgenagelt wurden.

Weitere Sekunden voller nervöser Spannung folgten. Wahrscheinlich wären sämtliche Beteiligten noch bis zum Ende ihrer Tage so dagesessen, hätte Riemenschneider nicht mitten in diese quälende Stille hinein niesen müssen. Es war ein herzhafter Ausbruch schweinischer Wollust im vorderen Rüsselbereich, der durch die verkrampfte Stimmung in der polizeilichen Stube schnitt wie ein Messer durch Gelee.

Lagerfeld drehte missbilligend den Kopf, während Angelika Schöpp wie aus einem sehr tiefen Schlaf aufschrak und fast mitsamt ihrem Stuhl nach hinten gefallen wäre.

Derweil die Riemenschneiderin noch schniefend versuchte, die schleimartigen Fäden, die sich von ihren Lefzen in Richtung Fußboden zu verabschieden drohten, irgendwie wieder zu inhalieren, schaute Angelika Schöpp fassungslos von dem kleinen Ferkel zu Lagerfeld und dann gleich wieder zurück. »Was ist das?«, fragte sie mit weinerlicher Stimme und hielt die Handtasche schützend vor ihre nur ahnungsweise erkennbare Brust.

»Na, wonach sieht es denn Ihrer Meinung nach aus?«, gab Lagerfeld bissig zurück und überkreuzte die Arme auf dem Tisch. »Könnte ein kleines Schwein sein, meinen Sie nicht? Bestimmt hat Riemenschneiders Immunabwehr auf unsere hochinteressante Unterhaltung reagiert und Maßnahmen zur weiteren Gesprächsführung ergriffen.«

Der Sarkasmus in seiner Stimme war unüberhörbar, was Angelika Schöpp aber nicht daran hinderte, stumpf zu schweigen und einfach nur das kleine Ferkel anzustarren. Erneut drohte die Stimmung in das zähe Gelee von gerade eben abzudriften, da sprang Angelika Schöpp auf und rief mit hektischer, lauter Stimme: »Haben Sie hier eine Toilette?«

Einen Augenblick lang schaute Lagerfeld sie verblüfft an, dann deutete er wortlos am Glasgehäuse seines Chefs vorbei auf die rechte von zwei weißen Türen. Auf deren Außenseite hatten die männlichen Bediensteten der Bamberger Kriminalpolizei mit pinkfarbenem Edding ein Strichmännchen mit einer Art Rock gemalt, nachdem Honeypenny bei ihrem Dienstantritt seinerzeit darauf bestanden hatte, dass diese Tür, auch wenn sie die einzige weibliche Mitarbeiterin war, eindeutig und erkennbar den Damen vorbehalten sein müsse. Es hatte ein längeres Hin und Her gegeben, das von Haderlein mit einem Griff zum nächstbesten Filzstift beendet worden war.

»So, das reicht erst mal, bis wir ein ordentliches Schild besorgt haben«, hatte er genervt verkündet und die rosafarbene Strichfrau auf die Toilettentür gepinselt.

Und da bekanntermaßen nichts so lange hält wie ein Provisorium, wurde das Gemälde in unregelmäßigen Abständen lediglich ausgebessert. Ein richtiges Schild würde diese Tür wohl nie mehr bekommen.

Honeypenny hatte irgendwann resigniert und sagte inzwischen gar nichts mehr. Auch nicht dazu, dass die sogenannte Damentoilette als Rumpelkammer für allgemeine Putzutensilien herhalten musste. Besen, Eimer und Putzmittel standen hier herum, weil ihre Toilette 0,27 Quadratmeter größer war als das Männer-Pendant. Dort war dafür anscheinend kein Platz vorhanden.

Das hatte sie geschluckt. Dafür konnte sie in einer abendlichen Krisensitzung im Büro als Gegenleistung die Anschaffung eines eigenen dreilagigen Toilettenpapiers mit Kamillenduft aushandeln. Nach der mühsamen Beschlussfassung hatte sie die Regale ihres Hygienerefugiums gleich am nächsten Tag mit einem gelb geblümten Spitzenprodukt der Klopapierwelt bestückt, das in seiner Menge den Bedarf der Damentoilette der Bamberger Kriminalpolizei für ziemlich genau drei Jahre abdeckte. Und wehe, einer dieser ignoranten Schwanzträger hier kam auf die widerwärtige Idee, hygienetechnisches Fremdmaterial einzuschleusen und auf ihren Regalen zu platzieren. Niemand außer Honeypenny und der Putzfrau hatte die Erlaubnis, diesen geschützten Bereich zu betreten.

Einmal, genau ein einziges Mal hatte es ein Mann gewagt, die verbotene Zone zu entern. Auf der Weihnachtsfeier vor sieben

Jahren hatte sich vor dem Männerklo kurzzeitig eine Schlange gebildet, und der Dienststellenleiter Robert Suckfüll war der irrigen Auffassung gewesen, den mühsam ausgehandelten Verhaltenskodex in seinem Büro mal kurz unterlaufen zu können. Er schaffte es auch durchaus in die Damentoilette hinein und sogar, diese abzuschließen. Dort angekommen, thronte er geraume Weile mit einer juristischen Fachzeitschrift, da er zu der Spezies Mann gehörte, die einer Toilette die Eigenschaften eines gut beheizten Wohnzimmers zuordnen, in dem man sich sehr gern und sehr lange aufhalten möchte, und das mit ausgesprochener Behaglichkeit. Das führte, da die Damentoilette ja tabu war, im polizeilichen Alltag gerne mal zu grenzwertigen Blasendehnungen bei den männlichen Nachrückern, wenn diese den richtigen Zeitpunkt zur Entleerung zuvor verpasst hatten.

Bei diesem singulären, weihnachtlichen Ereignis nun verbrachte Robert Suckfüll seine übliche Zeitspanne in der verbotenen Zone, um dann, nach Säuberung der adäquaten Körperteile, die Tür in die Freiheit wieder zu öffnen. Vor ihm stand mit verschränkten Armen seine wohlbekannte Bürokraft Marina Hoffmann und schaute ihn an wie ein aufgeschrecktes Nashorn, das fest entschlossen war, sein Junges zu verteidigen.

»Ach, Frau Hoffmann, müssen Sie auch mal?«, konnte er gerade noch unbedarft äußern, bevor ihm, wie die Gallier zu sagen pflegten, der Himmel auf den Kopf fiel.

Das, was folgte, war der Grund, warum sich fürderhin kein Mann der Dienststelle Bamberg dieser Tür auf mehr als einen Meter näherte.

Angelika Schöpp klemmte sich ihre Handtasche unter den Arm und stürmte in Richtung der sanitären Einrichtung davon. Lagerfeld und Riemenschneider schauten einander fragend an, während Honeypenny sich nun ebenfalls mit skeptischem Blick, ihre Toilette immer im Auge behaltend, zu ihnen umgedreht hatte.

Für Lagerfeld war der Abgang der Schöpp das eindeutige Signal, sich wieder seiner Schublade beziehungsweise deren gestapeltem Inhalt auf seinem Schreibtisch zuzuwenden. Er griff sich den erstbesten Ordner und vertiefte sich in selbigen, während Riemenschneider weiterhin intensiv mit sich selbst beschäftigt war.

Honeypenny bewachte ihre Toilettentür mit starrem Blick,

bis Angelika Schöpp die Bedürfnisanstalt nach ein paar Minuten wieder verließ und schnurstracks zurück an Lagerfelds Schreibtisch stakste. Hager wie ein Storch stand sie vor ihm, murmelte ein leises »Ja, dann vielen Dank auch« und eilte ohne weitere Umschweife zur Bürotür hinaus.

Lagerfeld schaute mit bedeutungsvollem Blick zu Marina Hoffmann, die entgeistert den Kopf schüttelte und meinte: »Na, die hat doch an Batscher?«

Das war die fränkische Bezeichnung für verhaltenstechnische Ungereimtheiten, die mit hoher Wahrscheinlichkeit auf mangelnde Harmonie im psychischen Bereich zurückzuführen waren. Oder einfacher gesagt: Honeypenny war der Ansicht, dass bei der Dame im Oberstübchen nicht mehr alles ganz rundlief.

Heftig nickend wandte sich Lagerfeld wieder seinem Stapel unerledigter Aufgaben zu, während sich das Polizeiferkel Riemenschneider seinem nächsten Niesanfall hingab.

Die zweite Begegnung mit Frau Schöpp hatte Lagerfeld dann genau eine Woche später. Es war noch genauso heiß, und das Kind war immer noch nicht da. Ute war eine Woche über dem Termin, doch der Nachwuchs machte keinerlei Anstalten, das mütterliche All-inclusive-Hotel zu verlassen.

Es war wieder um die gleiche Zeit, als es an der Bürotür der Dienststelle Bamberg zaghaft klopfte. Die Bitte um Einlass war so dezent, dass sie drinnen von niemandem gehört wurde. Die gute Angelika Schöpp stünde vermutlich noch immer vor dieser weißen Bürotür, wäre nicht Kriminalkommissar César Huppendorfer von einem Außeneinsatz in Laibarös zurückgekehrt und hätte die Wartende angesprochen, warum sie hier den Eingang ins Büro verstopfte.

Für Lagerfeld und Honeypenny war die Überraschung groß, als Huppendorfer mit seinem weiblichen Anhängsel das Büro betrat und an seinem Schreibtisch Platz nahm, nachdem er ihr den Besucherstuhl zurechtgerückt hatte.

Lagerfeld stützte seinen Kopf in die rechte Hand und beobachtete aus etwa fünf Metern Entfernung das Geschehen an Huppendorfers Schreibtisch durch einen schmalen Spalt zwischen seinen Fingern. Honeypenny hatte den Bildschirm ihres Computers so weit gedreht, dass sie aus dem Augenwinkel heraus ebenfalls sehen konnte, was da bei Huppendorfer vor sich ging.

Die beiden vom Besuch in der letzten Woche bereits deutlich Vorgeschädigten verfolgten gespannt, wie Huppendorfer zunächst noch sehr relaxt mit der Frau sprach. Dann wurde seine Mimik immer hilfloser, und seine Körperhaltung war zunehmend unentspannt. Als Angelika Schöpp schließlich aufsprang und am völlig konsternierten Kollegen Huppendorfer vorbei zur Damentoilette eilte, musste sich Lagerfeld das Grinsen mühsam verkneifen, und auch bei Marina Hoffmann führte der Anblick zu einer seltsam verkrampften Körperhaltung.

César Huppendorfer schickte zwar hilfesuchende Blicke durchs Büro, aber sowohl Honeypenny als auch Lagerfeld beschäftigten sich bereits wieder angelegentlich mit außerordentlich wichtigen Tätigkeiten.

Kurz darauf kam Frau Schöpp zur großen Erleichterung von Marina Hoffmann von der Damentoilette zurück und begab sich, ihre Handtasche eng an den Körper gepresst, wieder auf ihren Stuhl an Huppendorfers Schreibtisch.

Nun begann eine ähnliche Art des peinlichen Schweigens, wie Lagerfeld es bereits eine Woche zuvor erlebt hatte. Schließlich, nach einigen Minuten eisiger Stimmung, schien auch Huppendorfer die Geduld zu verlieren und beugte sich mit einer ruckartigen Bewegung vor. Seine Arme gestikulierten wild in der Luft, und sein Kopf war rot angelaufen. Angelika Schöpp schien von dem plötzlichen Ausbruch rücklings an ihre Stuhllehne gepresst zu werden, die Handtasche, die sie weiterhin mit beiden Händen von oben umklammerte, wanderte in einer instinktiven Schutzhaltung bis fast unter das Kinn. Mit großen Augen schaute sie dem wilden Gebaren des Kommissars zu, ansonsten war bei ihr keinerlei Regung zu erkennen.

Von Lagerfelds Platz aus präsentierte sich das Geschehen an Huppendorfers Schreibtisch wie eine Szene aus einem Scherenschnitttheater. Die morgendliche Sonne schien waagerecht durch das Fenster hinter César, sodass das absurde Schauspiel nur in dunklen Umrissen wahrzunehmen war. Der Scherenschnitt löste sich erst auf, als die weibliche Darstellerin, die von Angelika

Schöpp gegeben wurde, ebenfalls heftig mit ihren Armen zu fuchteln begann und dann zu Lagerfelds größtem Bedauern linkisch in seine Richtung zeigte. Daraufhin kam die ganze Gesellschaft in Form von César Huppendorfer mit reichlich angesäuertem Gesichtsausdruck und einer mitleiderregend dreinschauenden Angelika Schöpp zu ihm herüber.

»Bernd, stemmt des, du hast mit der Frau Schöpp letzte Woche schon geredet?«

Lagerfeld nickte, blieb aber ansonsten stumm und saß mit vor der Brust verschränkten Armen hinter seinem Schreibtisch, was Huppendorfers Gemütslage nicht unbedingt anspornte, in den positiven Bereich zu wechseln.

»Ach ja? Und dann lässt du uns beide die ganze Zeit da drüben sitzen und diskutieren, obwohl du längst Bescheid weißt? Na, du bist mir ja vielleicht ein Freund und Kollege, herzlichen Dank!«

Huppendorfer war definitiv sauer, allerdings fühlte sich Bernd Schmitt völlig zu Unrecht beschuldigt. »Du, César, es ist deine Sache, wen du – zu welchen Zwecken auch immer – an deinen Schreibtisch holst. Und wenn sich Frau Schöpp unbedingt mit dir unterhalten möchte, bitte, ist ja nicht so schlimm, jetzt weißt du wenigstens auch Bescheid.«

»Nein, weiß ich nicht!«, rief Huppendorfer genervt und warf der völlig eingeschüchterten Angelika Schöpp einen wilden Blick zu. »Ich habe keine Ahnung, was die Frau will, vielleicht kannst du es mir ja erklären, Bernd, ich komme hier nämlich nicht weiter!«

Die Begegnung mit Angelika Schöpp hatte Huppendorfer zweifelsfrei erregt, und das nicht im sexuellen Sinne.

Lagerfeld seufzte, dann meinte er gönnerhaft: »Also gut, dann setzen Sie sich doch bitte, Frau Schöpp, und versuchen Sie, uns beiden begriffsstutzigen Kommissaren einmal ganz langsam und mit einfachen Worten zu erklären, um was es sich bei Ihrem Problem eigentlich handelt, okay?«

Zögernd nahm Angelika Schöpp Lagerfelds Angebot an und setzte sich, während sich César Huppendorfer wie ein nasser Sack schnaufend neben Bernd auf einen Stuhl fallen ließ, den er sich vom Nachbartisch gegriffen hatte.

»Also, wir hören«, sagte Lagerfeld auffordernd, lehnte sich zurück und verschränkte wieder abwartend seine Arme.

Angelika Schöpp schaute wie ein gehetzter Hund von einem Kommissar zum anderen, bis sie unter Aufbietung all ihrer Kräfte flüsterte: »Sie müssen mir helfen.«

Lagerfeld zog nur die Augenbrauen hoch, während César Huppendorfer neben ihm laut zu schnaufen begann und auf seinem Stuhl herumrutschte, als würde er auf einer heißen Herdplatte sitzen.

»Ach was«, meinte Lagerfeld sarkastisch.

Honeypenny hatte inzwischen an der Seite des Tisches Platz genommen, um voll unverhohlener Neugier dem Geschehen zu folgen. Niemand sagte ein Wort. Drei Augenpaare waren auf Angelika Schöpp gerichtet und brannten ungeduldige Löcher in deren Handtasche, die langsam immer höher und höher wanderte und ernsthaft Anstalten machte, sich vor das Gesicht ihrer Herrin zu schieben.

»Also entweder sagen Sie uns jetzt, was Sie wollen, oder Sie gehen«, raunzte Huppendorfer schroff, als er es einfach nicht mehr aushielt. Er hatte ja nun wirklich Besseres zu tun, als seine Zeit an diese durchgeknallte Frau zu verschwenden. Er bedachte sein weibliches Gegenüber mit einem derart angriffslustigen Blick, dass auf der anderen Seite des Schreibtisches tatsächlich etwas Fundamentales passierte: Angelika Schöpp legte ihre Handtasche vor sich auf den Tisch und faltete ihre Hände.

Diese Handlung löste bei allen Beteiligten allerhöchste Aufmerksamkeit aus. Das war neu, das war sensationell, das könnte den Durchbruch bedeuten! Gespannt rutschte Lagerfeld auf seinem Stuhl ein Stück nach vorn. Und Angelika Schöpp hatte tatsächlich Außerordentliches zu vermelden.

»Es ist das Waldsterben«, murmelte sie halblaut, was bei den Kommissaren ein unangenehmes Kribbeln auf der Haut auslöste. »Und dann der ganze Müll, der sortiert werden muss«, schob sie nahezu entfesselt hinterher, während ihr Blick von einem zum anderen irrlichterte.

Lagerfeld und Huppendorfer starrten stumm auf Frau Schöpp, die jetzt nicht mehr an sich halten konnte. »Und dann die Klimakatastrophe und das ganze Schwermetall in unserem Essen, das wir auch unseren Kindern vorsetzen müssen. Das macht doch alle zu schlechten Menschen, kein Wunder, dass alle zu schlechten

Menschen werden«, sprudelte es zur Überraschung aller aus ihr heraus.

»In unserem Essen«, stellte Lagerfeld hilflos fest, während sich Honeypennys Miene zusehends verdüsterte. Die Herdplatte auf Huppendorfers Stuhl schien sich derweil eine oder zwei Stufen höher geschaltet zu haben.

»Ja, natürlich im Essen«, fuhr die Schöpp eifrig fort. »Aluminium, Cadmium, Blei. Wenn Sie wüssten, was das im Gehirn alles auslösen kann«, dozierte sie mit absolut überzeugtem Blick.

Lagerfeld war von der inbrünstig postulierten Schädlichkeit der in Deutschland verfügbaren Lebensmittel auf Anhieb überzeugt. Stellte die gute Frau vor ihm doch das beste Beispiel für gravierende Schädigungen dar, die der Genuss von verseuchtem Essen im Gehirn auslösen konnte.

Solcherlei Gedanken trieben César Huppendorfer nicht um, ihm langte es jetzt. »Wissen Sie was, Frau Schöpp«, hob er an, »ich habe keine Lust mehr, mir Ihren wirren Mist anzuhören. Kann es sein, dass Sie die Absicht haben, die Bamberger Polizei zu verarschen, kann das sein, ja?«

Mühsam beherrscht verharrte Huppendorfer auf seinem Stuhl, während der missionarische Glanz in Angelika Schöpps Augen schlagartig erlosch. Ihr Blick blieb noch einen Moment an Huppendorfer hängen, dann machte er sich bereits wieder sehnsüchtig auf den Weg in Richtung Damentoilette.

Honeypenny, deren Kopf ob des sensationellen Verhaltens der hageren Frau puterrot angelaufen war, hob abwehrend die Hand. »Vergessen Sie es lieber gleich.«

Ein kurzes Flackern war in Angelika Schöpps Augen zu sehen, dann sprang sie auf und stürmte aus dem Büro. Die Tür fiel lautstark hinter ihr ins Schloss. Zurück blieben drei konsternierte Mitarbeiter der Bamberger Kriminalpolizei, die sich mit ratlosem Blick gegenseitig musterten.

Honeypenny war die Erste des Trio frustrato, die ihre Stimme wiederfand. »Ich kann mich bloß wiederholen, Herrschaften. Die Madame hat an Batscher, und zwar an gewaltichen.«

Und mit dieser für alle Anwesenden durchaus akzeptablen Einschätzung der Lage war die Diskussion dann auch beendet.

Wiederum eine Woche später kam der Leiter der Dienststelle, Robert Suckfüll, etwas verspätet ins Büro, weil seine Frau, die die allgemeine Lebensaufsicht über ihren fahrigen Ehemann ausübte, ihn an der Haustür gerade noch abgegriffen und zurück ins Schlafzimmer gezerrt hatte. Nicht etwa, weil es sie wegen einer plötzlichen Gefühlswallung überkommen hätte und sie auf einen lustvollen Akt mit ihrem Robert hoffte, nein, es war wieder einmal die desaströse Farbgestaltung seines Outfits, die ihr die Schamesröte ins Gesicht getrieben hatte. Ihr Mann war vielleicht ein glänzender Jurist, aber für das normale menschliche Leben ansonsten absolut untauglich. Ein paar schnelle Griffe, dann waren das grob karierte Jackett und die pinkfarbene Krawatte Geschichte.

Robert Suckfüll war solch ästhetischer Krimskrams nur lästig, kostete er doch wertvolle Lebenszeit, die er sinnvoller verbringen wollte. Aber so war das nun mal. Wer sich mit Frauen einließ, hatte die Konsequenzen zu tragen.

Suckfüll kam also wegen der umgebauten Kleiderordnung zu spät in die Dienststelle. Als Fidibus, der sich seinen Spitznamen durch einen Zimmerbrand eingehandelt hatte, die Tür hinter sich geschlossen hatte, eilte er langen Schrittes zu seinem gläsernen Büro. Den Glaskasten hatte man ihm seinerzeit hauptsächlich deswegen konstruiert, damit die ihm eigene Vergesslichkeit in Kombination mit seinen glimmenden Havannas nicht erneut seinen Arbeitsplatz abfackelte.

Auf halbem Wege fiel ihm auf, dass ihn, obwohl er an jedem Schreibtisch ein »Guten Morgen allerseits« absonderte, niemand zurückgrüßte. Verdutzt blieb er stehen und schaute sich um.

Sämtliche Mitarbeiter hatten sich an einem Fenster versammelt und schauten höchst interessiert auf den Vorplatz der Polizeidienststelle hinunter. Kriminalhauptkommissar Franz Haderlein schlürfte dabei schmunzelnd an einer Tasse Kaffee herum, während Marina Hoffmann Riemenschneider auf dem Arm trug, damit das kleine Ferkel auch etwas sehen konnte. Selbst mit dem schweinischen Gepäck auf dem Arm schaffte sie es noch, durch das Fenster hindurch mit ihrem Handy ein Foto von der Szene auf dem Vorplatz zu schießen. Das brauchte sie unbedingt, um es ihren Freundinnen zu zeigen, sonst glaubte ihr ja niemand. Die beiden jüngeren Kommissare César Huppendorfer und Bernd Schmitt standen mit ihren Honigbroten daneben und wirkten trotz des obligaten süßen Frühstücks nicht gerade so, als würden sie sich über das, was sie dort unten zu sehen bekamen, amüsieren.

Von der Ankunft des Chefs hier schien niemand etwas bemerkt zu haben – oder sie wurde im Moment als nicht besonders wichtig empfunden, was Robert Suckfüll für die wahrscheinlichere Variante hielt. Angeregt vom seltsamen Verhalten seines Personals, wurde Fidibus nun ebenfalls neugierig, was es denn so Erstaunliches vor dem Haupteingang der Dienststelle zu sehen gab. Er stellte seine schwarze Aktentasche im Mittelgang auf dem Boden ab und begab sich zu seinen Angestellten ans Fenster. Quasi aus der zweiten Reihe versuchte er als relativ großer Mensch, über die vor ihm stehenden Kommissare hinweg einen Blick auf den Vorplatz zu erhaschen.

Merkwürdig, als er gerade unten durch den Haupteingang hereingekommen war, hatte er nichts Ungewöhnliches bemerkt. Allerdings musste er zugeben, dass er, wenn er mit seinen eigenen, manchmal etwas konfusen Gedanken zugange war, für die Außenwelt wenig Aufmerksamkeit übrig hatte.

Als er nun seinen Blick nach unten lenkte, konnte er eine hagere junge Frau mit langen braunen Haaren erkennen, die auf der gegenüberliegenden Straßenseite am Zaun zum Eichendorff-Gymnasium stand. Sie schien allerdings nicht so recht zu wissen, was sie hier wollte. Ohne Unterlass wandte sie sich nach allen Seiten um und schaute ab und zu ängstlich zum Gymnasium hinüber. Mal tigerte sie nach rechts, mal nach links. Dann, ganz plötzlich, machte sie Anstalten, die Straße zu überqueren, und steuerte schnurstracks auf den Haupteingang der Polizeidienststelle zu, nur um auf dem Mittelstreifen unversehens wieder kehrtzumachen. Während der ganzen Zeit hielt sie ihre Handtasche so fest umklammert, als würden sich Brillanten im Wert von mehreren Millionen Euro darin befinden.

»Ich setze zehn Mäuse, dass sie beim nächsten Anlauf reinkommt«, meinte Lagerfeld, stopfte den Rest seines Honigbrotes in den Mund und zückte seine Brieftasche. Ein Zehn-Euro-Schein wanderte auf die Fensterbank.

»Da halte ich dagegen, das wagt sie nicht«, entgegnete Huppendorfer und legte ebenfalls einen Geldschein auf die Fensterbank, bevor er sich wieder seinem Brot widmete.

Honeypenny wettete nicht, sondern beschloss, im Fall der Fälle die Damentoilette abzuschließen.

Huppendorfer und Lagerfeld schauten auffordernd zu Haderlein hinüber, dem dienstältesten Kollegen, aber der stand nur schweigend da und amüsierte sich.

Da bemerkte Lagerfeld Suckfülls Anwesenheit, und ein erfreutes Lächeln überzog sein Gesicht. Ein weiterer willkommener Gast in seinem privaten Wettbüro. »Ah, hallo, Chef. Mir wardn noch auf Ihren Einsatz, ob die Schöpp jetzt reikommt oder ned. Zehn Euro, und Sie ham größde Chancen, den Jäggbod Ihres Lebens zu gnaggn.«

Aber Fidibus hatte keine Lust, sich auf so etwas Unsicheres wie eine Wette einzulassen, zumal Glücksspiel in Deutschland verboten war. Aus seiner Sicht wurde es Zeit für etwas mehr Disziplin in diesen Räumlichkeiten.

»Herr Schmitt, ich habe keine Ahnung, was es mit dieser armen Frau dort unten auf sich hat, aber ich werde mich sicher nicht an illegalen Freizeitbeschäftigungen beteiligen. Und außerdem, wenn ich ganz ehrlich sein soll, Herr Schmitt: Ich traue Ihnen nicht. Ich halte es für recht wahrscheinlich, dass Sie sich mal wieder einen Ihrer schlechten Scherze erlauben und mir ein Blatt aufbinden wollen, schlitzbübisch, wie Sie nun mal sind.« Zur Bekräftigung fuchtelte er erregt mit dem ausgestreckten Zeigefinger in der Luft herum. »Aber lassen Sie sich das gesagt sein, Herr Schmitt, und da werde ich auch in Zukunft keinen Bären vor den Mund nehmen: Ich werde Sie und Ihre Unsinnigkeiten von nun an ein bisschen mehr unter die … äh, Lupe nehmen. Und wehe, ich erwische Sie noch einmal dabei, wie Sie hier, quasi in Ihrer Dienstzeit, Ihren lässigen Lebensstil pflegen. Das wird sonst beizeiten Konsequenzen für Sie haben, Herr Schmitt. Irgendwann werde ich andere Saiten, äh … also, da werden Ihnen noch die Augen aus den Ohren fallen, mein lieber Schmitt.«

Sehr zufrieden mit seiner Ansprache blickte Fidibus in die Runde, denn aller Augen waren nun auf ihn gerichtet. Weniger aus Ehrfurcht dem Chef gegenüber denn aus Neugierde, ob er wohl noch mehr sprachliche Rohrkrepierer im Gepäck hatte.

Aber Robert Suckfüll war fertig. Er schaute noch einmal theatralisch auf seine klobige Armbanduhr, die so mächtig an seinem Handgelenk baumelte, dass er dafür eigentlich einen Waffenschein gebraucht hätte, und meinte abschließend: »So, und nun hurtig an die Arbeit, wir wollen ja nicht den ganzen Arbeitstag mit sinnlosen Plaudereien vergeuden, nicht wahr? Es ist schon nach sieben Uhr und damit höchste Eisenzeit.« Er schickte einen letzten entschlossenen Blick in die Runde, wandte sich um und eilte in Richtung seines Glaspalastes davon. Unterwegs stolperte er en passant noch kurz über seine Aktentasche und verschwand leise fluchend in seinem gläsernen Büro.

Lagerfeld stand sprachlos und mit offenem Mund da, während sich die übrigen Umstehenden mühsam das Lachen verbissen. Haderlein stellte seine Tasse auf der Fensterbank ab und schlug Schmitt freundschaftlich auf die Schulter. »Also dann, mein junger Kollege, frischauf ans Werk. Du hast es ja gehört, es ist allerhöchste Eisenzeit«, meinte er lachend.

Huppendorfer und Honeypenny stimmten in das fröhliche Montagmorgengelächter ein, und auch Lagerfeld grinste schief. Bevor sie sich an ihre Plätze zurückgegaben, warf er noch schnell einen Blick aus dem Fenster. »He, die Schöpp is weg«, rief er überrascht.

Alle schauten daraufhin aus dem Fenster und sahen nur, dass sie nichts sahen. Angelika Schöpp war verschwunden.

Lagerfeld reichte dem triumphierend dreinblickenden Kollegen Huppendorfer missmutig die zwanzig Euro von der Fensterbank und machte sich auf den Weg zu seinem Schreibtisch. Den erreichte er jedoch nicht mehr, denn genau in dem Moment, in dem er seine Brieftasche weggesteckt hatte, klingelte sein Mobiltelefon. Als er sich meldete, hörte er die hektische Stimme seiner Freundin Ute von Heesen: »Bernd, ich glaub, es is so weit.«

Lagerfeld stutzte einen Moment und blieb stocksteif mitten im Raum stehen. Dann murmelte er so etwas wie »Ganz ruhig, ich komme gleich« und setzte sich in Bewegung: Er rannte zum Ausgang. Sämtliche Schöpps und Suckfülls dieser Welt waren für ihn auf einmal absolute Nebensache, denn Kriminalkommissar Bernd Schmitt war im Begriff, Vater zu werden.

Ach, was muss man oft von bösen
Kindern hören oder lesen!
Wie zum Beispiel hier von diesen,
Welche Ben und Felix hießen

Die, anstatt durch weise Lehren
Sich zum Guten zu bekehren,
Oftmals noch darüber lachten
Und sich heimlich lustig machten.

Ja, zur Übeltätigkeit,
Ja, dazu ist man bereit!
Menschen necken, Tiere quälen,
Äpfel, Birnen, Mopeds stehlen,

Das ist freilich angenehmer
Und dazu auch viel bequemer,
Als in Kirche oder Schule
Festzusitzen auf dem Stuhle.

Aber wehe, wehe, wehe!
Wenn ich auf das Ende sehe.
Drum ist hier, was sie getrieben,
Mitgehört und aufgeschrieben.

Frei nach Wilhelm Busch

Felix und Benjamin

Felix John saß mit seinem Bruder Benjamin in Ebern am Marktplatz und überlegte, wie der schwierige Plan am besten durchzuführen war. Eigentlich konnten sie das beide recht gut, die Langeweile vertreiben und Pläne aushecken. Das war inzwischen schon so was wie ihr Markenzeichen in Ebern und sogar in den umliegenden Ortschaften geworden. Die zwei waren Spitzbuben, wie sie im Buche standen. Wenn der gute Wilhelm Busch, Gott hab ihn selig, in der Neuzeit wiederauferstanden wäre, er hätte sich ganz sicher diese beiden Vögel als adäquaten Max-und-Moritz-Ersatz gesucht.

Im Sommer des Jahres 2009 gab es zwei große Hindernisse für die beiden, die es permanent zu umgehen galt: Eltern und Schulpflicht. Allein das Wort »Pflicht« löste bei den zwei Burschen schon heftige Pickelbildung und spontane Fluchttendenzen aus. Statt stumpfsinniger, sinnentleerter Tätigkeiten in Schule und Haushalt gab es schließlich jederzeit und überall weit Spannenderes, was das Leben zu bieten hatte. Experimente, die man hier, auf dem Land, wunderbar ausprobieren konnte.

Ben versuchte gerade, das soeben mit einem Tesafilmchen reparierte Band seiner Musikkassette, das vorhin vom Laufwerk seines Walkmans gefressen worden war, mit einem Bleistift zurückzuspulen. Schließlich gelang ihm das auch, er klappte zufrieden den Deckel seines tragbaren Musikspielers zu und stellte das heilige Teil vorsichtig zur Seite.

Inzwischen war derartige Technik ja regelrecht antik. Aber er stand drauf, genauso wie ihn alte, analoge Fotoapparate oder Radios mit Röhrentechnik begeisterten. Dieses ganze neue Zeugs mit digitaler Technik und so, damit konnte er nichts anfangen. Handys waren zwar praktisch, aber die sich weit verbreitende digitale Inkontinenz beim Fotografieren zum Beispiel machte ihn gar nicht an. So eine schöne alte Kamera dagegen, mit Film innen drin, mit Vorspulen, manuellem Scharfstellen und dann eine Woche lang auf die Bilder warten, das war genau seine Welt. Benjamin John war mindestens aus technischer Sicht einfach zu spät geboren.

Eigentlich wohnten die beiden in Reckendorf, dem nördlichsten Zipfel des Bamberger Landkreises im Baunachgrund. Aber ihre Unternehmungslust trieb sie eher nach Ebern und in die angrenzenden Haßbergdörfer wie Gerach, Kirchlauter oder Jesserndorf. Da kam man schnell mit dem Mofa hin, da war man meistens ungestört – und man kam vor allem auch ganz schnell wieder weg, wenn es brenzlig wurde.

Jetzt gerade hatten sie eine richtig gute Idee ausgeheckt, ein richtig großes Ding. Genauer gesagt hatte Benjamin die Idee gehabt. Er war im Allgemeinen derjenige, dem der ganze Mist einfiel, und Felix, über ein Jahr älter und mit fünfzehn bereits auf dem Gymnasium, kümmerte sich um Planung und Durchführung. Außerdem war er für den theoretischen Unterbau zuständig.

Das Problem war nun, einen Mechanismus zu basteln, der zuverlässig die ihm zugedachte Aufgabe erfüllte. Schließlich wollten sie ja kein Allerweltsevent, sondern eine richtig große Sache veranstalten. Das heißt, eigentlich wollten sie nur fischen. Aber da ihnen Angeln mangels Angelscheins vonseiten der Eltern verboten worden war, hatten sie eine kreative Lösung gefunden, wie man viel leichter an die Fische kam.

Sie hatten auch schon alles beisammen. Bis eben hatte ihnen noch ein Zündmechanismus gefehlt, aber den hatten sie sich gerade in einem Eberner Laden besorgt, der Mopeds und Mofas reparierte. Perfekt.

Felix steckte die soeben erworbene Zündspule in seine Jackentasche und meinte zu Ben: »Also, ich habe mir das noch mal genau überlegt, es muss einfach funktionieren. Jetzt müssen wir aber los, sonst wird's noch dunkel, bevor der Beton abgebunden hat.«

Benjamin nickte nur, ließ den Walkman in seine Jackentasche rutschen und setzte den Helm auf. Sein Bruder saß bereits in voller Montur und mit laufendem Motor auf seinem Mofa und nickte ihm kurz zu. Dann verließen die beiden die Eberner Innenstadt und machten sich mit konstanten fünfundzwanzig Kilometern pro Stunde auf den Weg immer bergauf in Richtung Unterpreppach.

Sie durchquerten die kleine Ortschaft mit dem beliebten Tanzsaal, ließen die Gastwirtschaft »Kaiser« hinter sich und steuerten nach dem Ortsende ihre Mofas auf einen kleinen Weg, der leicht bergauf an dem kleinen Bach Preppach entlangführte. Als hinter ihnen schon lange keine Häuser mehr zu sehen waren, stoppten sie an einer Lücke zwischen zwei großen Schlehenhecken. Von hier aus konnte man bequem zu dem kleinen Bach hinabsteigen, der um diese Jahreszeit wenig Wasser führte und gut mit Gummistiefeln zu durchqueren war. Also genau richtig für ihre Zwecke.

Im Laufe der letzten Tage hatten sie alles generalstabsmäßig geplant und sämtliche Einzelteile, die ihr Geheimprojekt benötigte, mit den Mofas nach und nach herbeigeschafft. Ihr ganzes Taschengeld war dafür draufgegangen. Wenn das hier schiefging, hatten sie verdammt viel Kohle sozusagen in die Preppach gesetzt. Aber sie waren sehr zuversichtlich, dass alles genauso laufen würde wie geplant.

★★★

Der Dezember war dieses Jahr genau so, wie man ihn sich nicht wünschte. Es war nicht mehr warm, aber auch nicht wirklich kalt. Es war vor allem eines, nämlich nass. Einstellige Plusgrade, die Welt grau in grau und feucht. Das, was es im Sommer zu wenig geregnet hatte, kam jetzt anscheinend als Zugabe. Zwei Wochen vor Weihnachten drohte Bamberg allmählich in den Fluten zu versinken. Bis zu einem gewissen Grad ließen sich die Pegelstände von Main und Regnitz einigermaßen im Zaum halten, aber ab einem gewissen Punkt musste jeglicher Krisenplan die Waffen strecken. Zwei Unterführungen waren bereits gesperrt worden, weshalb im gedrängten innerstädtischen Bamberger Verkehr das Chaos ausgebrochen war. Zu bestimmten Zeiten ging in der Innenstadt gar nichts mehr.

Diese widrigen Umstände führten dazu, dass Lagerfeld morgens noch mehr Zeit für seine Fahrt von Loffeld nach Bamberg einplanen musste. Und das passte ihm gar nicht, war er doch als frischgebackener Vater einer Tochter froh über jede Minute, die er zum Schlafen nutzen durfte. Aber nichts da, stattdessen musste er auch noch zwanzig Minuten früher los, um *just in time* die Dienststelle in der Schildstraße zu erreichen. Das war nicht das Leben, wie er es sich vorgestellt hatte, ganz und gar nicht. In dem Augenblick, in dem seine Tochter Lena ihren Kopf an die frische Luft gesteckt hatte, war der Spaß vorbei gewesen, jedenfalls für ihn. Schon die Entbindung im Bamberger Klinikum war der absolute Höllentrip. Lena, ein kräftiges und vor allem sehr selbstbewusstes Neugeborenes, wollte nämlich zuerst nicht. Das musste man sich einmal vorstellen.

Er war damals fast panikartig, sämtliche Verkehrsregeln missachtend, in Rekordzeit von Bamberg nach Loffeld gerast, um seine geliebte Ute in ihrem kritischen Zustand abzuholen und ins Bamberger Klinikum zu fahren. Das hatte auch leidlich gut geklappt, was man von den Stunden danach guten Gewissens wirklich nicht behaupten konnte. Irgendwie war er in seiner männlichen Einfalt nämlich der Meinung gewesen, dass das ganze Prozedere nur eine Frage von einer oder maximal zwei Stunden sei, dann könne er das Kind auf den Arm nehmen, das Frauchen am Kindsbett besuchen und nix wie weg. Das medizinische Personal würde alles Weitere schon richten, hatte er sich gedacht. Aber das war allem Anschein nach etwas zu optimistisch gewesen.

Zuerst einmal war auf der Entbindungsstation auf Ebene fünf rein gar nichts passiert. Das lag zum einen daran, dass keiner der vier Kreißsäle frei gewesen war. Der, für den sie kurzfristig gebucht worden waren, wurde noch von irgendeiner türkischsprachigen Familie belegt, die in voller Mannschaftsstärke versammelt war, um die Geburt des Nachwuchses auf einem Gebetsteppich unter lautem Geschnatter zu zelebrieren. Er hatte ab und zu durch die Tür gelugt, ob die dort drinnen nicht bald fertig würden, aber das schien sich zu ziehen.

Zum anderen war Ute hinsichtlich der Frage, wie sie das Kind denn nun auf die Welt bringen wollte, immer unentschlossener geworden. Da gab es ja anscheinend mannigfaltige Möglichkeiten, wie ihnen die für sie zuständige Hebamme bereitwillig erklärte. Bei der resoluten Endvierzigerin hörte sich das aber eher weniger nach einem empathischen Angebot an. Lagerfeld hatte vielmehr das Gefühl, er bekäme gerade seine Rechte vorgelesen.

Die Hebamme baute sich wie ein Gefängniswärter vor ihnen

auf und blubberte in geschäftsmäßigem Ton drauflos: »Hallo, ich bin Gerlinde Schneyer, Ihre Hebamme. So, dann wollen wir mal mit den jungen Eltern. Wir werden ja jetzt entbinden und haben dafür viele Möglichkeiten. Also, es gibt hier im Klinikum vier Kreißsäle, die wir Ihnen zur Unterstützung des Geburtsverlaufs anbieten können. Sie haben entschieden, dass der Vater bei der Geburt des Kindes dabei sein soll, das ist gut, das ist für uns ein selbstverständlicher Prozess. Um Ihre Mobilität zu erhalten und den physiologischen Geburtsverlauf zu fördern, ermutige ich Sie, die aufrechte Position einzunehmen, um die für Sie optimale Gebärposition zu finden. Dazu stehen Ihnen eine Matte, ein Pezziball, ein Gebärhocker, eine Gebärwanne, ein Gebärseil sowie verstellbare Betten zur Verfügung. Zur Unterstützung des natürlichen Gebärvorgangs bieten wir Ihnen außerdem alternative Heilmethoden wie Homöopathie, Aromatherapie und Akupunktur an. Haben Sie das alles verstanden? Und wie machen wir es jetzt? Welche Zusatzleistungen sollen wir in Anspruch nehmen?«

Sie hatte während des ganzen Vortrages in ihre wichtigen Unterlagen geschaut und wirkte dabei sehr geschäftsmäßig und sehr geübt.

Lagerfeld war das erste Mal genervt. »*Wir* machen gar nichts, ich zumindest nicht. Aber vielleicht haben Sie ja so etwas Ähnliches für meine Frau?«, meinte er angefressen und ungeduldig, wie er gerade war. Warum quatschte die immer von einem »Wir«, wenn Ute doch letztendlich allein entbinden musste?

Zuerst erfolgte keinerlei Reaktion, dann bekam er von seiner Freundin einen Stoß mit dem Ellenbogen, der einen veritablen blauen Fleck in Lagerfelds Rippengegend hinterließ. Anschließend, nachdem die Erkenntnis ein paar Sekunden lang eingesickert war, hob die Entbindungsmanagerin vor ihm irritiert den Kopf und bedachte ihn mit einem Blick, der für Angehörige anderer Berufsgruppen als Kriminalkommissar sicher die Hölle hätte zufrieren lassen.

Gerlinde Schneyer überlegte eine Weile, ob sie etwas sagen sollte oder nicht, und entschied sich dann, Ute von Heesen mitleidig anzublicken. Auf diese Weise brachte sie ganz eindeutig ihre Bedenken zum Ausdruck, ob es für die Menschheit wirklich sinnvoll war, dass dieser Mann da seine Gene fortpflanzte. Weil Ute von Heesen aber gerade mit sich und ihren Wehen beschäftigt war, nickte sie nur stumm und ging nicht weiter darauf ein. Die Hebamme warf noch schnell einen Blick der tiefsten Verachtung in Lagerfelds Richtung, dann drehte sie sich brüsk um und verschwand eiligst in Richtung Kreißsäle.

Sie waren erst einmal wieder auf sich selbst angewiesen, also lief Lagerfeld mit Ute geduldig in den Gängen des Klinikums auf und ab und beobachtete mit ihr, ob die Wehen stärker wurden. Wurden sie aber nicht, im Gegenteil, zwischenzeitlich konnte man als ahnungsloser Erzeuger den Eindruck gewinnen, das Kind hätte es sich doch noch einmal anders überlegt.

Mehrere Male kam die Hebamme zurück und legte Ute ein paar Sensoren auf den Bauch, um irgendetwas zu messen. Wehenschreiber nannte sie das Gerät, an dem die Strippen hingen. Sie überprüfte auch jedes Mal mit kritischem Blick die Öffnung des Muttermundes, was jedoch keine richtige Freude aufkommen ließ. »Das sind maximal vier Zentimeter, des langt fei ned«, brummelte sie unzufrieden, schrieb etwas auf ihren Zettel und verschwand dann wieder. Die Frau wirkte nicht wie eine Pflegekraft, sondern mehr wie eine überarbeitete Lageristin in einem Hochregallager während der Revision.

Von Stunde zu Stunde waren die Wehen mal schwächer, mal stärker geworden. Eine Zeit lang setzten sie fast ganz aus, dann kamen sie wieder, ziemlich unkonkret alles. Seiner Ute war dann mit der Zeit auch allmählich die Luft ausgegangen, und der liebe Bernd hatte sie stützen müssen, weil sie allein nicht mehr stehen konnte. Schließlich erbarmte sich die Hebamme des Klinikums, als sie wieder einmal vorbeischaute, und bereitete der völlig fertigen Ute von Heesen ein Bad in einer speziellen Wanne, was ihr zumindest etwas Linderung verschaffte.

Bis zu diesem Zeitpunkt waren bereits über vier Stunden vergangen, und Bernd Schmitt litt – zumindest aus seiner Sicht – noch mehr als seine Freundin. Denn er hatte seit genau vier Stunden und einundvierzig Minuten nicht mehr geraucht.

Das hatte es in seinem Leben seit Jahren nicht mehr gegeben. Er stieg ja nicht einmal mehr in ein Flugzeug, weil man dort so lange ohne Zigaretten sein musste. Er war voll auf Entzug und in einem dementsprechend desolaten nervlichen Zustand: Er war gereizt, die Finger zitterten, und er hatte das Gefühl, die Temperatur im Raum wäre um mindestens fünfzehn Grad gefallen. Aber es hatte sich bisher absolut keine Gelegenheit ergeben, irgendwo eine noch so kurze nikotinale Auszeit zu nehmen. Ergo litt er zunehmend Qualen. Jetzt jedoch, da Ute in einer Art Entspannungsbad lag, konnte er es endlich in Erwägung ziehen, irgendwo eine kleine Zigarette ...

Die Tür ging auf, und Gerlinde Schneyer trat ein, den zuständigen Gynäkologen im Schlepptau. Lagerfeld befürchtete das Schlimmste, was dann auch prompt eintrat. Zuerst wurde von Frau Schneyer wieder der Muttermund geprüft, dann der Wehenschreiber angelegt, beides mit entsprechend unbefriedigendem Ergebnis. Hebamme und Arzt berieten sich kurz, dann kamen sie mit entschlossenem Gesichtsausdruck zurück.

»Also, wir haben beschlossen, es jetzt doch mit einem Kaiserschnitt zu versuchen, die Wehen sind zu schwach, und die Herztöne des Kindes werden auch nicht besser«, meinte die Schneyer, und der Arzt hinter ihr nickte bekräftigend.

Viel zu sagen hat der hier wohl nicht, dachte Lagerfeld bissig. Dann wurde ihm klar, was das Ungemach bedeutete. »Und das heißt?«, fragte er entsetzt, denn von Kaiserschnitten hatte er erstens im Allgemeinen nicht viel und zweitens im Speziellen nichts Gutes gehört.

»Das heißt, dass wir jetzt nach drüben umziehen, in einen OP, und da machen wir dann einen Kaiserschnitt.« Gerlinde Schneyer strahlte ihn an, als ob er gerade eine Dauerkarte auf dem Karussell gewonnen hätte.

Bernd Schmitt schaute fragend zu seiner Ute, aber der schien sowieso bald alles egal zu sein. Obwohl ihr das Bad eine gewisse Linderung verschafft hatte, war sie inzwischen fix und fertig. Und mit dem Kaiserschnitt war wenigstens ein zeitliches Ende der ganzen Angelegenheit in Sicht, wenn auch ein fernes.

So weit die gute Nachricht. Der schlechte Teil betraf im Wesentlichen den werdenden Papa, und zwar durch den Umstand, dass er wieder nicht zum Rauchen kam. Allmählich wuchs in Lagerfeld das Leid in ungekannte Höhen, und er begann, sich in seiner Not zu wünschen, mit Ute tauschen zu können. Keinesfalls konnte eine Entbindung so schlimm sein wie das, was er in seinem grausamen Entzug gerade durchmachen musste. Aber er riss sich noch einmal zusammen, half seiner völlig fertigen Ute aus der Badewanne und danach in den Bademantel. Als sie wieder einigermaßen gerade schauen konnte, machten sie sich auf den Weg zum OP. Die Hebamme wartete ungeduldig, anscheinend war in der Entbindungsstation im Bamberger Klinikum heute Fließbandarbeit angesagt.

Lagerfeld versuchte, Ute bestmöglich zu stützen, allerdings ging es recht zäh vorwärts. Niemand sprach ein Wort, nur die werdende Mutter stöhnte immer wieder leise vor sich hin, während Gerlinde Schneyer Lagerfeld mit kritischem Blick musterte.

Der beschloss angesichts seiner misslichen Lage, dass dies die erste und letzte Fortpflanzungsaktion in seinem Leben sein würde. Was hatten Ute und er sich alles für schwärmerische Berichte von anderen Müttern darüber angehört, welch sensationelle und vor allem beglückende Erfahrung eine Geburt doch sei. Ein Traum für jede Elternschaft. Was für ein Quatsch.

Bernd Schmitts Glücksgefühle bewegten sich gerade im Bodensatz der möglichen Empfindungen, Tendenz fallend. Und wenn er an das zu erwartende Szenario eines Kaiserschnittes dachte, wurde ihm flau in der Magengegend. Nicht dass er Angst gehabt hätte, sein Kreislauf könnte den Anblick nicht ertragen, dagegen war er berufsbedingt eigentlich gefeit. Aber er machte sich um seine Reputation Ute gegenüber Sorgen. Er kannte sich. Stresssituationen konnte er nicht ohne ein Mindestmaß an Sarkasmus ertragen. Und Vater zu werden war massiver Stress, für ihn noch dazu ein völlig unvorbereiteter. Den außerplanmäßigen Nikotinentzug hatte er außerdem überhaupt nicht auf dem Schirm gehabt. Im Flugzeug, ja, auf Ämtern, ja, und natürlich in irgendwelchen Gastwirtschaften. Aber bei einer Entbindung? Gerade dort, wo man die Zigarette zwischendurch am nötigsten brauchte, war es strengstens verboten.

Lagerfeld machte sich keinerlei Illusionen, er wusste, im Operationssaal würden diese Hygienefanatiker in Weiß sicher keinen Deut von ihrer stringenten Linie abweichen. Er ging einige Strategien im Kopf durch, angefangen von Bestechung bis hin zum Gebrauch seiner Dienstwaffe, doch dann setzte sich bei ihm die Erkenntnis durch, dass ihm derartige Unterfangen noch sehr lange nachhängen würden. Ganz sicher juristisch, vor allem aber beziehungstechnisch.

Also schlurfte er mit missmutigem Gesichtsausdruck den Gang entlang und versuchte, die untergehakte Ute im Schlepptau, mit der entschlossen ausschreitenden Hebamme Schritt zu halten. Nach endlosen Metern kamen sie irgendwann am Ziel, dem Operationssaal an, wo sie von dem bereits bekannten Gynäkologen empfangen wurden.

»Sooo ... dann wollen wir uns mal auf die Liege legen«, säuselte Gerlinde Schneyer in ihrem geschäftsmäßigen Ton und rollte eine Liege herbei, die wohl für die Operation gedacht war.

Lagerfeld platzte bald. »Wir, aha. Also, ich lege mich da nicht mit drauf«, meinte er bissig und befühlte mit der rechten Hand die Zigarettenschachtel in seiner Jackentasche. Aber die Hebamme beachtete ihn entweder gar nicht, oder sie tat so, als hätte sie nichts gehört.

»Sooo ... geht's uns gut so, ja?«, fragte sie die erschöpfte Ute, die einfach nur froh war, dass es jetzt endlich dem Ende der Geburt entgegenging.

»Mir geht es gut, und wie geht's Ihnen?«, stichelte Lagerfeld weiter.

Immer noch war keine Regung bei Gerlinde Schneyer zu bemerken, sie machte weiter *business as usual*.

»Da haben wir aber einen nervösen Papa«, plapperte sie auf die inzwischen liegende Ute ein. »So, dann wollen wir mal unseren kleinen Eingriff machen. Und wenn alles glattgeht, haben wir in einer Stunde unser Baby«, meinte sie fröhlich und schob Ute samt Liege mit den Füßen voraus in den Operationssaal.

Lagerfeld verkniff sich die nächste Bemerkung gerade noch so und folgte ihr zähneknirschend.

Ute von Heesen hatte eine Rückenmarkspritze bekommen und lag nun, vom Hals bis zum Becken abgedeckt, auf dem OP-Tisch. Lagerfeld hatte einen Mundschutz und einen grünen Kittel angelegt und lieferte sich noch kurz ein kleines Gefecht mit der Hebamme. Denn Gerlinde Schneyer wollte ihn nach draußen vor die Tür schicken, mit dem Hinweis, dass die meisten Männer den Anblick eines Kaiserschnittes sowieso nicht ertragen könnten und sich entweder übergeben mussten oder gleich in Ohnmacht fielen. Und sie müsse ja dann alles wieder wegputzen und wegräumen. »Da wollen wir doch lieber draußen warten, sonst machen wir hier noch Ärger, und das wollen wir ja nun wirklich nicht«, säuselte sie in der Absicht, den entnervten Lagerfeld nach draußen zu komplimentieren.

»Was Sie wollen, ist mir ziemlich egal«, knurrte Lagerfeld, »aber ich bleibe bei Ute, da werden Sie mich nicht dran hindern, klar?« Wütend schaute er Gerlinde Schneyer fest in die Augen, während Ute bereits besorgt und hilfesuchend in seine Richtung blickte.

Die Hebamme zuckte resigniert mit den Schultern. »Gut, von mir aus, Herr von Heesen, dann bleiben Sie halt. Wir wollen doch jetzt keinen Streit, nicht wahr? Wo wir so kurz vor dem schönsten Moment in unserer Partnerschaft stehen, gell?« Sie lächelte ihn noch einmal professionell an, drehte sich um und warf dem Anästhesisten am OP-Tisch einen bedeutungsvollen Blick zu.

»Dann wollen wir mal«, meinte der Arzt, und Lagerfeld murmelte dem Anästhesisten neben sich ein bissiges »*Wir* tun schon mal gar nichts, das soll er schön allein machen« zu, aber der schaute ihn nur fragend an.

Dann ging die Operation in die entscheidende Phase.

Lagerfeld betrachtete das Gemetzel vom Fußende des OP-Tisches aus über eine kleine Folienbarriere hinweg. Wahrscheinlich wird sie benötigt, um die ganzen Apparate zu schützen, dachte er und begann nervös, seine Zigarettenpackung in der Jackentasche zu zerknüllen. Vor Utes Gesicht war eine identische Folienbarriere aufgebaut, in diesem Fall aber wohl eher, um ihr den Anblick ihrer geöffneten Bauchdecke zu ersparen.

Zu Anfang der Operation war Lagerfeld noch relativ entspannt, so entspannt jedenfalls, wie man als Raucher mit Entzugssymptomen eben sein konnte. Er beschloss, dem Anästhesisten einen Ärztewitz nach dem anderen zu erzählen, die der sogar ganz witzig fand. Nur Ute nicht. Sie warf ihm einen bitterbösen Blick zu, ließ es dann aber aufgrund des Umstandes sein, dass ganz plötzlich ein kleines Wesen hinter dem Sichtschutz nach oben gehoben wurde und kurz danach das Schreien anfing.

Lena schrie wie am Spieß, Ute war völlig fertig, aber glücklich, und dem jungen Vater Bernd Schmitt standen die Tränen in den Augen. Für eine kurze Zeit übermannten den Kommissar unbekannte Gefühle, und kleine Sturzbäche liefen ihm rechts und links über die Wangen. Das da war seine Tochter, sein Kind. Er vergaß alles. Die Welt um ihn herum, den ganzen beschissenen Tag und sogar seine nicht gerauchten Zigaretten. Er sah, wie Lena gewaschen wurde, man untersuchte und wog sie.

Er nahm Utes Hand, deren Bauch gerade zugenäht wurde, und betrachtete seine Freundin und die ganze Szenerie hier im OP durch einen Schleier der Glückseligkeit. Dieses Hochgefühl, die Gefühlswelle, auf der er surfte, hatte genau bis zu dem Augenblick Bestand, da die Hebamme seiner Ute die gemeinsame Tochter vor das Gesicht hielt und anschließend zu ihm meinte: »Na, da haben wir aber eine hübsche Tochter hinbekommen.«

Schlagartig zersprang das Glas des wundersamen Schlosses, in dem er für eine Weile gelebt hatte, und die erbarmungslose Welt des blutverschmierten OP-Saales brach wieder über ihn herein. Gerlinde Schneyer war wieder in sein Bewusstsein eingerückt – und auch die Entzugserscheinungen.

»*Ich* habe das hinbekommen, nicht Sie. Das ist *meine* Tochter, nicht Ihre«, sagte er, diesmal etwas lauter. Dann brach auch noch der letzte innere Verteidigungswall, seine willenlose rechte Hand holte die zerknüllte Zigarettenpackung heraus, und er schickte sich an, unter den entsetzten Augen aller Umstehenden eine Zigarette anzuzünden.

Der Hebamme quollen fast die Augen aus dem Kopf, und auch der Anästhesist wurde sehr unruhig. Als Lagerfeld seinen ersten tiefen Zug tat, redeten plötzlich alle auf ihn ein, und ihm wurde mit erhobener Stimme nahegelegt, doch jetzt bitte sofort den OP zu verlassen. Lagerfeld jedoch dachte überhaupt nicht daran. Er war fertig, er war übermüdet, er hatte sich wenigstens diese eine Zigarette verdient. Eine Tochter war doch schließlich ein Grund zum Feiern.

Von Lagerfeld und den anderen unbemerkt, hatte Gerlinde Schneyer unterdessen mit der Ambulanz telefoniert. Weshalb mit einem Mal die Tür zum OP aufgerissen wurde und ein kräftiger dunkelhaariger Mann mit einer Baskenmütze auf dem Kopf im Rahmen stand. Charly Metzner war der erfahrenste, vor allem aber der kräftigste Pfleger des Klinikums Bamberg. Fünfundvierzig Jahre alt, voluminöse Berufscatcherfigur, Dreitagebart und große, kräftige Hände. Er war schon auf dem Sprung nach Hause gewesen, als ihn der Anruf der Hebamme erreicht hatte.

»Huhu, was will denn der komische Hobbit von mir?«, hatte Lagerfeld noch dummdreist gerufen, bevor ihn die großen, kräftigen Hände packten. Weshalb seine Entgleisung mit einem angedrohten Hausverbot im Klinikum sowie einer massiv verärgerten Ute von Heesen endete. Aber schließlich hatte er doch mit ihr ganz oben im dreizehnten Stock gesessen, und sie hatten glücklich ihre Lena betrachtet, Lagerfeld im wachsenden Bewusstsein, dass er jetzt nicht nur nicht mehr Single, sondern sogar Papa war.

Inzwischen hatte er ein Vierteljahr Elternschaft hinter sich gebracht und gelernt, dass Lena, kaum dass sie auf der Welt gewesen war, sich unverzüglich darangemacht hatte, aufzuwachsen. Auf der Dienststelle hatte er es irgendwann einmal so erklärt: Babys durchlebten in dieser frühen Phase ihres Daseins das sogenannte »SSS«-Alter. Schreien, Scheißen und Schlafen. Mit dem Schlafen seiner Tochter konnte er sehr gut leben, mit den anderen beiden Bestandteilen eher nicht. Da er sich aber durchaus an der »Kinderaufzucht« – einer seiner Lieblingsbegriffe – beteiligen wollte, verschaffte ihm Lena Nächte voller bereitwilliger akustischer Zuwendung und Wickelbesuche auf der Toilette.

Immerhin hatte das dazu geführt, dass er es als Erholung betrachten konnte, zur Arbeit zu gehen und den Verbrechern dieser Welt nachzujagen. Selbst wenn der Beruf von solch einem Sauwetter begleitet wurde wie heute Morgen. Aber bitte, es war Freitag und die Woche fast geschafft. Den Tag würde er auch noch über die Bühne bringen, und dann ab ins Wochenende.

Lagerfeld betrat die Dienststelle durch den Haupteingang im Erdgeschoss und schüttelte sich erst einmal das Wasser von der Plastikjacke, die er über seine übliche Jeansmontur gezogen hatte. Er war noch dabei, sich das billige gelbe Teil vom Leib zu streifen, als Franz Haderlein mit Riemenschneider an der Leine die Treppe herunterkam.

»Ah, gut, dass du da bist, Bernd, die Arbeit ruft. Kannst gleich mitkommen«, meinte Haderlein und wollte ihm kameradschaftlich auf die Schulter klopfen. Als er den feuchten Belag auf Lagerfelds billigem Ostfriesennerz bemerkte, ließ er es aber lieber sein und drückte ihm stattdessen die Riemenschneiderin in die Arme, die er flugs vom Boden hochgehoben hatte. »Wir haben einen Todesfall. Ich fahre, du trägst.« Er schickte sich an, die Dienststelle durch den Haupteingang zu verlassen.

»He, Moment mal!«, rief Lagerfeld entrüstet. »Seit wann kann dieses kleine Schwein denn nicht mehr selbst laufen? Seit wann muss Riemenschneider getragen werden? Das wird ja immer schöner hier!«

Haderlein hatte die Hand schon am Metallgriff der Eingangstür und drehte sich zynisch lächelnd um. »Weil es draußen wie aus Kübeln schüttet, Bernd, und weil Riemenschneider keine Schuhe hat. Wenn es Gummistiefel für Ferkel gäbe, könnte sie auch selbst durch die Pfützen laufen. Wenn, wenn, wenn ... Was soll ich sagen, Bernd? Wäre meine Oma ein Bus, könnte sie hupen. Außerdem bist du gerade ziemlich geübt darin, diese Gewichtsklasse auf dem Arm herumzutragen, oder nicht? Also auf jetzt!« Haderlein zog den Reißverschluss seiner schwarzen Sportjacke bis unter das Kinn und stieß die Tür auf.

Lagerfeld schaute noch kurz auf das kleine Schweinchen, das alles mitangehört hatte und die Idee mit dem Säuglingsdasein gar nicht so schlecht fand. Treuherzig schaute die Riemenschneiderin zu Lagerfeld hoch und spekulierte auf ein Fläschchen, Süßigkeiten oder wenigstens ein Apfelstückchen. Ihre rosa Ohren stellten sich auf, und ihr kleiner Rüssel wurde feucht. Aber Lagerfeld war nicht in der Stimmung und vor allem nicht willens, ein weiteres Familienmitglied in seinem Leben zu akzeptieren.

»Vergiss es lieber gleich, Riemenschneider«, knurrte er das Schweinchen an, das sich gerade in seinen Armen zurechtruckelte. »Eines sag ich dir: Wenn du unaufgefordert einen Haufen machst, verpass ich dir sofort 'ne Windel. Und die is für ein Polizeischwein richtig scheiße in der Außenwirkung. Is das klar?«

Es war klar. Riemenschneiders Körper erstarrte, die rosa Ohren fielen sofort wieder nach unten und legten sich schlapp über die erschrockenen Schweinsäuglein.

Zufrieden wandte sich Lagerfeld der Eingangstür zu und schickte sich an, Haderlein zu folgen.

★★★

Sie stellten ihre Mofas ab und begannen eilig mit ihren Vorbereitungen. Ben holte den großen Blechtopf, der einmal fünf Kilogramm Sauerkraut der Firma Hengstenberg Obdach und Schutz gewährt hatte. Dorthinein stellten sie ein zweites leeres Blechgefäß derselben Firma, allerdings fasste das nur etwa eineinhalb Liter. Das kleinere Gefäß befüllten sie sorgfältig mit ihrem selbst gebastelten Schwarzpulver, dessen einzelne Bestandteile sie ganz legal in einer Eberner Apotheke erstanden hatten. In das Gemisch steckten sie ihre Zündspule, die sie mit einem sehr langen Kabel verbunden hatten.

Konzentriert betrachtete Felix das Werk, während sein Bruder bereits damit beschäftigt war, den Fixbeton anzurühren. Als er das erledigt hatte, half ihm Felix dabei, das zähe graue Gemisch fein säuberlich in den großen Eimer umzugießen, und zwar so lange, bis von dem kleineren Schwarzpulvereimer nichts mehr zu sehen war. Nur das Kabel ragte noch oben heraus.

Zufrieden setzten sie sich auf die Wiese. Der Fixbeton würde ungefähr eine knappe Stunde brauchen, um einigermaßen fest abzubinden.

Ben holte seinen Walkman heraus, um seine Bandreparatur auf Haltbarkeit zu testen. Währenddessen ging Felix noch einmal alle Eventualitäten durch. Aber egal, wie er es drehte und wendete, nach allem, was er wusste, würde ihr Plan funktionieren. Die einzigen Variablen ihres Experiments waren die Lautstärke und die dadurch eventuell entstehende Aufmerksamkeit, die sie weiter unten, bachabwärts, in Unterpreppach auslösen würden. Ben hatte auf derartige Bedenken seinerseits immer nur mit einem lässigen »Ach, scheiß drauf« geantwortet.

Felix war da sehr viel vorsichtiger. Gefährliche Sachen treiben, ja, aber bitte nicht erwischen lassen. Deswegen hatte er auch sehr großen Wert darauf gelegt, für ihr Experiment die richtige Stelle und vor allem den richtigen Bach auszusuchen. Auf die Preppach waren sie deswegen verfallen, weil in nur einem Kilometer Luftlinie Entfernung der Eberner Truppenübungsplatz lag. Mit ein bisschen Glück würde ihre Aktion der Bundeswehr und deren Aktivitäten dort zugeschrieben werden. Dann hätten sie genug Zeit, um die Fische einfach einzusammeln. Wenn er sich richtig informiert hatte, reichte so ein kleiner Knall locker aus, um einen kompletten Eimer mit betäubten Fischen füllen zu können – und dann nichts wie weg.

Felix John schaute erst auf die allmählich untergehende Sonne, dann auf seine Armbanduhr. Die Stunde war um. Er erhob sich von der Wiese und stupste seinen Bruder an, der völlig versunken, mit geschlossenen Augen, der Musik lauschte. Sofort sprang Ben auf, und ein breites Grinsen erschien auf seinem Gesicht. »Ich schau mal nach«, verkündete er, und das Grinsen wurde noch breiter.

Dann stieg Benjamin John mit seinen Gummistiefeln in die Mitte des Baches und versuchte, mit den Fingerspitzen Dellen in den Beton zu drücken, aber der hatte bockhart abgebunden. Er drehte sich zu Felix um und hielt, immer noch grinsend, den Daumen nach oben. Okay, es kann losgehen, hieß das.

Felix ging zu seinem Mofa, das geschützt in einem kleinen Graben neben der Wiese stand, und begann damit, die beiden Drahtenden des langen Kabels mit den Plus- und Minuspolen der Lichtmaschine zu verbinden. Als er damit fertig war, schaute er Ben mit leuchtenden Augen an. »Also, von mir aus können wir. Ich werfe jetzt das Mofa an. Wenn's geknallt hat, rennst du mit los und sammelst die Fische ein, klar?«

Sein Bruder nickte nur und leckte sich erwartungsvoll mit der Zunge über die Lippen.

Während Ben neben ihm im Graben in Deckung ging, stieg Felix auf das Mofa und startete mit einem kräftigen Tritt auf das Pedal den Motor. Sobald dieser den ersten Ton von sich gab, hechtete er in Erwartung der gleich erfolgenden Explosion zu Benjamin in den Graben. Wenn die Zündspule im Schwarzpulver heiß genug war, würde sie das Gemisch entzünden, was eigentlich bereits in wenigen Sekunden der Fall sein müsste, so seine Berechnung.

Stumm lagen sie in ihrem Graben und beobachteten aus etwa zwanzig Metern Entfernung die Buschreihe, hinter der die Preppach erst einmal weiter friedlich vor sich hin plätscherte. Die

Blicke der beiden waren starr auf die Lücke in der Schlehenhecke gerichtet. Jeden Moment musste es so weit sein, gleich würde es knallen.

Aus »gleich« wurden endlose Sekunden, dann eine halbe Minute, und schließlich begann der Zeiger der Armbanduhr seine zweite Runde. Nervös schauten beide auf das Zifferblatt, als es vor ihnen plötzlich rumste.

Was Felix und Ben da zu hören bekamen, war allerdings nicht der erwartete Knall, sondern eine überaus ansehnliche Explosion. Es gab auch kein Explosionsgeräusch im klassischen Sinne, sondern mehr ein tiefes, dumpfes »Wumm«, als ob gerade ein Blindgänger, eine Bombe aus dem letzten Weltkrieg, explodiert wäre. Dann flogen die Fetzen. Lenker, Licht und Sitz des Mofas, die aus dem flachen Graben herausschauten, wurden von den in alle Richtungen fliegenden Betonschrapnellen regelrecht zerschreddert, und eine mehrere Meter hohe Stichflamme schoss mitten aus dem Bachbett in den Dämmerungshimmel empor.

Sekunden später hörte man überall Kleinteile auf den Boden regnen, dann war es wieder still. Vorsichtig schauten die beiden über den Grabenrand zum Bach, wo es immer noch qualmte. Rings um den Standort des ehemaligen Hengstenberg-Eimers war sämtlicher Uferbewuchs an der Preppach niedergemäht worden. Ein wahrlich surrealer Anblick.

Felix John kam als Erster wieder zu sich. Er packte seinen Bruder am Ärmel und rief hektisch: »Los, lauf, die Fische!«

Sofort sprang Benjamin auf, packte den Plastikeimer, kraxelte aus dem Graben und rannte so schnell er konnte zum Bach, Felix ihm hinterher. An der Preppach angekommen, blieb Ben wie angewurzelt stehen, sodass sein Bruder von hinten auf ihn auflief.

»Was is denn?«, fragte er unwirsch. »Wieso sammelst du die Fischla ned ei, die schwimma doch ford?« Dann verstummte auch er. Da waren nämlich keine Fische zu sehen. Es war im Grunde auch kein Bach mehr zu sehen. Dort, wo vor wenigen Minuten noch der Sauerkrauteimer im flachen Wasser gestanden hatte, prangte ein etwa fünfzig Zentimeter tiefer und im Durchmesser etwa drei Meter breiter Krater. Das Wasser der Preppach begann erst jetzt wieder, langsam über den kleinen Damm zu fließen, den die Explosion aufgeworfen hatte.

»Ach du Scheiße«, meinte Benjamin erschrocken und hob die Hand vor den Mund. Er begann zu ahnen, was sie da angerichtet hatten.

»Geil«, entfuhr es dagegen dem älteren Felix, in dessen Augen ein begeistertes Leuchten getreten war.

Sie kamen nicht mehr dazu, ihre doch sehr unterschiedlichen Gefühlswelten zu äußern, denn plötzlich ertönte bachabwärts eine Feuerwehrsirene. Es war die Sirene aus Unterpreppach, die laut und deutlich in ihren Ohren schrillte. Gleich darauf setzten, eine nach der anderen, noch weitere Sirenen ein, und das bedeutete, die Verarsche mit dem Eberner Truppenübungsplatz konnten sie vergessen.

Sie schauten sich kurz an, dann ließen sie alles stehen und liegen, rannten zu ihren Mofas, drückten sich blitzartig ihre Helme auf den Kopf und sahen zu, dass sie hier wegkamen.

Es war schon ziemlich dunkel, und Felix John hatte große Mühe, seinem jüngeren Bruder ohne Licht und ohne Sitz auf dem demolierten Gefährt durch den Wald zu folgen. Vor allem aber, weil ihm das soeben Erlebte permanent durch den Kopf ging. Nichtsdestotrotz fuhren beide mit einem absoluten Hochgefühl, etwas ganz Phantastisches vollbracht zu haben, hintereinander her. Knapp dreißig Minuten später kamen sie zu Hause in Reckendorf an und schlichen sich so unauffällig es ging ins Haus ihrer Eltern, wo sie bis zum Morgengrauen alles taten, aber ganz bestimmt nicht schliefen.

Unterdessen versammelten sich, von einem gewaltigen Blitz und dem damit einhergehenden Knall aufgeschreckt, genau siebzehn Feuerwehren aus dem Eberner Umland an der Preppach, um einen mutmaßlichen Meteoriteneinschlag zu bestaunen.

★★★

»Wo fahren wir denn eigentlich hin?«, fragte Lagerfeld, als er den Wagen erreicht hatte und Riemenschneider auf den Rücksitz des Landrovers bugsierte. Dann schloss er die Tür und nahm neben Franz Haderlein auf dem Beifahrersitz Platz.

»Amtsgericht«, kam es nur kurz und knapp von seinem älteren Kollegen, dann startete dieser auch schon den Motor und fuhr los.

»Amtsgericht?«, fragte Lagerfeld erstaunt. »Hat wieder ein Irrer sein Urteil nicht verkraftet, oder wie? Ich dachte, da gibt es schon seit einiger Zeit Eingangskontrollen?«

Es war eine eher rhetorische Frage, die Lagerfeld da stellte, denn in der Tat war ein Gewaltverbrechen im Amtsgericht nur schwer vorstellbar. Die Kontrollen am Eingang waren wirklich sehr gründlich, und es konnte eine Weile dauern, bis man dort Einlass fand. Um ein mögliches Durchdrehen verurteilter Mitbürger auf die leichte Schulter zu nehmen, war bundesweit einfach schon zu viel in Gerichtsgebäuden vorgefallen, und das war auch Franz Haderlein klar. Ihn trieben die gleichen Fragen um, allerdings wusste er auch nicht mehr über den Anlass ihres Einsatzes.

»Du, Bernd, ich weiß selbst nicht genau, was da los ist«, sagte er denn auch. »Der Wagenbrenner vom Wachdienst hat mich angerufen, wir sollen da mal vorbeischauen. Genaues hat er nicht erwähnt, sehr dramatisch hat es sich aber nicht angehört.«

Lagerfeld hatte nur mit halbem Ohr zugehört, er schaute lieber mal ab und zu nach hinten auf die Rückbank, nicht dass Riemenschneider wegen seines schroffen Verhaltens vorhin irgendwelche hygienischen Racheakte auf den Polstern verübte. Aber sie lag nur auf dem Rücksitz, den kleinen rosa Kopf auf die Vorderfüße gelegt, und schaute ihn mit einem undefinierbaren Blick an. Seufzend drehte er sich wieder um und schaute resigniert nach draußen auf die Straße, die vom Dauerregen in eine Aquaplaningfalle verwandelt worden war. Haderlein konnte trotz der zwei Tonnen Gesamtgewicht seines Landrovers nur sehr langsam fahren. Das war keine Straße mehr, auf der sie sich stadteinwärts bewegten, das war ein sehr flacher Bach.

Eigentlich mochte Bernd Schmitt den Regen. Da konnte man auf dem Balkon sitzen, mit einer Flasche Bier eine rauchen und seinen Gedanken nachhängen. Seit Lena auf der Welt war, hatte es sich aber mit Abhängen. Das selbstbestimmte Leben war erst mal vorbei. Manchmal waren Ute und er nur froh, wenn Lena schlief und sie beide auf dem Sofa vor dem Fernseher verenden konnten. So war das halt mit dem jungen Elternglück. Wenigstens war die Baustelle am Haus endlich fertig, und sie mussten sich nicht mehr darum kümmern. Das Wasserrad lief, und das Gerüst um das Haus herum war vorletzte Woche abgebaut worden. Jetzt mussten sie sich nur noch um das Töchterchen kümmern. Tja, »nur« ...

»Wir sind da.«

Lagerfeld schreckte aus seinen verzweifelten Gedankenschleifen hoch und blickte um sich, während Haderlein kurz vor dem Haupteingang des Amtsgerichtes in der Urbanstraße den Wagen parkte. Eigentlich hieß die Adresse des Gebäudes ja Synagogenplatz 1, aber der Eingang war in der Urbanstraße. Hat sich wahrscheinlich irgend so ein Schreibtischtäter im Rathaus ausgedacht, dachte Lagerfeld. Bevor er ausstieg, sah er zum Eingang des Amtsgerichtes hinüber. Ein Notarztwagen stand dort. Kein Blaulicht, keine Absperrung, nichts, was sonst bei Mordfällen einen Tatort gekennzeichnet hätte. Auch ein Streifenwagen oder ein Fahrzeug der Spurensicherung war nicht zu sehen.

Fragend schaute er zu Franz Haderlein, der aber nur ein unbestimmtes »Hmm« brummte und dann kurz entschlossen die Fahrertür öffnete. Lagerfeld stülpte sich die Kapuze seines gelben Regenmantels über den Kopf und wollte schon aussteigen, als er kurz stockte, sich zu Riemenschneider umdrehte und sie mit erhobenem Zeigefinger eindringlich ermahnte.

»Ich warne dich«, lautete die kurze und knappe Ansage. Dann drehte er sich brüsk um und begab sich nach draußen in das Sauwetter. Franz Haderlein wartete schon, von einem Vordach geschützt, am Haupteingang des Amtsgerichtes, zusammen mit einem älteren ehemaligen Beamten der Bereitschaftspolizei.

»Das ist Herr Wagenbrenner, der uns gerufen hat«, meinte Haderlein beiläufig. »Also, was ist, Eugen, warum sollten wir herkommen? Sieht doch alles ganz unspektakulär aus hier.« Haderlein wirkte etwas ratlos, wartete aber geduldig. Er kannte den Beamten gut genug, um ihn erst einmal ernst zu nehmen. Schließlich war Eugen Wagenbrenner viele Jahre lang Bereitschaftspolizist im Dienst der Bamberger Polizei gewesen, bis er vor einiger Zeit den Wachdienst hier im Amtsgericht übernommen hatte.

»Gibt's überhaupt 'ne Leiche oder so etwas Ähnliches?« Bernd Schmitt war da schon etwas ungehaltener. Wenn sich jetzt herausstellen sollte, dass dieser Wagenbrenner sie wegen nichts durch das Sauwetter geschickt hatte, konnte der aber was erleben. Drohend schaute er in Richtung des ergrauten Wachmannes, der tatsächlich den Kopf etwas einzog. Richtig wohl war Wagenbrenner offenbar nicht in seiner Haut.

»Ja also, a Leichen gibt's scho«, meinte er etwas verlegen und schaute unschlüssig von einem zum anderen.

Lagerfeld deutete das sogleich als ein Zeichen des schlechten Gewissens und freundete sich schon mit dem Gedanken an, sich ein bisschen aufzuregen. Eigentlich eine gute Gelegenheit, eine Zigarette zu rauchen, um das Nervenkostüm zu beruhigen, dachte er, während seine Finger bereits in der Jackentasche nach den geliebten Glimmstängeln suchten.

»Und weiter?«, fragte Haderlein, der auch nicht so genau wusste, was er von der ganzen Situation halten sollte. Aber er hatte Eugen Wagenbrenner immer als außerordentlich zuverlässig, ja fast schon als überkorrekt kennengelernt. Dass der Mann jetzt so rumdruckste, war schon sehr ungewöhnlich.

»Also, Franz, es is so. Es gibt a Dode unten im Grundbuchamt. Ich sach da jetzt erscht amal gar nix dezu, guggd euch alles erscht amal selber an, nacherd rede mer weider«, meinte Wagenbrenner fast bockig, schaute Haderlein dann aber leicht flehentlich an.

Der Kriminalhauptkommissar war überrascht, allerdings auch etwas verunsichert vom Verhalten des erfahrenen Ex-Polizisten da vor ihm. So hatte er ihn ja noch nie erlebt. Lagerfeld dagegen hatte große Mühe, sein Adrenalin unter Kontrolle zu halten. Mit dunklem Blick schaute er auf den Regen, der auf die Urbanstraße prasselte, und war gerade im Begriff, sich eine Zigarette in den Mund zu stecken, als Haderlein ihn am Ärmel zog.

»Los, komm jetzt, Bernd, wir schauen uns mal kurz um.«

Bernd Schmitt blickte ihn entrüstet an. »Und was ist mit meiner Zigarette? Des hört sich doch nach blindem Alarm an, oder ned?«

Haderlein bedachte ihn mit ziemlich genau dem Blick, mit dem ihn auch Riemenschneider von der Rücksitzbank aus angesehen hatte. Bevor er die Unschuldsmiene ablegen und etwas Unfreundliches äußern konnte, sagte Lagerfeld es lieber selbst: »Alles klar. Ich weiß schon, das is ein Gericht, ein öffentliches Gebäude, dort wird nicht geraucht, Bernd. Du kannst vor der Dienststelle rauchen, wenn wir wieder zurück sind, Bernd. Ist halt dann dein Problem, ob du nass wirst oder nicht, Bernd, richtig?«

Im Schlepptau seiner Pampigkeit schlichen sich Bilder einer kürzlich vollzogenen Entbindung und der darauffolgenden Handgreiflichkeiten durch Lagerfelds Gehirnwindungen.

Haderlein schaute ihn nun fast mitleidig an, aber nur fast. »Du wirst deine Tochter schon groß kriegen, Bernd, ganz sicher«, tröstete er ihn altersweise, drehte sich dann aber wortlos um.

Eilig stopfte Lagerfeld seine Zigarette in die Schachtel zurück und belegte Wagenbrenner noch schnell mit einem strafenden Blick, bevor er, irgendetwas von einem verfluchten Sauwetter murmelnd, Franz Haderlein hinterherlief.

★★★

Ben hatte von seinen Eltern Hausarrest gekriegt, weil er dringend Geld gebraucht hatte. Das allein war noch kein Grund für eine derart drastische Erziehungsmaßnahme, eher schon der Umstand, dass er, um diesen Mangelzustand zu beheben, einen Kaugummiautomaten an Gundls Geschäft aufgebrochen hatte.

Felix schüttelte immer noch den Kopf darüber, wie jemand so blöd sein konnte, gleich nach dem Bruch mit einem Haufen Zehn-Cent-Münzen in dem Tante-Emma-Laden einkaufen zu wollen, an dem der Automat hing. Aber so war Benni nun mal. Die alte Gundl hatte natürlich sofort geschnallt, was los war, und ihn an seinen Ohren nach Hause zu den Eltern geschleppt. Ihr Vater hatte den Kaugummiautomaten eigenhändig repariert, und damit hatte sich die Sache für die Gundl erledigt. Nicht jedoch für Ben. Emil John war zwar recht tolerant, aber was zu viel war, war zu viel. Also hatte er Ben zu Hausarrest verdonnert. Eigentlich war es aber mehr so eine Art Dorfarrest. Sozusagen ein Schuss vor den Bug. Das nächste Mal würde Benni die volle Härte der elterlichen Erziehungsgewalt zu spüren bekommen, hatte ihm der Herr Papa verklickert.

Felix' jüngerer Bruder hatte zwar immer glänzende Ideen, aber die Naivität, mit der er alles betrachtete, war regelrecht haarsträubend. Ben wollte einfach nur seinen Spaß, und zwar ohne groß darüber nachzudenken, was das für Konsequenzen nach sich zog. Bei Felix war es genau umgekehrt. Er plante gern und gut. Aber ihm ging die ausufernde Kreativität ab, die Benjamin auszeichnete.

Jetzt waren sie erst einmal für mindestens eine Woche zwischen den Reckendorfer Ortsschildern gefangen, außerstande, ihre üblichen Betätigungsfelder in den angrenzenden Haßbergen zu erreichen. Dieser Tag versprach also ein sehr langweiliger für sie zu werden.

»Hast du deine Zwischpel noch?«, hörte Felix seinen Bruder hinter sich fragen. Als er sich umdrehte, stand Benni grinsend vor ihm, eine Gartenschere und seine selbst gebastelte Schleuder in der Hand. »Los, hol dei Zwischpel, ich hab a Idee«, forderte er ihn auf und grinste dabei immer breiter.

»Zwischpel« war ihrer beider Bezeichnung für eine Schleuder, die sie selbst konstruiert hatten. Ein v-förmig verbogenes Armiereisen aus Baustahl, zwischen dessen abstehenden Enden sie ein breites Gummi befestigt hatten. Das Gummi stammte von Mutters Einweckgläsern und hatte eine erstaunliche Durchschlagskraft. Vor allem, wenn man die Munition für die »Zwischpel« ebenfalls selbst gebastelt hatte: Man nehme einen dicken Draht aus einem Drehstromkabel und zerteile diesen mit Hilfe einer Kneifzange in etwa zwei bis drei Zentimeter lange Stückchen. In eine U-Form gebogen, bilden sie perfekte Geschosse für die »Zwischpeln« jugendlicher Anarchisten.

Benjamin nahm die Blechdose, die bis zum Rand voll mit »Zwischpel«-Munition war. Sie hatten aufgrund des Dorfarrestes den bisherigen Tag damit verbracht, einen Vorrat an Geschossen herzustellen, um wenigstens etwas halbwegs Sinnvolles mit ihrer Zeit anzufangen.

Felix hatte keine Ahnung, was Ben vorhatte, aber wenn er grinste, konnte die Idee so schlecht nicht sein. Also lief er los und kam kurz darauf mit seiner selbst gebauten Schleuder zurück, gespannt, was sich sein Bruder diesmal ausgedacht hatte.

»Komm«, sagte Benni mit leuchtenden Augen, woraufhin ihm Felix bereitwillig folgte.

Ben steuerte quer durchs ganze Dorf und stoppte erst an der alten Steinbrücke, die das kleine Flüsschen Baunach überspannte. Dort kletterte er die Böschung hinunter und setzte sich ins Gras.

»Also, mir machen des so«, begann er seine Vorschläge zur Wettkampfgestaltung, »wer a Auto trifft, kriegt einen Punkt. Wer a Auto trifft, das weiter weg is als der Laternenmast dahinten, kriegt drei Punkte, klar? Wenn's a Haßfurter Nummer is, gibt's aber bloß an halben.«

Felix nickte und sondierte die Lage. Autos mit Haßfurter Nummernschild fuhren so langsam, die würde sogar ein Kindergartenkind aus der Krabbelgruppe mit dem Schnuller treffen. Er beschloss, die Haßfurter Autos zu ignorieren und sich auf lohnendere Ziele zu konzentrieren.

Die Straße nach Untermanndorf knickte direkt an der alten Brücke nach links ab. Hier lagen sie richtig gut in Deckung und konnten zudem jeden Treffer auf dem Autoblech gut hören. Der Laternenmast in Richtung Manndorf war aber richtig weit weg. Wenn er dort ein Auto treffen wollte, musste er schon Glück haben. Aber bitte, man wuchs ja an seinen Aufgaben.

Ihre »Zwischpel« war wirklich eine geniale Erfindung. Und wie alle genialen Erfinder wollten natürlich auch Felix und Ben die Funktionsfähigkeit ihrer Konstruktion in der Realität voll austesten. Bis jetzt hatten sie nur aus der obersten Scheunenluke des elterlichen Bauernhofes auf die Nachbarshühner geschossen. Die erhöhte Position war sehr praktisch, weil man gleich erkennen konnte, wenn ein Federvieh getroffen war. Dann rannte es nämlich wild gackernd durch die Gegend und beäugte misstrauisch den Zaun zum Nachbargrundstück. Wenn's zu viele Treffer gab, wurde es den Viechern allerdings zu blöd, und sie verschwanden im Stall. Dann war das Spiel vorbei, und es wurden die Punkte zusammengezählt. Der Verlierer musste nach unten, über den Zaun klettern und so viel von der verschossenen Munition aufsammeln, wie er eben finden konnte.

Bei den Hühnern hatte Felix meistens gewonnen, es gab also keinen Grund, anzunehmen, hier eine Niederlage einstecken zu müssen. »Dann los«, sagte er zu seinem Bruder, und sie begannen damit, die Munition aufzuteilen.

So wahnsinnig viele Autos fuhren an diesem Tag nicht in Reckendorf über die Baunach und bogen nach Untermanndorf ab. Diejenigen, die es taten, waren aber allesamt willkommene Ziele für ihre »Zwischpeln«. Dabei zeigte sich, dass Benjamin seinem Bruder heute wohl überlegen war. Er traf die Autos, während Felix noch auf sie zielte. Die Autos waren zwar größer als Hühner, aber weiter weg. Da musste man sich schusstechnisch ziemlich umstellen. Benni war da eindeutig geschickter.

Felix John war verärgert, und zwar über sich selbst. Er verlor nicht gern, noch dazu gegen seinen jüngeren Bruder. Das machte sein Ego nicht mit. Er musste seine Strategie ändern, und zwar grundlegend. Und er hatte auch schon eine Idee. Statt eines legte er nun drei der u-förmigen Drahtgeschosse in das Weckgummi. Er spekulierte darauf, dass mit dieser Methode zwar eine gewisse Streuung einherging, seine Chancen aber reell verdreifacht würden. Irgendeines seiner Kupferteile würde das Ziel schon treffen.

Grimmig lächelnd schaute er in Richtung Untermanndorf, und tatsächlich näherte sich von dort ein Pkw. Aus den Augenwinkeln sah er, wie Ben ebenfalls ein Geschoss in seine Schleuder legte. Diesmal musste er unbedingt schneller sein. Das Auto hatte den als Weitenmessung definierten Laternenpfahl fast erreicht, als Felix seine »Zwischpel« hob, kurz zielte und dann, seinem Bauchgefühl folgend, einfach losließ.

In dem Bruchteil der Sekunde, in dem er losgelassen hatte, wusste er schon, dass er einen verdammt guten Schuss abgegeben hatte. Noch bevor er das dreifache metallische Peng-peng-peng hörte, stellte sich ein euphorisches Triumphgefühl bei ihm ein. Das waren drei Treffer, die noch dazu mit dem Faktor Drei multipliziert wurden. Die definitive Höchststrafe für seinen brüderlichen Gegner.

Dieses Hochgefühl, der Moment des totalen Triumphes, währte genau 2,17 Sekunden. Es war exakt die Zeitspanne, die der Audi mit den grünen Streifen an den Seiten brauchte, um zu bremsen und zum Stehen zu kommen. Jetzt konnten sie auch deutlich das Blaulicht auf dem Dach des Wagens erkennen. Unter den entsetzten Augen von Felix und Benjamin sprangen zwei wild dreinblickende Polizisten aus ihrem Fahrzeug, die Hände einsatzbereit an den Waffen.

Die Schockstarre der beiden Brüder währte nicht lange, dann griffen sie sich ihre Siebensachen und rannten unter der Brücke hindurch und so schnell sie konnten in geduckter Haltung im Bachbett davon. Die Polizisten hatten sie nicht gesehen, also kamen sie gerade noch mit dem Schrecken davon, der allerdings nicht sehr lange andauerte. »Aber ich habe gewonnen«, stieß Felix keuchend hervor, als er seinen Bruder im Bachbett überholte.

Die Polizei erwischte sie nicht, allerdings fragten sich die beiden Beamten im Dorf durch, um zu erfahren, wer wohl zu solch einer Missetat fähig sein könnte. Natürlich dauerte es daraufhin nicht mehr lange, und die Polizei stand vor der Haustür des elterlichen Bauernhofes. Ihr Vater holte sie herbei, und die Polizisten stellten ihnen genau die Fragen, die zu befürchten waren. Aber Benjamin und Felix stritten alles ab. Natürlich stritten sie alles ab. Sie hätten selbst dann noch geleugnet, wenn ihnen die Bullen die Schleudern und Geschosse mit ihren Fingerabdrücken darauf direkt unter die Nase gehalten hätten.

Als die Polizei unverrichteter Dinge wieder abgezogen war, schaute Emil John eindringlich von einem zum anderen. »Ihr habt sie ja wohl nicht mehr alle«, meinte er streng, dann streckte er die rechte Hand aus.

Sie wussten, was das bedeutete. Sie holten umgehend ihre »Zwischpeln« samt Munition und gaben sie ihrem Vater wortlos in die Hand. Es war das letzte Mal, dass Felix und Ben ihre Konstruktionen sahen. Und der Beginn einer extrem langweiligen Woche, da der Dorfarrest in einen strengen häuslichen umgewandelt wurde, und zwar für alle beide.

Noch sechs Tage

Er brachte sein Tablett mit dem Teller und den Essensresten zurück zur Ausgabe und stellte es auf dem danebenstehenden Wagen ab. Kurz überlegte er, ob er das alles hier nicht vielleicht sogar ein wenig vermissen würde. Immerhin war das Leben im Gefängnis ein relativ geregeltes gewesen. Weiß der Geier, was ihn draußen erwarten würde.

Er verzog den Mund zu einem schiefen Grinsen. Nein, was für ein absurder Gedanke. Er wollte hier raus, er wollte frei sein. Es war ihm egal, wie es draußen weiterging, er würde es irgendwie schaffen.

Die Zeit im Gefängnis war kein Zuckerschlecken gewesen. Zwar war er ein großer, kräftiger Kerl, und das war in diesem Etablissement allemal besser als klein, schüchtern und hilflos. Trotzdem war das Knackidasein alles andere als erholsam. Er hatte sich arrangiert, hatte sich seinen Platz erobert und unduldsam verteidigt. Das ging nicht ohne ein gewisses Maß der Gewaltanwendung – oder zumindest der Androhung davon. Das hatte er hier lernen müssen. Das und vieles andere, um diese Welt unbeschadet überstehen zu können.

Inzwischen war er unantastbar, niemand wagte es mehr, sich mit ihm anzulegen. Das würde derjenige lange bereuen und hier ganz sicher eine verdammt unangenehme Zeit verbringen. An sich hatte er in diesem Lebensabschnitt den bestmöglichen Platz für sich gefunden, mehr war unter diesen Umständen einfach nicht drin.

Trotzdem hatte er leiden müssen. Und noch immer starb er jeden Tag einen neuen Tod in seiner Zelle. Er starb ihn deshalb, weil er unschuldig war. Er hatte nicht getan, was ihm die Polizei, die Staatsanwaltschaft und schlussendlich auch der Richter vorgeworfen hatten. Er hatte den Tod des Mädchens nicht verschuldet. Ein Mädchen, das seine Tochter hätte sein können. Er hatte Carmen nicht angerührt, niemals. Natürlich hatte er sie gekannt, genau wie ihre Freundinnen und ihre Schulkameradinnen. Aber dass er sie umgebracht haben sollte, war nicht die Wahrheit – und seine Verurteilung das brutale Ergebnis eines sehr raffinierten

Plans. Eines Plans, in dem er die Arschkarte gezogen hatte und in den Knast gesteckt worden war, das wusste er jetzt.

Es gab nichts Verräterischeres in der Welt der Kriminalität als einen gescheiterten Mordversuch an unliebsamen Zeitgenossen. Dass dieser kleine, immer scheißfreundliche Neuzugang es auf ihn abgesehen hatte, war ihm sehr schnell klar gewesen. Nach einer gewissen Zeit hier drinnen bekam man ein Gefühl dafür. Der kleine Slatan musste sein restliches Leben nun im Rollstuhl verbringen, einen Großteil davon hier in seiner Nähe im Knast.

Der Zweite, der es versucht hatte, war ein Vollzugsbeamter gewesen. Das Arschloch hatte sich so dämlich angestellt, dass es fast schon zum Lachen gewesen war. Wenn man jemanden umbringen möchte, fragt man niemanden um Rat, schon gar nicht irgendwelche mit dem potenziellen Opfer einsitzenden Gefangenen, die einem auch noch erklären sollen, wie man so etwas macht. Absolut lächerlich. Aber den Idioten hatte er sich zur Brust genommen, sodass es gar nicht so weit gekommen war. Dafür hatte er von ihm einige Informationen erhalten. Nicht die ganze Geschichte, aber immerhin so viel, dass er sich die Zusammenhänge selbst zusammenbasteln konnte, wenigstens in den Grundzügen. Da war ihm auch klar geworden, dass sie es wieder probieren würden. Er konnte und wollte allerdings nicht warten, bis sie irgendwann einmal erfolgreich sein würden.

So wie die Dinge lagen, würden sie es wieder versuchen, wenn er draußen war, aber dort, in Freiheit, würde es für sie sehr viel schwieriger werden.

Er konnte ihnen zuvorkommen.

Außerdem wollte er seinen Seelenfrieden wiederhaben. Er wachte morgens mit dem Gedanken an Vergeltung auf, und er ging mit dem gleichen Gedanken ins Bett. Er wollte ihnen gegenüberstehen und es ihnen heimzahlen, vor allem einem.

Die Zeit in Unfreiheit näherte sich ihrem Ende. Dann würde er ihnen von Angesicht zu Angesicht gegenüberstehen, und sie würden büßen müssen. Sie würden die Jahre, die er unschuldig im Bau verbracht hatte, bereuen. Es gab nur eine Lösung, entweder sie oder er. Andere Alternativen sah er nicht. Ganz bestimmt würde er nicht so einfach weiterleben und alles einfach vergessen. Und vor allem nicht die, die ihn in diese Lage gebracht hatten.

Nicht mal mehr eine Woche, und er war frei. Eigentlich müsste er sich freuen. Es müsste schon längst ein überschwängliches Gefühl der Vorfreude in ihm brodeln. Aber er empfand nichts dergleichen.

Erstens war ihm nicht klar, auf was genau er sich freuen sollte, denn alles würde anders sein dort draußen. Zweitens wusste er nicht, ob sie es nicht doch noch einmal probieren würden, bevor er rauskam. Er musste jede verbleibende Minute bis zu seiner Entlassung damit rechnen, dass sie ihm ans Leder wollten. Nach zwei gescheiterten Versuchen wäre es allerdings mehr als dämlich, es noch ein drittes Mal zu versuchen.

Nein, er war sich sicher. Der »Final Countdown« würde irgendwann irgendwo da draußen, nach seiner Entlassung, ablaufen.

Die erste große Entscheidung in seinem Leben war der Weggang aus Sizilien gewesen. Er hatte seine Familie verlassen, seine Freunde, seine Heimat. Aber eben auch sein kriminelles Umfeld. Er war wegen falscher Freunde, seiner sogenannten Familie, in Italien schon einmal in den Knast gegangen. Hatte für sie geschwiegen, die Ehre nicht beschmutzt und die gesamte Strafzeit klaglos abgesessen. Die Verurteilung hatte er sich damals aber auch redlich verdient gehabt. Er war noch glimpflich davongekommen, schließlich hatte er niemanden umgebracht, auch wenn sie das von ihm gefordert hatten. Das hatte jemand anders getan, und der musste das mit sich selbst und seinem Gewissen abmachen. Aber er war dennoch schuldig gewesen.

Wenn er nicht gegangen wäre, wenn er Catania nicht verlassen hätte, dann hätte er sich zwischen der »Famiglia« und dem sicheren Tod entscheiden müssen. Keiner verlässt die Mafia und lebt weiter, als ob nie etwas gewesen wäre. Dazu wussten die Familienmitglieder zu viel. Und wer zu viel wusste, konnte nicht einfach so tun, als lebte er in Sizilien im luftleeren Raum, und mal eben mir nichts, dir nichts seinen kriminellen Background wegzaubern.

Im Gefängnis von Catania hatte er reichlich Zeit gehabt, über sich und sein Leben nachzudenken. Er würde nie den Blick seines Vaters vergessen, als ihn die Carabinieri abgeholt hatten. Er war der älteste Sohn, der Sohn eines Dons. Er hätte eigentlich den

Ring seines Vaters bekommen und selbst Don werden sollen. Aber damals, als er in Italien in seiner Zelle gesessen hatte, war ihm klar geworden, dass er diese Aufgabe niemals annehmen konnte und wollte. Er war das schwarze Schaf der Familie, er würde gehen, seine Heimat Sizilien verlassen und weit weg, ohne Unterstützung von irgendwem, ein neues Leben beginnen. Hauptsache, nie mehr kriminell, Hauptsache, nie mehr Gefängnis.

Und jetzt war es doch wieder passiert. Wieder war er im Knast gelandet. Diesmal unschuldig.

Aber nicht mehr lange.

Er wollte frei sein. Frei von seiner Vergangenheit, frei von der Furcht, irgendwann wieder eingesperrt zu werden. Bis es so weit war, würde es allerdings noch etwas dauern. Richtig frei im klassischen Sinne würde er erst einmal gar nicht sein. Eher so eine Art Freiheit mit Aufsicht, genannt Bewährungshelfer. Aber das war ihm im Prinzip egal. Wenn er erst einmal draußen war, dann war er so frei, wie er selbst es definierte.

Er hatte in den letzten zwei Jahren genug Zeit gehabt, eine Strategie für »danach« zu erarbeiten. Er hatte keine abgeschlossene Schulausbildung und hatte schon gar nicht studiert, obwohl er sich das immer gewünscht hatte. Aber er war alles andere als blöd, im Gegenteil. Und er hatte jetzt einen Plan.

In einem anderen Leben, mit anderen Eltern und einem anderen Umfeld, am besten einem anderen Land, wäre sein Leben sicher anders verlaufen. Vielleicht wäre er dann Physiker geworden oder hätte sogar Musik studiert, sein großer Traum. Aber mit hätte, könnte, sollte hatte er noch nie etwas anfangen können. Der Konjunktiv war etwas für Zauderer, er war ein Mann der Tat.

Nur noch sechs Tage und drei Stunden.

Behördengang

Das Grundbuchamt befand sich im Untergeschoss des Amtsgerichtes und war demzufolge nicht gerade mit sonnenlichtdurchfluteten Räumlichkeiten gesegnet. Als sie die Treppe herunterkamen, wurden sie von einer jüngeren Mitarbeiterin des Sicherheitsdienstes empfangen, die ihnen nur kurz zunickte und dann wortlos auf eine offen stehende Tür im Flur deutete.

Als sie den großen Raum betraten, kam ihnen ein Arzt entgegen, der anscheinend gerade im Begriff war, sein Instrumentarium auszupacken. Hinter dem Arzt konnten sie eine weibliche Frauenleiche ausmachen, die, in ihrem Stuhl sitzend, mit dem Oberkörper auf dem Schreibtisch lag, den Kopf leicht zur Seite verdreht.

Erstaunt, ja regelrecht befremdet schaute der Arzt die beiden Besucher an. »Ja bitte, wer sind Sie, was wollen Sie hier?«

»Haderlein, Kripo Bamberg. Wir wollen uns den Fall mal anschauen.«

Der Arzt war einigermaßen verblüfft. »Kriminalpolizei? Mein Name ist Dr. Achim Kastura, ich bin Allgemeinmediziner und habe dem Wachmann gerade schon gesagt, dass das hier ziemlich sicher eine natürliche Todesursache ist. Vorbehaltlich einer genaueren Untersuchung handelt es sich mit größter Wahrscheinlichkeit um einen Herzinfarkt, wie er im Buche steht, meine Herren. Wie kommen Sie darauf, dass ein Verbrechen vorliegt? Wollen Sie etwa mit Gewalt eine Obduktion anordnen?«

Haderlein hob beschwichtigend beide Hände. Da fühlte sich wohl jemand in seiner Berufsehre angegriffen. »Herr Dr. Kastura, es ist alles in Ordnung. Wir waren sowieso gerade in der Nähe und schauen jetzt einfach mal routinemäßig vorbei, wenn es Ihnen nichts ausmacht.«

Irgendwie sind diese Mediziner doch alle gleich, dachte Haderlein bei sich. Kennst du einen, kennst du alle. Aber er war durch sein eher suboptimales Verhältnis zur Rechtsmedizin in Erlangen – in persona Institutsleiter Siebenstädter – natürlich psychisch immer schon ein wenig angeschossen, wenn er es mit Medizinern, egal welcher Couleur, zu tun bekam.

Lagerfeld, der die Sache so schnell wie möglich hinter sich bringen wollte, besah sich unterdessen das riesige, schmucklose Großraumbüro. Alle anderen der elf Schreibtische waren unbesetzt. Ziemlich nüchtern alles, genau so, wie er sich ein Beamtenbüro vorgestellt hatte. Er hatte zwar nur eine ungefähre Ahnung, was hier im Grundbuchamt genau gemacht wurde, aber ihm schwante, dass derlei Tätigkeiten in keiner Weise seinem eigenen Berufsbild entsprachen. Auf jeden Fall war er sehr mit der Diagnose des Arztes einverstanden, alles andere würde nur unnütze Verwaltungsarbeit bedeuten. Hoffentlich blieb es auch bei diesem Befund, wenn der Arzt die Verstorbene komplett untersucht hatte.

Nach der Musterung von Wänden, Raumschnitt und Mobiliar wandte er sich der Verstorbenen am Schreibtisch zu. Sitzposition und Haltung der groß gewachsenen, hageren Toten legten nahe, dass sie tatsächlich einen plötzlichen Herzstillstand erlitten hatte und mit dem Oberkörper nach vorne auf die weiße Platte ihres Schreibtisches gefallen war. Die langen braunen Haare der Frau hingen über die Schreibtischkante und verdeckten auch ihr Gesicht, sodass man es nur sehr schwer erkennen konnte. Noch dazu war es von Lagerfeld weg auf die andere Seite gedreht.

Er ging um die Tote herum, um in ihr Gesicht sehen zu können, und sah eine Handtasche am Fuße des Schreibtisches stehen. Sein Körper versteifte sich, und sein Gehirn begann, hektisch zu arbeiten. Es war eine braune Damenhandtasche aus Kunstleder, die Lagerfeld seltsam bekannt vorkam.

Während er noch verzweifelt in seinem Gedächtnis kramte, hob er mit den Fingern der rechten Hand die Haare der Verstorbenen in die Höhe und beugte sich über sie. In dem Moment, da er ihre Gesichtszüge erkannte, fiel ihm ein, wieso ihm die Handtasche so bekannt vorgekommen war.

»Ich werd verrückt«, entfuhr es ihm, und mit einem Mal waren seine Entnervtheit und Ungeduld komplett verschwunden.

Haderlein und Dr. Kastura drehten sich erstaunt zu ihm um.

»Was ist denn los, Bernd?«, wollte Franz Haderlein wissen und kam, den Doktor im Schlepptau, zu ihm an den Schreibtisch.

»Na, das ist die Schöpp. Das verrückte Huhn, das im Sommer in der Dienststelle war und mich und César an den Rand des

Wahnsinns getrieben hat. Das ist sie, hundertprozentig«, bekräftigte Lagerfeld seine Erkenntnis.

»Ja, das ist sie in der Tat«, ertönte es nun hinter den Beteiligten vom Eingang des Großraumbüros her. Ein kleiner, dicklicher schwarzhaariger Mann stand im Türrahmen und schaute nervös von einem zum anderen. Seine Finger hielten eine randlose Brille, die er unablässig mit einem Putztuch bearbeitete. Sein Gesicht wurde von einem korrekt auf Länge geschnittenen Bart geziert, auf seiner Stirn standen Schweißperlen. »Das ist ... *war* Angelika Schöpp. Wirklich sehr tragisch, dieser Vorfall, ich bin aufs Tiefste geschockt, meine Herren.« Während er sprach, wurden die Putzbewegungen auf den Gläsern seiner Lesehilfe immer intensiver.

»Aha. Und wer sind Sie, wenn ich fragen darf?«, wollte Haderlein nun verständlicherweise umgehend von dem Unbekannten wissen.

»Mein Name ist Gregor Götz. Ich bin Rechtspflegeamtsrat und der Gruppenleiter des Grundbuchamtes. Ich habe Frau Schöpp heute Morgen gefunden. Es ist wirklich alles sehr tragisch, muss ich sagen.«

Die Schweißperlen auf seiner Stirn wurden immer größer, und es war nicht wirklich ersichtlich, ob sie von dem unverhofften Tod seiner Mitarbeiterin herrührten oder ob ihn die Verwirrung und plötzliche Unruhe in seinem Amt so aus der Fassung brachten.

»Aha«, gab Haderlein sicherheitshalber einmal von sich. Mit Rechtspflegeamtsräten hatte er es in seiner langen Laufbahn als Kriminalbeamter noch nie zu tun gehabt, aber irgendwann war ja bekanntermaßen immer das erste Mal. Sehr viel ominöser als die Berufsbezeichnung war für ihn aber der Terminus »Gruppenleiter«. Den kannte er noch aus dem Geschichtsunterricht über das Dritte Reich. Er ging mal lieber nicht davon aus, dass diese Bezeichnung daher stammte – obwohl, man wusste ja nie.

»Gruppenleiter?«, echote er deshalb bedeutungsvoll und schaute den guten Gregor Götz fragend an.

Der wienerte weiterhin fleißig seine Brillengläser und ließ sich zu einer weitreichenden Erklärung verleiten: »Ja nun, Herr Kommissar, eigentlich gehört hier alles zum Amtsgericht, das Grundbuchamt ist nur ein Teilbereich dieser Behörde. Die eigentliche Chefin ist eine Juristin, die –«

»Danke, danke«, unterbrach ihn Haderlein sofort, so genau wollte er es gar nicht wissen. »Dann erzählen Sie mir doch bitte einmal, wie Sie Frau Schöpp aufgefunden haben.«

Gregor Götz hörte für einen kurzen Moment mit seinen Putzbewegungen auf und schaute verwirrt zum Doktor und dann wieder zurück zu Franz Haderlein. »Ja aber … das habe ich doch bereits alles den Polizeibeamten und dem Herrn Doktor erzählt«, meinte er mit einer Mischung aus Überforderung und Widerspenstigkeit im Blick.

Diese Art Blick kannte Haderlein bereits von seinen privaten Ämterbesuchen. Signalisierte er doch die stets gleiche unmissverständliche Botschaft: *Nein, ich mache keine zusätzliche Kopie, es sei denn, Sie entrichten an der Amtskasse den erforderlichen Betrag. In dem Fall ziehen Sie bitte eine Nummer und stellen Sie sich erneut hinten an.*

Aber Haderlein war nicht gewillt, sich auf den typischen Umgangston des gehobenen Verwaltungsbeamten einzulassen. »Sehr fein, Herr Götz, dann erzählen Sie eben alles noch mal. Und zwar schön langsam und der Reihe nach, damit Sie auch nichts vergessen«, lautete seine unerbittliche polizeiliche Ansage.

Gregor Götz zuckte leicht zusammen, sein Unterkiefer sackte für einen Moment nach unten. Dann, nach circa drei Sekunden der Fassungslosigkeit, hatte er seine Sprache wiedergefunden, ebenso wie seine Brillengläser, die sich erneut einem hektischen Putzgesuch ausgesetzt sahen.

Lagerfeld war der Meinung, sich den Disput nun lange genug angesehen zu haben, und wandte sich wieder der toten Angelika Schöpp zu. Als sie wiederholt bei ihm in der Dienststelle aufgetaucht war, hatte sie ihn zwar gehörig genervt, aber die Frau jetzt hier liegen zu sehen war trotzdem sehr traurig. Wenn ihm die Toten, mit denen sie es zu tun hatten, unbekannt waren, löste ihr Anblick bei ihm inzwischen nur noch eine gewisse professionelle Angespanntheit aus. Doch es war eine ganz andere Sache, wenn man vorher mit dem oder der Verstorbenen Kontakt gehabt hatte. Er würde sich nicht gleich zu der Aussage versteigen, er hätte zu dieser Frau eine persönliche Bindung aufgebaut, aber trotzdem war sie ihm ein Stück weit vertrauter als eine völlig Fremde.

Vorsichtig schaute er vom Kopf bis zu den Füßen an Angelika

Schöpp hinauf und hinab, betrachtete sie von allen Seiten. Ehrlich gesagt, sah sie jetzt auch nicht viel anders aus als damals, als sie noch gelebt hatte. Der ungesunde Gesamteindruck, den sie gemacht hatte, war durch den Tod unverrückbar in ihrem Gesicht manifestiert. Nur ein aufgekratzter Pickel an ihrer Schläfe war dazugekommen, und ganz offensichtlich hatte sie seit dem Sommer zusätzliches Gewicht verloren. Noch nicht anorektisch, aber weit war es nicht bis zur Magersucht, dachte Lagerfeld mitleidig.

Nein, wirklich glücklich hatte Angelika Schöpp damals schon nicht gewirkt und jetzt noch viel weniger.

Dr. Kastura hatte sich nun ebenfalls Angelika Schöpp zugewandt und begann mit seinen Untersuchungen. Dazu musste er die Tote erst einmal dem Augenschein nach, das heißt äußerlich, untersuchen. Er schob die Ärmel an ihren Armen so weit nach oben, wie er nur konnte, um sie abzutasten. Dann schaute er ihr in die Augen. Es war nichts Verdächtiges festzustellen, auch wenn er sich nach dem kurzen Disput mit Haderlein bemühte, seine Arbeit besonders gründlich zu machen.

Als Kastura mit der Voruntersuchung fertig war, hob er Angelika Schöpp mit Bernd Schmitts Hilfe von ihrem Stuhl und legte sie rücklings auf den Fußboden, um sie zu entkleiden. Das gehörte zwar zum üblichen Prozedere, aber heute würde er absolut penibel vorgehen, damit dieser Haderlein nichts, aber auch wirklich gar nichts zu meckern hatte. Und dann, mit Gottes Hilfe, konnten sie alle hier den Deckel zumachen und die Akte als erledigt betrachten, genau wie er es vorausgesagt hatte.

Lagerfeld war nicht gewillt, sich noch länger mit der Routinearbeit des Allgemeinmediziners zu befassen, und gesellte sich lieber zu Franz Haderlein und dessen Gesprächspartner. Er konnte sofort erkennen, dass Rechtspflegeamtsrat Götz seine Erlebnisse nur mit großem Widerwillen noch einmal wiederholte. Die tote Frau Schöpp zu finden war ganz offensichtlich sehr anstrengend für ihn gewesen, weil eine absolut unübliche Beeinträchtigung seines sonst so geordneten Tagesablaufes. Nichts war mehr wie sonst, er hatte Megastress.

»Na ja, und da habe ich sie dann genau so, über dem Tisch liegend, gefunden«, gab er gerade von sich, als Lagerfeld hinzutrat.

»Wann sind Sie denn gestern gegangen?«, wollte der nun sogleich vom Leiter des Grundbuchamtes wissen.

Der Kopf von Gregor Götz ruckte um genau elf Grad nach links. Die Bewegung wirkte exakt wie die Drehung des Geschützturmes eines Leopardpanzers, der seine Kanone voller Entschlossenheit auf ein neues Ziel ausrichtet. Lagerfeld hatte sofort das beklemmende Gefühl, in die unendlichen Tiefen einer Mündungsöffnung, gefertigt von der Firma Krauss-Maffei Wegmann, zu blicken.

»Soll ich jetzt ernsthaft alles noch einmal erzählen?«, schoss der Geschützturm in Lagerfelds Richtung. Doch die Panzerung des jungen Kommissars war stark genug, die beamtliche Granate einfach wirkungslos von sich abperlen zu lassen.

»Ja, tatsächlich, das wäre durchaus hilfreich«, näselte Lagerfeld, während sich Haderlein ein belustigtes Schmunzeln nicht verkneifen konnte.

Die Psyche des Rechtspflegeamtsrates Götz begann, sich allmählich zu verbiegen. Auf seiner Stirn erschienen wieder dicke Schweißperlen, dann schwenkte das Nasenfahrrad die weiße Fahne, und mit einem leisen Knacken brach das Gestell der malträtierten Brille. Götz betrachtete die Teile seiner genau in der Mitte zerbrochenen Sehhilfe und steckte diese dann wortlos weg. Anschließend holte er ein großes weißes Stofftaschentuch aus seiner grauen Stoffhose und begann, sich damit die Stirn abzutupfen.

»Also, wie ich schon sagte«, begann er aufs Neue, »Frau Schöpp war gestern Abend die Letzte hier im Büro, weil sie immer die Letzte im Büro ist. Ich dagegen bin um sechzehn Uhr dreißig gegangen, weil ich immer um sechzehn Uhr dreißig gehe. Als ich heute früh gekommen bin, lag sie dann halt so auf ihrem Schreibtisch. Daraufhin habe ich die Beamtin und den Beamten vom Eingang informiert, die alles Weitere in die Wege geleitet haben. Ich habe dann sogleich die anderen Mitarbeiter des Grundbuchamtes angerufen, dass sie heute aufgrund des entsetzlichen Todesfalles nicht erscheinen müssen. So, und seitdem bin ich hier und beantworte die immer wieder gleichen Fragen.«

Der arme Gregor Götz wirkte nun ehrlich erschöpft. Seine kommunikativen Fähigkeiten waren augenscheinlich an einem toten Punkt angelangt. Aber Lagerfeld ließ nicht locker. »Wieso war Frau Schöpp immer die Letzte, die gegangen ist? Hatte sie besondere Aufgaben, oder kam sie mit ihrer Arbeit nicht hinterher?«

Gregor Götz schaute ihn aus müden Augen an und strich sich kurz mit der Hand über den Bart, bevor er entkräftet zurückgab: »Ja, Frau Schöpp war meine mit Abstand beste Mitarbeiterin. Sie kam immer als Erste und ging als Letzte. Wie sie das geschafft hat, weiß ich ehrlich gesagt auch nicht. Aber sie war sehr ehrgeizig, regelrecht übermotiviert. Ich muss mich darüber freuen, kann so eine Lebenseinstellung aber im Grunde nicht richtig nachvollziehen, das macht einen doch kaputt. Wenn Sie mich fragen, ist es kein Wunder, dass bei so einer Tortur irgendwann einmal das Herz aufgibt. Ich habe dieses Arbeitspensum jedenfalls nie von ihr verlangt. Nun ja, vielleicht war sie ja auch scharf auf meinen Job, ein paar Andeutungen in diese Richtung hat sie sich von den Kollegen und Kolleginnen schon anhören müssen. Aber bitte, das war ja wie gesagt ihre Sache.«

Götz schaute nun fast hilfesuchend von einem Kommissar zum anderen und wurde tatsächlich erlöst. Allerdings weniger deshalb, weil der Wissensdurst der beiden bis ins letzte Detail gestillt wäre, sondern vor allem, weil sich Dr. Achim Kastura im Hintergrund aufgerichtet und ein erleichtertes »So das wär's« von sich gegeben hatte.

Haderlein und Lagerfeld drehten sich um und schauten den Mediziner erwartungsvoll an. Aber Dr. Achim Kastura tat ihnen nicht den Gefallen, seine Untersuchungsergebnisse mitzuteilen, sondern packte zuerst einmal in aller Ruhe seine Sachen zusammen, bevor er sich zu einem abschließenden Statement hinreißen ließ.

»Meine Herren, mit meinen bescheidenen Möglichkeiten habe ich die Frau nun von oben bis unten, von vorne bis hinten auf das Gründlichste untersucht. Und habe keinerlei äußere Gewalteinwirkung feststellen können. Es sind auch keine Symptome einer Vergiftung zu erkennen, ganz zu schweigen von Einstichspuren, die auf Drogenkonsum oder Ähnliches hätten hindeuten können. Der einzige ungewöhnliche Umstand für ein Herzversagen ist das relativ junge Alter von gerade mal Anfang zwanzig. Auffällig dagegen ist das ungesunde Aussehen der Verstorbenen. Hatte wohl keinen übermäßig gesunden Lebenswandel, die gute Frau. Wobei ich aus Letzterem im Zweifel auf die Todesursache schließen möchte. Das war's. Ich werde nun auf dem Totenschein eine natürliche Todesursache beurkunden. Es sei denn, Sie wollen Ärzteschaft und Polizei ein bisschen Mehrarbeit aufbürden, meine Herren. Ich gehe ja wahrscheinlich recht in der Annahme, dass Sie heute noch Wichtigeres vorhaben und ein paar Verbrecher fangen möchten.« Er zückte einen Kugelschreiber und hielt ihn über das Papier. »Wenn die Bamberger Kriminalpolizei eine andere Meinung vertritt, ist das natürlich ihre Sache.«

Erleichtert, fast triumphierend schaute Dr. Kastura noch einmal in die Runde, bevor er seine Unterschrift auf den Totenschein setzte. Dann verabschiedete er sich knapp und verließ, so eilig es nur ging, das Untergeschoss des Bamberger Amtsgerichtes.

★★★

Die Monate vergingen, und die Zeiten änderten sich. Nicht jedoch das unstillbare Bedürfnis in ihnen, ihre unmittelbare Umwelt durch Experimente in Unordnung zu bringen. Felix John besuchte inzwischen die Abschlussklasse des Kaiser-Heinrich-Gymnasiums in Bamberg, sein Bruder Benjamin war in der Graf-Stauffenberg-Wirtschaftsschule gelandet und absolvierte dort die mittlere Reife. Das »KHG« lag relativ weit oben am Berg, direkt unterhalb der Altenburg, mit einem weiten Blick über die Stadt. Benjamins Wirtschaftsschule dagegen befand sich diametral entgegengesetzt in den Außenbezirken Bambergs.

Nach dem Unterricht bestieg Felix den Bus. Über den Zentralen Omnibusbahnhof ZOB in Bambergs Stadtmitte ging es stadtauswärts zum Bahnhof, wo er auf seinen Bruder traf, der zwischenzeitlich zu Fuß von der »Blauen Schule«, wie die Wirtschaftsschule auch genannt wurde, in die Kloster-Langheim-Straße gelaufen kam. Die anschließende Zugfahrt von Bamberg nach Reckendorf war ideal für die beiden Brüder, um Ideen für die kreative Nachmittagsgestaltung auszuarbeiten.

Heute allerdings würde es keinen Sinn machen, Pläne zu schmieden, denn sie hatten einen familiären Pflichttermin zu absolvieren, der wenig Spannung versprach. Sie mussten mit ihren Eltern nach Jesserndorf in die tiefsten Haßberge, um das Haus von Opa Karl auszuräumen. Andererseits, bald war es ja ihr Haus.

Opa Karl war vor einem Monat im Alter von siebenundneunzig Jahren gestorben. Die Konstruktion aus Sandstein und Fachwerk, in der er gelebt hatte, war mindestens so baufällig, wie er selbst gewesen war. Als Kinder hatten sie Opa Karl immer sehr gern besucht, auch wenn – und ein bisschen gerade weil – ihr Vater es gar nicht gern gesehen hatte. Aber Mama hatte schon dafür gesorgt, dass es oft genug klappte.

Was hatte sich der alte Herr gefreut, wenn sie früher mit den Eltern, später dann auch allein mit ihren Mofas vorbeigeschaut hatten!

Das Beste an Opa Karl war erstens seine für sein hohes Alter außerordentliche Fitness und zweitens sein technisches Knowhow gewesen. Fast alles, was sie sich in den letzten Jahren an technischen Grundlagen erarbeitet hatten, fußte auf den unzähligen Stunden in Opa Karls alter Werkstatt. Noch dazu hatten sie stets den Eindruck gehabt, dass der Opa am liebsten mit auf ihre experimentellen Ausflüge gegangen wäre. Er hatte nie gefragt, wofür sie eigentlich ein großes Brennglas oder eine Zündschnur brauchen würden. Er hatte nur immer wissend gelächelt und ihnen mit großem Engagement dabei geholfen, die jeweilige Technik zum Laufen zu kriegen. Nie hatte es eine Aufgabenstellung gegeben, bei der er ihnen nicht hätte helfen können. Schließlich war der Opa ein gelernter Ingenieur gewesen und hatte früher angeblich sogar Flugzeuge geflogen. Für Ben und Felix war das natürlich alles hochinteressant.

Das Einzige, was sie an Opa Karl immer genervt hatte, war der Umstand, dass er irgendwann immer anfing, vom Krieg zu erzählen. Wie schlimm damals alles gewesen sei und was er nicht alles an schrecklichen Dingen erlebt habe. Und dass sie und ihre ganze Generation doch bitte in ihrem Leben dafür sorgen sollten, dass so etwas nie mehr geschehen könne.

Wenn ihr Opa vom Krieg erzählt hatte, war sein Gesicht steinhart geworden, und die fröhliche Stimmung war in den Keller gerutscht. Sie hatten sich das ganze alte Zeug dann zwar angehört, doch interessiert hatte es weder Felix noch Ben. Sie wollten nur wissen, ob man beispielsweise aus einer Fahrradpumpe eine Angel bauen konnte oder nicht. Irgendwann hatte der Opa dann aber einfach wieder aufgehört, und sie konnten ihr technisches Gerät in aller Ruhe fertigstellen.

Und nun war Opa Karl einfach eines Morgens auf dem Weg zum Metzger umgefallen und war tot. Was in der Familie danach etwas Unruhe ausgelöst hatte, war der Umstand, dass Karl John das Häuschen mit dem kleinen Gartengrundstück nicht etwa seinem einzigen Sohn vermacht hatte, sondern Felix und Benjamin, seinen Enkeln. Wirklich gewundert hatte es allerdings keinen in der Familie, waren sich Vater und Sohn doch nie besonders nah gewesen. Warum, lag lange Zeit im Dunkeln. Erst jetzt, nach Opas Tod, hatten sie von ihrer Mutter erfahren, dass ihr Vater Opa Karl wohl nie verziehen hatte, seine Frau verlassen zu haben. Den Grund dafür kannten sie nicht. Sie hatten als Kinder entgegen der allgemeinen Auffassung der Erwachsenen aber natürlich sehr wohl mitbekommen, dass Opa Karl auf Betreiben ihrer Mutter Annegret zu Familienfesten zwar kurz erschienen war, aber mit ihrem Vater nie ein Wort gewechselt hatte. Solange sie auf der Welt waren, hatte es keine einzige Gelegenheit gegeben, bei der die beiden miteinander gesprochen hätten.

Die Nachricht, dass ihr Opa sein kleines Häuschen in Jesserndorf den beiden Enkeln und nicht dem Sohn vermacht hatte, war von ihrem Vater mit versteinerter Miene aufgenommen worden, aber gesagt hatte er dazu nichts. Im Anschluss an die Testamentseröffnung hatte es eine Familienkonferenz gegeben, in der ein paar Dinge geregelt beziehungsweise klargestellt worden waren: Ihre Eltern würden Haus und Grundstück so lange für sie verwalten, bis sie volljährig waren. Das war zumindest bei Felix in fast einem Jahr der Fall. Dann würde das Häuschen ihnen gehören, und sie konnten damit machen, was sie wollten.

Ihre Eltern wollten heute Nachmittag mit ihnen zu dem Haus fahren, um zu schauen, was vom Mobiliar noch zu verwerten war und was nicht. Das war insofern spannend, als ihr Vater dieses Haus ihres Wissens noch nie betreten hatte. Im Zuge der Abwicklung verschiedener Beerdigungsmodalitäten hatte er zwar zweimal davorgestanden, aber reingegangen war er nicht, das hatte ihre Mutter erledigen müssen. Die beiden hatten deswegen richtig Stress miteinander gehabt. In wenigen Stunden jedoch war es so weit: Papa würde zum ersten Mal das Haus seines Vaters betreten, und seine ganze Familie würde dabei sein.

Na, das konnte ja was werden, so richtig wohl fühlten sie sich nicht in ihrer Haut. Obwohl es natürlich ein irres Gefühl war, mit fünfzehn beziehungsweise sechzehn Jahren schon bald ein eigenes Häuschen sein Eigen nennen zu dürfen.

Heute redeten sie ausnahmsweise nicht im Zug. Sie hatten keine Lust, sich etwas auszudenken, sondern saßen schweigend nebeneinander und dachten über sich und die kommenden Stunden nach.

★★★

Franz Haderlein schaute sich ein letztes Mal im Raum um, konnte aber beim besten Willen keine Anhaltspunkte für eine Straftat feststellen. Auch der Umstand, dass die Frau vor Kurzem die Dienststelle aufgesucht hatte, noch dazu mehrfach, führte nicht zwangsläufig zu einem Verdacht. Zumal sie Lagerfeld zufolge überhaupt kein Anliegen vorgebracht hatte.

Er hob resigniert die Arme und meinte fast entschuldigend zu Lagerfeld: »Okay, Bernd, ich habe keine Ahnung, warum der gute Wagenbrenner unbedingt wollte, dass wir hier reinschauen, ich kann nichts feststellen, was unsere Anwesenheit rechtfertigt. Oder siehst du das irgendwie anders?«

Haderlein erwartete, dass Lagerfeld ihm jetzt bestimmt vor lauter Dankbarkeit, weil er die Sache auf sich beruhen lassen wollte, um den Hals fallen würde, der wollte ja sowieso schon die ganze Zeit hier weg. Doch der Kollege gab sich erstaunlich zurückhaltend.

»Hm«, machte Lagerfeld zum Erstaunen seines älteren Kollegen. »Tja, sieht fast so aus.« Er schaute nachdenklich auf die am Boden liegende Tote und schien sich nicht so recht von diesem Fall und der einigermaßen klaren Sachlage lösen zu können.

»Irgendwie grübel ich jetzt doch darüber nach, was die gute Frau Schöpp eigentlich von uns wollte«, gab er halblaut von sich. Dann wandte er sich Haderlein zu und sagte etwas lauter: »Ich geb ja zu, wenn das da jetzt irgendeine Frau wäre, ich wäre der Erste, der hier rausmarschiert. Aber so ist das doch einigermaßen unbefriedigend. Auch wenn ich dem Arzt recht geben muss. Es gibt keine objektiven Gründe, hier noch weiter nachzuforschen.«

Franz Haderlein nickte, legte ihm eine Hand auf die Schulter und meinte fast väterlich: »Vermutlich wird uns nicht nur Siebenstädter den Kopf abreißen, wenn wir ihm in seiner allgemeinen Überlastungssituation in der Rechtsmedizin jetzt noch so einen eindeutigen Fall vorbeischicken. Das lassen wir mal lieber gut sein, Bernd. Es war sowieso meine Schuld. Der gute Eugen ist da mit seinen Vorahnungen wohl ein wenig über das Ziel hinausgeschossen. Komm, wir gehen.«

Just in diesem Augenblick war von irgendwoher laute Punkmusik von eindeutig minderwertiger Klangqualität zu hören. Irgendeine Gruppe aus den Achtzigern wie die Sex Pistols oder etwas ähnlich Schreckliches, mutmaßte Lagerfeld. Es dauerte ein paar Sekunden, bis er begriff, dass diese Punkmusik nicht der Alarm eines Radioweckers war, sondern das Klingeln eines Mobiltelefons.

Haderlein schaute Lagerfeld an, Lagerfeld schaute zurück. Dann blickten beide zum Leiter des Grundbuchamtes, der aber seinerseits nur hilflos mit den Schultern zuckte.

Lagerfeld drehte langsam den Kopf, um die Herkunft des Klingeltons zu orten. Dann ging er mit schnellen Schritten zum Platz von Angelika Schöpp und griff in ihre Handtasche. Gleich darauf hatte er gefunden, was er suchte. Er zog ein etwas altertümlich wirkendes kleines Klapphandy der Marke Nokia heraus, das wie wild diese Punkmusik absonderte. Hastig klappte er es auf, woraufhin der Krach, der sich Musik schimpfte, auf der Stelle erstarb.

»Hallo, Schmitt, Grundbuchamt«, meldete sich Lagerfeld dreist, woraufhin Haderlein bloß mit den Augen rollte und Grundbuchamtsleiter Götz den Mund zum Protest öffnete, den er sich dann aber sicherheitshalber verkniff.

»Wer?«, konnte Lagerfeld eine junge, männliche Stimme am anderen Ende der Leitung vernehmen.

»Schmitt, Grundbuchamt, und wer sind Sie?«, wollte Lagerfeld im Gegenzug wissen, aber auf der anderen Seite der Leitung kehrte erst einmal Stille ein, bevor der unbekannte Gesprächsteilnehmer beschloss, weiter mit ihm zu kommunizieren.

»Ich hätte gern Frau Schöpp gesprochen, wenn das ginge.«

Lagerfeld beschloss, einfach mit der Tür ins Haus zu fallen, mal schauen, was dann passierte. Im Grunde war das eine seiner Lieblingsmethoden im Leben: bei irgendwem mit irgendwas ins Haus zu fallen. Irgendetwas, mit dem er arbeiten konnte, würde dann schon passieren. »Das ist ein bisschen schwierig, wenn ich ehrlich bin, denn Frau Schöpp ist heute Nacht verstorben. Wie war noch einmal Ihr Name?«

Er vertraute darauf, dass sein Gesprächsteilnehmer nun ein bisschen die Fasson verlieren würde und ihm endlich erzählte, wer er war und was er von der Verstorbenen wollte.

Ein schöner Plan, klappte nur leider nicht.

Wieder herrschte für ein paar Sekunden Schweigen am anderen Ende der Leitung. »Hör mal zu, das ist ein unpassendes Thema, um darüber Witze zu machen, du Scherzbold«, kam es sodann leicht verunsichert von dem Unbekannten. »Ich möchte jetzt sofort Frau Schöpp sprechen, und zwar auf der Stelle, verstanden?«

Bevor Lagerfeld reagieren konnte, trat Haderlein neben ihn, schaute ihn streng an und nahm ihm das Handy aus der Hand.

»Kriminalhauptkommissar Haderlein hier. Es ist leider wahr, Frau Schöpp ist heute Nacht verstorben. Mit wem spreche ich denn bitte?«

Haderlein konnte Lagerfelds Einfälle nicht immer gutheißen. Er ließ ja viel durchgehen und hatte inzwischen auch ein gewisses Verständnis für das eine oder andere Experiment seines jüngeren Kollegen, aber was zu viel war, war zu viel. Auch Amtsleiter Götz war inzwischen mehr als irritiert.

»Hallo, wer ist denn da? Ich hätte ein paar Fragen an Sie«, wiederholte Haderlein einigermaßen autoritär. Aber seine Methode war nicht ganz so erfolgreich wie die von Lagerfeld, denn der anonyme Anrufer legte einfach auf.

»Unbekannte Nummer«, seufzte Haderlein halblaut, bevor er das Mobiltelefon vor sich auf den Tisch legte. Dann nahm er die Handtasche und leerte kurzerhand den kompletten Inhalt auf den Schreibtisch. Lagerfeld schaute zu, wie er den Inhalt sortierte.

Auch Gregor Götz äugte interessiert aus respektvoller Entfernung herüber. Aber es gab nichts in dieser Damenhandtasche, was Anlass zu irgendwelchen Verdachtsmomenten gegeben hätte. Im Gegenteil, eigentlich vermisste Lagerfeld sogar einige Dinge, die bei seiner Ute ganz sicher vorzufinden gewesen wären. Ein Lippenstift zum Beispiel fehlte, Taschentücher, Tampons, Feuchttücher, Puderdöschen, ein Deo, ein Parfüm, Zahnseide, ein sehr dicker Geldbeutel und ein kleiner Spiegel. All diese Dinge waren lebensnotwendig. So weit kannte er sich in der Frauenwelt aus. Dergleichen suchte man in Angelika Schöpps Handtasche aber vergebens.

Ganz schön spartanisch, die Frau, dachte Lagerfeld bei sich, sprach es aber nicht aus, denn auch dieser Umstand war nicht wirklich geeignet, um aus kriminalistischer Sicht einen Verdacht zu konstruieren.

Haderlein betrachtete den eher spärlichen Inhalt der Tasche noch eine kleine Weile, seufzte vernehmlich und steckte alles wieder dorthin zurück, wo es hergekommen war. Dann schaute er Lagerfeld an, der auf Anhieb sah, dass sein Kollege nun endgültig einen Entschluss gefasst hatte.

»Schluss jetzt, Bernd, wir haben hier nichts mehr verloren, oder siehst du das anders?«

Lagerfeld schüttelte nur stumm den Kopf.

Daraufhin gingen beide Kommissare die Treppe nach oben in Richtung Eingang, wo Eugen Wagenbrenner schon gespannt auf sie wartete. Er sagte nichts, aber sein fragender Blick sprach Bände.

»Geh doch schon mal vor zum Wagen, Bernd, ich klär das noch schnell mit Eugen«, meinte Haderlein leise, woraufhin sich Lagerfeld zum Landrover trollte, während Franz Haderlein sich seinem ehemaligen Kollegen zuwandte. Immer noch sprach Eugen Wagenbrenner kein Wort. Fast tat er Haderlein leid.

»Und?«, fragte Wagenbrenner dann doch noch leise.

Haderlein schüttelte erneut den Kopf. »Tut mir leid, Eugen. Das schaut alles nach einer natürlichen Todesursache aus, der Arzt konnte absolut nichts Verdächtiges finden. Wenn du nicht mehr für uns hast als ein komisches Gefühl, kann ich hier nichts mehr machen.«

Wagenbrenner senkte resigniert den Blick. Er starrte zuerst unschlüssig auf seine Schuhe, dann hob er den Kopf, und Haderlein sah, dass die Augen von Eugen Wagenbrenner nass waren. Verwundert registrierte er, dass der Mann tatsächlich mit den Tränen kämpfte.

»Du waaßt ja, Franz, ich hab selber kaa Kinner. Und bei Angelika hab ich immer des Gefühl ghabt, ich müsste a wenig auf sie aufpassen.«

Haderlein wurde nun doch noch einmal hellhörig. »Was meinst du mit aufpassen, Eugen? Steckte sie in Schwierigkeiten? Hat sie dir irgendetwas erzählt?«

Eugen Wagenbrenner blickte wieder auf seine Schuhe und schüttelte dabei stumm den Kopf. Er kämpfte mit sich, das war offensichtlich. »Naa, sie hat nix erzählt«, murmelte er. Dann sah er auf und schob nach: »Aber da war was, des hab ich einfach gspürt. Sie hat in irgendwelchen Schwierigkeiten gsteckt, das war für mich so offensichtlich wie nur was. Sie war kreuzunglücklich und zuletzt aach reichlich wirr. Ich hab zum Schluss den Eindruck ghabt, dass sie sich mit ihren ständichen Überstunden von irgendetwas hat ablenken wollen. Das war doch völlig krank, was sie da geärbed hat. So a Arbeitsbensum hält doch kaa Mensch durch. Sie war irgendwie völlig allaans auf dera Welt, allaans und dodal neben der Spur.« Verzweifelt blickte er Haderlein an.

Der legte dem älteren Kollegen mitfühlend seine Hand auf die Schulter. Der gute Eugen tat ihm wirklich leid. »Eugen, ich finde das toll, dass du dir solche Gedanken machst. Aber egal, was für Probleme das waren, Angelika Schöpp hat ihr ganzes Leid mitgenommen. Und ich sehe keine Anhaltspunkte für irgendeine Ermittlung. Auch wenn ich deinen Einsatz außerordentlich ehrenwert finde, Eugen, das lass dir mal gesagt sein.«

Wagenbrenner kämpfte immer noch mit seinen Gefühlen, als neben ihnen bereits ein großer grauer Wagen hielt. Der Bestatter Leonhard Sachse war mit seinem Leichenwagen gekommen, um die Arbeit zu tun, die nun einmal gemacht werden musste. Fast verstört betrachtete Eugen Wagenbrenner den grauen Mercedes-Transporter, dann zuckte er zusammen und kramte hektisch mit der Hand in der rechten Hosentasche. Als die Hand wieder zum

Vorschein kam, hielt er ein zusammengefaltetes, zerknittertes Stück Papier darin.

Wagenbrenner streckte Haderlein das Stück Papier entgegen und schaute ihn nun wieder einigermaßen gefasst an. »Das ist die Adresse von Angelika, Franz. Am Dorfgrund 8 in Jesserndorf. Schau bei ihr zu Hause doch bitte kurz nach dem Rechten, ja? Irgendwer muss ja aach ihrer Dochter die Nachricht überbringen, dass sie dod is. Würdest du des noch machen, ja? Wenn du dort aach nix findst, Franz, dann soll die Angelika in Frieden gehen, dann verlier ich kaa anziches Wort mehr da drüber, versprochen.«

Er hielt Haderlein noch immer den Zettel hin, und der Kriminalkommissar bemerkte, wie sehr seine Hand zitterte. Haderlein überlegte kurz, dann nickte er und nahm den zusammengefalteten Zettel an sich. Schließlich hatte ihm Eugen Wagenbrenner in den vergangenen Jahren auch schon aus der einen oder anderen Patsche geholfen. Wenn er jetzt mit einem kurzen Besuch in der Wohnung der Frau Wiedergutmachung leisten konnte, so würde er das gern tun.

Angelika Schöpp hatte Eugen Wagenbrenner anscheinend sehr nahegestanden, und womöglich war da mehr im Spiel als nur väterliche Gefühle. Aber bitte, das ging ihn nichts an. Und irgendwer musste die unangenehme Botschaft ja tatsächlich überbringen.

»Wie alt ist sie denn, die Tochter?«, wollte Haderlein wissen, während er den Zettel in der Brusttasche seines Hemdes verschwinden ließ.

»Keine Ahnung, sie hat nur immer ganz allgemein von ihr erzählt. Ich habe sie nie gesehen.« Wagenbrenner atmete tief durch, dann stahl sich zum ersten Mal an diesem Vormittag ein dünnes Lächeln auf sein Gesicht. »Danke, Franz«, sagte er leise, während er seine Hände in den Hosentaschen vergrub. »Meine Handynummer hab ich auch draufgeschrieben, falls du noch was von mir brauchst.«

Haderlein lächelte nun ebenfalls, nickte ihm kurz zu und wandte sich zum Gehen, während Leonhard Sachse seine Utensilien zum Abtransport der Leiche aus dem Wagen lud. Am Landrover angekommen, wo Lagerfeld bereits auf ihn wartete, setzte Haderlein sich auf den Fahrersitz.

»Und, alles geklärt?«, fragte Lagerfeld knapp.

»Alles geklärt«, lautete die prompte Antwort. Dann startete Haderlein den Motor des Landrovers.

Während sie durch den strömenden Regen zur Dienststelle zurückfuhren, ging Haderlein so allerlei durch den Kopf. Er würde Lagerfeld und Riemenschneider absetzen und dann die Sache gleich erledigen. Eugen Wagenbrenner sollte sich keine Minute länger Gedanken über die Sache machen als nötig. Und diese eine Stunde seiner Arbeitszeit konnte er guten Gewissens opfern, wenn er einem alten Kollegen damit einen dienstlichen, vor allem aber menschlichen Gefallen tat.

Noch 5 Tage

So langsam begann er nun doch, sich innerlich auf seine Entlassung einzustellen. Vor allem auch deshalb, weil ihm der eine oder andere Mithäftling bereits auf die Schulter klopfte und zur bevorstehenden Freiheit gratulierte. Was er denn draußen genau machen wolle, war die gängige Frage, die ihm meist mit frustrierten, neidischen Blicken gestellt wurde. Logisch, das war die Frage, die sich jeder hier im Gefängnis in regelmäßigen Abständen stellte: Was tun, wenn die Strafe verbüßt war?

Von vielen der einsitzenden Strafgefangenen wusste er, was sie vorhatten. Nämlich genau dort weiterzumachen, wo sie vor Jahren zwangsweise aufgehört hatten. An den Fingern konnte er sich abzählen, wie lange es in den meisten Fällen dauern würde, bis die Brüder der Sonne erneut vor dem Kadi standen und umgehend wieder in einer Zelle wohnten.

Bei ihm war es vorher anders gewesen, und es würde auch hinterher anders sein. Er hatte nichts getan, zumindest nicht das, wofür er einsaß. Ein klassischer Justizirrtum, ein Handlungsstrang wie aus einem alten Mafiafilm.

Was hätte er machen sollen? Lamentieren? »Nein, Herr Staatsanwalt, ich bin das nicht gewesen! Klar liegen hier lauter Beweise, aber ich bin reingelegt worden, man hat mir eine Falle gestellt. Es ist nicht so, wie es aussieht. Die wahren Schuldigen laufen da draußen noch herum.«

Das wäre ihm echt zu blöd gewesen. Von Anfang an war klar gewesen, dass er keine Chance haben würde, sie hatten es zu geschickt eingefädelt. Er war das Bauernopfer, sie hatten ihn drangegeben, um einem anderen den Arsch zu retten. Das zu klären brannte seither wie ein loderndes Feuer in seinem Handeln, Denken und Tun.

Zuvor musste er aber noch sein Dasein in der neuen, freien Welt organisieren. Eine kleine Wohnung hatte er sich schon besorgt, auch einen Job hatte er angeboten bekommen, wenngleich er sicher war, beides nicht in Anspruch zu nehmen, er hatte anderes vor. Aber dass er das eine wie das andere überhaupt bekommen hatte, war seinem Verhalten und vor allem seinem Status hier zu verdanken. Er war nicht direkt beliebt, vielmehr geachtet und respektiert. Bei ihm wusste jeder, wo er dran war, im Guten wie im Schlechten. Auf ihn war Verlass, auch im Guten wie im Schlechten. Wenn man ihn zum Freund hatte, war das eine ehrliche und dauerhafte Verbindung. Hatte man es sich aber mit ihm vergeigt, ihn womöglich sogar hintergangen, durfte man sich auf eine unumgängliche Fehde einstellen. Bei ihm gab es nur Entweder-oder, Schwarz oder Weiß.

So war er nun mal. Er war der Sohn eines Dons in Catania, er kannte sich aus mit Recht und Ehre, mit oben und unten, war damit aufgewachsen. Er wusste, was es bedeutete und wie es sich anfühlte, eine natürliche Autorität zu besitzen. Sein Vater hatte es ihm und seinen Brüdern gezeigt, es ihnen vorgelebt. So hatte er gelernt, Zeichen zu setzen. Jeder wusste bei ihm immer, was ging und was nicht. Das schaffte nicht nur Freunde, sondern oft sogar Feinde.

Aber immerhin hatte ihm dieses glasklare Verhalten zu einem guten Leumund verholfen und sogar zu einer regelrechten Fürsorge der Anstaltsleitung. Jeder hier war überzeugt, dass er es draußen schaffen würde. Wenn nicht er, wer dann? Eigentlich ein aufrichtiger, ehrlicher Kerl, dem man ein Tötungsdelikt gar nicht zutrauen würde. Das war nun auch endgültig vorbei, dieser Strafgefangene hatte die Kurve ins zukünftig ehrliche Leben gekriegt, so die einhellige Auffassung aller Verantwortlichen.

Er hatte getötet, auch wenn er immer behauptete, es nicht gewesen zu sein. Sie glaubten nicht an seine Unschuld. Was sie jedoch glaubten, war, dass er das von nun an nie mehr tun würde. Da war sich jeder, der ihn kennenlernen durfte, sicher.

Nur ihm selbst war im Laufe der Zeit klar geworden, dass es im Grunde genau umgekehrt war.

Jesserndorf

Die Wahl war gewonnen, Franken würde ein eigenes Bundesland werden. Damit brachen in ganz Deutschland, in Bayern, ganz besonders aber in Franken völlig neue Zeiten an. Die Gründung des neuen Gebildes musste ja nun in allen erdenklichen Bereichen erfolgen. Ein halbes Jahr war seit der entscheidenden Abstimmung vergangen, und es gab jetzt mannigfaltige Aufgabenstellungen wie Landesverfassung, Landeshaushalt und die Einrichtung von Ämtern und Organen sowie Justiz und Verwaltung anzupacken. Wo waren denn nun die Landesgrenzen, da sich neben Hohenlohe in Baden-Württemberg zum Beispiel auch die Landkreise Hildburghausen und Suhl/Meiningen mehrheitlich zu Franken erklärt hatten? Eine Einverleibung des thüringischen Franken war den Thüringern im Kernland nicht wirklich recht. Nichts davon war also geklärt, in der politischen Hierarchie des jungen Freistaates herrschte phasenweise reichlich Chaos.

Manfred Zöder, fränkischer Ministerpräsident in spe, im Moment allerdings noch im amtstechnischen Stand-by, war das ganze Durcheinander allmählich satt. Also beschloss er, sich erst einmal um die Dinge zu kümmern, um die er sich kümmern konnte. Das war einigermaßen überschaubar, da seine Kompetenzen weder im juristischen noch im finanziellen Bereich lagen. Zwar war er schon einmal bayerischer Finanzminister gewesen, aber dieses Amt war damals eine politische und keinesfalls fachlich begründete Entscheidung gewesen. Musste es auch nicht sein, für die tatsächliche Arbeit gab es ja gut ausgebildete Staatssekretäre, die einem dann schon mitteilten, was denn jetzt am besten zu tun sei. Das hatte seinerzeit in München ziemlich gut geklappt, und so würde er es als fränkischer Ministerpräsident auch halten. Delegieren, und zwar sooft es ging.

Ein paar Dinge konnte und musste er allerdings selbst in die Hand nehmen, dafür reichte sein Allgemeinwissen auch aus, eigentlich genügte sogar seine genetische Herkunft als Franke. Nämlich zum einen die Neuordnung der fränkischen Landkreise und zum anderen die Gestaltung des neuen fränkischen Regierungssitzes Haßfurt.

Diese zwei Tagungsordnungspunkte waren denn auch der Grund für Zöders Anwesenheit in der zukünftigen Landeshauptstadt an diesem Tag. Mit einer Abordnung seiner Partei hatte er einen ausgiebigen Rundgang durch die Innenstadt gemacht und sich anschließend mit allen Beteiligten zur Beratung ins Haßfurter Rathaus zurückgezogen. Dort saßen sie nun um den großen Sitzungstisch versammelt, und Zöder ergriff auch sogleich das Wort.

»Also gut, meine Damen und Herren, dann beginnen wir einmal mit Tagesordnungspunkt eins des heutigen Treffens, das wäre die Gebietsreform, die fränkischen Landkreise und Kommunen betreffend. Wie Sie sich vorstellen können, ist das keine leichte Aufgabe, deshalb hat sich zu dieser Frage meine Mitarbeiterin bereits einige Gedanken gemacht. Frau Hadauer, bitte schön.« Er machte eine ermunternde Geste in Richtung einer jungen Frau im grauen Hosenanzug, die nun aufstand und zu der Karte schritt, die ein Beamer auf eine Leinwand seitlich des Konferenztisches warf.

Dr. jur. Luise Hadauer, die kurzen schwarzen Haare zu einem neckischen Pagenschnitt frisiert, stellte sich, mit einem Laserpointer bewaffnet, neben die große Leinwand und lächelte smart in die neugierige Runde. Es war beileibe nicht ihr erster großer öffentlicher Auftritt, nein, da hatte sie in München schon ganz andere Szenarien durchgemacht. Genau diese hatten die gebürtige Augsburgerin dazu bewogen, ihrem ehemaligen Kollegen in der bayerischen Staatsregierung, Manfred Zöder, auf dessen Ruf hin nach Franken zu folgen. Befördert wurde der Entschluss natürlich auch dadurch, dass sie ihren Job als Chefin der Staatskanzlei unter unrühmlichen Umständen verloren hatte. Für eine politische Karriere ein eher ungünstiger Vorgang.

Der Aufbau eines neuen Bundeslandes war so gesehen eine sehr reizvolle, vor allem aber eine stressfreiere Aufgabe als der Alltagswahnsinn in der Münchner Staatskanzlei. Hier in Franken, so hoffte sie, würde sie mit ihrer Kompetenz, ihrer fachlichen Überlegenheit endlich in ein ruhigeres Fahrwasser geraten, politisches Weiterkommen inklusive. Schließlich war Franken nicht

Bayern und schon gar nicht München. In Franken gab es ja nicht einmal eine richtige Stadt. Ganz Franken war ländlich geprägt, und das galt aus ihrer Sicht auch für Nürnberg, das größte Dorf im zukünftigen Staatsgebilde.

»Herzlich willkommen, meine Damen und Herren, mein Name ist Luise Hadauer, und ich möchte Ihnen heute meinen Vorschlag für eine Gebietsreform des zukünftigen Bundeslandes Franken vorstellen.« Sie lächelte die anwesenden Vertreter der verschiedenen Landesteile so einnehmend an, wie sie nur konnte. Dann richtete sie den roten Punkt ihres Laserpointers auf die fränkische Landkarte. »Wie Sie sehen können, meine Damen und Herren, beschränke ich mich auf die Gebiete innerhalb der fränkischen Grenzen, wie sie von der aktuellen politischen Situation derzeit vorgegeben werden. Das heißt, dass wir fürs Erste die Landesteile in Thüringen und Baden-Württemberg außer Acht lassen müssen, da der Zusammenschluss mit ihnen äußerst fraglich ist. Widmen wir uns also zunächst den tatsächlichen Gegebenheiten, meine Damen und Herren.«

Sie lächelte weiter geschäftsmäßig-freundlich in Richtung ihrer Zuhörerschaft, die ihr mit durchaus wohlwollenden Mienen, vor allem aber gespannt lauschte, und ergänzte: »Die Ergebnisse meiner Überlegungen sind auf dieser Karte zu sehen, die ich außerdem für Sie ausgedruckt habe. Sie finden Ihr persönliches Exemplar in der durchsichtigen Mappe vor Ihnen.«

Sofort schossen die Hände der Anwesenden zu den Unterlagen, die in einem durchsichtigen Schnellhefter an jedem Platz abgelegt worden waren. Die DIN-A3-großen Karten wurden sogleich von allen ausgeklappt und interessiert studiert. Das war das Signal für Luise Hadauer, mit ihren Ausführungen weiterzumachen.

»Nun denn, der grundlegende Gedanke war, einige Vereinfachungen bei den Landkreisen vorzunehmen und auch im kommunalen Bereich Gebiete zusammenzufassen, die zusammengehören, um einmal einen Terminus der deutschen Wiedervereinigung zu gebrauchen.« Ein fast schon staatsmännischer Blick in die Runde, der kurz auf ihrem Förderer, dem künftigen fränkischen Ministerpräsidenten Zöder, hängen blieb, dann wandte sie sich wieder der Leinwand zu.

Manfred Zöder war stolz auf seine Luise. Es war definitiv eine seiner besseren Ideen gewesen, sie aus der Staatskanzlei loszueisen und hier zu sich nach Franken zu holen. Das Mädel war wirklich fit, gut aussehend, hochkompetent und ausgesprochen einnehmend.

Gerade als er sich dieses Umstandes bewusst wurde, gingen bei ihm die ersten Alarmlampen an. Aufgepasst, Manfred, Obacht, nicht dass die hübsche Luise nach deinem Job trachtet, dachte er leicht beunruhigt und machte einen Vermerk in seine Luise-Hadauer-Domestizierungspläne.

Die hatte mit ihrem Vortrag weitergemacht und war gerade im Begriff, zum Kern ihrer Reform zu kommen. »Wie Sie sehen können, haben wir die einzelnen fränkischen Landkreise grenztechnisch etwas bereinigt und so die –«

Sie wurde vom ehemaligen Landrat des Landkreises Haßberge, Rudolf Mundwerker, unterbrochen. Rudolf Mundwerker war so etwas wie der Alterspräsident der Frankenpartei und als ehemaliger Landrat geradezu prädestiniert dafür, auf dem Gebiet einer Gebietsreform seinen Beitrag zu leisten. Beim Studium der neuen Frankenkarte war ihm denn auch sofort etwas aufgefallen. Etwas, das ihn mit großer Unruhe und erheblichem Unbehagen erfüllte.

»Entschuldigung, Frau Hadauer, ich sehe hier etwas auf der Karte, das sicher ein Druckfehler, vielleicht aber auch ein Irrtum ist, den es aufzuklären gilt«, sagte er freundlich und lächelte Luise Hadauer jovial an. Alles wirkte recht unspektakulär, Manfred Zöder meinte jedoch, ein kurzes Flackern in Mundwerkers Augen gesehen zu haben.

»Ja, Herr Mundwerker, kein Problem, wir sind ja hier, um alle Meinungen einzuholen und über alles zu diskutieren.« Luise Hadauer senkte für einen kurzen Moment den Laserpointer und forderte Mundwerker mit einer ermunternden Geste zum Sprechen auf.

Allerdings standen ihr Auftreten und vor allem ihr innerer Gemütszustand zu dem eben Gesagten in krassem Widerspruch. Um genau zu sein, sie hatte glatt gelogen. Natürlich war sie nicht hier, um zu diskutieren oder gar grundsätzliche Änderungen an ihrem Konzept in Erwägung zu ziehen. Die Gebietsreform war in engster Zusammenarbeit mit Manfred Zöder abgestimmt und damit so gut wie abgesegnet. Diese Versammlung war nur das demokratische Feigenblatt für die Öffentlichkeit, so eine Art FIFA-Demokratie für die Franken. Nein, Einsprüche konnte man bei Luise Hadauer zwar vorbringen, Auswirkungen würden sie aber nicht haben.

Mit einem kühlen Glitzern in den Augen wartete sie auf den Einwurf von Mundwerker, dem das Thema sichtlich unter den Nägeln brannte.

»Na ja, es ist halt so, dass das auf dem Papier alles ganz nett aussieht, aber ich bitte doch dringend darum, auf die lokalen Befindlichkeiten Rücksicht zu nehmen, sonst kommen wir hiermit in Teufels Küche.« Er hatte die rechte Hand hoch erhoben und wedelte nun wild mit dem Plan in der Luft herum. Da Rudolf Mundwerker aber eher klein gebaut war, ein Sitzzwerg sozusagen, und mit dem Bauchnabel seines hochgewachsenen Nachbarn auf Augenhöhe, führte sein Plangefuchtel dazu, dass seine beiden Tischnachbarn flugs die Köpfe einziehen und in Deckung gehen mussten.

»Lokale Befindlichkeiten …«, echote Hadauer mit einem herablassenden Ton in der Stimme, während sie Mundwerker mit ihren Blicken an seinen Platz zu nageln versuchte, was diesen aber nicht besonders beeindruckte, denn er beabsichtigte ja nur, Schlimmeres zu verhindern.

Mundwerker blieb also keineswegs an seinem Platz, nein, der kleine, aber wortgewaltige Ex-Landrat legte den Plan auf den Tisch und machte sich auf den Weg in Richtung Leinwand, um seinem Anliegen die entsprechende Durchschlagskraft zu verleihen.

Luise Hadauer stand starr an ihrem Platz neben der Leinwand und wusste für einen Augenblick nicht so recht, wie sie sich verhalten sollte. In ihrer gesamten Laufbahn als Staatssekretärin war ihr das noch nicht passiert. Diskussionen, Flüche, wilde Beschimpfungen, ja. Aber dass sich ihr ein Mitglied der Runde physisch näherte, hatte bisher jenseits ihres Vorstellungsvermögens gelegen. Für den Bruchteil einer Sekunde sah sie zum Ministerpräsidenten hinüber, der aber nur abwartend dasaß und keine Miene verzog. Das war definitiv ihre Baustelle, jetzt musste sie sich wohl durchsetzen in der fränkischen Provinzmännerwelt.

Bis sie ihre Gedanken strategisch sortiert hatte, war Mundwerker jedoch an der Leinwand angelangt und patschte nun mit hocherhobenem Arm auf einen Punkt in der Mitte der Landkarte. Dieser Punkt, irgendwo zwischen Bamberg und der Rhön angesiedelt und für Luise Hadauer ziemlich genau auf Augenhöhe, sagte ihr rein gar nichts. Für Rudolf Mundwerker schien dieser Flecken aber eine immense Bedeutung zu besitzen, denn er schaute Luise Hadauer jetzt mit flammendem Blick an.

»Das da ist Ihr neuer Landkreis Haßberge?«

Sie betrachtete kurz die Karte und nickte verwirrt. »Ja, das stimmt. Dieser Landkreis ist aber im Wesentlichen unverändert geblieben, bis auf ein paar kleine, unbedeutende Anpassungen. Ich verstehe ehrlich gesagt Ihre Erregung nicht ganz, Herr Mundwerker.« Ihre Souveränität war zurückgekehrt, und es lag wieder der arrogant-kalte Zug um ihren lächelnden Mund.

Aber Mundwerker war noch nicht beim Kern seines Problems angekommen. »So? Kleine, unbedeutende Anpassungen haben Sie vorgenommen? Ich will Ihnen sagen, was Sie gemacht haben, Frau Staatssekretärin. Sie haben die Gemeinden Maroldsweisach und Ermershausen zu einer Gemeinde vereinigt. Und was noch schlimmer ist, Ermershausen soll vollständig nach Maroldsweisach eingemeindet werden. Um Himmels willen, Leut, des gehd ned!«, rief er, verschränkte die Arme vor der Brust und schaute sie entschlossen an.

Am großen Tisch war nach dieser Verlautbarung erschrockenes Gemurmel zu hören, gefolgt von aufgeregtem Rascheln, weil alle Anwesenden ihre Landkarten studierten.

Manfred Zöder sagte gar nichts, nur ein leichtes Stirnrunzeln war bei ihm zu erkennen.

★★★

Franz Haderlein hatte Lagerfeld und Riemenschneider wie geplant an der Dienststelle abgesetzt. Dann hatte er noch eine Weile herumtelefoniert und sich einen emotionalen Beistand organisiert. Todesnachrichten waren nicht leicht zu überbringen, und wenn es um zurückbleibende Kinder ging, erst recht nicht. Deswegen wollte er sicherheitshalber eine junge Beamtin mitnehmen, falls er allein nicht mit der Situation klarkam oder das Mädchen sich lieber einer Frau anvertrauen wollte.

Seine Wahl war auf Gabi Schlereth gefallen, eine junge dreißigjährige Polizistin, die sich in solchen Situationen schon mehrfach bewährt hatte. Zusammen waren sie nun auf dem Weg nach Jesserndorf. Wenn er ehrlich war, hatte ihn die Zeit im Grundbuchamt etwas frustriert. Tatsächlich wäre es ihm lieber gewesen, Wagenbrenner hätte richtiggelegen. So blieben ihm nur der unbefriedigende Rückzug und der traurige Arbeitsalltag.

Das Navigationssystem führte sie kurz vor Ebern von der Bundesstraße weg und links hinauf in die Haßberge, wo ihnen nach kurzer Zeit ein Schild den Weg nach Jesserndorf wies. Im Ort angekommen, ging es dann noch einmal links hinunter in die Straße »Am Dorfgrund«, an deren Ende ein relativ einsam dastehendes kleines Häuschen mit kleinem Gartengrundstück auf sie wartete.

Sie waren kaum in die Straße eingebogen, als ihnen mit einem höllischen Tempo ein dunkelgrüner Geländewagen entgegenkam. Haderlein riss das Steuer des Landrovers herum und wich gerade noch nach rechts an den äußersten Straßenrand aus, sonst wäre es auf der schmalen, regennassen Dorfstraße wirklich eng geworden. Zum Glück waren sie noch nicht im Dorf selbst, sodass rechts und links genug Wiese vorhanden war, auf die man zur Not ausweichen konnte. Der Fahrer des grünen Boliden schien das zu wissen und hatte einfach stur die Richtung beibehalten, während Haderleins Landrover sich bereits mit zwei Rädern in die feuchte Wiese grub.

Lauthals über den Haßfurter Landkreis und dessen Autofahrer fluchend, lenkte der Kriminalhauptkommissar den Wagen zurück auf die Straße »Am Dorfgrund«, musste sich dann aber von seiner schmunzelnden Kollegin darüber belehren lassen, dass der grüne Mercedes, der ihn fast von der Straße gefegt hätte, mitnichten eine Haßfurter, sondern eine Bamberger Nummer gehabt hatte.

»Du kannst nicht alles Schlechte in dieser Welt auf die Haßfurter Autofahrer schieben«, meinte Gabi lachend, was allerdings eine nur sehr beschränkt aufhellende Wirkung auf Haderleins Gemütszustand hatte.

Haßfurter oder nicht, der Typ hatte einen gemeingefährlichen Fahrstil und gehörte Haderleins Meinung nach sofort aus dem Verkehr gezogen. Da nützte ihm auch sein bescheuerter Kamelaufkleber nichts, hinter dem groß und breit »Safari« gestanden hatte. Wahrscheinlich hatte der Depp irgendwann mal eine Wüstensafari irgendwo in Afrika mitgemacht und fuhr nun hier in Deutschland einfach in dem Stil so weiter.

Eigentlich war der Verkehrsterrorist Franz Haderlein im Moment aber auch egal, er wollte nur endlich seiner Christenpflicht nachkommen und dem Kollegen Wagenbrenner seinen Freundschaftsdienst erweisen.

Laut schimpfend legte er die restlichen Meter bis zum Ziel zurück. Dieser Tag war bisher alles andere als erfolgreich verlaufen und drohte sogar noch schlimmer zu werden. Er wollte die traurige Nachricht loswerden und dann nichts wie weg und zurück in die heimische, trockene Dienststelle. In den Haßbergen war es zwar sehr schön, aber auch hier konnte man depressiv werden, wenn es wie jetzt gerade schon den halben Dezember ununterbrochen wie aus Kübeln schüttete.

Sie fuhren bis an den Ortsrand, wo linker Hand ein kleines Fachwerkhäuschen mit umlaufendem Gartengrundstück stand. Mit missmutigem Gesicht stellte der immer noch knurrige Haderlein seinen Wagen etwa fünfzig Meter vom Haus entfernt auf dem Wiesenstreifen neben der Straße ab. »Den Rest laufen wir«, beschied er Gabi knapp, während er den Motor abstellte. Direkt neben dem Haus war es nämlich so eng, dass er es lieber nicht riskieren wollte, dem nächsten tollwütigen Autofahrer als schönes, großes Ziel zu dienen. Das fehlte ihm heute noch, im strömenden Regen auf einen Abschleppwagen zu warten.

Gabi Schlereths Grinsen wurde immer breiter. Haderleins missmutige, bisweilen störrische Art war in Polizeikreisen legendär. Wenn er nicht gut drauf war, ließ man ihn am besten in Frieden. Solche Phasen musste er mit sich selbst ausmachen, sich ein bisschen in seine Höhle zurückziehen, und nach einer Weile war er dann wieder die Ausgeglichenheit in Person. Das war ihr klar, und deswegen war es jetzt besser, wenn sie die ganze Sache in die Hand nahm. Sollten hier wirklich minderjährige Kinder im Spiel sein, hatte es wenig Sinn, mit einem mies gelaunten Kollegen dort aufzutauchen. Haderlein war sowieso nicht gerade der Allerfeinfühligste, also sollte er sich erst einmal abregen, dann konnte man weitersehen.

»Pass auf, Franz. Du bleibst jetzt erst einmal hier im Trockenen sitzen und lässt ein wenig Dampf aus deinem Kessel, ja? Ich geh schon mal vor und sondiere die Lage. Sollte ich tatsächlich deine Hilfe benötigen, rufe ich dich. Alles klar?«

Franz Haderlein atmete tief durch, dann nickte er dankbar. Lagerfeld würde jetzt ganz sicher erst einmal eine rauchen, Haderlein dagegen war eher nach einem Bier oder einem guten Schnaps. Aber er war im Dienst, da konnte er sich mit derlei Alkoholika nicht abgeben, sondern musste sehen, wie er die Stresshormone anderweitig loswurde.

Gabi Schlereth klopfte ihm noch einmal aufmunternd auf die Schulter, dann öffnete sie die Wagentür und stieg aus dem Fahrzeug. Es war genau das richtige Wetter, um die offizielle Polizeikappe der Uniform einmal wirklich sinnstiftend einzusetzen. Im Sommer war das Ding ja eher lästig, aber jetzt ein durchaus nützliches Kleidungsstück. Schließlich konnte man es als Frau nicht brauchen, mit tropfnassen Haaren durch die Gegend zu laufen. Also setzte sie sich ihre Kopfbedeckung auf und schritt, so schnell es ging, zum Haus hinüber.

Der Regen war wirklich unerbittlich und hatte eine durchgehende Wasserschicht auf die Dorfstraße gelegt. Das hatte zur Folge, dass ihre braune Diensthose durch das aufspritzende Wasser über den Schuhen durchnässt war, noch bevor sie den Gartenzaun des Grundstückes erreicht hatte. Die fünfzig Meter über die Straße hatten bereits gereicht, ihre Uniform zu versauen. Na gut, das Wetter war nun einmal so, wie es war. Seufzend öffnete sie die kleine Holztür am etwa einen Meter hohen Lattenzaun und beeilte sich, auch noch die restlichen etwa acht Meter bis zur Haustür zurückzulegen, wo ein breiter Dachüberstand einen einigermaßen trockenen Aufenthalt versprach. Und tatsächlich war da ein guter Meter vor der schönen, alten Tür, der vom prasselnden Regen verschont wurde.

Gabi Schlereth nahm ihre Dienstmütze vom Kopf und klopfte erst einmal kurz den Regen herunter, dann betrachtete sie das Haus, vor dem sie stand. Ein schönes, altes fränkisches Fachwerkhäuschen war das. Zwar relativ klein, aber wunderschön auf einem Eckgrundstück gelegen. Dazu dieser wirklich nette Garten, der sich rings um das Häuschen herumzog. Sehr idyllisch, das alles, nur schien niemand da zu sein, denn durch das Fenster neben der Tür war kein Licht zu sehen, und vor dem Haus stand weder ein Auto noch ein Fahrrad oder Ähnliches.

Na gut, sie würde einfach ihr Glück versuchen. Wenn niemand zu Hause war, konnte sie ihre Karte mit einer Bitte um Rückruf dalassen. Dann würde man weitersehen. Sie lächelte noch einmal kurz zu Franz in seinem Landrover hinüber, dann drückte sie den weißen Klingelknopf direkt neben der Tür.

Franz Haderlein hatte die ganze Zeit durch die Windschutzscheibe in den Regen geschaut. Er hatte Gabi Schlereth bei ihrem Dauerlauf in Richtung Gartenzaun zugesehen und beobachtet, wie sie unter dem schützenden Dachvorsprung angekommen war und erst einmal das Wasser von ihrer Dienstmütze geschüttelt hatte. Er beneidete sie nicht um den Job, den sie ihm nun dankenswerterweise abnahm. Niemand machte das gern, Todesnachrichten überbringen. Falls die Tochter von Angelika Schöpp noch in der Schule oder sonst wo war, mussten sie auch noch dorthin, um die schmerzliche Nachricht zu überbringen. Nein, kein Polizist dieser Welt riss sich um diesen Teil seines beruflichen Daseins. Wenn sie wieder in der Dienststelle waren, musste er mit Gabi mal einen Kaffee trinken oder ihr sogar ein paar Blumen hinstellen. Sie war so eine gute, hilfsbereite Seele, das hatte sie sich wirklich verdient.

Der Scheibenwischer räumte ein weiteres Mal so gut es ging die dicken Regentropfen von der Scheibe. Er sah, wie Gabi zu ihm herüberlächelte und anschließend auf den Klingelknopf drückte. Dann brach das Inferno los.

Franz Haderlein konnte sich später nur noch an einen grellen Blitz erinnern und an sehr viel weißen Rauch. Das war es, was er sah, als das schöne alte Haus am Dorfgrund in Jesserndorf in die Luft flog. Der Landrover wurde an der linken Seite angehoben und plumpste nach einer gefühlten Ewigkeit wieder nach unten auf seine Räder. Dann hagelte es von oben Trümmerstücke auf das Autodach. Haderlein saß wie betäubt einige Sekunden lang im Wagen, der von dichtem weißen Qualm umhüllt war, bis das

Geräusch der herunterfallenden Trümmerteile urplötzlich erstarb. Schlagartig war seine Schockphase vorbei. Er riss die Fahrertür auf und stürmte nach draußen in den weißen Nebel, rannte ohne Sicht in Richtung des Hauses, wobei er mehrmals fiel, weil ihm andauernd ein mehr oder weniger großes brennendes Trümmerstück im Weg lag.

»Gabi! Gabi, wo bist du?«, rief er, so laut er konnte, in den undurchdringlichen Qualm, aber er bekam keine Antwort.

Der kalte Regen drang unerbittlich durch sein Hemd, aber Franz Haderlein fröstelte nicht deswegen.

Wo war Gabi Schlereth? Sie hatte doch während der Explosion genau neben der Tür gestanden. Er musste sie finden.

Allmählich konnte er die ersten Lücken im Qualm erkennen, was ihm die Orientierung nun sehr erleichterte. Auch der strömende Regen trug dazu bei, den Rauch aus der Luft zu waschen. Dann entdeckte er linker Hand einen Körper im flachen Graben neben der Dorfstraße. Er sprintete zu der verkrümmt am Boden liegenden Kollegin und drehte sie vorsichtig auf den Rücken.

Der Anblick war entsetzlich. Gabi Schlereths Gesicht war bis zur Unkenntlichkeit verbrannt, ihre Uniform durch die Explosion völlig zerrissen. Sie hing nur noch in Fetzen an ihrem Körper.

Gabi schaute ihn aus leblosen Augen an, und Haderlein wusste sofort, dass ihr nicht mehr zu helfen war. Er fühlte sicherheitshalber ihren Puls, aber da war nichts mehr zu spüren.

Während von überall aus den Häusern die Bewohner Jesserndorfs herbeigelaufen kamen, hielt Franz Haderlein Gabi Schlereths Hand. Ihm schossen chaotische Gedanken durch den Kopf und, zum ersten Mal seit vielen Jahren, leise Tränen in die Augen.

Noch vier Tage

Schon beim Aufstehen heute hatte er ein merkwürdiges Gefühl gehabt.

Wenn man sich lange genug in der eng umgrenzten Welt einer Vollzugsanstalt aufhielt, bemerkte man diese kleinen, unmerklichen Veränderungen sofort, dann spürte man, dass etwas nicht stimmte. Vorausgesetzt, man ließ sich darauf ein und entwickelte feine Antennen. Es gab natürlich ebenso die Möglichkeit, sich auf brutale Art und Weise durchzusetzen. Das war einfach und für jeden zu verstehen. In dem Fall brauchte man keine Antennen, sondern nur ein sehr großes Durchsetzungsvermögen. Von der Sorte Häftling gab es hier schon ein paar, aber sein Stil war das nicht.

Am Anfang seiner Karriere hatte er sich in dieser Anstalt ein paarmal massiv durchsetzen müssen, danach war Ruhe gewesen. Er provozierte keine Schlägereien oder andere gewalttätige Auseinandersetzungen, er war intelligent genug, das im Normalfall anders zu lösen. Aber wenn es dazu kam, wusste er auch mit solchen Lösungswegen umzugehen.

Er hatte von Kindesbeinen an lernen müssen, sich im Zweifel auch gegen Stärkere durchzusetzen. Wenn man kleiner und schwächer war, ging das nicht mit Körperkraft, sondern nur mit Technik – und mit Klugheit. Genau das ging den meisten Idioten hier jedoch ab. Die schaukelten ihre großen, dicken, tätowierten Muskeln stolz durch die Gegend. Doch was nützten einem tausend Volt am Bizeps, wenn weiter oben, unter der Schädeldecke, das Lichtlein nicht brannte? Das würden die nie kapieren. Also respektierte er seine diffusen Ahnungen und Antennensignale und tat das, was er immer tat, wenn er existenzielle Auseinandersetzungen fürchtete: Er steckte seine Zahnbürste ein.

Beim Frühstück war er sehr vorsichtig, aber alles schien so weit okay zu sein. Nichts deutete auf irgendetwas Ungewöhnliches hin. Das unangenehme Gefühl ließ ihn jedoch nicht los. Es waren die Blicke der Mithäftlinge, die Gespräche. Sogar die Sitzordnung strahlte für ihn erste Signale der Gefahr aus.

Was ihn allerdings wirklich beunruhigte, war das Fehlen von Anton. Anton war der einzige echte Kumpel, den er hier im Gefängnis hatte. Es war nicht so, als würden sie andauernd zusammenhocken, dafür waren sie beide nicht der Typ. Aber er wusste, Anton konnte er alles sagen, ihm konnte er rückhaltlos vertrauen. Anton hatte ihm schon mehrfach aus der Patsche geholfen, und umgekehrt war es genauso. Und wenn nicht gerade einer von ihnen wegen eines üblen grippalen Infekts auf der Krankenstation lag, trafen sie sich zu den Mahlzeiten, die sie stets am selben Platz einnahmen. Jeder wusste, wo sie saßen, jeder respektierte das und setzte sich schön brav woandershin, um seine Nudeln mit Gulasch zu vernichten. Doch heute war Anton nicht da.

Vorsichtig blickte er sich um, aber er konnte ihn nirgendwo entdecken. Ein merkwürdiges Kribbeln kroch ihm den Rücken hinauf und dann wieder hinunter. Irgendetwas war faul im Staate Dänemark.

Nach dem Frühstück gab er das Tablett ab und versuchte, so ruhig und gelassen, wie es eben ging, seinem normalen Tagesrhythmus zu folgen. Doch heute war er alles andere als relaxt. So verbrachte er einen reichlich angespannten Vormittag und dachte an alles Mögliche, nur nicht an seine in Kürze bevorstehende Entlassung. Er tat das, was er in der Gefängniswerkstatt immer tat, und beobachtete dabei sehr genau seine Umgebung. Auch hier meinte er, diese undefinierte Gefahr spüren zu können. Aber es passierte während des ganzen Vormittages absolut nichts.

So nahte das Arbeitsende, und die tägliche Mittagspause begann. Als er zum Essen in den Saal trat, sah er Anton wie gewohnt an seinem angestammten Platz sitzen. Krank war er also offensichtlich nicht, dafür aber viel zu früh zum Essen erschienen, denn sein Teller war bereits so gut wie leer gegessen. Erstaunt holte er sich seine Ration und begab sich zu Anton, um sich neben ihn zu setzen. Vielleicht konnte der ihm erklären, was heute los war.

Er war gerade im Begriff, sich zu setzen, da erhob sich Anton ansatzlos und schaute ihm nicht einmal in die Augen, sondern murmelte nur leise und undeutlich so etwas Ähnliches wie »Kannst dich auf meinen Platz setzen«. Dann ging er, ohne ein weiteres Wort zu verlieren, davon.

Einen kurzen Blick hatte er ihm dann doch noch zugeworfen,

und er konnte erkennen, dass Antons Gesicht reichlich geschwollen war. Außerdem hinkte er kräftig, und der linke Arm hielt nicht das Tablett, sondern hing schlaff herunter. Anton war von irgendjemandem übel mitgespielt worden, und er wusste sofort, dass das irgendwas mit ihm zu tun haben musste.

Als er sich auf Antons Platz setzte, wurde die Ahnung zur Gewissheit. Dort, wo Antons Tablett gestanden hatte, lag jetzt nämlich ein kleiner, ausgefranster Zettel, den er möglichst unauffällig an sich nahm.

»Pass auf«, stand da, nur zwei Worte, offensichtlich eiligst hingekritzelt.

Er führte den Zettel mit der hohlen Hand über den Teller und ließ ihn fallen. Mit ein paar schnellen Bewegungen rührte er den winzigen Fetzen unter das Essen, woraufhin er sich das Gemenge auf den Löffel schob und umgehend verspeiste.

Jetzt war alles klar, Anton hatte ihm eine Warnung geschickt, obwohl irgendwer versucht hatte, genau das zu verhindern.

Ab jetzt war er hellwach und grübelte den ganzen restlichen Tag darüber nach, wer es denn sein würde, der ihm an den Kragen wollte, und wie derjenige es anstellen wollte. Viele Methoden, ihn um die Ecke zu bringen, blieben ja nicht mehr übrig. Und mit dem gleichen Trick würde es keiner mehr probieren. Sie mochten ihn für vieles halten, aber ganz bestimmt nicht für blöd. Wenn er sich in die Situation der anderen hineinversetzte, blieb eigentlich nur noch die nackte Gewalt. Man würde wohl versuchen, ihn mit bloßen Händen umzulegen.

Wenn er richtiglag und sich die entsprechenden Kandidaten überlegte, kamen eigentlich nur zwei in Betracht, die er für einen Auftragsmord durch Halsumdrehen engagieren würde. Da war zum einen Junkie, wegen Bandenkriminalität zu einer längeren Haftstrafe verurteilt. Ein Baum von einem Kerl und eigentlich eine Seele von Mensch, aber wenn Junkie keinen Stoff bekam, dann wurde er zum Tier. Stopfte man ihm genug Dope in seine Taschen, erklärte er sich wahrscheinlich zu allem Möglichen bereit. Er hatte mal miterlebt, wie dieser Riese einen Mithäftling zerlegte, weil der ihn um ein paar Euro beschissen hatte. Also, wenn sie Junkie herumgekriegt hatten, dann hatte er definitiv ein Problem.

Der andere Kandidat war ein Mitglied der Hells Angels, den sie wegen unerlaubten Waffenbesitzes und schwerer Körperverletzung drangekriegt hatten. Der wilde Typ war von oben bis unten tätowiert und erst seit ein paar Monaten hier. Ein absoluter Einzelgänger, der um alles und jeden einen großen Bogen machte. Nur beim Sport auf dem Hof hatte man mit ihm zu tun, dann allerdings auf die unangenehme Art, denn Emil Klaback hielt sich nur rudimentär an Spielregeln. Mit ihm Basketball zu spielen war eher eine Nahkampfübung als eine Sportart. Ergo hatte sich die Zahl derer, die gegen ihn und seine Mannschaft spielen wollten, reichlich verringert. Bis jetzt hatte er immer dagegenhalten können, wenn er Emil als Gegner auf dem Basketballplatz angetroffen hatte. Aber wenn er ihm mit einem Mal auf Leben und Tod gegenüberstünde, hätte er Sorge, wie die Sache ausgehen würde.

Die Stunden verrannen, der Tag neigte sich seinem Ende entgegen, doch nichts passierte. Die ganze Zeit über hatte er den Kontakt zu anderen gemieden oder auf das Nötigste beschränkt. Beim Sport hatte er Emil und Junkie unauffällig im Auge behalten, aber nichts bemerkt, was ihm Sorgen bereiten müsste. Jetzt wurde es langsam dunkel, und es war Zeit für das Abendessen. Vorher ging man zum Duschen, danach wurde noch eine kurze Zeit des Zusammenseins im Gemeinschaftsraum angesetzt, ab neun Uhr war wieder Zelle angesagt.

Im Duschraum waren bereits einige vor ihm, und er bemerkte, dass sie ihm merkwürdige Blicke zuwarfen. Nicht scheu oder abweisend, nein, es war mehr so eine Art überbordende Freundlichkeit. Ein dummer Scherz mehr als sonst, ein Lächeln zu viel im falschen Moment, alles roch nach Gefahr. Dann verschwand einer nach dem anderen durch die Tür in den Ankleideraum. Das geschah so schnell und unauffällig, dass er erst nachdem er sich das Shampoo aus den Haaren gewaschen hatte, bemerkte, dass er mit einem Mal ganz allein in dem großen Duschraum stand.

Er verharrte eine Schrecksekunde lang, dann handelte er blitzschnell. Er stellte die Dusche ab und griff nach dem Shampoo. Mit beiden Händen drückte er den kompletten Inhalt aus der Plastikflasche und verteilte die durchsichtige Masse rings um sich herum auf den Fliesen des Duschraums, wo sie sich langsam, aber konsequent auf dem nassen Boden ausbreitete. Er hatte die leere Flasche gerade zur Seite gestellt, als jemand durch die Tür des Duschraumes trat.

Also Junkie, dachte er, als der rotblonde Hüne auf ihn zukam. Bernd Scheuerling, wie Junkie mit bürgerlichem Namen hieß, trug zwar ein Badetuch um die Hüften und hatte ein Stück Seife in der Hand, gab sich ansonsten aber keine Mühe, sein Vorhaben irgendwie zu verbergen. Er war nicht mit dem allergrößten Scharfsinn gesegnet, und irgendwelche halbgaren Ausreden hätten wohl vermutlich die gesamte Rechenleistung, zu der er imstande war, verbraten. Also hatte er sich gar nicht erst eine Erklärung zurechtgelegt. Er wollte hier nur so schnell wie möglich fertig werden. »Tut mir leid, Alter«, stieß er nur kurz hervor, dann legte er seine Badeseife weg.

»Ja, mir tut es auch leid«, entgegnete er ruhig und fasste mit der linken Hand seine Zahnbürste etwas fester. Es in der Dusche zu versuchen war durchaus folgerichtig. Junkie würde seinen Auftrag hier ungestört erledigen können, zumindest aber würde es jetzt zu einer so heftigen Schlägerei kommen, dass seine Entlassung in ein paar Tagen fürs Erste aufgehoben wäre. Die Sache würde eine Untersuchung nach sich ziehen, und seine gute Führung wäre dahin. Man würde ihn erst einmal weiter hierbehalten.

Das hatten sie sich sauber ausgedacht. Er musste jetzt also das Kunststück fertigbringen, erstens Junkies Angriff zu überleben und zweitens eine saubere Weste dabei zu behalten. Das war, vorsichtig ausgedrückt, ziemlich anspruchsvoll. Seine Hand krampfte sich um die Zahnbürste. Er hatte sich das Teil mitgenommen, für alle Fälle. Und »alle Fälle« war jetzt eingetreten.

»Was haben sie dir versprochen, Junkie? Egal was es ist, du machst einen großen Fehler, du hohle Nuss«, versuchte er es sicherheitshalber noch einmal auf die ruhige Tour, obwohl er wusste, dass es keinen Sinn haben würde. Junkie war einfach zu blöd, um einsichtig zu sein.

»Tut mir echt leid«, bekam er standardmäßig noch einmal zu hören, dann hatte Junkie die komplizierte Diskussion offensichtlich satt und kam mit zwei schnellen Schritten direkt auf ihn zu. Dabei streckte er den Arm aus, um ihn an der Schulter zu packen.

Kurz bevor die Hand ihn erreichte, griff er mit seiner Rechten nach Junkies Unterarm, ging blitzschnell in die Hocke, wobei er sich um neunzig Grad drehte, und stieß mit dem rechten Fuß so hart er konnte gegen Junkies linkes Knie.

Auf dem glitschigen Boden hatte der Riese keine Chance, sein Bein rutschte sofort nach hinten weg. Wie ein gefällter Baum fiel der fast zwei Meter große und hundertzwanzig Kilo schwere Bernd Schmelzer mit dem Gesicht voraus in Richtung Fliesenboden. Kurz bevor seine Nase die glitschigen Kacheln erreichte, streckte das anvisierte Opfer die linke Hand aus und hielt eine Zahnbürste mit dem Stil nach oben direkt unter Junkies rechtes Auge.

Mit einem dumpfen Knall schlug Junkie auf dem Boden der Gefängnisdusche auf.

Draußen im Umkleideraum waren etliche Häftlinge der Justizvollzugsanstalt versammelt und horchten stumm in Richtung Duschraum. Zuerst waren einige Wortfetzen zu vernehmen gewesen, dann gab es einen dumpfen Schlag. Wenige Sekunden später wurde eine Dusche in Betrieb genommen. Aber nur kurz, bald darauf verstummte das Geräusch von fließendem Wasser bereits wieder.

Sie hörten nackte Füße über den Fliesenboden laufen, dann erschien jemand in der Tür – aber es war nicht derjenige, von dem alle geglaubt hatten, dass er diesen Duschraum noch aufrecht stehend würde verlassen können.

»Irgendwer sollte mal die Sanitäter rufen, Junkie ist gestürzt. Ich glaube, es geht ihm nicht so gut«, sagte er. Ohne eine Reaktion abzuwarten, ging er einfach zu seinem Spind und zog sich an.

Die Häftlinge, die daraufhin zum Durchgang drängten und in den Duschraum hineinschauten, sahen Junkies massigen Körper mit dem Gesicht nach unten reglos auf dem Boden liegen. Eine immer größer werdende Blutlache breitete sich von seinem Kopf kommend über die weißen Fliesen aus und tropfte träge in den Abfluss.

Das alte Haus

Sie hatten das Haus ihres verstorbenen Großvaters erreicht. Das Fachwerkhäuschen am Ortsanfang von Jesserndorf war ringsum von einer kleinen grünen Wiese umgeben, auf der sie als Kinder oft mit Opa Karl gespielt beziehungsweise irgendwelche wilden technischen Experimente gebastelt hatten.

Emil und Annegret John waren am kleinen Gartenzauntürchen stehen geblieben und schauten regungslos auf das Haus. Felix und Benjamin sahen, wie ihre Mutter, die etwas hinter ihrem Mann stand, dem Vater eine Hand auf die Schulter legte. Sie konnten erkennen, wie es in ihm arbeitete.

Sie hatten ihren Vater stets als strengen, katholisch konservativen Mann erlebt, der sein Augenmerk hauptsächlich darauf richtete, dass der gute Ruf der Familie nicht durch seine ungezogenen Söhne beschädigt wurde. Es war ein mittleres Drama gewesen, als sie ihren Eltern mitgeteilt hatten, bei ihrer Volljährigkeit sofort aus der katholischen Kirche austreten zu wollen. Erst gab es heftige Diskussionen, dann eisiges Schweigen. Emil John meinte wohl, in seiner Erziehung versagt zu haben. In der Wirklichkeit seiner fast erwachsenen Söhne war er nicht angekommen, und wenn sie ehrlich waren, mussten sie sich eingestehen, er war dort auch noch nie gewesen. Er war ihr Vater, dem sie allein aus diesem Grund Respekt zollten, mehr aber auch nicht.

Mit ihrer Mutter war das immer anders gewesen. Sie definierte sich als Scharnier zwischen ihrem Mann und den beiden Söhnen. Die ausgebildete Einzelhandelskauffrau hatte sich, ohne zu klagen, in das Leben auf einem Bauernhof gefügt. Auch wenn die Umstellung von der kleinen Stadt Ebern auf Reckendorf nicht so wahnsinnig groß war, ab und an merkte man ihr die stille Unzufriedenheit über das oft eingefahrene Leben mit einer Landwirtschaft schon an. Um ihre Söhne hatte sie sich jedoch stets liebevoll gekümmert und war außerordentlich stolz auf sie. Zwar gab es in mehr oder weniger regelmäßigen Abständen Ärger mit der Nachbarschaft, weil sie mal wieder irgendetwas angestellt hatten, aber Annegret John besaß die unnachahmliche

Fähigkeit, sehr beruhigend auf andere Menschen einzuwirken, seien es die durch den Nachwuchs geschädigten Nachbarn oder ihr aus demselben Anlass verärgerter Ehemann. Und nun stand sie mit etwas sorgenvollem Blick hinter ihm und wartete genau wie ihre Söhne gespannt darauf, was er nun tun würde.

Emil Johns Gesicht war kreidebleich, seine Lippen fest zu einem dünnen Strich zusammengepresst. Nach quälenden Minuten des Abwartens und einer schier unerträglichen Stille erwachte die Statue, die so lange da am Gartenzaun herumgestanden hatte, schließlich zum Leben, und Emil John holte einen kleinen Schlüsselbund aus seiner Hosentasche. »Gehen wir«, sagte er leise, bückte sich, öffnete das leise quietschende Gartentor und schritt entschlossen in Richtung Haustür.

Die anderen Familienmitglieder waren von der plötzlichen Entschlussfreudigkeit so überrascht, dass es einige Sekunden dauerte, bis auch sie sich auf den Weg machten und Emil John hinterhertrotteten. Der drehte mit mühsam beherrschter Miene und Fingern, die ein leichtes Zittern nicht verbergen konnten, den Schlüssel im Schloss herum. Er öffnete die Haustür, die ebenfalls leise quietschte und die Sicht auf den schmalen, dunklen Flur freigab.

Felix und Benjamin waren schon zigmal in diesem Haus, in diesem Flur gewesen. Ihrem Vater fiel es jedoch auch bei dieser letzten Hürde sichtlich schwer, sie zu überwinden. Schließlich fasste er sich ein Herz und betrat – wohl zum ersten Mal in seinem Leben – mit zwei schnellen Schritten das Haus seines Vaters.

Annegret John gab Felix und Benjamin ein unauffälliges Zeichen und schaute bedeutungsvoll die Treppe hinauf. Das sollte wohl heißen, sie sollten ihre Eltern hier herunten erst einmal allein lassen und sich nach oben verkrümeln. Felix war das nur recht, er hatte diese merkwürdige, unangenehme Stimmung allmählich satt. Wenn sein alter Herr schon nicht mit ihnen über sein Verhältnis zu Opa Karl reden wollte, dann war es nur recht und billig, wenn er das jetzt allein mit sich beziehungsweise mit ihrer Mutter ausmachte.

»Komm, wir schauen uns mal oben um«, sagte Felix laut und zog seinen jüngeren Bruder hinter sich her, als wollte er einen vollen Sack Klamotten bei der Altkleidersammlung abgeben. Dann stürmten sie, ohne ihren Vater auch nur eines weiteren

Blickes zu würdigen, die Treppe hinauf. Sein Bauch sagte Felix, dass sie jetzt am weitestmöglich von ihm entfernten Punkt sein sollten, und das war in diesem Haus der Dachboden.

Der Dachboden war außerdem der einzige Ort in diesem Haus, an dem sie noch nie gewesen waren. Opa Karl war immer sehr freigiebig gewesen, aber in puncto Dachboden hatte er keinen Spaß verstanden. Der war tabu, das hatte er ihnen mehr als deutlich gemacht. Es sei zu gefährlich, weil man dort durch die alte, morsche Decke durchbrechen könne. Er sei selbst schon seit Jahren nicht mehr oben gewesen, auch deshalb, weil er sich auf der schmalen, steilen Treppe nicht mehr so bewegen könne wie früher, außerdem gebe es da ja auch gar nichts Wichtiges zu finden. Und weil er seine Pappenheimer kannte, war Opa Karl auf Nummer sicher gegangen und hatte den Schlüssel zum Dachboden ganz oben am Ende der Treppe rechts an den Türrahmen gehängt.

Sie hatten seither zwar ein paarmal mit sehnsüchtigen Blicken vor dieser Tür gestanden, aber immer auf Opa gehört und den Schlüssel niemals angerührt. Das Verbot bestand nun nicht mehr, das Haus gehörte ihnen. Und da sie zwei Stockwerke tiefer sowieso nicht erwünscht waren, bot sich ihnen jetzt die phantastische Gelegenheit, endlich den alten Dachboden zu erkunden.

Es war schon ein spannendes Gefühl, nach all den Jahren der mehr oder weniger freiwilligen Enthaltsamkeit diese Räumlichkeiten betreffend, nun auch noch das letzte Geheimnis des Hauses ihres Opas lüften zu können. Felix nahm, kraft der Tatsache, dass er der Ältere der beiden war, den Schlüssel von seinem Nagel. Benjamin, bei Weitem undisziplinierter und mit einer lässigeren Lebenseinstellung gesegnet, stand ungeduldig hinter ihm.

»Jetzt mach schon auf, Felix, auf was wartest du denn?«, maulte er.

»Langsam, langsam«, beschwichtigte Felix ihn.

Die Rollenverteilung zwischen den beiden war noch immer dieselbe wie früher. Felix war zwar genauso abenteuerlustig wie Ben, dabei aber ruhiger und überlegter. Bei Benjamin hingegen musste alles hopplahopp gehen. Bloß keine Zeit verlieren, das nächste Abenteuer wartete bestimmt schon irgendwo auf ihn. Er konnte auch jetzt überhaupt kein Verständnis für das gemäßigte Vorgehen seines Bruders aufbringen. Aber der ließ sich überhaupt nicht aus der Ruhe bringen. Er steckte den alten, rostigen Bartschlüssel in das noch rostigere Schloss und drehte ihn mit sanfter Gewalt. Mit einem unangenehmen, schabenden Geräusch verließ der eiserne Riegel seinen seit Jahren angestammten Platz. Felix drückte die eiserne Klinke nach unten, woraufhin sich die kleine, niedrige Holztür mit einem heiseren Schnarren nach innen öffnete.

★★★

Haderlein kam erst wieder zu sich, als herbeigeeilte Anwohner der umliegenden Häuser ihn ansprachen, an ihm herumrüttelten und ihn hochzogen. Er war vom Regen völlig durchnässt, aber er spürte die Kälte nicht. Dann ging ein Ruck durch seinen Körper, und er versuchte mühsam, sich wieder zu orientieren. Als er sich umdrehte, konnte er das ganze Ausmaß des Desasters erkennen.

Das Haus, vor dem seine Kollegin eben noch gestanden hatte, war weg. Nur die Grundmauern ragten noch aus dem Boden, Flammen züngelten daran empor, und der eine oder andere brennende Fensterrahmen hielt sich mühsam an seinem Platz. Die verstümmelten Überreste des ersten Stockes und des Dachstuhls waren von der gewaltigen Explosion durch die Gegend geschleudert worden und rings um das Grundstück in Gauß'scher Normalverteilung auf der angrenzenden Wiese und den Nachbargrundstücken zum Liegen gekommen. Überall brannten große und kleine Feuer, und Haderlein sah, dass in den umliegenden Häusern viele Fenster zu Bruch gegangen waren.

Das laute Jaulen einer Sirene holte ihn endgültig in die Gegenwart zurück, und sein Verstand begann, wieder in Normalgeschwindigkeit zu arbeiten. Er holte seinen Dienstausweis aus seiner klammen Jacke, hielt ihn hoch und rief, so laut er konnte: »Alle mal herhören! Mein Name ist Franz Haderlein, Kriminalpolizei Bamberg. Bitte halten Sie sich von der Unglücksstelle fern und zerstören Sie keine wichtigen Spuren. Ich möchte, dass Sie jetzt erst einmal alle in Ihre Häuser zurückkehren, wir werden uns zu gegebener Zeit bei Ihnen melden. Treten Sie also bitte zurück und gehen Sie nach Hause, wir übernehmen hier!«

Das mit dem »wir« war reichlich übertrieben für einen einzelnen Polizeibeamten, der nass, verfroren und noch bis vor wenigen Minuten vollkommen desorientiert auf einem von einer Explosion verwüsteten Grundstücksareal stand. Die Reaktion der umstehenden Jesserndorfer war dementsprechend zögerlich. Einige standen weiterhin starr mit vor das Gesicht geschlagenen Händen da und betrachteten geschockt die unwirkliche Szenerie. Andere wirkten wesentlich gefasster, hatten Regenschirme aufgespannt und warteten ab, was wohl noch Spannendes geschehen würde. Aber tatsächlich gingen auf Haderleins Ansprache hin viele nach und nach heim, am ehesten wohl die, die sich um ihre zerbrochenen Fensterscheiben kümmern mussten.

Franz Haderlein hatte zwischenzeitlich sein Mobiltelefon herausgeholt und Honeypenny alarmiert, sie solle alles, was der Bamberger Kriminalpolizei an Mensch und Material zur Verfügung stand, nach Jesserndorf schicken.

Er hatte das kurze Gespräch gerade beendet, als ein wohl von den Anwohnern alarmiertes Einsatzfahrzeug des Roten Kreuzes um die Kurve gebogen kam. Haderlein lief ihm entgegen und lotste den Fahrer in Richtung des Grabens, in dem Gabi Schlereths Leichnam lag. Kaum dass der Krankenwagen angehalten hatte, sprangen die Sanitäter aus dem Fahrzeug und kümmerten sich um die leblos daliegende Polizistin.

Haderlein ließ die beiden besser allein, er konnte ihnen ohnehin nicht helfen. Andererseits wusste er im Moment gar nicht, was er stattdessen tun sollte. Ihm war in seinem Leben schon einiges passiert, eine leibhaftige Explosion hatte er bisher allerdings nicht zu seinem beruflichen Erfahrungsschatz zählen können.

Die Jesserndorfer wussten offensichtlich auch nicht so recht, wie sie mit der Situation umgehen sollten. Einige waren zwar gegangen, dafür kamen jetzt aber neue Schaulustige dazu. Verwunderlich war das für Franz Haderlein nicht, die Explosion musste kilometerweit zu hören gewesen sein. Aber die ersten Ungeduldigen machten bereits Anstalten, sich das brennende Haus etwas mehr aus der Nähe anzusehen. Das durfte auf gar keinen Fall geschehen, hier mussten dringend Spuren gesichert werden. Dieses Haus war aus irgendwelchen Gründen explodiert, und er wollte wissen, welche das waren.

Wo zum Teufel blieb die Eberner Feuerwehr, wo die Kollegen vom Streifendienst? Das Gelände musste unbedingt abgesperrt werden, aber die Kollegen von der Bereitschaftspolizei waren noch nicht hier.

Haderlein überlegte kurz, besah sich noch einmal die unübersichtliche Gesamtsituation und beschloss dann, selbst zu handeln. Er ging kurz entschlossen zum rückwärtigen Teil des Landrovers und öffnete die Heckklappe. Dort hatte er für den Notfall eine große Rolle Trassierband deponiert. Ein solcher Notfall war bisher noch nie eingetreten, da in der Regel die Kriminalpolizei erst gerufen wurde, wenn der Tatort schon abgesperrt war. Aber irgendwann war immer das erste Mal, so eben jetzt.

Er klemmte sich das Trassierband unter den Arm und schloss mit der freien Hand die Heckklappe des Landrovers. Dabei besah er sich sein Auto und stellte erstaunt fest, dass das Fahrzeug relativ wenig abbekommen hatte. Hier und da ein paar Kratzer, das war's. Lediglich auf dem Dach war eine ziemlich große Delle zu erkennen, die wohl ein herabfallender Dachziegel hineingeschlagen hatte. Die verkohlten Reste lagen noch auf dem Dach herum. Der Regen hatte die Delle mit Wasser verfüllt, sodass sie in dem grauen Lack gar nicht wirklich auffiel.

Haderlein ging mit festem Schritt die Straße entlang in Richtung Ortsrand, wo er dem Erstbesten, der dort herumstand, das Ende des Trassierbandes in die Hand drückte. »Festhalten«, befahl er dem verblüfften Regenschirmträger, dann begann er damit, im Gehen das Trassierband abzurollen.

Wann immer er einen Schaulustigen antraf, der sich verdächtig nahe am Unglücksort bewegte, ereilte diesen das gleiche Schicksal. Er bekam vom Kriminalhauptkommissar das rot-weiße Trassierband in die Hand gedrückt und durfte von nun an, ganz offiziell und polizeilich verordnet, einen Abschnitt des Grundstücks bewachen.

Haderlein zog den Kreis gerade so weit um das Haus herum, dass ihn die Flammen mit ihrer Wärme eben noch erreichen konnten und die nasse Kälte in seiner Kleidung etwas milderten. Auf diese Weise schaffte er es ohne weitere Hilfsmittel, das ganze Gelände polizeitechnisch korrekt zu sichern. Jetzt fehlte nur noch die Feuerwehr, um den Brand unter Kontrolle zu kriegen. Allerdings würde der Regen diese Arbeit irgendwann von ganz allein erledigen.

Durchnässt und immer noch dabei, das Geschehene zu verdauen, stand Franz Haderlein innerhalb des abgesperrten Areals und wartete. Kurz darauf waren Martinshörner zu hören, zwei Wagen der Bereitschaftspolizei bogen in die Straße ein, und vier Polizisten sprangen aus ihren Fahrzeugen. Erleichtert ging Haderlein ihnen entgegen und erklärte den Kollegen in kurzen, dürren Sätzen die Sachlage, woraufhin die schaulustigen Absperrbandhalter erlöst wurden und die Polizisten die grundlegenden Aufgaben der Sperrung und Absicherung mit den üblichen Mitteln übernahmen.

Kaum war auch das erledigt, fuhr mit quietschenden Reifen ein schwarzer Mercedes vor und bremste in James-Bond-Manier, bis er knapp vor dem soeben installierten Trassierband zum Stehen kam. Auf dem Nummernschild prangte ein stolzes »EBN«, das neue Eberner Kennzeichen. Der ganze alte Eberner Landkreis war ja gerade dabei, die gemeldeten Fahrzeuge egal welcher Nutzungsart mit dem neuen Kennzeichen auszurüsten und die ungeliebten Haßfurter Nummernschilder zu entfernen. Auch dieser Mercedesfahrer hatten seinem fahrbaren Untersatz diesen Segen offenbar nicht vorenthalten wollen.

Heraus sprang ein Mann mittleren Alters, der in einem grauen, etwas abgenutzt wirkenden Anzug steckte. Dafür hatte er sich einen recht neu aussehenden roten Schal um den Hals gewickelt. Sofort begann der große, stämmige Kerl, wild mit einem der Polizisten zu diskutieren. Es dauerte nicht lange, da winkte der Kollege Haderlein zu sich herüber, woraufhin sich der Kommissar widerwillig in Bewegung setzte.

Als er die beiden Männer erreichte, ergriff der Mercedesfahrer seine Hand und begann umgehend damit, sie heftig zu schütteln. »Jörg Hahnemann, Bürgermeister von Ebern. Kann ich wissen, was hier passiert ist, um Gottes willen? Wie kann ich denn helfen?«

Aha, die kommunale Obrigkeit war eingetroffen. Das hatte Haderlein gerade noch gefehlt, den konnte er jetzt wirklich nicht gebrauchen.

»Das wissen wir leider selbst noch nicht so genau, Herr Bürgermeister«, erwiderte er reserviert, dann fiel ihm aber doch etwas ein, was der Bürgermeister für ihn tun konnte. »Das heißt, ein

Schirm wäre jetzt wirklich nicht schlecht«, ergänzte er nüchtern. Nachdem sich das Adrenalin so langsam verzogen hatte, begann er nun doch zu frieren.

Bürgermeister Hahnemann drehte sich sofort zu seinem Wagen, riss die Beifahrertür auf und zerrte hektisch zwei Schirme aus dem Mercedes. Einen geblümten und einen knallroten. Diensteifrig und dabei nicht minder hektisch spannte er das bunte Teil auf und reichte es Haderlein. Den roten Schirm öffnete er und hielt ihn sich selbst über den Kopf.

Haderlein hätte wetten können, dass Herr Hahnemann noch recht neu in seinem Amt war und ganz sicher von der SPD. Keine andere Partei, außer den Grünen vielleicht, war farblich so papageienmäßig unterwegs. Die gewagte grafische Gestaltung des Knirpses über ihm interessierte den Hauptkommissar aber im Grunde gar nicht, er war gerade einfach nur froh, endlich ein Dach über dem Kopf zu haben.

»Herzlichen Dank«, gab er höflich von sich, beschäftigte sich dann aber sogleich wieder mit der Situation vor Ort. Was durchaus auch den Bürgermeister betraf. Sollte der doch ruhig einen Job übernehmen, dann war er wenigstens beschäftigt. »Wo bleibt denn eigentlich Ihre Feuerwehr, Herr Bürgermeister? Wenn die nicht bald auflaufen, gibt es hier nämlich nicht mehr viel zu löschen.«

Jörg Hahnemann schaute entgeistert um sich und musste feststellen, dass tatsächlich alles Mögliche an Mensch und Material an der Unglücksstelle versammelt war, nur von der Feuerwehr war weit und breit nichts zu sehen. Allerdings übertrieb der Kommissar wohl ein wenig, denn das Haus brannte immer noch mit erstaunlicher Intensität. Der Rauch war jedoch nicht mehr weiß, sondern kohlrabenschwarz. Aber sei's drum, gelöscht werden musste nun mal. »Ich kümmer mich drum«, sagte Hahnemann daher und fingerte nervös mit der freien Hand in der Jacke nach seinem Mobiltelefon.

»Eine Frage noch, Herr Bürgermeister. Gibt es hier eine Gasleitung, oder wissen Sie, ob da ein Gastank unter dem Haus war, der diese Explosion ausgelöst haben könnte?«

Hahnemann musste nicht überlegen, er schüttelte nachdrücklich den Kopf. »Nein, ganz sicher nicht, das habe ich schon auf der Herfahrt mit unserem Bauhof abgeklärt. Gas gibt es hier nicht, das kann nicht der Grund für die Explosion gewesen sein, Herr Kommissar.«

Die Frage war eigentlich nur eine Haderlein'sche Pflichtübung gewesen, denn bei Gasexplosionen war der Kriminalhauptkommissar schon mehrmals gewesen. Das Feuer brannte anders und produzierte vor allem nicht diesen dicken schwarzen Rauch. Er bedankte sich beim Bürgermeister für die klare Aussage und überließ den Mann erst einmal sich selbst und seiner wichtigen Aufgabe.

Kein Gas. Was zum Teufel hatte denn dann zu so einer gewaltigen Explosion in einem so kleinen Haus geführt, wenn es nicht Gas gewesen war? Das Feuer brannte zwar immer noch, aber so langsam wurde es doch kleiner und war an manchen entfernten Stellen auch schon erloschen. Haderlein beschloss, sich den Ort des Desasters einmal näher anzusehen, statt bloß dumm rumzustehen, und marschierte auf die brennenden Hausmauern zu.

Einer der Polizisten hielt ihn am Arm fest und meinte besorgt: »Herr Kommissar, was haben Sie denn da vor? Wollen Sie nicht lieber auf die Spurensicherung warten? Es ist immer noch ziemlich heiß da drin. Und wenn Gas im Spiel war, ist es auch jetzt noch sehr, sehr gefährlich!«

Doch Haderlein war fest entschlossen, auch wenn der junge Kerl mit seinen Bedenken im Grunde so falsch nicht lag. Aber immerhin, die Gaslage hatte er ja gerade schon mit dem Bürgermeister geklärt.

»Mir passiert schon nichts, junger Mann. Ich bin vom Regen so durchweicht, dass kein Feuer dieser Welt mir etwas anhaben kann. Im Gegenteil, ich bin froh, da drüben mal ein bisschen ins Warme zu kommen, wenn's recht ist. Außerdem, wäre bei der Explosion Gas im Spiel gewesen, hätten wir das schon längst gerochen.« Er lächelte den jungen Kollegen an und löste mit einer sanften, aber entschlossenen Bewegung seinen Arm aus dessen Griff.

Der Angesprochene zuckte nur resigniert mit den Schultern und widmete sich wieder seinen organisatorischen Aufgaben. Sollte dieser missmutige Kommissar doch sehen, wie er zurechtkam.

Tatsächlich wurde es immer wärmer, je näher Haderlein dem brennenden Gebäude kam, allerdings nicht so heiß, dass er unbedingt größeren Abstand hätte halten müssen. Der dicke, dunkle Qualm war ebenfalls kein Hindernis, er wurde von einer sanften Brise von ihm weg in Richtung des offenen Wiesengrundes geweht. Dadurch bemerkte Haderlein erst, als er sich ein gutes Stück genähert hatte, dass es tatsächlich nach einem Brennstoff roch. Aber nicht nach Gas, sondern nach Benzin. Das war umso merkwürdiger, als es am Haus keine Garage gegeben hatte und er auch kein Fahrzeug, zerstört oder unzerstört, erkennen konnte. Der Benzingeruch erklärte aber womöglich, warum sich das Feuer trotz des Regens so lange hatte halten können.

Er ging, sich immer weit genug von den kleiner werdenden Flammen entfernt haltend, hinter den etwa kopfhohen Resten der Mauer in Deckung, bis er die Haustür erreichte. Genauer gesagt erreichte er die Stelle am Haus, wo einmal die Haustür gewesen war. Jetzt gab es dort nur noch ein rechteckiges Loch, an den Rändern vom Feuer verbrannt und vom Ruß schwarz gefärbt. Vorsichtig streckte er zuerst eine Hand aus, um sicherzugehen, dass die Hitzeabstrahlung einigermaßen erträglich war. Aber seine Befürchtungen waren völlig unbegründet, es wurde nur ein wenig warm an seiner Handinnenfläche – was ihm, durchnässt, wie er war, gar nicht ungelegen kam. Also wagte er es und schaute vorsichtig, den Schirm immer noch über den Kopf haltend, ins Innere des Häuschens.

Wirklich viel erkennen konnte er nicht, weil der schwarze Qualm die Sicht aus dieser Entfernung doch noch zu sehr einschränkte. Also fasste er sich ein Herz, hob den geblümten Schirm in die Höhe, um nicht an der Mauer hängen zu bleiben, und betrat das, was wahrscheinlich einmal der Flur des Hauses gewesen war. Ob das zutraf, konnte man jetzt beim besten Willen nicht mehr erkennen. Der Boden, auf dem er stand, war eine einzige Trümmerwüste, ein Gemisch aus Ziegeln, Putz und pulverisierten Einrichtungsgegenständen. Zum Glück wehte der leichte Wind die dunklen Rauchschwaden immer noch von Haderlein weg, über die Mauern in den Wiesengrund. Der Geruch nach Benzin war jetzt penetrant, aber dafür war es hier angenehm warm. Genau so warm, dass er es gerade eben aushalten konnte. Er spürte erfreut, wie die nasse Kälte auf seiner Haut zu weichen begann. Es wäre regelrecht behaglich gewesen, wenn seine Umgebung nicht diese Anmutung von Zweitem Weltkrieg gehabt hätte und der Benzingestank nicht seine Nasenschleimhäute bedrängen würde.

Haderlein konnte sich zwar nicht erklären, wo die benötigte Menge Benzin für solch eine Explosion hergekommen beziehungsweise aufbewahrt worden sein konnte, aber er war sich jetzt sicher, dass Benzin als Brandbeschleuniger fungiert haben musste. Vorsichtshalber zog er das schwarze Dreieckstuch aus seiner Tasche, das er aus dem Verbandskasten im Landrover hatte, und band es sich als Schutz vor Mund und Nase, für den Fall, dass der Wind unerwartet doch noch drehte.

Er hätte den aufgeklappten Regenschirm zu diesem Zweck allerdings besser nicht unter seinen Arm geklemmt, sondern ihn lieber zur Seite gelegt. Denn so war seine Sicht nach vorne verdeckt, und sein linker Fuß fädelte an irgendeinem Teil am Boden ein. Noch bevor Haderlein reagieren konnte, verlor er das Gleichgewicht und stürzte, die Hände voraus und den geblümten Regenschirm unter sich begrabend, auf den nassen Schutt am Boden. Zum Glück brannte oder glühte dort nichts mehr, der Regen hatte hier schon gründlich gelöscht. Dafür war der Untergrund, auf dem er gelandet war, dreckig, kalt und nass.

Laut fluchend setzte er sich auf seine vier Buchstaben und trat mit einer wütenden Bewegung den zerknickten Knirps zur Seite. Während er sich die völlig verschmierten Hände an der Hose abrieb, schaute er verärgert zu der Stelle, wo er mit seinem Schuh hängen geblieben war. Als er erkannte, was seinen Fuß so energisch an der ihm zugedachten Bewegung gehindert hatte, erstarrte er. Dort, etwa zwei Meter von ihm entfernt, konnte er den verbrannten Rest eines Schuhs erkennen. Genauer gesagt waren es nur die kümmerlichen Überbleibsel eines völlig verkohlten Schuhwerks. Diese lagen aber nicht am Boden, sondern hingen etwa zwanzig Zentimeter darüber. Und dieses Kunststück konnte der malträtierte Restschuh nur deshalb vollbringen, weil die völlig verbrannten Knochen eines aus dem Schutt emporragenden menschlichen Fußes ihn an seinem luftigen Platz hielten.

Haderlein starrte das skurrile Stillleben an, das da direkt vor ihm aus dem Boden stach. Dann konnte er plötzlich nichts mehr sehen, weil sich in genau diesem Moment der Wind drehte und der schwarze Qualm der immer kleiner werdenden Feuerherde ihn einzuhüllen begann.

★★★

Luise Hadauer wusste nicht so recht, ob sie lachen oder schreien sollte. Sollte das heißen, es gab irgendwelche Animositäten zwischen den zwei Dörfern? War das wirklich Mundwerkers Ernst? Wegen so einem Scheiß machte dieses Männchen so einen Aufstand? Das war ja absolut lächerlich. Das hier war das 21. Jahrhundert, diesen Umstand hatte man gefälligst auch in Franken zur Kenntnis zu nehmen. Der glaubte doch wohl nicht, dass sie wegen ein paar alter Geschichten ihr ganzes Projekt in Frage stellte? Ganz bestimmt nicht.

»Mit Verlaub, Herr Alterspräsident, finden Sie Ihren Einwand nicht etwas kleinkariert, um nicht zu sagen albern? Wir leben in einem wiedervereinigten Deutschland, mitten in Europa. Und Sie kommen mir mit einem solchen Kokolores? Sie glauben doch nicht ernsthaft, Herr Mundwerker, dass ich wegen eines Kaffs mit fünfzehn Häusern und drei Scheunen meine komplette Gebietsreform über den Haufen werfe? Das glauben Sie doch nicht?« Angriffslustig schaute sie zuerst Mundwerker an, dann beifallheischend in die Runde. Aber die Blicke, die ihr begegneten, waren nicht gerade ermutigend.

Die Gefühlsskala der am Tisch fränkisch Versammelten reichte so ungefähr von entsetzt bis panisch. Und Luise Hadauer spürte, dass ihr die Stimmung im Saal zu entgleiten drohte.

Dieser Landrat a. D. hatte es doch tatsächlich geschafft, mit seinen lächerlichen Anwürfen die ganze Versammlung zu verunsichern. Verfluchte Männerwelt. Nun, dann musste sie jetzt eben mit den harten Bandagen ran, schließlich saß ihr Ziehvater direkt neben ihr und schaute zu. Ganz eindeutig war diese brenzlige Situation hier eine Weichenstellung für ihre zukünftige politische Karriere. Sie musste sich jetzt durchsetzen.

»Meine Herren!«, rief sie laut und hob beschwichtigend die

Arme. »Wir sind doch alle aufgeklärte Menschen der Neuzeit und haben derlei Vorurteile nicht mehr nötig, nicht wahr? Deswegen ist auch nicht einzusehen, dass wir wegen solch einer Kleinigkeit das große Projekt der fränkischen Unabhängigkeit –«

Weiter kam sie nicht, denn Mundwerker packte sie am Arm, zog sie auf Augenhöhe zu sich herunter und sagte sehr eindringlich: »Pass auf, Madla, du kapierst des ned. Maroldsweisach und Ermershausen, des geht einfach ned. Des gibt an Aufstand, an Flächenbrand, a Katastrophe! Des geht ned um a paar Raufereien aufm Sportplatz. Des is a Megafeindschaft, quasi bei denen genetisch verankert. Jetzt hammer seit a paar Jahr endlich a Ruh, und des war schwer genuch. Es gibt Dinge in Franken, an denen döff mer ned rühren, niemals.«

Die Delegierten hatten den Disput aufmerksam verfolgt und kommentierten Mundwerkers Aussage nun mit heftigem Kopfnicken.

»Wenn über was derart Gfährliches endlich amal Gras gewachsen is, dann kommt bestimmt so a politischer Esel aus München und frisst alles widder runner«, schob Mundwerker noch trocken nach.

Wieder nickten die Abgeordneten am Tisch und warfen der Staatssekretärin dunkle Blicke zu. Sie sagten nichts, aber so langsam schwante Luise Hadauer, dass es wohl besser wäre, fürs Erste den geordneten Rückzug anzutreten. Aber nur fürs Erste.

Sie legte nun ihrerseits dem Altlandrat die Hand auf die Schulter und führte ihren Mund dicht an dessen Ohr. »Fürs Erste hast du gewonnen, Mundwerker. Aber eines sag ich dir, du Hobbit, das wirst du noch büßen«, zischte sie mühsam beherrscht. Dann richtete sie sich wieder auf und meinte mit zusammengebissenen Zähnen: »Gut, dann will ich mal nicht so sein, ich beuge mich der Mehrheit. Ich werde die Problematik mit unserem zukünftigen Ministerpräsidenten besprechen, und dann sehen wir weiter. Den Tagesordnungspunkt Gebietsreform erkläre ich daher bis auf Weiteres für vertagt.«

Sprach's, knallte den Laserpointer auf den großen Tisch, packte ihre Aktentasche und verließ mit versteinertem Gesicht den Raum. Ein lautes Knallen der Tür bildete das akustische Finale ihres theatralischen Abganges. Alle schauten ihr schweigend hinterher, dann richteten sie ihre Blicke auf den designierten Ministerpräsidenten. Der war vom unerwarteten Rückzug seiner politischen Ziehtochter auch etwas überrascht, beschloss aber umgehend, einfach *business as usual* zu machen.

»Gut, ich halte den Vorschlag von Frau Hadauer für durchaus vernünftig. Verschieben wir dieses Thema und wenden wir uns stattdessen dem nächsten Tagesordnungspunkt zu, der Neugestaltung der fränkischen Landeshauptstadt Haßfurt.«

★★★

Lagerfeld und Huppendorfer hatten die schwarze Rauchsäule schon von Ebern aus sehen können. Doch erst als sie in die kleine Jesserndorfer Dorfstraße an dem eigentlich idyllischen Wiesengrund einbogen, konnten sie das ganze Ausmaß der Katastrophe erkennen.

»Ach du Scheiße«, entfuhr es Lagerfeld, als er die Trümmerwüste erblickte, die sich da am Ortsrand der kleinen Gemeinde ausbreitete.

César Huppendorfer sagte erst einmal gar nichts, ihm hatte es komplett die Sprache verschlagen. Sie hatten sich auf ein Feuer in einem Haus eingestellt, in dem irgendetwas explodiert sein sollte. Aber nicht auf ein komplett weggesprengtes Gebäude. Das sah ja aus wie nach einem Fliegerangriff der amerikanischen Invasionstruppen!

Lagerfeld stellte seinen roten Honda am Rand der Trümmerwüste ab und blickte immer noch fassungslos auf das Bild, das sich ihnen bot. Dann drehte er sich zur Rückbank um und hob belehrend den Zeigefinger in die Höhe.

Riemenschneider, die relativ faul auf dem Rücksitz liegend die ganze Spazierfahrt mitgemacht hatte, hob nur andeutungsweise die Ohren, als sie Lagerfelds strengen Blick bemerkte. Sie war es gewohnt, höflicher behandelt zu werden.

»Riemenschneider, du bleibst hier sitzen und machst heia, verstanden? Das da draußen ist nichts für so eine feine Spürnase wie dich. Dort ist es nass, es ist kalt, und überall ist dieser schwarze, stinkende Rauch. Also schön hiergeblieben, verstanden?«

Das kleine Ferkel zeigte Lagerfeld gegenüber keine erkennbare

Regung, die darauf hingedeutet hätte, dass die Riemenschneiderin die Ansage verstanden hatte. Lediglich das rosa Ohr, das sie ungefähr einen Zentimeter in die Höhe gehoben hatte, fiel nun in einer lässigen Bewegung die gleiche Strecke wieder nach unten.

Huppendorfer, der sich inzwischen ebenfalls zu ihrem Ermittlerferkel umgedreht hatte, konnte sich trotz der üblen Situation draußen ein Grinsen nicht verkneifen. »Hast du diese kurze Bewegung mit dem Ohr gerade gesehen?«, lästerte er. »Für mich heißt das: ›Red du nur, du Depp‹, oder siehst du das anders, Herr Kollege?«

Aber Lagerfeld sah es weder anders noch überhaupt irgendwie, er wollte nur, dass seine Anordnungen befolgt wurden. Da von Riemenschneider keinerlei Protest, in welcher Form auch immer, zu bemerken war, setzte er stillschweigende Zustimmung voraus und drehte sich wieder zurück in die Normalpositur eines Honda-Cabrio-Fahrers. »Also gut, César, dann wollen wir mal.« Er streifte sich die Kapuze seines gelben Regenmantels über den Kopf und stieg aus dem Auto.

Kriminalkommissar Huppendorfer, der sehr viel mehr Wert auf sein äußeres Erscheinungsbild im Dienst legte als sein Kollege mit dem Designer-Spitznamen, zog den Reißverschluss seiner gefütterten schwarzen Lederjacke bis zum Hals hoch, setzte seine graue Fleecemütze auf und stieg ebenfalls aus. Dann aber spannte er im Gegensatz zu seinem gelben Plastikkollegen doch lieber einen ordinären Regenschirm auf. Vorsichtig stakste er hinter Lagerfeld her. Es war Dezember, nass, und der Boden hier schien absolut geeignet zu sein, seine frisch geputzten Schuhe zu ruinieren.

Lagerfeld ging voraus in Richtung des rot-weiß gestreiften Trassierbandes, das das ganze Areal umgab. Als sie sich der Umgrenzung näherten, entdeckten sie dahinter einen großgewachsenen, stämmigen Mann mit rotem Schal und einem ebensolchen Schirm in der Hand, der gerade sein Handy wegsteckte. Alsdann begann der Mann, mit dem Polizisten zu sprechen, der diesen Abschnitt der Absperrung bewachte. Lagerfeld drängelte sich mehr oder weniger barsch durch die lose um sie Herumstehenden durch, bis auch sie bei dem Polizisten angelangt waren.

»Ah, die Herren von der Bamberger Kripo sind auch schon da«, meinte der junge Polizist, der von Haderleins schroffem Verhalten ihm gegenüber immer noch angefressen war, mit unverhohlenem Sarkasmus. »Darf ich vorstellen, der neue Bürgermeister der Stadt Ebern, Jörg Hahnemann.«

Sofort streckte der Bürgermeister ihnen pflichtschuldig seine Hand entgegen und begann, die ihren heftig zu schütteln. »Die Feuerwehr ist unterwegs«, beeilte er sich ungefragt und zum großen Erstaunen der beiden Kommissare zu sagen. »Sie müsste eigentlich jeden Moment hier sein«, bekräftigte er und schaute sich sogleich wieder hektisch um.

Von einer Feuerwehr war allerdings weit und breit nichts zu hören, geschweige denn zu sehen. Zudem stellte sich inzwischen die Frage, wozu überhaupt noch eine Feuerwehr anrücken sollte, das Feuer in der Ruine schien ja nur noch geringfügig zu brennen.

Huppendorfer sah den Sanitätswagen und erinnerte sich mit einem Mal wieder an Honeypennys Bemerkung, Gabi Schlereth sei etwas passiert. Er öffnete den Mund, um den Polizisten zu fragen, wie es ihr denn gehe, aber der war seinem Blick gefolgt und schüttelte nur stumm den Kopf. Das sagte mehr als tausend Worte: Die Explosion hatte die junge Kollegin das Leben gekostet.

»Wo ist eigentlich Franz?«, fragte Huppendorfer verwirrt und schaute sich nach allen Seiten um. Aber er konnte seinen älteren Kollegen nirgendwo entdecken.

Dafür setzte der Polizist vor ihnen wieder diesen süßsauren Gesichtsausdruck auf, mit dem er sie gerade eben schon begrüßt hatte, und begann sich lauthals zu beklagen: »Wenn Sie den knorrigen Besserwisser meinen, der hat beschlossen, mal eben auf eigene Faust das Innere dieser Ruine da drüben zu erforschen. Er wollte nicht etwa warten, bis die Spurensicherung da ist, nein, und für gefährlich hält er die ganze Situation natürlich auch nicht. Obwohl überhaupt noch nicht geklärt ist, was die Explosion ausge–«

Verblüfft beendete er seine Rede, weil die beiden Kommissare, die eben noch brav dem Anfang seiner Rede lauschten, einfach das Trassierband angehoben hatten und wie Haderlein zuvor darunter weggetaucht und in Richtung Hausruine losgelaufen waren. Verärgert schaute er den beiden ignoranten Neuankömmlingen hinterher, dann blickte er den Bürgermeister an.

»Sie sind unterwegs«, beeilte der sich erneut zu versichern und hob beschwichtigend beide Hände in die Höhe. »Die Feuerwehr müsste wirklich jeden Augenblick da sein.«

★★★

Der Dachboden war genau so, wie sie ihn sich vorgestellt hatten. Sie mussten sich bücken, weil die Dachbalken den Raum nach oben hin bereits bei eins achtzig Kopfhöhe begrenzten, und konnten nur hintereinander laufen, da es durch die Dachschrägen rechts und links sonst zu eng wurde. Vielleicht wäre es möglich gewesen, nebeneinander zu laufen, wenn sie sich vom Platzbedarf her beide etwas eingeschränkt hätten. Aber da waren ja nicht nur die Balken, sondern auch noch die Spinnen. Weder Ben noch Felix hatten eine ausgeprägte Angst vor Spinnen, aber sie standen auch nicht auf die Viecher, und dieser Dachboden hier war ein regelrechter Hort der Spinnennetze. Der alten Ziegel mit ihren unzähligen Spalten und Rissen wegen gab es für die Tierchen natürlich auch ein reichhaltiges Nahrungsangebot. Als Ergebnis eröffnete sich ihnen hier oben eine sehr romantische, allerdings auch lästige Welt aus Spinnennetzen, die nur einen sehr schmalen Durchgang in der Mitte des Dachbodens freiließ, wollte man nicht mit den gewebten Kunstwerken kollidieren.

»Dicksviecher«, konnte Felix von dem brav hinter ihm laufenden Benjamin vernehmen. War ja klar, dass Benni mit seiner Ungeduld in dieser Enge des Dachbodens nicht wirklich zurechtkommen würde. Sie wirkte sich auf alle Lebenslagen aus. Die Sache mit der mittleren Reife etwa würde noch spannend werden, schließlich war sein kleiner Bruder nicht der allermotiviertste Schüler und auch nicht so bahnbrechend begabt, dass er seine Abneigung gegen das Lernen durch überbordendes Talent wettmachen könnte.

Nein, das Schuljahr hatte zwar gerade erst begonnen, im Moment machten sich aber alle in der Familie ein wenig Sorgen um das jüngste Mitglied. Nur Benni selbst überhaupt nicht. Er war wie immer auf der Suche nach Abwechslung, und da kam ein alter, vergammelter Dachboden gerade recht.

»Ich werd verrückt, 'ne Pentax!«, hörte Felix seinen Bruder plötzlich freudig rufen. Als er sich umdrehte, sah er ihn vor einem kleinen, alten, von Spinnweben umrahmten Lederkoffer knien. Vorsichtig öffnete Benjamin John die Kameratasche und holte den Fotoapparat heraus, den sie beherbergte. Zum Vorschein kam eine relativ kleine alte Analogkamera der japanischen Firma Pentax. Mit robustem Messingkörper gebaut und schwarzen Beschlägen auf der Vorder- und Rückseite.

»Der Wahnsinn, 'ne ME Super!«, rief Benni völlig begeistert und betrachtete das edle Teil ehrfurchtsvoll von allen Seiten.

»Aha«, meinte Felix nur kopfschüttelnd. Er selbst hatte keinerlei Sinn für solchen altertümlichen Quatsch. Wie konnte man in der heutigen Zeit nur lichtempfindliche Filme einlegen, wenn es doch Digitalkameras gab, die einem die ganze Arbeit abnahmen? Na egal, zumindest war sein Bruderherz jetzt erst einmal eine Weile beschäftigt, und er konnte sich in Ruhe eine eigene Ecke zum Durchstöbern suchen.

Aber so richtig spannende Dinge, die ihn interessieren würden, konnte er vorerst nicht entdecken. Da gab es gerahmte Bilder mit Gebirgsmotiven, allerlei alte Bücher über technisches Grundwissen, das man heutzutage im Internet nachlesen konnte, ein paar ausrangierte Stühle und kaputte Schränkchen sowie Klamotten, die Opa Karl ganz offensichtlich zum Arbeiten angezogen hatte, so kaputt und dreckig, wie die waren.

Felix hatte die Hoffnung schon fast aufgegeben, auch für sich etwas Interessantes auf diesem Dachboden zu finden, als er ganz hinten, im wirklich hintersten Eck, eine alte, hüfthohe Kommode entdeckte. An dem Möbelstück war an sich nichts Spektakuläres, und er wollte sich auch schon enttäuscht abwenden, als er aus dem Augenwinkel heraus, hinter den Spinnweben, etwas auf der Kommode liegen sah.

Die Kommode bestand im Wesentlichen aus dem Rahmen und drei sauber eingepassten, breiten Schubladen. Es handelte sich um eine ziemlich unscheinbare Konstruktion, allerdings war sie aus Eiche-Vollholz gefertigt und daher zu Opa Karls Zeiten bestimmt kein billiges Möbelstück gewesen. Die Schubladen waren sehr genau gearbeitet und hatten kaum Spiel. Trotzdem gab Felix sich nicht der trügerischen Hoffnung hin, der Staub hätte vor den Ritzen haltgemacht.

Als er sich der Kommode näherte und das Etwas hinter den Spinnweben genauer betrachtete, erwachte in ihm endlich der bislang vermisste Entdeckerdrang. Vorsichtig schob er mit einem Stöckchen so viele von den Spinnennetzen zur Seite, wie er nur konnte – und dann sah er sie. Eine graue Uniformmütze aus dem Zweiten Weltkrieg, die leibhaftig oben auf der kleinen Kommode thronte. Sie war allerdings so verdreckt und verstaubt, dass man sie erst einmal einer gründlichen Reinigung unterziehen musste, um überhaupt erkennen zu können, welcher Dienstgrad das Teil damals auf dem Kopf getragen hatte.

Vielleicht kann man das Ding in irgendeinem Militärshop zu Geld machen, dachte Felix. Es gibt mit Sicherheit genügend Spinner, die für dieses alte Zeug noch einiges ausgeben würden, mal sehen.

»Das wirst du nicht glauben, Felix, die Kamera geht noch. Ich glaube, die braucht nur ein paar neue Batterien«, jubelte Benjamin in seiner Ecke.

Felix beachtete ihn überhaupt nicht. Diese Kommode hier vor ihm barg womöglich Geheimnisse, die bei Weitem bedeutungsvoller sein konnten als eine alberne Spiegelreflexkamera aus den Achtzigern.

Wieder nahm er das Stöckchen zu Hilfe und beseitigte, so gut er konnte, die reichlich vorhandenen Spinnweben rings um die alte Kommode. Dann legte er das Stöckchen zur Seite und seine Hände auf die beiden weißen keramischen Knöpfe der obersten Schublade. Gespannt und mit einer nervösen Vorfreude zog er die Lade heraus.

Zuerst konnte er den Inhalt gar nicht richtig erkennen, denn auch hier hatte sich im Laufe der Jahre über alles eine dicke Staubschicht gelegt. Als er den Staub jedoch vorsichtig mit der Hand von der Oberfläche strich, konnte er sehen, dass da Briefe lagen. Briefe, die, säuberlich zu Bündeln gebunden, nebeneinander in die Schublade gestapelt worden waren. Er überflog die obersten Adressfelder nur kurz, denn lesen konnte und wollte er sie in dem ganzen Dreck und Staub im Moment nicht. Zuerst wollte er den übrigen Inhalt dieser geheimnisvollen Kommode erkunden.

»Ich glaub, ich spinne, da is noch eine Tasche, komplett voll mit Objektiven und Zubehör!«, tönte es immer begeisterter vom anderen Ende des Dachbodens zu ihm herüber.

»Ja, toll, Benni!«, rief Felix sicherheitshalber zurück, damit sein Bruder merkte, dass er noch anwesend war. Dann wandte er sich wieder dem Inhalt der Kommode zu. Er schob die oberste Schublade in ihre Ausgangsstellung zurück und ergriff die Knaufe der mittleren Schublade.

Als er sie herausgezogen hatte, konnte er trotz des Staubes sofort erkennen, was Opa Karl darin verstaut hatte. Es war eine graue Uniform aus dem Zweiten Weltkrieg, die in Farbe und Ausführung gut zu der Mütze passte, die er oben auf der Kommode liegend als Erstes gefunden hatte. Er hob die Uniform seitlich an und begann, mit dem kleinen Stock den Staub aus dem Stoff zu klopfen. Das ließ er aber sofort wieder bleiben, weil er erstens nichts mehr sehen und zweitens nicht mehr atmen konnte. Wie in aller Welt konnte so viel Staub durch diese schmalen Ritzen gekommen sein?

Felix dämmerte, dass diese Schubladen womöglich seit Kriegsende nicht mehr geöffnet worden waren. Zumindest legte eine dermaßen dicke, unberührte Staubschicht diese Vermutung nahe. Hustend hielt er sich den Ärmel seines Hemdes unter die Nase und versuchte so, das weitere Eindringen dieses ekelhaft feinen Staubes in seine Atemwege zu verhindern.

»Alles in Ordnung, Felix?«

»Ja, ja, ja, alles gut!«, röchelte Felix mehr, als dass er rief, und hustete weiter.

Von seinem Bruder hörte er daraufhin nur ein halblautes Kichern.

Nach Atemluft ringend, hielt sich Felix weiterhin den Ärmel seines Hemdes unter die Nase, mit der anderen Hand schob er, so schnell es ging, die Schublade wieder zu. Mit dieser ungeschickten Aktion wirbelte er aber nur weitere Unmengen von Staub auf, was erneut zu einem ausufernden Hustenanfall führte. Sein Bruder kriegte sich unterdessen weiter vorne vor Lachen gar nicht mehr ein.

»Mensch, Felix, was treibst du denn da eigentlich? Soll ich 'ne Krankenschwester rufen, oder was is los? Du hörst dich ja an, als müssten wir dich demnächst in Kutzenberg einliefern!«

Der Hinweis auf die Klinik für Lungenkranke, die oberhalb des Maintales bei Ebensfeld gelegen war, schien nicht ganz unberechtigt. Felix John hörte sich an, als wollte er gleich seine Lunge auslagern.

Es dauerte eine Weile, bis sich der Staubnebel und der Hustenreiz wieder gelegt hatten. Angeekelt spuckte Felix den braunen Schleim aus, der sich in seinem Mund angesammelt hatte. Dreckskommode. Hätte er das verfluchte Teil doch bloß nie angefasst. Er spuckte noch ein paarmal wütend aus. Dann hatte sich wieder ein halbwegs normales Mundgefühl eingestellt, und die Neugier gewann erneut die Oberhand.

Misstrauisch beäugte er die unterste Schublade. Es würde ihn sehr wundern, wenn in dieser nicht exakt genauso viel Dreck liegen würde wie in den anderen beiden Schubfächern. Aber natürlich wollte er jetzt unbedingt wissen, was drin war. Ob sich das Risiko lohnte? Wahrscheinlich kam die Unterwäsche von Opa Karl zum Vorschein, oder vielleicht war dieses Fach ja sogar leer.

Wild entschlossen, auch dieses Geheimnis zu ergründen, griff Felix nach den beiden weißen Keramikkugeln. Egal, was drin war, danach würde er hier abhauen und wieder nach unten zu den Eltern gehen. Er hatte genug von dem ganzen Staub und den Spinnen. Aber diese eine Schublade musste jetzt noch sein, das war er sich und seinem Ruf – brüderintern – schuldig.

Ganz langsam zog er die Schublade mit beiden Händen so gleichmäßig, wie es ihm möglich war, aus ihrer seit Jahrzehnten fixierten Position.

Er schaffte es tatsächlich, den hölzernen Eichenkasten zu ungefähr drei Vierteln herauszubefördern, ohne dass auch nur die geringste Staubverwirbelung aufgestiegen wäre. Zumindest keine, die seine oberen Atemwege erreicht hätte.

Das wäre schon mal geschafft, dachte er erleichtert. Dann ließ er seinen Blick über den Inhalt schweifen – und sah, dass er nichts sah. Also, nichts außer Staub. Der Inhalt schien Opa Karl aber wichtiger gewesen zu sein als das Zeugs in den Fächern weiter oben, denn er hatte über alles eine Art Tuch oder Decke gelegt, um es zu schützen.

Sofort war Felix wieder ganz bei der Sache. Hatte Opa Karl hier womöglich irgendwelche Reichtümer aus dem Krieg versteckt? Oder vielleicht sogar eine Waffe? Ein Schauer kroch über seinen Rücken. Das wäre natürlich der Hammer, wenn er hier eine Pistole oder etwas Ähnliches finden würde. Seinem Vater durfte er das dann allerdings nicht erzählen, der würde ihm das Teil sofort und gleich abnehmen.

Für einen kurzen Moment begann Felix John zu träumen. Seine Gedanken gingen auf Wanderschaft, in die aufregende »Was wäre wenn«-Welt. Aber alles Träumen war langweiliger als die nackten Tatsachen. Er riss sich also von seinen Utopien los und kehrte zurück in die staubige Realität des Dachbodens. Gerade wollte er die Decke, das Tuch oder was immer es war, mit spitzen Fingern aus der Schublade ziehen, als sich eine dicke, fette Spinne aus dem hinteren, finsteren Teil der Kommode auf den Weg machte, die Decke der Länge nach zu überqueren. Felix überlegte kurz, entschloss sich aber, die Spinne lieber gewähren zu lassen, bevor er das Tuch wegzog. Wenn das eklige Vieh plötzlich einen Schwenk in seine Richtung machte, würde er es ganz sicher wegwerfen, mindestens aber fallen lassen, und dann wäre die Luft um ihn herum wieder minutenlang mit Staub verpestet. Also wartete er geduldig, bis das Tier seinen Weg durch den Staub zurückgelegt hatte.

Wahrscheinlich war die Spinne selbst auch stinksauer, dass er sie aus ihrem Dornröschenschlaf unter der Schublade geholt hatte.

Irgendwann hatte die Spinne den Holzboden erreicht und verschwand in Richtung Dachgiebel. Felix fasste sich ein Herz und die zwei gegenüberliegenden Enden des Tuches. Dann hob er mit aller Konzentration, die er aufbringen konnte, das Tuch vorsichtig hoch und auf die Seite. Tatsächlich rieselte dabei nur sehr wenig aus dem zusammengeklappten gelblichen Baumwollstoff in die Schublade zurück.

Gespannt, was er denn nun Sensationelles finden würde, beugte er sich über die Schublade. Als er jedoch erkannte, was darin seit Jahrzehnten vor sich hinschlummerte, fielen seine Mundwinkel nach unten. Da waren keine Goldschätze, Geld oder gar eine Waffe, nein, nur ein paar Blechdosen mit einer unkenntlichen Aufschrift, haufenweise mysteriöse Aluminiumdöschen mit rotblauen Etiketten sowie mehrere rote Tafeln mit einem mehr als eindeutigen Aufdruck.

»Ist das Schokolade, oder was?«, hörte er die Stimme seines Bruders fragen. Als er sich umdrehte, sah er Ben, der gebückt über ihm stand, die alte Pentax in der Hand, und interessiert in die Schublade schaute.

»Ja, scheint Schokolade zu sein, steht zumindest drauf«, erwiderte Felix, mächtig enttäuscht, nicht den Hauptgewinn in der Glückslotterie des Lebens gezogen zu haben.

»›Panzerschokolade‹, was soll denn das sein?«, meinte Benni neugierig, stützte sich mit der Hand, die die Kamera hielt, auf Felix' Schulter und nahm mit einer schnellen Bewegung eine der roten Tafeln aus dem Schubfach. »Meinst du, die kann man noch essen?« Er grinste Felix an und knickte die Tafel, ohne zu zögern, einmal in der Mitte durch.

Zum Vorschein kam eine dunkle, wenig appetitlich aussehende Masse, die, wenn man ihre zerflossene Form betrachtete, in ihrem langen Leben bestimmt schon den einen oder anderen Sommer zerschmolzen war. Aber Benjamin interessierte das nicht. Panzerschokolade, das klang nach Abenteuer, nach Männerwelt und Kriegserlebnissen. Also biss er unter dem angeekelten Kopfschütteln seines Bruders in das von der Schokolade abgeknickte Stück, von dem er inzwischen das schützende Papier entfernt hatte.

Er kaute, verzog das Gesicht zu einem süßsauren Lächeln und sagte dann: »Isch eschd gud, schmed schuber.«

Felix musste lachen, aber die fröhliche Stimmung währte nur einen kurzen Moment, denn unten, vom Fuß der Treppe, hörten sie plötzlich ihre Mutter nach ihnen rufen. Ihre Eltern hatten ihre Dinge anscheinend geregelt, die Zeit hier auf dem Dachboden war wohl fürs Erste vorbei.

»Wir kommen!«, rief Felix laut. Er schob die Schublade vorsichtig zu, während Benjamin sich den restlichen Teil der Schokolade hinten in die Gesäßtasche stopfte. Dann machten sie sich auf den Weg nach unten, zurück zu ihren Eltern.

Noch zwei Tage

Er stand in seinem Büro und schaute aus dem Fenster. Es war ruhig, niemand sagte ein Wort. Der Gefangene saß nur da und schaute die weiße Wand hinter seinem Schreibtisch an.

Dieter Konka, der neue Leiter der Justizvollzugsanstalt St. Georgen-Bayreuth, war in einer absoluten Zwickmühle. Der gebürtige Frankenwäldler hatte erst vor wenigen Monaten die Leitung hier in Bayreuth übernommen, und jetzt musste er sich gleich mit so einem Mist herumschlagen. Todesfälle in einer geschlossenen Einrichtung waren nie auf die leichte Schulter zu nehmen, in einer Strafvollzugsanstalt sowieso nicht.

Auf seinem Schreibtisch lagen das medizinische Gutachten, die Aussage des beteiligten Gefangenen und diverse Aussagen von unmittelbar vor und nach dem Ereignis anwesenden Augenzeugen, die alle genau das Gleiche belegten: Der Tod von Bernd Schmelzer war ein Unfall gewesen, ein äußerst unglücklicher noch dazu. Beim Duschen ausgerutscht und mit dem Gesicht voraus auf den Boden gestürzt, hatte er sich selbst die Zahnbürste ins Auge gerammt. Der Amtsarzt sah das so, genau wie die Polizei und die Staatsanwaltschaft. Es gab also keinen Grund für Dieter Konka, an dieser Version des Unfallhergangs zu zweifeln. Selbst die verantwortlichen Vollzugsbeamten hegten keinerlei Zweifel an der Glaubwürdigkeit. Warum also nahm er die Sache nicht so, wie sie sich darstellte, schloss die Akte und machte einfach weiter?

Vor seinem Schreibtisch saß ein vorbildlicher Strafgefangener, ein Mann, der zeit seiner Haft ein Musterbeispiel an guter Führung gewesen war. Einer, der von allen hier für sein Auftreten und Verhalten respektiert und gelobt wurde. Auch sein Vorgänger im Amt, den er im Juli dieses Jahres abgelöst hatte, war voll des Lobes für den aus Sizilien stammenden Inhaftierten gewesen, der in zwei Tagen auf Bewährung aus der Haft entlassen werden würde. Und im Normalfall wäre Konka als sein Nachfolger geneigt, diesem Urteil zu vertrauen.

Der Mann mit der hohen Stirn, der schwarzen Hornbrille und

dem braven dunkelblauen Anzug war aber nicht zum ersten Mal auf so einem Posten. Er hatte in den Jahren zuvor die Justizvollzugsanstalt in Straubing geleitet, und das war eine Einrichtung für die ganz harten Jungs, die mit den richtig langen Haftstrafen im Regelvollzug. Dort lernte man die Menschen von ihrer dunkelsten Seite kennen. Vor allem aber eignete man sich eine fundierte Menschenkenntnis an – eine, die im Zweifel immer vom Schlechten ausging. Dieter Konka war, was das betraf, absolut desillusioniert. Ein Gefängnis war kein Ponyhof, es tummelten sich darin eher die Gattungen vom Ende der Nahrungskette.

Er hatte auch in Straubing mit Todesfällen zu tun gehabt, und im seltensten Falle hatte es sich beim Ableben eines der Insassen um einen unglücklichen Zufall gehandelt. Also schrillten bei ihm jetzt die Alarmglocken, obwohl er objektiv betrachtet keine Beweise für einen derartigen Verdacht hatte.

Er drehte sich um und musterte Josef Romano, der weiterhin nur teilnahmslos die weiße Bürowand betrachtete. Dieter Konka hatte seine ganz eigene Theorie, was die Vorgänge in dem Duschraum vorgestern betraf. Aber was er sich dachte, war eine Sache, was an Beweisen und Tatsachen auf dem Tisch lag, eine ganz andere.

Er löste sich von seiner Fensterbank, an der er die vergangenen Minuten gelehnt hatte, und ging langsam wieder zurück zu seinem Schreibtisch. Dort setzte er sich in seinen Bürostuhl.

Der Vollzugsbeamte, der zur Sicherheit neben der Bürotür stand, schaute zu ihm herüber. Er hatte den Gefangenen hergebracht und würde ihn zurück in die Zelle begleiten. Ansonsten war sein Part in dieser Besprechung naturgemäß der der berühmten drei Affen aus dem chinesischen Kloster: Nichts sagen, nichts sehen und nichts hören. Konka gab dem Mann ein Zeichen und sagte: »Ist gut, Löblein, warten Sie bitte draußen vor der Tür, ich rufe Sie, wenn ich Sie brauche.«

Werner Löblein schaute einen Moment lang überrascht, dann fügte er sich der Anweisung und verschwand nach draußen.

»Also gut, Herr Romano. Ich werde diese Angelegenheit als Unfall akzeptieren, obwohl ich genau weiß, dass es keiner war. Habe ich nicht recht?« Konka schaute dem stämmigen Mann mit dem kräftigen Unterkiefer prüfend in die Augen.

Josef Romano hielt dem Blick stand, sagte aber nichts. Wer nichts sagte, sagte auch nichts Verkehrtes, so viel hatte er in diesem Leben gelernt. Und für diese Einrichtung hier galt das ganz besonders.

Konka seufzte tief und resigniert. »Na schön, Romano, dann sehen wir uns übermorgen zur offiziellen Entlassung. Ich hoffe, Sie werden diese Zeit ohne tödliche Zwischenfälle herumkriegen, ginge das?«

Auch diese zynische Bemerkung löste bei Giuseppe Romano, so der Name, auf den er vor Jahrzehnten in Sizilien getauft worden war, keinerlei erkennbare Regung aus. Er nickte nur kurz, stand auf, drehte sich wortlos um und ging zur Tür. Als er sie geöffnet hatte und schon halb im Hinausgehen war, wandte er sich noch einmal Konka zu und schaute dem Leiter der JVA St. Georgen in die Augen. »Danke«, sagte er. Dann schloss er die Tür.

Die Ruine

Gefolgt von Huppendorfer, stapfte Lagerfeld auf die jetzt weniger brennende, aber dafür umso mehr kokelnde Ruine zu. Von Franz war weit und breit nichts zu sehen, und das, obwohl der dichte schwarze Rauch von ihnen weggeweht wurde.

Sie hatten die Mauerreste des explodierten Anwesens fast erreicht, als der Wind plötzlich die Richtung änderte. Als hätte er nur auf sie gewartet, wehte er ihnen nun entgegen.

»Das darf doch nicht wahr sein«, beschwerte sich César Huppendorfer, der sich Sorgen um seine neue, modetechnisch einwandfreie Dienstkleidung machte.

Aber auch Lagerfeld, modetechnisch in den späten achtziger Jahren hängen geblieben, wollte sich nicht durch diese schwarze Wolke quälen. »Außenrum«, gab er kurz und knurrig bekannt, woraufhin die beiden Kommissare den Weg links um das Haus herum einschlugen.

Sie hatten gerade die linke hintere Gebäudeecke erreicht, als sie ein heftiges Husten hörten und Franz Haderlein ihnen entgegengewankt kam. In der Hand hielt er einen zerknickten geblümten Regenschirm, er selbst war völlig durchnässt und über und über mit Dreck und Ruß beschmutzt. Die beiden schauten ihn ob seines heruntergekommenen Zustands entgeistert an.

»Sag mal, Franz, was ist denn mit dir passiert?«, fragte Lagerfeld entsetzt.

Aber Franz Haderlein war nicht in der Lage, zu sprechen. Hustenanfälle beutelten seinen Körper, und das rußverschmierte Gesicht war von einer gewissen Verzweiflung gezeichnet. Er deutete mit wilden Gesten in die Hausmitte und wollte etwas sagen, aber es dauerte noch genau zwei Hustenperioden, bis er die Sprache einigermaßen wiedergefunden hatte.

Als er gerade zu einem Statement anheben wollte, drehte sich der Wind erneut und trieb die dunkle Wolke damit ein weiteres Mal genau auf die drei Männer zu.

»Außenrum«, gab Lagerfeld die Parole aus, und flugs machten sich die drei Kriminalkommissare in unterschiedlichster Gemüts-

und Gesundheitsverfassung auf den um das Haus herumführenden Rückweg.

Als sie auf der anderen Seite angelangt waren, machte der Kollege Haderlein tatsächlich Anstalten, noch einmal in das verbrannte Haus zurückzukehren, aber Lagerfeld hielt ihn mit Vehemenz davon ab. »Das kannst du gleich wieder vergessen, Franz. Wir gehen jetzt alle drei schön brav zur Absperrung und warten, bis das Feuer aus ist. Egal, was du da drin gefunden hast, wir werden es der Spurensicherung überlassen. Und dich, mein lieber Freund, bringen wir erst einmal nach Hause, wo du duschen und dich ausruhen wirst, verstanden? Du bist ja völlig durch den Wind, Franz, krieg dich lieber mal in Ruhe wieder ein, ich regel das hier schon.«

Er gab César ein Zeichen, Franz bitte schleunigst hier wegzubringen, was dieser auch gern in die Tat umsetzte, schließlich würde er sich, wenn er vor Ort bliebe, am Ende noch die Klamotten ruinieren. Den Regenschirm über sich und Franz Haderlein haltend, geleitete er diesen eiligen Schrittes zu Haderleins Landrover.

»Ach so, César«, rief Lagerfeld seinem Kollegen noch hinterher, »nehmt doch bitte die Riemenschneiderin mit, ich kann die hier wirklich nicht gebrauchen.«

Das entsprach zu hundert Prozent der Wahrheit. Lagerfeld konnte sich beim besten Willen nicht vorstellen, dass die kleine Supernase nach so einem Desaster aus den verkohlten Trümmern noch irgendetwas herausriechen konnte. Das Einzige, was er davon hätte, wäre ein dreckiges, verschmiertes Ferkel, das seinen Schmutz anschließend in seinem Honda hinterließ. Nein, da machte er die Arbeit, die hier erledigt werden musste, lieber allein.

Er schaute zu dem Haus hinüber und stellte fest, dass sich der Brand langsam, aber sicher in Wohlgefallen auflöste. Den Flammen schien nun endgültig der Brennstoff auszugehen, oder der Regen hatte letztlich die Übermacht gewonnen. Jedenfalls war da jetzt kein Feuer mehr, sondern nur noch dieser schwarze Rauch, und auch der wurde allmählich lichter.

Sein Augenmerk wurde durch lauter werdendes Motorengeräusch auf die Ankunft der Spurensicherung gelenkt. Ruckdeschl und seine Mannen kamen mit ihren Fahrzeugen um die Ecke gebogen, was Lagerfeld befriedigt zur Kenntnis nahm. Sollten die doch in diesem ausgebrannten Dreckloch und auf der feuchten Wiese nach Anhaltspunkten wühlen. Er würde jetzt erst einmal eine rauchen und die ganze Situation in Ruhe überdenken.

Während er nach seinen Zigaretten kramte, tippte ihm jemand von hinten auf die Schulter. Der Bürgermeister der Stadt Ebern, Jörg Hahnemann, stand da und schaute ihn mit schuldbewusstem Gesichtsausdruck an. In der einen Hand hielt er sein Handy, mit dem Zeigefinger der anderen deutete er darauf. »Die Feuerwehr, ich hab sie gerade erreicht, die müssten jeden Augenblick hier sein«, raunte er fast heimlich, als würde er ihm ein unglaublich großes Geheimnis verraten.

Lagerfeld stutzte einen Moment, dann klopfte er dem Mann anerkennend auf die Schulter. »Toll, ganz toll«, lobte er und hob den Daumen seiner rechten Hand nach oben. Dann drehte er sich wieder weg, um sich endlich die Zigarette anstecken zu können. Er kapierte zwar nicht, wozu man für diesen ausgebrannten Schutthaufen noch eine Feuerwehr brauchte, aber bitte, andere Länder, andere Sitten.

Er nahm einen ersten, tiefen Lungenzug und bemerkte, dass der Regen nun ganz allmählich in einen nassen, dicken Schnee überging. Es wurde kälter.

★★★

Felix und Benjamin saßen schweigend mit ihren Eltern am Küchentisch. Die Stimmung war angespannt, denn Emil John saß mit ernstem Gesicht da und rang augenscheinlich mit seinen Gefühlen. Zweimal setzte er an, etwas zu sagen, aber beide Male musste er es wieder sein lassen, weil er sonst die Fassung verloren hätte. Dann, eine Weile später, war es so weit.

»Benjamin, Felix, ich habe euch etwas zu sagen.«

Die beiden setzten sich gespannt auf, denn nun schien etwas ganz Besonderes zu passieren. Ihr Vater neigte nicht dazu, längere Ansprachen zu halten. Er äußerte sich meist kurz und knapp, oft reichte sogar ein einziger Blick von ihm, und sie wussten, was er mitzuteilen hatte. Aber jetzt bahnte sich ein Novum in der Familiengeschichte an; ihr Vater hatte anscheinend vor, eine längere Erklärung abzugeben.

»Ihr seid meine Söhne und beide fast erwachsen. In einem Jahr bist du volljährig, Felix, und im nächsten Jahr auch du, Benjamin. Euer Großvater hat euch dieses Haus vererbt, aus welchen Gründen auch immer. Wie ihr wisst, haben wir beide uns nicht gut verstanden, die Gründe dafür möchte ich aber weiterhin für mich behalten, die gehen nur mich und Karl etwas an. Eure Mutter und ich haben jetzt lange darüber diskutiert und eine Entscheidung getroffen.«

Gebannt schauten Felix und Benjamin ihren Vater an und harrten der Dinge, die nun kommen sollten. Ihre Mutter schien unbeteiligt, sie wirkte in sich gekehrt, und es war ihnen völlig klar, dass sie in der ganzen Angelegenheit keinen Ton von sich geben würde.

»Wir werden das Haus jetzt von oben bis unten gemeinsam begehen und anschauen. Sollte einer von euch etwas finden, was er gern mitnehmen möchte, bitte schön, mich geht das nichts an. Aber dann werde ich dieses Haus verschließen, und bis zu eurer Volljährigkeit bleibt das auch so. Danach könnt ihr damit machen, was ihr wollt. Ich werde dieses Haus jedenfalls nicht mehr betreten, verstanden?«

Die längste Rede, die ihr Vater jemals gehalten hatte, war zu Ende, und beide Söhne nickten. Benjamin hatte bei »etwas mitnehmen« sofort seine Pentax, die er schon die ganze Zeit wie ein kleines Heiligtum mit sich geschleppt hatte, fest umschlossen. Er wusste, was er mit nach Hause nahm.

Felix dagegen standen große Fragezeichen ins Gesicht geschrieben. Wieder rang er mit sich, ob er fragen sollte, was denn da in grauer Vorzeit passiert war, dass sein Vater und Opa Karl ein so grauenvolles Verhältnis zueinander entwickelt hatten. Seine Mutter bemerkte das und schaute ihn mit flehentlichem Blick an. Also ließ er es zu guter Letzt doch wieder bleiben, was soll's, sollte ihr Vater sein Geheimnis eben für sich behalten.

»Ich gehe noch mal auf den Dachboden«, sagte Felix stattdessen und stand auf. Dann drehte er sich um und ging einfach.

Benjamin saß unschlüssig da und fingerte nervös an seinem

Fundstück herum. Sein Vater schaute zuerst Felix hinterher, dann blickte er ihm müde lächelnd ins Gesicht. Man konnte sehen, dass ihn das alles hier Kraft kostete. »Das ist die Kamera deines Großvaters. Es gab einmal eine Zeit, da hat er damit ziemlich viele Fotos von der Familie gemacht. Viel Spaß damit, Benjamin, bei dir ist sie bestimmt in guten Händen.«

Benjamin hatte das Gefühl, dass sein Vater noch immer mit sich kämpfte, und seine Mutter schien das ebenfalls zu spüren, denn sie legte ihm beruhigend ihre Hand auf die Schulter. So langsam hatte auch Benjamin das dringende Bedürfnis, dieses Haus wieder zu verlassen.

***

Franz Haderlein saß in eine Decke gehüllt auf dem Beifahrersitz seines Wagens und ließ sich von César nach Hause fahren. Riemenschneider hatte es sich auf seinem Schoß bequem gemacht und schaute ab und zu besorgt nach oben, denn ihr Herrchen sah ziemlich mitgenommen aus, wenn sie ehrlich war. So derangiert hatte sie ihren Kriminalhauptkommissar noch nicht erlebt. Jetzt hatte ihn die Kälte anscheinend voll erwischt, denn er bibberte nicht schlecht unter seiner Decke.

»Da liegt eine Leiche unter dem ganzen Schutt begraben«, stieß Haderlein hervor.

Huppendorfer schaute ihn fragend an, aber von Franz kam nichts mehr. Er hatte anscheinend nur diesen einen Satz loswerden wollen.

»Aha, okay, dann können wir wohl davon ausgehen, dass Ruckdeschl und seine Mannschaft die Leiche bald finden werden. Du vergisst das jetzt aber mal wieder, Franz, dich bring ich nach Hause zu deiner Manuela, die soll dich wieder aufpäppeln. Wenn du so kurz vor Weihnachten noch krank wirst, hat ja auch niemand was davon.«

Franz Haderlein sagte nichts dazu, weil er wusste, dass Huppendorfer recht hatte. Aber zugeben konnte er das natürlich nicht, schließlich war er jahrzehntelang der harte Hund der Bamberger Kriminalpolizei gewesen. Und jetzt saß er völlig verfroren auf dem Beifahrersitz seines eigenen Wagens und ließ sich von dem

Jungspund César heimkutschieren. Das war für ihn nicht so einfach zu ertragen.

Er verdrängte diesen destruktiven Gedanken und rekapitulierte noch einmal den ganzen verdammten Tag, an dem sich seit dem Morgen ein Rückschlag an den anderen gereiht hatte. Punkt für Punkt ging er alles noch einmal durch, bis die traurige Erinnerung an die leblos im Graben liegende Gabi Schlereth ihn gefangen nahm und seine Überlegungen ins Stocken gerieten.

★★★

Das Feuer war nahezu erloschen und der Regen endgültig in Schnee übergegangen, was Lagerfeld bei Weitem angenehmer fand, schließlich war es Dezember und damit kurz vor Weihnachten. Da hatte es zu schneien, nicht zu regnen. So viel Romantiker war er dann doch, dass ihm Schnee zu dieser Jahreszeit besser gefiel. Möglicherweise spielte aber auch der Umstand eine Rolle, dass es sich bei Schnee besser vor der Haustür rauchen ließ als bei trübem, nassem Sauwetter.

Heribert Ruckdeschl und seinen Mitarbeitern war nicht anzusehen, ob sie bezüglich der Niederschlagsart irgendwelche Präferenzen hatten, wahrscheinlich fanden sie sowohl das eine wie auch das andere Wetter unpassend. Ein Spurensicherer mochte es am liebsten hell, trocken und warm, um auf effektive Weise seine Spuren einsammeln zu können, mochten sie auch noch so klein und unbedeutend sein.

Ein explodiertes Haus, bis auf die Grundmauern runtergebrannt und vom Regen gelöscht, war als vorweihnachtlicher Schneebeitrag ganz sicher nicht im positiven Gefühlssegment dieser Abteilung zu finden.

Normalerweise war ein Spurensicherer eindeutig an dem weißen Ganzkörperkondom zu erkennen, das er sich vor einem Arbeitseinsatz überstreifte. Das war auch heute der Fall, aber um sich vor dem Mistwetter irgendwie zu schützen, hatte jeder noch eine Jacke oder ein anderes zusätzliches Kleidungsstück darübergezogen. Spuren hin oder her, auf die Feinheiten war an diesem versifften Tatort ohnehin nicht in aller Ausführlichkeit zu achten. Hier war zunächst mal grobe Arbeit in Dreck und

Schutt angesagt, also nichts, was dem gemeinen Spurensicherer den trüben Tag erhellen könnte.

Gerade standen die Kollegen der Spurensicherung an mehreren Punkten in der linken Haushälfte und schienen intensiv zu dokumentieren, was sie dort jeweils vorfanden. Lagerfeld zog die Kapuze seiner gelben Regenjacke etwas enger und gesellte sich zur größten Gruppe dazu.

Als er neben Ruckdeschl stand, stieß er diesem mehr oder weniger kollegial den Ellenbogen in die Seite und meinte kumpelhaft: »Na, Heribert, wie sieht's aus? Irgendetwas Verdächtiges, oder können wir hier alle bald wieder abrücken?«

Insgeheim ging Lagerfeld nämlich mit der Hoffnung schwanger, der ganze Schutthaufen hier könnte eher etwas für das Bombenräumkommando aus Nürnberg sein als für die Bamberger Kriminalpolizei. In dem Fall stellte sich alles vielleicht als ein tragisches Unglück heraus, was für ihn einen sehr kurzen Bericht und einen relativ trockenen Freitagnachmittag in der Bamberger Dienststelle bedeuten würde.

Aber Ruckdeschls Miene sendete keine Signale der Hoffnung. Im Gegenteil, sein Blick war ernst und nach unten auf den Boden gerichtet. Als Lagerfelds Augen, Ruckdeschls Blick folgend, ebenfalls am Punkt des Interesses angelangt waren, erstarrte er.

»Scheiße«, stieß Ruckdeschl missmutig hervor, und seine Mannen nickten dazu. »So eine verdammte Scheiße.«

Lagerfeld musste ihm aus mehreren Gründen recht geben: Der völlig verbrannte Fuß mit dem verkohlten Lederrest, der wohl einmal Teil eines Schuhs gewesen war, bedeutete nämlich zum einen, dass nun Grabungsarbeiten anstanden, und markierte zum Zweiten den Beginn der ganz normalen kriminalistischen Polizeiarbeit. Dazu gehörte das Befragen aller Nachbarn und sonstiger möglicher Zeugen hier in Jesserndorf, vor allem aber machte es, bis Ruckdeschl mit seinen Mannen halbwegs brauchbare Ergebnisse zutage gefördert hatte, die persönliche Anwesenheit seiner Wenigkeit zwingend erforderlich. Und so, wie sich das mit dem Fuß und dem Schutt darstellte, konnte das dauern. Also weiter im fränkischen Dezemberwetter herumlaufen, statt nach Feierabend Glühwein auf dem Bamberger Weihnachtsmarkt zu trinken, und eine missmutige Ute, weil der beste Papa der Welt wieder einmal nicht pünktlich zu Hause war. Auf gut Deutsch gesagt, das Wochenende war im Arsch.

»Scheiße«, stimmte nun auch Lagerfeld in die allgemeinen Missfallensbekundungen mit ein. Da es sich gemeinsam bekanntermaßen leichter leiden lässt, standen Kommissar und Spurensicherer nun einträchtig nebeneinander und starrten den schwarzen Rest des Menschenfußes, der da vor ihnen aus dem Boden ragte, böse an. Diese Allianz wurde aber bereits eine Minute später von Linus Backert gestört, der vom anderen Ende des zerstörten Gebäudes herbeigelaufen kam. Seine schwarze Winterjacke hatte auf den Schultern ein ansehnliches Schneepolster, das ihm, zusammen mit dem weißen Anzug, der unten aus der Jacke herausragte, ein geradezu weihnachtliches Aussehen verlieh.

Was er zu berichten hatte, verdarb eine eventuell aufkommende Weihnachtsstimmung allerdings radikal.

»Chef, mir ham da drüben noch an verbrannten Oberkörper ausgegraben und ungefähr vier Meter weiter rechts an Unterschenkel.«

Ruckdeschl bedachte ihn mit einem Blick wie seinerzeit Cäsar den Soldaten, der ihm die Nachricht von der Niederlage bei Alesia überbrachte. Der römische Soldat überlebte diese Auskunft bekanntermaßen nicht, aber so weit wollte der Leiter der Bamberger Spurensicherung nun doch nicht gehen. Nichtsdestoweniger konnte man am Ton in seiner Stimme erkennen, dass er dem Überbringer der Nachricht unter anderen Umständen schon ganz gern ein römisches Liquidationskommando auf den Hals gehetzt hätte. »Und der restliche Körper? Wo ist der Rest?«, wollte er gereizt wissen.

»Der Rest muss wohl auch noch irchendwo sei, aber mir suchen halt noch. So wie ich des seh, müsse mer den ganzen Schutt bis zum ursprünglichen Fußboden wegräuma, damit mer auch nix übersehn, Chef.«

Ruckdeschl schien innerlich zu beschließen, das römische Liquidationskommando Backert zu Ehren auf doppelte Mannschaftsstärke zu erhöhen. Lagerfeld konnte es ihm nachfühlen. Natürlich hatte Backert recht, aber das machte es nicht besser. Für einen kurzen Augenblick verspürte er fast so etwas wie eine emotionale Nähe zum allseits geliebten Professor Siebenstädter in der Erlanger Rechtsmedizin, der in solchen Momenten zu einer durchaus enthemmten, drastischen Wortwahl zu greifen pflegte. Aber widrige Umstände hin oder her, sie mussten sich am Riemen reißen. Es half ja alles nichts.

Auch Ruckdeschl ließ resigniert die Schultern sinken. »Ja, dann muss das wohl so sein. Rufen Sie Schneider und den Büchenbach an und beordern Sie die beiden her. Bei dem ganzen Dreck können wir jeden Mann gebrauchen. Und ein Sprengstoffexperte aus Nürnberg muss kommen, der soll sich das mal genauer ansehen.«

Linus Backert nickte und ging ein Stück zur Seite, um in Ruhe telefonieren zu können. Heribert Ruckdeschl machte sich mit Lagerfeld im Schlepptau auf den kurzen, aber mühevollen Weg über den Schutt zur gegenüberliegenden Seite der Ruine, um sich die anderen gefundenen Körperteile einmal näher anzusehen.

»Sprengstoffexperte? Bist du sicher, dass wir es hier mit Sprengstoff zu tun haben?«, nörgelte Lagerfeld, während er Ruckdeschl hinterherstolperte. Irgendwie hoffte er immer noch, dass sich alles als tragischer Unglücksfall herausstellte und er den Abend auf dem Bamberger Weihnachtsmarkt beenden konnte.

»Na ja, was denn sonst? Schau dich doch mal um. Das war eine gewaltige Detonation. So, wie die Trümmer angeordnet sind, muss der Ursprung der Explosion irgendwo da gewesen sein.« Ruckdeschl deutete mit der Hand in Richtung linke Hausmitte. Eine – selbst grobe – Zimmeraufteilung war beim besten Willen nicht mehr auszumachen, also blieb unklar, welcher Raum dort gewesen sein könnte. »Eine Gasleitung gibt es nicht, und ein eingebuddelter Gastank hätte ein Riesenloch in den Boden geschlagen. Stattdessen ist oberhalb des Erdgeschosses alles platt runtergekommen, und es riecht nach Benzin. Und jetzt erklär mir mal, wo in einem kleinen Einfamilienhaus ohne Auto und Garage so viel Benzin herkommen soll. Heizöl gibt's auch nicht, nirgends sind Reste von 'ner Ölheizung zu finden, dafür liegt dort drüben der traurige Rest von einem Kachelofenbrenneinsatz. Also, was soll hier deiner Meinung nach aus Zufall in die Luft geflogen sein? Das ist nie und nimmer ein Unfall gewesen, wenn du mich fragst.«

Damit endete der kurze Fachvortrag des Spurensicherers,

und Lagerfeld musste zugeben, dass an diesen Überlegungen was dran war. Das hieß, sie hatten es hier womöglich mit einem recht spektakulären Fall von Versicherungsbetrug oder gar einem gezielten Tötungsdelikt zu tun.

»Da wären wir«, erklärte Ruckdeschl und deutete auf den Boden. Was Lagerfeld dort sah, drückte noch ein wenig mehr auf seine momentane Stimmung. Auch wenn der verbrannte Oberkörper noch halb unter Dreck und Schutt begraben war, so war doch zu erkennen, dass hier tatsächlich nur der Rumpf eines Menschen lag. Der Schädel und alles unterhalb der Hüfte waren durch die Explosion abgerissen worden.

Auch nach vielen Dienstjahren bei der Kriminalpolizei waren Anblicke wie dieser für Lagerfeld zum Abgewöhnen. Man hatte es in solchen Fällen nicht zwingend mit einem Mordfall zu tun, meistens handelte es sich bei verstümmelten Leichen um tragische Unglücksfälle. Aber stets musste sich die Kriminalpolizei damit auseinandersetzen. Lagerfeld brauchte so etwas nicht.

»Männlich«, kam es trocken von Ruckdeschl, der in die Hocke gegangen war und die Leiche nun aus der Nähe betrachtete. Er stutzte und zupfte Lagerfeld am Hosenbein. »Siehst du das?«, fragte er und deutete auf den Rücken der Leiche.

Zuerst konnte Lagerfeld nicht erkennen, worauf Ruckdeschl hinauswollte, aber dann sah er, dass sich quer über den verbrannten Rücken, auf Höhe der unteren Brustwirbel, ein Muster zog. Ein Streifen, etwa einen Zentimeter breit.

»Hm«, brummte der Kommissar, während er den schwarzen Streifen betrachtete. Er hatte keinen blassen Schimmer, was das zu bedeuten hatte, dementsprechend ratlos schaute er Ruckdeschl an, der ihm nun, zum ersten Mal seit seiner Ankunft, ein zartes Lächeln schenkte.

»Ja, da schaut der gemeine Ermittler, gell?«, stichelte er und holte aus den Tiefen seiner unergründlichen schwarzen Tasche eine Art Schraubenzieher hervor, dessen Ende im Halbkreis verbogen war. Mit diesem Instrument begann er, an dem merkwürdig eingebrannten Streifen herumzukratzen.

Lagerfeld beugte sich noch weiter nach unten, damit er wenigstens einigermaßen erkennen konnte, was Ruckdeschl da trieb.

»Ich hab's«, flötete Ruckdeschl schließlich und deutete mit

der freien Hand begeistert auf die Stelle am Rücken, wo sein Werkzeug an dem toten Körper verharrte.

Lagerfeld musste einsehen, dass es jetzt wohl besser war, ebenfalls auf die Knie zu gehen. Sofort drang die kalte Nässe durch seine Hose, was ihm aber egal war, er wollte unbedingt wissen, was Ruckdeschl ihm zeigen wollte. Er war sogar so neugierig, dass er, was selten genug passierte, seine Sonnenbrille abnahm.

»Schau«, meinte Ruckdeschl, und Lagerfeld konnte sehen, wie der alte Fuchs das verbogene Schraubenzieherwerkzeug anhob und mit ihm ein etwa vier Zentimeter langes Teilstück des gerade eben entdeckten Streifens ablöste. Direkt darunter war die Haut des Toten nicht verbrannt, sondern blutrot, als hätte jemand mit einem sehr stumpfen Messer hineingeschnitten.

Ruckdeschl griff mit der freien Hand nach dem hochstehenden Ende und drehte es leicht gegen den Uhrzeigersinn, woraufhin das Stück Streifen abbrach. Er besah sich das Corpus Delicti von allen Seiten, führte es an die Nase und roch vorsichtig daran. Wieder erschien ein Lächeln auf seinem Gesicht, diesmal noch etwas breiter als vorhin.

»Hab ich's mir doch gedacht. Hier, riech mal«, meinte er verschmitzt und streckte Lagerfeld das verschmorte Stück entgegen. Der war zwar alles andere als etepetete, aber es kostete ihn einiges an Überwindung, das verkohlte Ding da, an dem auch noch kleine Hautfetzen hingen, an seine Nase zu halten. Er schnupperte nur kurz, dann verzog er sofort das Gesicht.

»Bäääh, das stinkt ja voll nach Plastik«, meinte er entrüstet und gab Ruckdeschl die unangenehme Morgengabe sofort wieder zurück. »Is ja ganz toll. Und was soll uns das jetzt sagen, bitte schön?«, fragte er etwas angefressen.

Für diesen Ausflug in olfaktorische Niederungen hatte er sich jetzt seine Hose ruinieren müssen? Na, vielen Dank auch. Wehe, Ruckdeschl kam jetzt nicht mit essenziellen Erkenntnissen daher.

Der Leiter der Spurensicherung musste wieder grinsen, er machte jetzt sogar einen regelrecht fröhlichen Eindruck. Ächzend erhob er sich aus dem Dreck und winkte hektisch zum Kollegen Backert hinüber, der gerade aufgehört hatte zu telefonieren. »Linus, komm doch mal her«, rief er, begeistert, nun eine kleine Lehrstunde in Sachen Spurensuche am Tatort abhalten zu können.

Auch Lagerfeld hatte sich schleunigst wieder in die Senkrechte begeben und wischte sich notdürftig den nassen Dreck von seiner Jeans.

»Schneider und Büchenbacher sind nicht gerade begeistert, aber unterwegs. Die vom Sprengstoffkommando schicken einen Spezialisten, der ist auch schon unterwegs, weil er sowieso in Schweinfurt zu tun hatte«, gab Linus Backert erst einmal bekannt, um auf die Erledigung seines Auftrages hinzuweisen.

»Danke. Hier, riech mal.« Ruckdeschl hielt ihm den verkohlten Rest vom Leichenrücken unter die Nase.

Backert kannte offenbar keine Skrupel, sondern schnupperte sofort ohne erkennbaren Ekel an dem Material. Seine Augen rollten nach oben, bis sie in einer irgendwie genüsslichen Stellung auf drei viertel fünf stehen blieben. Er zog mehrmals die Luft ein und wirkte dabei wie eine Art Meisterkoch bei der Verkostung des Nachtisches. »Na ja, ich würde sagen, verbranntes Polyethylen, mit einer leichten Benzinnote an verbrannter Menschenhaut. Vielleicht noch verschwitztes Baumwollmännerunterhemd im Abgang«, säuselte er ironisch und gab dann, mit einem unschuldigen Augenaufschlag, alles wieder Ruckdeschl zu treuen Händen zurück.

Der hatte sich die Verkostungsergebnisse ebenso wie Lagerfeld mit Erstaunen, aber nicht ohne eine gewisse Anerkennung angehört. »Sehr schön, Linus, sehr schön. Was habe ich nur für begabte Mitarbeiter«, urteilte er in ehrlicher Begeisterung. »Ich hätte es nicht besser, vor allem nicht hübscher ausdrücken können.«

Lagerfeld schaute sich die beiden an und glaubte allmählich, sich in einem ziemlich schrägen Theaterstück zu befinden. Konnte es sein, dass widrige Arbeitsbedingungen bei den erlauchten Herren der Spurensicherung partiellen Wahnsinn hervorriefen? Oder war das nur ein sehr spezieller Humor, den er einfach nicht begriff?

»Äh, könnte ich bitte mal erfahren, was das alles soll? Wollt ihr zwei mich verarschen, oder was?«

Heribert Ruckdeschl hob sofort beschwichtigend beide Hände. »Aber überhaupt nicht, Bernd, kein Grund für irgendwelche Aufregungen. Linus hat den Nagel auf den Kopf getroffen.«

Wieder setzte er dieses triumphierende Lächeln auf, als hätten sie gerade eben das versunkene Atlantis ausgegraben. »Das, was sich quer über den Rücken des armen Mannes dort in die Haut eingebrannt hat, sind eindeutig die Überbleibsel eines Seiles«, erklärte Ruckdeschl und schaute Lagerfeld mit leuchtenden Augen an, während Linus Backert beifällig nickte.

»Ein Seil? Und weiter?«, fragte Lagerfeld verblüfft. Irgendwie stand er gerade auf dem Schlauch. Was sollte ein Seil nun so Sensationelles bedeuten?

»Ja was, und weiter? Mensch, Bernd, der Tote hat vermutlich deswegen Spuren eines verbrannten Seiles am Rücken, weil ihn jemand gefesselt hat, nicht wahr?« Ruckdeschl schaute Lagerfeld ob dessen Begriffsstutzigkeit jetzt fast mitleidig an. »Ich wette einen größeren Betrag, meine Herren, dass, wenn wir die Arme des Toten finden beziehungsweise das hier umdrehen, auf der anderen Seite der Knoten des Strickes zu finden ist.«

Heribert Ruckdeschl hatte, erregt, wie er war, sein unangenehm riechendes Fundstück während des Sprechens hoch in die Luft erhoben. Jetzt ließ er die Hand wieder sinken, derweil Linus Backert weiterhin fleißig mit dem Kopf nickte.

Lagerfeld betete innerlich ein Vaterunser, dass er nicht dabei sein musste, wenn die Arme des Verstorbenen auftauchten. Den Anblick wollte er sich weiß Gott ersparen.

Bevor Lagerfeld reagieren konnte, drückte Ruckdeschl dem verblüfften Kommissar den verkohlten Fetzen in die Hand, ging wieder auf die Knie, schob beide Hände unter den verbrannten Menschenkörper und hob das Paket so gut es ging ein Stück nach oben. Linus Backert beugte sich nach unten, schob seine Rechte unter den Bauch des Toten und zog sie nach einigen Sekunden mit einem sehr zufriedenen Gesichtsausdruck wieder hervor. In der Hand hielt er ein kurzes Stück nahezu unversehrtes lindgrünes Stück Kunststoffseil, das lediglich an den beiden äußeren Enden schwarz verbrannt war. In dem Teilstück gab es zwar keinen Knoten, aber immerhin, der Leiter der Spurensicherung war zufrieden.

»Na bitte!«, rief Ruckdeschl triumphierend. »Wusste ich's doch!« Er ließ den Rumpf vorsichtig zu Boden, dann stand er auf und begutachtete das etwa dreißig Zentimeter lange Seil. »Sieht aus wie ein ganz ordinäres Plastikseil, das es in jedem Baumarkt zu kaufen gibt«, meinte er.

Auch Lagerfeld griff nun nach dem Seil und musste Ruckdeschl und dessen erster Analyse recht geben. Er hätte diesen grünen Strick ebenfalls als reguläre Baumarktware eingeordnet. Aber die Herkunft des Seiles war für ihn zunächst nebensächlich. Was ihn viel mehr beschäftigte, war die Tatsache, dass spätestens jetzt, genau in diesem Moment, jegliche Unfalltheorie, jegliche Vermutung, dass das alles hier eine Verkettung unglücklicher Umstände gewesen sein könnte, endgültig gestorben war.

»Heribert, komm doch amal!«, konnte man unversehens die laute Stimme eines weiteren Spurensicherers vernehmen, der ihnen von außerhalb der Hausmauern, aus dem Gartenbereich, heftig zuwinkte.

Sofort setzten sich Ruckdeschl und Backert in ihren weißen Ganzkörperkondomen plus Jacken in Bewegung, während Lagerfeld, Böses ahnend, einfach mal mit hängenden Schultern hinterhertrottete.

Teil-Weise

Manuela Rast hob erstaunt den Kopf, als sie den Schlüssel in der Haustür hörte. Sekunden später marschierte ihr derzeitiger Lebensabschnittsgefährte, seines Zeichens Kriminalhauptkommissar, mit dem Kollegen Huppendorfer zur Tür herein. Entsetzt registrierte sie den jämmerlichen Zustand ihres Kommissars. Noch bevor Franz Haderlein irgendwelche Worte der Erklärung absondern konnte, wusste Manuela Rast schon, was zu tun war.

»Ich will gar nichts hören, Franz. Du gehst jetzt sofort unter die heiße Dusche. Und du kommst erst wieder raus, wenn du eine leidlich akzeptable Körpertemperatur vorzuweisen hast, verstanden?«

Franz Haderlein murmelte etwas Unverständliches, bedankte sich bei César, dass der ihn nach Hause gebracht hatte, und verschwand dann umgehend in Richtung Badezimmer.

César Huppendorfer musste sich ein Grinsen verkneifen und wollte sich schon verabschieden. Da fiel ihm ein, dass er ja noch etwas abzugeben hatte. »Ach, Manuela, ich hab da noch was für dich«, meinte er und kraulte die Riemenschneiderin, die er die ganze Zeit auf dem Arm gehalten hatte, hinter den Ohren.

Manuela Rast machte zwei Schritte auf ihn zu und nahm ihm das Ferkel aus den Armen. Huppendorfer seufzte dankbar. Er hatte das Schweinchen ja wirklich gern, aber irgendwie vertrugen sich Tiere nicht mit seiner teuren, durchgestylten Garderobe.

»Was ist denn eigentlich passiert?«, wollte Manuela wissen, während sie Riemenschneider auf den Boden stellte. Die trollte sich sogleich auf ihre Decke neben dem orangefarbenen Sofa und machte sich erst einmal lang. Was für ein Tag. Arbeit hatte es streng genommen ja keine für sie gegeben. Dafür aber ständige Ansagen, sie solle dieses nicht tun und jenes unterlassen. Sollten doch alle machen, was sie wollten, sie würde jetzt erst einmal eine Runde pennen.

»Es ist, glaub ich, wirklich am besten, wenn Franz dir das selbst erzählt, Manuela. Also, ich war nicht direkt dabei, Bernd und ich kamen erst später dazu. Aber so wie es aussieht, ist wohl vor seinen

Augen ein Haus in die Luft geflogen, und eine junge Kollegin ist dabei umgekommen. Franz hatte in der ganzen Angelegenheit wohl ziemliches Glück, ihm hätte nämlich leicht das Gleiche passieren können.«

Manuela hatte während seiner Schilderung entsetzt die Hand vor den Mund genommen, und ihr Gesicht war nun noch eine Spur blasser als eben schon. Sprachlos stand sie da und schaute Huppendorfer aus großen Augen an.

»Na ja, okay, ich geh dann mal«, beeilte der sich zu sagen. »Wie schon erwähnt, Franz kann dir das bestimmt genauer erklären, Manuela, äh, tschau dann.« César Huppendorfer hob noch mal grüßend die Hand, drehte sich um und ging.

Die Haustür war schon längst wieder ins Schloss gefallen, als Manuela Rast immer noch mit der Hand vor dem Mund dastand und so langsam kapierte, dass ihr Franz heute ganz knapp an seinem Ableben vorbeigeschrammt war.

★★★

Erst als er schon einige Zeit unter der heißen Dusche verbracht hatte, ließ die Anspannung in Franz Haderleins Geist und Körper nach. Dann aber gleich radikal. Er wusste nicht, wie viele Minuten vergangen waren, in denen er nur die Fliesen an der Wand angestarrt hatte. Jetzt war er schon so lange im Polizeidienst, zuerst in München und dann in Bamberg, aber so nahe war er dem Tod noch nie gewesen. Und was noch schlimmer war: Weil Gabi ihm einen Gefallen hatte tun wollen, war sie nun tot, und er lebte. Sein Kopf stellte klar, dass es ein dummer Zufall war, aber sein Herz trug Trauer und ein dumpfes Schuldgefühl mit sich herum.

Die schweren Gedanken wurden schließlich durch die rapide fallende Temperatur des Duschwassers verdrängt. Haderlein beeilte sich, den Reinigungsvorgang zügig zum Ende zu bringen, obwohl die ganze Duscherei heute weniger der Körperpflege diente, sondern eher eine meditative Übung zur Situationsbewältigung darstellte. Beim Abtrocknen stellte er fest, dass das zwar der mit Sicherheit längste Duschvorgang seines Lebens gewesen war, aber es ging ihm jetzt besser. Die Kälte war aus seinem inzwischen gut fünfzigjährigen Körper herausgewaschen, und auch das Haderlein'sche Seelenleben hatte sich ein bisschen erwärmt.

Er warf sich seinen dunkelblauen Bademantel über und verließ das Badezimmer, um sich zu seinem Kleiderschrank zu begeben. Der Weg dorthin führte über den Flur, von wo aus er einen Blick ins Wohnzimmer werfen konnte. Als er das tat, blieb er auf der Stelle stehen und betrachtete verwundert das Bild, das ihm entgegenleuchtete. Dort auf dem kleinen Tisch vor Manuelas orangefarbigem Sofa stand nämlich eine brennende Kerze. Nicht nur das, daneben standen eine Flasche Cabernet Sauvignon und die beiden teuren Weingläser, die sie nur an allerhöchsten Festtagen herausholte. Manuela selbst saß mit einem sehr nachdenklichen Blick auf dem Sofa und starrte auf einen imaginären Punkt, der sich irgendwo im Inneren des Weinglases direkt vor ihr befinden musste.

»Was ist denn hier los?«, fragte Haderlein merkwürdig berührt und blickte immer noch verwirrt auf die Kerze und den Wein. Hatte er irgendein beziehungstechnisch wichtiges Datum vergessen?

Manuela Rast stand auf, kam ihm entgegen und nahm ihn an der Hand. Wortlos zog sie den etwas widerspenstigen Franz Haderlein hinter sich her, bis sie dicht nebeneinander auf dem orangefarbenen Monster saßen. Als sie ihm das Weinglas in die Hand drückte, schaute er sie fragend an.

»Wofür ist denn die Kerze? Erster Advent ist doch erst übermorgen«, startete Haderlein den vorsichtigen Versuch einer Konversation, aber Manuela antwortete nicht darauf. Stattdessen sammelte sie sich noch einen Moment, erst dann begann sie zu sprechen.

»Du hast einen sehr gefährlichen Beruf, Franz, und ich habe immer ein wenig Bedenken, wenn du aus dem Haus gehst. Aber ab jetzt habe ich keine Bedenken mehr, sondern Angst. César hat mir erzählt, was passiert ist. Zwar nur ziemlich kurz und knapp, wie es seine Art ist, aber ich weiß, dass du heute nur ganz knapp dem Tod entkommen bist.« Sie schaute ihm tief in die Augen, dann stieß sie ihr Weinglas vorsichtig an das seine und meinte mit einem leichten Zittern in der Stimme: »Die Kerze hab ich nicht angezündet, weil wir Adventszeit haben, sondern weil heute dein zweiter Geburtstag ist, Franz. Und weil ich dir sagen wollte, dass ich ihn sehr liebe, meinen Kriminalhauptkommissar.«

Franz Haderlein wusste vor Rührung gar nicht, was er darauf erwidern sollte. Musste er auch nicht, denn Manuela nahm ihn in die Arme und hielt ihren Franz einfach mal eine sehr lange Weile ganz fest.

★★★

Als sie draußen vor den Mauerresten im Garten angelangt waren, wurden Lagerfelds Befürchtungen zur Gewissheit. Der Kollege der Spurensicherung deutete auf den vom nassen Schnee durchweichten Boden, wo im Licht eines Scheinwerfers das lag, was vom oberen Teil des vorhin untersuchten Rumpfes abgerissen worden war.

Ruckdeschl bückte sich und betrachtete den Fund genauer. Es handelte sich um die beiden Arme, die einmal zu dem Rumpf im Haus gehört hatten. Die Handgelenke waren immer noch an die Reste des Stuhles gefesselt, mit dem sie aus dem Haus hinauskatapultiert worden waren. Das grüne Plastikseil war noch sehr gut erkennbar, das durch die Explosion verursachte Feuer hatte seine Wirkung hier draußen bei Weitem nicht so intensiv entfalten können.

Ruckdeschl schaute zu Lagerfeld hoch, der stumm zurücknickte. Die Sachlage war klar und bedurfte keiner weiteren Erläuterung. Die Spurensicherung sollte jetzt erst einmal in Ruhe ihrer Arbeit nachgehen, während er sich auf die Zeugenbefragung konzentrierte.

Er drehte sich um und ging durch das immer dichtere Schneetreiben zurück zur Absperrung, wo der Eberner Bürgermeister schon ungeduldig auf ihn wartete.

»Ah, da sind Sie ja, Herr Kommissar, wir haben noch ein paar wichtige Fragen zu klären«, begann Hahnemann eifrig, offensichtlich hatte er sich in der langen Abwesenheit des Kommissars einiges überlegt.

»Ah ja, was denn?«, fragte Lagerfeld höflich, aber nicht wirklich interessiert.

»Ja nun, zum einen stellt sich die Frage, ob die Eberner Feuerwehr noch benötigt wird, der Brand scheint ja nicht mehr so richtig wichtig zu sein.«

Lagerfeld schüttelte leicht amüsiert den Kopf und meinte beruhigend: »Nein, keine Panik, Herr Bürgermeister, kein Feuer, keine Feuerwehr. Die können Sie in aller Ruhe abbestellen. Allerdings hoffe ich, dass es hier in der Gegend nicht so oft brennt, denn die Schnellsten scheinen die ja nicht gerade zu sein, oder?«

Hahnemann räusperte sich und wurde ein wenig rot, schien auf dieses unerquickliche Thema aber lieber nicht mehr eingehen zu wollen. »Ja nun, der zweite, weit wichtigere Punkt wäre nun der, ob irgendetwas dagegenspricht, heute und morgen den Jesserndorfer Weihnachtsmarkt abzuhalten. Der beginnt nämlich in ungefähr einer Stunde.«

Lagerfeld schaute Hahnemann an, als hätte der ihm gerade erzählt, der Weihnachtsmann sei doch nicht erfunden, sondern echt. »Den was?«, brachte er völlig überrumpelt hervor, was den Bürgermeister schon wieder irritierte.

»Na, den Weihnachtsmarkt in Jesserndorf, Herr Kommissar. Der von den Soroptimisten oben im Dorf. Weil, die ersten Gäste kommen sicher bald, es ist alles schon aufgebaut. Also, wenn wir den wegen der Vorfälle hier absagen müssten, das wäre wirklich –«

Weiter kam er nicht, denn Lagerfeld hatte nun endlich begriffen, was der Bürgermeister da gerade gesagt hatte. »Doch, doch, doch«, beeilte er sich, seine Zustimmung zu bekunden, »das ist sogar ganz hervorragend, dann sind die ganzen Schaulustigen ja wenigstens abgelenkt und rennen hier nicht die ganze Zeit auf dem Gelände herum. Im Gegenteil, so kann ich dort später noch die eine oder andere Befragung durchführen, oder nicht?«

Lagerfeld konnte es nicht glauben. Da hatte ihm der Herrgott an diesem beschissenen Tag doch tatsächlich noch einen Lebkuchen auf den Teller geschmissen. Von einem optimistischen Weihnachtsmarkt in Jesserndorf hatte er zwar noch nie etwas gehört, aber das war ihm gerade völlig egal. Feuer, Wärme, Bratwurst, Glühwein. Und das ganz offiziell während der Dienstzeit. Besser hätte es für ihn angesichts der Umstände gar nicht laufen können.

War die Schmitt'sche Welt gerade noch düster und nass gewesen, so schien nun ein wärmendes, weihnachtliches Feuer in die Seele des gefrusteten Kriminalkommissars.

★★★

Felix hatte sich, so schnell es ging, nach oben auf den Dachboden zurückgezogen. Zum einen, weil er über das soeben Erlebte erst einmal nachdenken musste, zum anderen, weil er etwas aus dieser Kommode mit nach Hause nehmen wollte. Was er damit anfangen sollte, wusste er noch nicht, aber irgendwie zog ihn der Inhalt magisch an.

Er war noch damit beschäftigt, zu überlegen, für welchen Gegenstand er sich entscheiden sollte, als sein Bruder hinter ihm auftauchte.

»Ey, Felix, gib mir doch mal die Schokolade von vorhin. Das is echt ein geiles Zeug.«

Felix drehte sich zu Benjamin um und schaute ihn halb zweifelnd, halb entrüstet an. »Mensch, Benni, willst du das Zeug wirklich noch essen? Weißt du eigentlich, wie alt das ist?«

Aber sein Bruder grinste ihn nur breit an. »Mir egal. Das is ein geiler Stoff. Ich fühl mich, als könnte ich Bäume ausreißen, dagegen kannst du den ganzen Milka-Mist vergessen. Ich glaub, das war damals so eine Art Red Bull für die Soldaten. Also gib schon her ... oder willst du selbst was davon?«

Felix hob abwehrend beide Hände und meinte mit einem süßsauren Lachen: »Nee, nee, nee, mein Lieber, des kannste allein essen, ich bin doch nicht bescheuert. Nimm so viel mit, wie du möchtest, ich leg da weiß Gott keinen Wert drauf.« Er trat einen Schritt zurück, damit Benjamin sich über die unterste Schublade der Kommode hermachen konnte, und öffnete dann vorsichtig die obere Schublade wenigstens zur Hälfte, um an deren Inhalt zu gelangen, während Benjamin unten kramte.

Derweil jeder der beiden Brüder mit Einpacken beschäftigt war, gingen ihnen sehr unterschiedliche Gedanken durch den Kopf. Benjamin für seinen Teil bemerkte, dass diese Schokolade weit mehr war als das süße Zeug, das er normalerweise im Laden kaufen konnte, und sofort stellte er wilde Überlegungen an, was man damit noch alles anfangen konnte.

Felix dagegen wollte wissen, was es mit den Briefen auf sich hatte. Nicht dass er ein großer Voyeur vor dem Herrn wäre, aber vielleicht käme er mit diesen Briefen ja dem Geheimnis etwas näher, das seinen Vater und Opa Karl wie Blei einhüllte. Die staubige Uniform mitsamt der staubigen Kappe kriegte er sowieso niemals zu ihren Eltern ins Auto, die würden sich schön bedanken. Also blieben für heute nur die Briefe beziehungsweise … Kurz entschlossen drehte er sich noch mal um und nahm auch noch eines der kleinen Tablettenröhrchen aus Aluminium mit der rot-blauen Aufschrift aus der untersten Schublade.

»Was willste denn damit?«, fragte Benjamin, der alles, was er an Schokolade gefunden hatte, in seinen orangefarbenen Rucksack gepackt hatte.

»Herausfinden, was das überhaupt ist. Wissen ist Macht«, dozierte Felix gespielt wichtigtuerisch.

»Ich weiß nix, macht nix«, erwiderte Benjamin und lachte laut. Dann wurde er ungewohnt ernst. »Mal ganz ehrlich, Felix«, sagte er, »hast du irgendeine Ahnung, was da zwischen Papa und Opa Karl gelaufen ist? Das is doch völlig irre, wie Papa sich vorhin verhalten hat.«

Felix zog die Schultern nach oben und ließ sie gleich darauf wieder fallen. »Ich hab keine Ahnung, Benni. Aber das ist nicht unser Bier. Wir haben jetzt ein Haus, und wenn du mich fragst, können wir ab sofort damit machen, was wir wollen.«

»Moment«, warf Benni ein, »noch nicht, Papa schließt es erst mal ab, und nächstes Jahr um diese Zeit darfst erst mal nur du wieder rein.«

Felix schaute seinen Bruder skeptisch an. Da kam doch noch was nach, oder wieso erzählte er ihm Sachen, die längst feststanden?

Und tatsächlich, Benjamins strenger Gesichtsausdruck wich einem breiten Grinsen. Dann hielt er plötzlich einen breiten, alten Bartschlüssel in die Höhe. »Es sei denn, die bösen Kinder haben den Schlüssel für den Hintereingang, mit dem sie sich dann jederzeit ein bisschen im Haus umsehen können«, meinte er schelmisch.

Nun musste auch Felix grinsen. Der Kerl war einfach unmöglich. Kein Wunder, dass Benjamin dauernd Ärger mit Vater bekam. Wenn Mutter nicht wäre, hätte er seinen jüngsten Sprössling bestimmt schon längst in ein kirchliches Heim in Bamberg gesteckt. Aber eine coole Socke war Benjamin schon.

Gut gelaunt miteinander flachsend verließen die beiden Brüder den Dachboden von Opa Karl. Ein Dachboden, der ihnen bald ganz allein gehören würde.

Tag der Freiheit

Noch drei Stunden. Der Moment der offiziellen Verabschiedung war gekommen. Er saß in seiner Zelle und versuchte, sich irgendwie auf die lang ersehnte Freiheit einzustimmen. Eigentlich sollte er ja absolut freudetrunken und euphorisch durch die Welt schweben, aber dem war nicht so. Er hockte nachdenklich neben seiner gepackten Reisetasche auf dem Bett, betrachtete den grünen Fußboden seiner Zelle, das kleine vergitterte Fenster und den quadratischen, frei schwebenden, fest in die Wand einbetonierten Tisch, an dem er so viele Stunden hatte verbringen dürfen.

Seinen letzten Abend hatte er mit seinem lädierten Kumpel Anton verbracht, was für beide wirklich ein schöner Abschied gewesen war. Die anderen Mithäftlinge hier in St. Georgen waren ihm nicht wichtig genug, als dass er mit ihnen eine große Abschiedsparty hätte feiern wollen. Auch wenn ihm jeder, der ihm über den Weg gelaufen war, auf die Schulter geklopft und ihm alles Gute gewünscht hatte. In den meisten Fällen mochte das sogar ehrlich gemeint gewesen sein, war die Entlassung doch das große Ziel, das jeder Strafgefangene mehr oder weniger intensiv herbeisehnte.

»Alles Gute, Pippo«, »Mach's gut, Josef«, »Schreib 'ne Karte von draußen!«, waren die üblichen Sprüche, die er sich schon seit Längerem hatte anhören dürfen.

Trotzdem saß er jetzt still in seiner Zelle und wartete ohne spürbare Freude oder Euphorie darauf, dass sie ihn abholten. Dann ginge es durch die ganzen quietschgelben Gittertüren hindurch zum Ausgang, wo ihn der neue Direktor ganz sicher mit bedeutungsvollen, segensreichen, aber auch mahnenden Worten verabschieden würde. Im Anschluss daran würde sich das massive eiserne Schiebetor langsam öffnen, und davor würde Holger Gschwander, sein Bewährungshelfer, stehen, um ihn in die Freiheit zu begleiten.

Draußen auf dem Gang hörte er Schritte näher kommen, die just vor seiner Zellentür verharrten. Laut rasselnd drehte sich ein großer Sicherheitsschlüssel im Schloss, die Tür wurde geöffnet, und er blickte in das lächelnde Gesicht des ihm wohlbekannten Justizvollzugsbeamten Werner Löblein.

»Josef, es ist so weit«, sagte der, woraufhin Giuseppe Romano seine gepackte Tasche ergriff, aufstand und mit Werner Löblein zusammen ein letztes Mal seine Zelle verließ.

Vicki

Manfred Zöder saß an einem Tisch in einem Nebenraum des Haßfurter Rathauses, seine Staatssekretärin Luise Hadauer ihm gegenüber. Die Stimmung seiner Hoffnungsträgerin schwankte zwischen Wut und absoluter Verzweiflung.

»Warum hat er das gemacht?«, rief sie immer wieder aufgebracht aus. »Was hat dieser Mundwerker gegen mich? Meine ganze schöne Präsentation, völlig im Arsch!« Wütend krallte sich Luises Hand um ihre Kaffeetasse. »Hast du von diesem Ermershausen überhaupt schon einmal was gehört, Manfred? Ich nicht. Das blöde Kaff hat er doch nur aus dem Ärmel gezaubert, um mir eine reinzuwürgen, oder nicht? Was will der eigentlich von mir?«

Wütend ließ sie nun die Kaffeetasse los, verschränkte bockig die Arme vor der Brust und beschloss, durch ihre Blicke auf den Putz der gegenüberliegenden Wand diesen zum Schmelzen zu bringen.

Manfred Zöder sagte nichts, sondern ließ erst einmal alles aus seiner Staatssekretärin herausbrechen. Es entstand eine kurze Pause, erst dann ergriff er mit wohlbedachten Formulierungen das Wort. »Na ja, es ist so, Luise: Ich kenne dieses Ermershausen tatsächlich nicht, habe noch nie davon gehört. Ebenso wenig habe ich eine Ahnung, was Mundwerker geritten hat, das gerade jetzt vom Zaun zu brechen. Ich weiß nur, dass du, wenn aus deiner politischen Karriere etwas werden soll, dich jetzt durchsetzen musst. Ich für meinen Teil halte die ganze Geschichte mit diesem Zwist zwischen Maroldsweisach und Ermershausen für weit hergeholt. Vielleicht langweilt sich der liebe Ex-Landrat in seinem Ruhestand und will sich einfach nur ein bisschen wichtigmachen. Trotzdem kann ich dir nur raten: Geh jetzt einen Kompromiss ein oder setz dich durch. Selbst wenn sich das Anliegen als die größte Idiotie herausstellen sollte – wenn man will, kriegt man alles durch, denk nur an die Pkw-Maut. Hopp oder topp. Aber, Luise, ich habe keine Lust auf eine lang dahinschwelende Dauerbaustelle in der fränkischen Pampa, verstanden?«

Der Kopf von Luise Hadauer flog herum, in ihren Augen

loderte es. »Kompromiss? Sagtest du Kompromiss, Manfred?« Ein Beben lag in ihrer Stimme, und ihre Hände ballten sich zu Fäusten. »Niemals!«

»Gut«, erwiderte Manfred Zöder ruhig und hob seinen Löffel aus dem Kaffee. »Dann mach diesen Spinnern in Ermershausen klar, wie das jetzt läuft. Im Zweifel bestichst du sie mit einer neuen Turnhalle, einem Sportplatz oder einer Friedhofssanierung, Hauptsache, es geht alles glatt über die Bühne, klar?«

Luise Hadauer war wieder in ihre bockige Sitzhaltung zurückgefallen und nickte unmerklich. Sie registrierte zwar, was der designierte fränkische Ministerpräsident sagte, aber noch war sie zu intensiv damit beschäftigt, im Geiste diverse Todesarten für den Landrat a. D. Rudolf Mundwerker durchzuspielen, als dass sie sich näher mit irgendwelchen Plänen beschäftigen konnte.

»Hast du mich verstanden, Luise?«, fragte Zöder energisch, und die Staatssekretärin schreckte aus ihren Racheplänen auf.

Sie wusste zwar nicht, wie sie es anstellen sollte, aber auch das würde sie noch schaffen. Arbeitsüberlastung gehörte zu diesem Berufsbild einfach dazu, das hatte sie sich ja freiwillig ausgesucht. Und sie musste es einfach schaffen. Sie war schon einmal aus ihrem Amt als Leiterin der Staatskanzlei geflogen, das würde ihr nicht wieder passieren, koste es, was es wolle. Dann würden eben noch ein paar Nächte mehr ohne Schlaf draufgehen, sei's drum. Entweder sie machte Karriere, oder sie nahm sich einen Strick. Auf eine Familie mit Kindern und Autowaschen am Samstag hatte sie keinen Bock, also musste für persönlichen Ruhm und Ehre eben gebuckelt werden. Schlafen kann ich ja am Ende des Monats, dachte sie zynisch und stand auf.

»Ich kriege das hin. Irgendwie kriege ich das hin«, fauchte sie entschlossen und suchte fahrig ihre politischen und unpolitischen Siebensachen zusammen.

»Gut«, meinte Zöder zufrieden und lächelte gönnerhaft. »Du schaffst das schon, da bin ich mir sicher.« Dann stellte er seinen Tee ab, stand auf und ging zurück zur Versammlung im Nebenraum.

★★★

Vicki war nicht unbedingt die beste Schülerin des Kaiser-Heinrich-Gymnasiums. Dass sie es überhaupt bis in die zehnte Klasse geschafft hatte, war aus Sicht ihrer Lehrkräfte schon ein mittleres Wunder. Ihre eigene Sicht der Dinge war naturgemäß jedoch eine ganz andere.

Vicki war von ihrer Grundausrichtung her zuallererst einmal Tochter. Und zwar die jüngere von zweien an derselben Schule. Ihre Schwester war zwei Klassen höher angesiedelt und machte demnächst ihr Abitur. Im Gegensatz zu Vicki hatte sie sich allerdings einer stringenteren Lebensphilosophie »befleißigt«, wie es ihre Lehrkräfte auszudrücken pflegten. Geli war intelligent, fleißig und darüber hinaus in ihrem ganzen Auftreten freundlich und aufmerksam.

Schwesterchen Vicki dagegen hielt nicht viel von Tugenden wie Zurückhaltung und Bescheidenheit. Egal, was sie in ihrem Leben tat, sie ließ es krachen, und zwar immer und überall. Diese extrovertierten Charaktereigenschaften hatten ihr am KHG recht bald zu einer gewissen Popularität verholfen. Sie war bekannt an ihrer Schule, und zwar ungefähr so wie das Ebolavirus, zumindest in Lehrerkreisen.

Schule empfand Vicki prinzipiell als störend und vor allem als absolut hinderlich bei dem, was sie mit ihrem Leben eigentlich anstellen wollte. Von dem, was in ihrer näheren Zukunft passieren sollte, hatte sie schon eine sehr konkrete Vorstellung. Und die hieß Costa Rica. Im Geografieunterricht hatten sie einen Film gesehen, in dem es um Mittelamerika und speziell um Costa Rica gegangen war, die »Schweiz des mittelamerikanischen Kontinentes«, wie ihre Lehrerin den Staat genannt hatte.

Seither war es um Vicki geschehen. Sie hatte der Lehrerin zu deren größtem Erstaunen nach dem Ende des Filmvortrages schöne, große Löcher in den Bauch gefragt und ausschließlich Antworten bekommen, die ihr sehr gefielen. Damit war ihr Lebensziel klar: eine Plantage in Costa Rica, egal für was, mit vielen Untergebenen. Das, was sie dort anpflanzte, würde sie dann irgendwie nach Europa verschiffen und mit ihren Bananen, Kokosnüssen oder was auch immer reich werden.

Finanzieren sollte das Vickis Papa Gottfried, leitender Ingenieur bei Bosch in Bamberg und in dieser Firma eine lebende

Legende. Hatte er seinerzeit doch quasi im Alleingang die Einspritzdüsen der Common-Rail-Technik für Dieselmotoren im Automobilbereich entwickelt. Seine Töchter waren ihm heilig und die jüngste, sein Engelchen, sowieso. Also war Papa Gottfried als Finanzier von ihrer Seite aus schon fest eingeplant. Jetzt musste sie nur noch jemanden finden, der verrückt genug war, sie auf diesem irrwitzigen Trip zu begleiten.

Engelchen Vicki sah gar nicht ein, sich durch die schulischen Niederungen des Lernens und Verstehens zu quälen. Hundert Euro Taschengeld in der Woche animierten den Ottonormalgymnasiasten allerdings auch nicht wirklich zu einer ehrgeizigen Arbeitseinstellung.

Heute hatte sie sich nach der vierten Stunde im Pausenhof mit ihrer Schwester verabredet, anscheinend wollte Geli ihr ihren neuen Freund vorstellen. Hatte das wählerische Ding es also doch noch geschafft, einen abzubekommen. Nachdem sie in den letzten Jahren sämtliche Kandidaten ins Kröpfchen sortiert hatte, war nun, oh größtes aller Wunder, doch ein männliches Wesen gut genug für sie.

Vicki dagegen hatte trotz ihrer zarten fünfzehn Lenze bereits mehr als genug Erfahrung mit dem männlichen Geschlecht gesammelt. Und nicht alle ihre Bekanntschaften waren so jung wie sie. Aber das war Vicki nun mal egal, sie wollte etwas erleben, und das klappte bisher ausgesprochen gut.

Sie schlenderte über den Schulhof, während sie nach ihrer Schwester Ausschau hielt. Und tatsächlich, in der Ecke, in der die Abschlussklassen herumstanden, konnte sie sie ausmachen, wie sie dort mit einem dunkelblonden Jungen herumstand. Den kannte sie doch, der war aus Gelis Nachbarklasse und richtig gut in Mathe. Das wusste sie daher, weil er Schülern in den unteren Klassen Nachhilfe gab. Wer von Felix John Nachhilfe bekam, schaffte es irgendwie auf eine Vier.

Sie selbst hatte andere Typen, die ihr Nachhilfe erteilten. Bei Felix hatte sie es zwar auch probiert, aber der Typ war einfach zu spießig. Der wollte Kohle für seinen Unterricht haben, und das sah Vicki gar nicht ein, wo sie doch andere Zahlungsarten bevorzugte. Aber der passte schon zu ihrer Schwester, die war ja so ähnlich drauf.

»Hallo, Geli«, säuselte sie und lächelte so gewinnend wie möglich an ihrer Schwester vorbei.

Felix schaute sie einen kurzen Moment lang an, dann stahl sich ein wissendes Lächeln in sein Gesicht, und er reichte Vicki fast gönnerhaft die Hand. »Ach nee«, stieß er halb überrascht, halb belustigt hervor.

Vicki lächelte nur kokett zurück, während auf dem Gesicht ihrer Schwester bereits die ersten Misstrauensfalten zu sehen waren. Sie kannte Vicki gut genug, um zu wissen, dass Vorsicht geboten war. Zeit ihres Lebens war sie von ihren Eltern dazu verdonnert worden, auf die jüngere Schwester aufzupassen. Das grausame Schicksal aller Erstgeborenen. Ein Umstand, der neben anderen die Seelengemeinschaft zwischen ihr und Felix begründete. Sie traute es Felix zwar nicht zu, dass er etwas mit ihrer Schwester gehabt hatte, umgekehrt aber schon. Vicki hatte sich seit ihrer Geschlechtsreife alles gekrallt, was nicht schnell genug auf den Bäumen war, da kannte sie kein Pardon. Nur die Charakterfestesten schafften es, ihren erotischen Leimruten zu entkommen.

Unsicher schaute sie zwischen Felix und Vicki hin und her, ihr Gefühl sagte ihr jedoch, dass zwischen den beiden nichts wirklich Schlimmes passiert war.

»Das ist deine Schwester? Besonders ähnlich seid ihr euch ja nicht, um es mal vorsichtig auszudrücken«, meinte Felix verschmitzt, nicht zuletzt aus dem Bedürfnis heraus, hier keinen falschen Eindruck entstehen zu lassen. »Sie wollte mal Nachhilfe von mir haben, aber dann waren ihr meine Preise zu hoch«, erklärte er und lächelte dabei Geli an, die ihn und Vicki immer noch misstrauisch musterte.

»Na ja, sagen wir mal so, ihm waren meine Zahlungsmittel nicht gut genug«, gab Vicki schnippisch zurück, was ihr einen bitterbösen Blick von ihrer Schwester einbrachte.

Felix grinste immer noch fröhlich vor sich hin, während sich die beiden Schwestern nunmehr angriffslustig gegenüberstanden. Als Ältester in der eigenen Bruderschaft war er geübt darin, einen Streit zu schlichten, und hatte eine Idee. »Du, Vicki, ich wollte Geli heute Nachmittag mal unser Haus zeigen. Hast du Lust, mitzukommen? Mein Bruder kommt auch, dann bist du nicht so allein.«

Vicki war sofort hocherfreut, während Geli den Mund zu einem süßsauren Lächeln verzog. Ging denn überhaupt nichts in ihrem Leben, ohne dass ihre kleine Schwester sich einmischte? Aber sie kannte Felix inzwischen gut genug, um zu wissen, dass er dieses Angebot nur unterbreitete, damit es jetzt keinen Ärger zwischen Geli und ihr gab. Außerdem hatte sie ja nicht wirklich etwas gegen ihre Schwester. Sie kapierte Vicki zwar nicht, und ihre Schwester war irgendwie verrückt in dem, was sie tat und wie sie drauf war, aber bis zu einem bestimmten Punkt bewunderte Geli Vicki auch dafür. Bis zu einem gewissen Punkt, wohlgemerkt. Manche von Vickis Einstellungen waren ihr einfach zu extrem.

Sie selbst war da ganz anders. Eher introvertiert, sehr korrekt und strebsam. Ordnung war ihr das Wichtigste im Leben. Sie hatte ihre Grundsätze, und im Rahmen dieser Grundsätze lebte sie auch. Genau wie Vicki war sie ein attraktives Mädchen, aber das versteckte sie nur allzu gern. Die langen braunen Haare immer ordentlich frisiert, die Klamotten harmonisch, aber auf gar keinen Fall ausgeflippt.

Bei Felix hatte sie sofort die gleiche Wellenlänge gespürt. Obwohl er sich bei Weitem mehr traute als sie selbst. In Felix steckte ein gutes Stück Verrücktheit, und sie bewunderte ihn dafür. Trotzdem war er klar strukturiert, man konnte sich absolut auf ihn verlassen, und er wusste immer, was er wollte und was nicht. Sie vertraute ihm. Wenn sie überhaupt jemals etwas Verrücktes in ihrem Leben anstellen würde, dann nur gemäßigt und zusammen mit jemandem wie Felix.

»Was für ein Haus?«, wollte Vicki jetzt neugierig wissen.

»Na, mein Haus«, erwiderte Felix nicht ohne einen gewissen Stolz. Wer konnte schon mit siebzehn Jahren mit einem eigenen Haus angeben? »Na ja, also, ab nächstem Jahr zumindest. Mein Bruder und ich haben von unserem Opa ein Haus in Jesserndorf geerbt. Und da gehen wir heute Nachmittag hin.«

»Jesserndorf? Wo ist das denn?«, fragte Vicki verwirrt.

Jetzt musste zum ersten Mal auch Geli lachen. »Das ist ganz tief in den dunklen Haßbergen, wo kleine Schwestern von Räubern überfallen und von Wölfen gefressen werden«, meinte sie sarkastisch, woraufhin Felix in ein lautes Gelächter ausbrach.

Seine neue Freundin überraschte ihn immer mehr. Eigentlich war sie überhaupt nicht so verkniffen, wie sie immer tat. Die Frau war eine Herausforderung, und er, Felix John, würde diese Herausforderung annehmen.

***

Lagerfeld hatte sich in der hereinbrechenden Dunkelheit gerade vom Bürgermeister der Stadt Ebern verabschiedet, als César Huppendorfer zurückkam. Er stellte Haderleins Landrover direkt an der Absperrung ab. Als César ausstieg, konnte Lagerfeld erkennen, dass sein Kollege sich einen grau melierten Wollmantel angezogen und eine dieser lässigen »MyBoshi«-Mützen in ebensolcher Farbe aufgesetzt hatte, wie sie beispielsweise teuer bezahlte Basketballer trugen. Auf jeden Fall sah er wieder top gestylt aus, der liebe César.

»Und, wie sieht es aus?«, fragte Huppendorfer und zog den Reißverschluss des modischen Wollmantels bis zum Kragen hinauf zu. »Ich nehme an, die Feuerwehr ist schon wieder weg?«, ergänzte er mehr rhetorisch als wirklich interessiert, weshalb Lagerfeld beschloss, ihm gar nicht erst zu erzählen, dass die Feuerwehr, aus welchen Gründen auch immer, nicht gekommen war.

Huppendorfer hatte die Hände wegen des immer dichter werdenden Schneetreibens in die Taschen gesteckt und schaute auf das von den Scheinwerfern der Spurensicherung hell beleuchtete Grundstück.

»Also, es ist so, dass wir mindestens eine männliche Leiche in dem Haus haben. Wie es aussieht, war der Mann gefesselt, als es zur Explosion kam«, erklärte Lagerfeld.

»Gefesselt?«, echote Huppendorfer erstaunt. »Na, dann können wir das mit dem Unglücksfall ja schon mal streichen«, stellte er nüchtern fest.

»Ja, allerdings. Wir machen es jetzt so, César: Du bleibst erst mal hier und bewachst den Tatort. Irgendwann demnächst kommt ein Spezialist für Sprengstoff aus Nürnberg. Wenn der da ist, holst du mich bitte. Ich geh nach oben auf den Weihnachtsmarkt und recherchier a weng«, verkündete Lagerfeld, wandte sich um und wollte ohne weiteren Kommentar abmarschieren, aber Huppendorfer erwischte ihn gerade noch mit einer Hand am glitschigen Ärmel seiner gelben Jacke.

»Du gehst wohin?«, fragte er ungläubig.

»Na, zum Weihnachtsmarkt. Da ist jetzt das ganze Dorf versammelt. So krieg ich schneller mehr raus, als wenn ich von Haus zu Haus wandere.« Lagerfeld schaute so unschuldig, wie es eben ging.

»Ach, und wen willst du da auf dem Weihnachtsmarkt genau befragen?«, nörgelte Huppendorfer, der in unguter Vorahnung bereits merkte, wo die Sache jetzt hinzulaufen drohte.

»Wen? Na, Leut halt«, kam es lapidar von Lagerfeld, der sich nun endgültig umdrehte und durch das Schneegestöber in Richtung warmem Feuerschein davonstapfte.

Hilflos warf Huppendorfer beide Arme in die Höhe und ging missmutig zum weiterhin an der Abgrenzung ausharrenden Bürgermeister, um sich notgedrungen mit der lokalen Politprominenz bekannt zu machen. Der Typ war ganz schön ausdauernd, immerhin stand er jetzt schon über zwei Stunden in dem schlechten Wetter mit seinem Schirmchen herum und schien seine Amtsgeschäfte konsequent vom Handy aus erledigen zu wollen.

»César Huppendorfer, Kriminalkommissar. Ich übernehme jetzt hier fürs Erste«, sagte er, woraufhin Jörg Hahnemann sein Gespräch unterbrach und die ihm dargereichte Hand ergriff.

»Jörg Hahnemann, Bürgermeister der Stadt Ebern. Ja, das ist wirklich ein tragisches Ereignis, das das arme Jessernd—«

Weiter kam er nicht, denn genau in diesem Moment kam die Eberner Feuerwehr in Sichtweite.

»Na endlich!«, rief der Bürgermeister erfreut aus, dann blieb ihm allerdings jeglicher weitere Freudenausruf im Hals stecken. Die Feuerwehr kam nämlich nicht mit dem gerade nagelneu für dreihundertsiebzigtausend Euro angeschafften Einsatzwagen, sondern mit einem Traktor, an dem der alte Pumpwagen von 1926 hing.

Kommandant Michael Pappel sprang mit drei weiteren Feuerwehrleuten vom Traktor beziehungsweise Pumpwagen und kam auf Huppendorfer und Hahnemann zugerannt. Mit puterroten

Gesichtern und einer gewissen Panik im Blick legten alle vier Feuerwehrmänner direkt vor ihrem Ortsvorsteher eine Vollbremsung in den aufgeweichten Boden.

Huppendorfer wusste überhaupt nicht, was er von der ganzen Sache halten sollte. Hahnemann stand ebenfalls mit offenem Mund da und starrte sprachlos auf den Oldtimer hinter dem Traktor. Feuerwehrkommandant Pappel blickte derweil irritiert den versteinerten Hahnemann an, dann den ratlos dreinblickenden, modisch gekleideten Mann, der neben seinem Bürgermeister stand. »Ja, wo, äh, issn jetzt des Feuer?«, fragte er, und auch die anderen drei Feuerwehrmänner schauten sich ratlos um.

Hahnemann war keines Kommentars fähig, mit ausgestrecktem Arm deutete er wortlos auf die noch leicht rauchenden Trümmer des Fachwerkhauses.

»Das Feuer ist aus«, meinte Huppendorfer, um den gestresst wirkenden Feuerwehrleuten nun doch lieber einmal einen deutlichen Hinweis zu geben.

Erfreut drehte sich Kommandant Pappel daraufhin zu ihm um und schob mit der Hand seinen Feuerwehrhelm ins Genick. »Na, Gott sei Dank«, sagte er sichtlich aufatmend. »Ich hab scho gedacht, mir sin zu spät.«

Aber der Stress ging für Pappel nun erst richtig los, denn Bürgermeister Hahnemann hatte endlich seine Sprache wiedergefunden: »Ihr seid *natürlich* zu spät«, rief er in einer Mischung aus Ärger und Unglauben.

»Ja, aber des Feuer is doch aus?«, argumentierte Pappel hilflos. Er konnte Hahnemanns Aufregung offenbar nicht ganz nachvollziehen.

»Ja, sicher ist es aus!«, eiferte sich der Bürgermeister weiter. »Für das äußere Erscheinungsbild der Eberner Feuerwehr wäre es allerdings schöner gewesen, der Brand wäre durch euer Löschwasser gelöscht worden statt durch den Umstand, dass es den ganzen Tag geschifft hat wie aus Kübeln!«

Michael Pappel schaute etwas verstört zu seinen Feuerwehrmännern, dann wieder zum Bürgermeister. An dessen Argumentation war vielleicht was dran. Aber eigentlich wollte er sich jetzt nicht mehr zusammenstauchen lassen, der Tag war eh schon so beschissen gelaufen, da brauchte er das nicht auch noch.

Er kam jedoch nicht dazu, eine Protestnote zu formulieren, denn Hahnemann kam jetzt so richtig in Fahrt: »Und wieso kommt ihr eigentlich mit dem Schlepper und dem uralten Spritzenwagen? Sagt bitte nicht, dass ihr das nagelneue Einsatzfahrzeug schon wieder in irgendeinem Straßengraben versenkt habt!«, rief er verzweifelt, während er ein weiteres Mal verstört das museumsreife Teil hinter dem Traktor beäugte. Dann ging sein Blick zurück zum Feuerwehrkommandanten, der betreten auf seine Einsatzstiefel schaute. Auch Pappels Kollegen schienen plötzlich großes Interesse an ihren Schuhen zu entwickeln, hatte die Eberner Feuerwehr doch tatsächlich erst vor wenigen Jahren zwei Tage vor Weihnachten einen nagelneuen Löschzug mit zweihundertneunzig PS und sechzehn Tonnen Kampfgewicht unweit von Jesserndorf in die Preppach gekippt.

»Des is echt saudumm geloffen, Jörg«, versuchte sich Pappel vorsichtig an einer Erklärung. Das Ganze war ihm sichtlich peinlich.

»Bitte sag mir, dass des jetzt ned ... dass es ned des is, was ich glaub, dass es is, Michael«, flehte Hahnemann, vor lauter Hilflosigkeit spontan ins Fränkische verfallend.

Michael Pappel hob tapfer den Blick und schaute seinem Bürgermeister in die Augen, schließlich war er der Kommandant, er hatte die Verantwortung zu tragen.

Hahnemann packte Pappel an den Schultern. »Bitte, Michael, sag mir, dass ihr des Einsatzfahrzeug ned widder in der Preppach versenkt habt, bidde.« Nicht schon wieder so ein Desaster, nicht, nachdem er gerade erst gewählt worden war.

»Nä, im Graben auf der anderen Seite von der Strass«, outete sich Pappel nun ruhig, es half ja alles nichts. »Mir hatten ja Dienstanweisung, dass mir uns in Zukunft mit dem Löschwagen von der Preppach und dem Bankett neben der Strass fernhalten sollen. Also sin mer so weit wie möglich rechts gfahrn ... war halt a weng zu weit«, schilderte er seine Sicht der Dinge. »Aber der Autokran is scho da, und außerdem, ich dacht, die Stadt hat des Audo endlich amal versichert, oder etwa ned?« Fast vorwurfsvoll schaute er seinen Bürgermeister an, dessen Gesichtsfarbe nun im Sekundentakt wechselte.

»Ich, äh, gehe dann mal zur Spurensicherung, die brauchen

mich da«, warf Huppendorfer hastig dazwischen und machte sich schleunigst vom Acker. Da versaute er sich doch lieber die neuen Schuhe in der abgebrannten Ruine, als sich noch länger so einen provinziellen Quark anzuhören. Sehnsüchtig schaute er auf seine Uhr und hinauf in Richtung Ortsmitte, wo die warmen Feuer des Weihnachtsmarktes loderten.

★★★

Lagerfeld hatte sich die Kapuze vom Kopf gestreift und seine uralte grau melierte Wollmütze aufgesetzt, die ihm vor Urzeiten einmal seine Oma gestrickt hatte. Da er sie in seiner Jugend nicht besonders pfleglich behandelt hatte, war ihr äußeres Erscheinungsbild entsprechend schäbig. Aber sie hielt warm, und außerdem war Lagerfeld von jeher nur sehr schwer zu Veränderungen in seinem Leben zu bewegen, ganz gleich, ob diese Änderungen äußerlicher oder innerlicher Natur waren. Wenn er sich erst einmal an etwas gewöhnt hatte, dann blieb er dabei, mochten die Anwürfe von anderen auch noch so massiv sein. Diese Pseudoästheten konnten sich gern an den Kollegen Huppendorfer halten, der war modetechnisch garantiert immer auf dem neuesten Stand. Ihm waren sie ziemlich egal. Seine Kappe hatte sich nun mal inzwischen an ihn gewöhnt – und er sich an sie. Und so oft brauchte er sie im Dienst ja nun auch wieder nicht, heute war es halt einmal wieder so weit.

Lagerfeld hatte vom Jesserndorfer Weihnachtsmarkt bisher noch nie etwas gehört. Als anständiger Bamberger ging man aber ja auch auf den städtischen, was brauchte man da Alternativen in der fränkischen Pampa? Er hatte schon von einigen Märkten gehört, auf denen auch ganz schön was los sein sollte. Der Coburger Weihnachtsmarkt, der in Königsberg, Seßlach, Baunach, Ebern und nicht zu vergessen die sensationelle Krippeneröffnung in Rattelsdorf. Aber der Weihnachtsmarkt in Jesserndorf? Na ja, wenn er es recht überlegte, hatte er bis heute früh noch nicht mal was von Jesserndorf selbst gehört.

Als er näher kam, sah aber alles richtig schnuckelig aus, und ziemlich voll war es auch schon. Natürlich schauten die Leute immer wieder in seine Richtung, denn das explodierte

Haus unten im Dorf war ja mit Sicherheit das Gesprächsthema schlechthin.

Der Weihnachtsmarkt in Jesserndorf bestand im Wesentlichen aus einem sehr hübschen bäuerlichen Anwesen mit Innenhof, um den herum sich allerlei weihnachtliche Aktivitäten gruppierten. Feuer brannten, ein haushoher Christbaum war seitlich des Hauses aufgerichtet worden, in der Scheune wurden selbst gebastelte Sachen verkauft, und im Hof standen alte Ölfässer mit aufgeschweißten Ofenrohren, die die Jesserndorfer anscheinend zu Holzöfen umfunktioniert hatten. Was für Lagerfeld jedoch mit Abstand das Wichtigste war und sich gleich rechter Hand am Eingang befand, war eine Bratwurstbude, die dazu auch noch Bier ausschenkte.

Ganz hervorragend, genau dort würde er mit seinen Ermittlungen beginnen. Er stellte sich in die Schlange und kramte in seiner Hosentasche nach Geld. Sofort reihten sich hinter ihm weitere Menschen ein, der Weihnachtsmarkt wurde langsam, aber sicher voll.

»Bist du der Nikolaus?«, hörte er eine Kinderstimme fragen, und er spürte, wie jemand unten an seiner Regenjacke zog. Als er sich umdrehte, stand da ein etwa sechsjähriges Mädchen in einem dicken pinkfarbenen Pullover und mit einer weißen Mütze mit Bommel auf dem Kopf.

»Äh ...«, brachte Lagerfeld etwas verunsichert hervor, ehe die sehr vornehm gekleidete Mutter das Mädchen schon wieder schützend zu sich an ihren dunkelbraunen Wildledermantel zog. Aha, dachte Lagerfeld, Madame ist wohl besseren Standes und möchte mit dem gemeinen Volk nichts zu tun haben.

Und genau so war es dann auch.

»Nein, Annagret Sophie, das ist nicht der Nikolaus. Das ist nur ein armer Mann, der jetzt im Winter nichts zu essen hat, der unter Brücken schläft und sich hier ein bisschen aufwärmen will.« Halb indigniert, halb mitleidig betrachtete sie Lagerfeld von oben bis unten, und auch die kleine Annagret Sophie war nun von tiefem Mitgefühl ergriffen.

Lagerfeld wusste nicht, ob er lachen oder heulen sollte. War die gute Frau noch ganz dicht? Wofür hielt sie ihn eigentlich?

Ehe er zu einer Entscheidung kommen konnte, welches Bild

die Mutter im Wildledermantel denn nun genau von ihm hatte, nahm diese ihre Handtasche, ebenfalls aus Wildleder, und holte eine fast DIN-A4-große Geldbörse hervor. Sie kramte ein wenig darin herum, dann hatte sie endlich gefunden, was sie suchte, und reichte es ihrer kleinen Tochter. »So, Annagret Sophie, du gibst jetzt diese fünfzig Cent dem armen Mann da, damit er sich einen Glühwein kaufen kann. Aber pass auf, Annagret Sophie, dass du ihn nicht anfasst, ja? Wir haben vorhin erst gebadet.«

Sie gab ihrer Tochter einen kleinen Klaps auf den kleinen Hintern, sodass diese sich mit großen, verängstigten Augen auf Lagerfeld zubewegte. Mit weit ausgestrecktem Arm, damit der arme, fremde Mann mit der gelben Plastikjacke, der großen Sonnenbrille und der seltsamen Mütze auf dem Kopf, unter der ein langer, dünner Pferdeschwanz herausragte, sie auf gar keinen Fall berühren konnte. Sicher würde sie sich sonst mit einer gefährlichen Krankheit anstecken, die dann viele rote Pusteln am ganzen Körper hervorrief und womöglich wochenlang juckte.

Vorne am Grill hatte anscheinend jemand bekommen, was er wollte, denn die Schlange rückte zwei Schritte weiter vor. Bei Lagerfeld bildete sich eine Lücke, denn er musste ja das Geld des kleinen Mädchens in Empfang nehmen. Innerlich verwandelte sich seine Verblüffung in veritablen Ärger. Die Tante hatte sie ja wohl nicht alle. Er nahm die Münze und wollte Annagret Sophie zum Dank kurz über den Kopf streichen, aber das Kind duckte sich blitzschnell weg und huschte sofort wieder zurück zu Mutters Rockzipfel. Deren Blick war deutlich anzusehen, was sie von diesem Mann da vor ihr dachte. Sie hatte ihre Pflicht und Schuldigkeit getan und eine vorweihnachtliche gute Tat vollbracht. Jetzt hoffte sie bloß noch, dass der abgerissene Clochard möglichst schnell unter der nächsten Brücke verschwinden würde, damit sie mit ihrer Tochter in Ruhe und Frieden eine angemessene Weihnacht auf diesem Markt feiern konnte.

Lagerfeld kochte. Er ging einen Schritt auf die Wildledermutti zu. Da sie aufgrund der Leute in ihrem Rücken nicht zurückweichen konnte, beugte sie ihren Oberkörper eben so weit es ging nach hinten. Es half aber nichts, das Gesicht des verwahrlosten Obdachlosen näherte sich dem ihren unerbittlich. Gleich würde sie den unreinen Atem des Penners auf ihren Wangen spüren.

»Fuffzich Cent, aha, fuffzich Cent!«, tönte Lagerfeld fast ein wenig drohend. »Der Glühwein kost aber aan Euro, Schwester, des langt fei ned«, knurrte er in Richtung Wildlederlady.

Die war zwar für einen kurzen Moment eingeschüchtert, aber nicht gewillt, ihre eisernen Grundsätze aufzugeben.

Andererseits war Weihnachten, und sie war wohl doch ein wenig schroff mit diesem vom Schicksal gebeutelten Menschen umgegangen. Es wäre vielleicht besser, weihnachtstariflich etwas nachzubessern, bevor sie ernsthaft Ärger mit der bemitleidenswerten Figur da vor ihr bekam.

»Ja, also gut, ich kann Ihnen gern noch einmal fünfzig Cent geben, guter Mann, aber dann ist es genug, ja? Weihnachten hin oder her, man kann es auch übertreiben!«, meinte sie streng, während Annagret Sophie sich angstvoll an Mamas rechtes Bein klammerte und hoffte, dass dieser merkwürdige gelbe Nikolaus keine bösen Sachen mit ihnen anstellen würde. Andererseits konnte sie sich nicht vorstellen, dass das geschehen würde, denn bis jetzt hatte Mama es immer geschafft, alle Männer zu vertreiben, die sich ihr näherten, egal, ob sie böse waren oder nicht.

Der Mann wich nun tatsächlich etwas zurück, dafür streckte er fordernd die Hand aus. Hoffentlich wird Mama ihn bald bezahlen, dachte Annagret Sophie, denn sie hatte Hunger und wollte endlich ihre Bratwurst.

Ihre Mama hatte zwischenzeitlich wieder ihre Geldbörse hervorgeholt, aber nicht gefunden, was sie schuldete. Schließlich gab sie es auf und hielt mit genervtem Blick einen Geldschein in den gepflegten Händen.

»Es tut mir fürchterlich leid, guter Mann, ich habe leider kein Kleingeld mehr, nur noch fünfzig Euro.« In der bittern Gewissheit, dass dieser arbeitslose, mit Sicherheit betrunkene fränkische Landbettler da vor ihr den Schein niemals wechseln konnte, wollte sie ihn bereits wieder wegstecken.

»Moment«, sagte der Mann, und sie sah, wie er eine Geldbörse aus abgegriffenem grünem Krokodilleder aus seiner Jeans zog und sie öffnete. Nach wenigen Sekunden hielt er ihr ein paar Scheine und ein wenig Hartgeld hin. »Hier, bitte. Neunundvierzig Euro und fuffzig Cent, Madame.« Er drückte ihr das Geld in die Hand, woraufhin sie ihm verdattert ihren Fünfzig-Euro-Schein reichte.

»Ja, äh, danke«, meinte sie verblüfft und vergrub hastig ihre Geldbörse in ihrer Wildlederhandtasche. Als sie den Blick wieder hob, schwebte das Gesicht des Mannes erneut nur wenige Zentimeter vor dem ihren. »Was wollen Sie denn noch von uns, um Gottes willen?«, meinte sie erschrocken. »Sie haben Ihr Geld doch bekommen.«

Lagerfeld verzog sein Gesicht zu einem schiefen Grinsen, dann griff er schnell unter seine Jacke, holte seinen Ausweis hervor und hielt ihn ihr vors Gesicht. »Was ich will? Schmitt, Kriminalpolizei Bamberg. Ich hätte da ein paar Fragen, wenn es Ihnen nicht zu viel ausmacht.«

Es dauerte ein paar Sekunden, bis der Groschen gefallen war, dafür aber dann richtig.

»Kriminalpolizei, Achgottachgottachgott. Das konnte ich ja nicht wissen, Achgottachgottachgott. Annagret Sophie, sag sofort Hallo zu dem netten Mann von der Polizei.« Mama war plötzlich ganz aufgeregt und hatte schweißnasse Hände.

Annagret Sophie war aber nicht überzeugt, sondern geradezu verwirrt. Gerade eben noch sollte sie den Mann auf gar keinen Fall anfassen, und jetzt verlangte Mama, dass sie ihm die Hand schüttelte? Nein, jetzt hatte sie auch keine Lust mehr, sie wollte endlich ihre Bratwurst haben.

Lagerfeld erkannte die inneren Nöte des kleinen Mädchens und ließ es mal lieber gut sein. Die Kleine war schon ganz durcheinander, außerdem hatte er selbst ja auch Hunger. Er deutete nach vorne in Richtung Grill und meinte: »Wir kaufen jetzt erst mal unsere Wurscht, und dann können Sie mir ja beim Essen erzählen, was Sie wissen, okay?«

Die Mama nickte kleinlaut, und Annagret Sophie strahlte ihn mit leuchtenden Augen an.

★★★

Luise Hadauer hatte sich in ihr Hotelzimmer in Bamberg zurückgezogen und erst einmal geduscht. Auch wenn es ihr schwerfiel, irgendwie hatte sie es in der letzten Zeit nicht mehr so mit der Körperhygiene, die hatte ebenfalls spürbar unter der schier unmenschlichen Arbeitsbelastung zu leiden und musste sich der unbefriedigenden Gesamtsituation unterordnen. Aber so war das nun mal in der heutigen Gesellschaft: Wenn man es zu etwas bringen wollte, musste man den Druck schon aushalten können und mehr leisten als andere. Das System war da gnadenlos. Wer den Druck nicht aushielt, der wurde nach unten durchgereicht oder gleich seitlich aus dem Karrierefenster gestoßen.

In ihr Badetuch gewickelt trat sie vor den Spiegel und befreite ihn von dem Kondenswasser, um sich um einen dieser verhassten Pickel zu kümmern, die sich regelmäßig auf ihrem Gesicht breitzumachen drohten. Verfluchte Dinger, am liebsten hätte sie alle einfach weggekratzt, ihr fehlte absolut die Geduld für eine andere Vorgehensweise. Doch das ging natürlich nicht, das würde es nur schlimmer machen. Mühsam zwang sie ihre Finger, den Pickel in Frieden zu lassen, stattdessen griff sie nach dem Köfferchen neben dem Spülbecken. Mit den Utensilien einer Frau würde sie ihn einfach wegschminken. Und dann ab zum Schreibtisch und weiterarbeiten.

Seit Wochen schon schaffte sie es, mit nur wenigen Stunden Schlaf am Tag auszukommen. Das verschaffte ihr die Zeit vor der Konkurrenz, Zeit für den Aufbau ihrer Karriere.

Apropos ... Sie wühlte in ihrem Schminkkoffer und suchte nach dem kleinen perlmuttfarbenen Döschen, ohne dessen Inhalt sie aufgeschmissen wäre, ohne den sie ihr Leben eigentlich gar nicht mehr bewältigen konnte – und wollte. Als sie es öffnete, erschrak sie. Das weiße Pulver reichte gerade mal noch für eine Nase voll. Sie brauchte dringend Nachschub. Das war aber gar kein Problem, sie hatte einen Tipp bekommen, wie sie sich hier in Bamberg versorgen konnte, und das sogar eine ganze Ecke günstiger als in München. Obwohl – wenn sie ehrlich war, spielte der Preis für ihr kleines Helferchen in ihrer Einkommensliga keine Rolle. Hauptsache, es war zu bekommen.

Sie streute sich den Rest des Pulvers auf den Handrücken und zog es in einem Zug durch die Nase ein.

Es dauerte nur wenige Sekunden, dann durchflutete sie das Adrenalin wie ein Tsunami. Sie war jetzt wieder hellwach, kein bisschen müde und hätte es mit jeder Arbeit aufgenommen, die man ihr hinlegte. Luise Hadauer war wieder die Alte.

Dann fiel ihr die unhaltbare Leere in ihrem Perlmuttdöschen

ein, und sie griff zu ihrem Handy. Sie wählte die Nummer, die man ihr gegeben hatte, woraufhin sich sofort die Stimme eines jungen Mannes meldete. Er wollte keine Namen wissen, nur das Kennwort, ohne das es zu keinem Deal kommen würde.

»Habakuk«, sagte Luise Hadauer, und ihr Gegenüber begann, ihr das weitere Prozedere zu erklären.

★★★

Als Haderlein aufwachte, stellte er fest, dass er im Bademantel auf der Couch im Wohnzimmer lag. Sein Kopf lag auf einem der orangefarbenen Kissen, er selbst war mit zwei dicken Decken regelrecht eingehüllt worden. Es waren die grauen Armeedecken, die sie vor längerer Zeit gekauft hatten, falls die Heizung mal nicht funktionieren sollte. Manuela war nicht da, aber Franz Haderlein hörte lebhaftes Klappern aus der Küche. Wahrscheinlich machte sie ihm einen heißen Tee, Kakao oder etwas Ähnliches. Wenn Manuela mal anfing, sich zu kümmern, dann richtig. Wahrscheinlich drohte ihm jetzt das volle Programm, das Manuela-Rast-Rundum-sorglos-Prozedere für unterkühlte Kriminalhauptkommissare.

Wenn er ehrlich war, hatte ihm das kurze Nickerchen aber wirklich gutgetan. Ebenso die behagliche Wärme unter den zwei dicken Decken. Auch wenn er im Dienst permanent den harten Hund heraushängen ließ, so allmählich, mit steigendem Alter, konnte er Gefallen an ein bisschen Umsorgtsein finden. Na ja, auch Bernd und César würden irgendwann in das Alter kommen. Aber jetzt mussten sie sich erst einmal um diesen Fall in Jesserndorf kümmern.

Der Fall! Schlagartig saß Haderlein senkrecht auf dem Sofa. Er hatte sich so ruckartig aufgerichtet, dass Riemenschneider erschrocken von ihrer Decke aufsprang und ihn vorwurfsvoll ansah.

Haderlein war mit einem Mal hellwach. Jesserndorf, das Haus, Gabi. Sofort war alles wieder präsent. Die Gedanken rasten durch seine Gehirnwindungen. Alle Müdigkeit war von ihm gewichen, er war wieder zu hundert Prozent im Dienst.

Er schaute auf die Wanduhr im Wohnzimmer. Neunzehn Uhr.

Da war so eine Ahnung in ihm, die sich langsam und konsequent zu einem Verdacht formte. Er musste unbedingt ins Grundbuchamt zurück. Aber Freitagabend, neunzehn Uhr, das konnte er vergessen. Kein Beamter in ganz Bamberg war freitagabends an seinem Arbeitsplatz. Das war ja das Schöne am Beamtendasein, dass man pünktlich, eine Sekunde nach Dienstende, den Stift in die Ecke schmeißen konnte. Dann stellte der gemeine Staatsdiener ansatzlos auf Wochenende um und hatte seine Arbeit schlicht vergessen, verdrängt oder sonst wie beiseitegeschafft. Die einzigen Beamten dieser Welt, bei denen es garantiert nicht so war, arbeiteten bei der Polizei. Und er war bei der Polizei. Er musste also zurück ins Grundbuchamt, egal wie. Schließlich fiel ihm auch tatsächlich eine Möglichkeit ein, eine ganz vielversprechende sogar. Wagenbrenner, der Zettel.

Er sprang auf und rannte ins Schlafzimmer. Dort wühlte er hektisch in den Taschen seiner immer noch feuchten Kleidungsstücke, bis er den Zettel gefunden hatte. Den von Eugen Wagenbrenner mit der Adresse der verstorbenen Angelika Schöpp darauf. Und direkt darunter hatte Eugen Wagenbrenner seine Handynummer gekritzelt. Haderlein hätte nicht im Traum daran gedacht, dass er sie wirklich noch benötigen würde.

Hektisch öffnete er den Kleiderschrank und suchte sich ein paar trockene Klamotten zusammen, die er sich eilig überstreifte. Dann setzte er sich aufs Bett und wählte Eugens Nummer.

»Wagenbrenner«, meldete sich der ehemalige Polizist mit müder Stimme.

»Eugen, ich bin's, Franz. Du, ich glaube, an deiner Geschichte ist was dran. Aber um das zu überprüfen, müsste ich noch mal ins Grundbuchamt.«

»Okay, wennst maanst.« Auch aus Eugen Wagenbrenners Stimme war sofort alle Müdigkeit gewichen. »Und wann? Die machen erst Montach früh widder auf«, wandte er berechtigterweise ein.

»Ja, deswegen ruf ich ja dich an, Eugen. Am besten wäre es natürlich jetzt gleich. Riemenschneider und ich müssten da rein, und zwar sofort.«

Am anderen Ende der Leitung herrschte ein paar Sekunden lang Stille. Dann raschelte es kurz, und Haderlein hörte wieder

Wagenbrenners Stimme. Sie klang überlegt und sehr entschlossen.
»Müsste ich naakriechen, Franz, kriech ich naa.«

»Gut«, erwiderte Haderlein erfreut, »wir treffen uns in einer Stunde vor dem Haupteingang. Ich muss laufen, das Auto steht noch in Jesserndorf.«

»In Jesserndorf?«

»Erklär ich dir später, Eugen, bis acht Uhr dann«, sagte Haderlein und legte auf. Während er das Schlafzimmer verließ, versuchte er, die Gürtelschnalle seiner alten Cordhose zu schließen. Am Eingang zum Wohnzimmer wurde er von einer grimmig dreinblickenden Manuela gestoppt.

»Was soll denn das werden, wenn ich fragen darf?«, bekam er mit strenger Stimme zu hören. In der Hand hielt sie eine Tasse heißen Kakao, der oben von einer Sahnehaube bedeckt wurde. Selbst durch den Kakao hindurch konnte Haderlein den Whisky riechen, den Manuela dem Getränk beigemischt hatte.

»Ich, ähm, muss mit Riemenschneider noch mal kurz weg«, presste er halb entschuldigend, halb ungeduldig hervor.

Aber Manuelas Körpersprache war eindeutig. Sie hielt ihm demonstrativ den Kakao hin und schaute ihn entschlossen an. Natürlich konnte sie einen Franz Haderlein nicht aufhalten, wenn er sich etwas in den Kopf gesetzt hatte. Aber sie konnte die drohenden gesundheitlichen Auswirkungen abmildern, die dieser dickköpfige Kerl natürlich wieder einmal völlig ignorierte.

»Da ist Alkohol drin, das riech ich doch«, wehrte Haderlein ab. Ein schwacher Versuch, den Kelch an sich vorübergehen zu lassen.

»Ja und? Du hast keinen Dienst mehr. Egal, was du heute noch vorhast, das ist privat, verstanden? Und Auto fahren kannst du sowieso nicht mehr, das ist nämlich gar nicht da. Also trink das oder bleib hier. Entweder das, oder ich kette dich an den Herd, so wahr ich hier stehe.«

Der Geruch von frisch verdampftem Whisky hatte sich inzwischen im ganzen Wohnzimmer ausgebreitet, sodass selbst Riemenschneider ihren Rüssel hoch in die Luft hob und begierig schnupperte.

Haderlein überlegte kurz, dann nahm er Manuela die Tasse aus der Hand und hob sie hoch in Richtung Gesichtsmitte. »Also bitte, wenn es der Wahrheitsfindung dient«, meinte er knurrig und setzte sie an die Lippen.

»Vorsichtig, der Kakao ist heiß«, warnte ihn Manuela noch. »Schön langsam trinken. Und währenddessen suche ich dir noch einen anderen Pullover raus. Der hier sieht ja völlig verboten aus.« Sie machte sich sogleich auf den Weg ins Schlafzimmer, während Haderlein verzweifelt an seinem heißen Kakao herumpustete.

»Verflucht, ist der heiß!«, rief er seiner Freundin noch hinterher, was diese aber geflissentlich ignorierte.

★★★

Am Bamberger Hauptbahnhof stiegen Felix, Vicki und Geli aus dem Bus und gingen hinten um den Bahnhof herum zu den Gleisen. Dort wartete schon Benjamin, der sich in sein Handy vertieft hatte.

»Hi, Benni, ich habe Besuch mitgebracht.«

Benjamin schaute hoch und besah sich die drei Gestalten, die da vor ihm standen. Die neue Freundin seines Bruders kannte er schon, aber wer war das blonde Mädchen daneben?

»Das ist Vicki, Gelis Schwester. Ich habe ihr angeboten, heute mal mitzukommen und das Haus anzuschauen, wenn du nichts dagegen hast.« Felix schaute fragend, während Benjamin aufgesprungen war und Vicki die Hand reichte.

»Ob ich was dagegen habe? Warum sollte ich was dagegen haben, wenn so eine geile Schnecke mir den Tag versüßt?«, meinte er lässig.

Felix rollte genervt mit den Augen, und Geli schaute leicht säuerlich, während Vicki Benjamin völlig perplex betrachtete.

Es war Liebe auf den ersten Blick. Zwei Seelen hatten sich gefunden und aneinandergekettet. Das war allen Außenstehenden sofort klar, nur den beiden noch nicht.

»Du bist ein ganz schöner Schwätzer«, meinte Vicki schnippisch, obgleich sie bereits ein ziemliches Kribbeln in der unteren Bauchgegend verspürte.

»Also was is, steigen wir in den Zug, oder wollt ihr euch hier noch weiter angifteln?«, drängte Felix, der nicht so recht wusste, wie er mit der merkwürdigen Situation umgehen sollte.

Eigentlich hatte er mit Stress und Diskussionen gerechnet, weil er unangemeldet jemanden mitbrachte, und jetzt so was.

Kopfschüttelnd stieg er als Erster in den Zug, wo sich Vicki und Ben sofort etwas abseits von ihm und Geli auf zwei Sitze im Eck verdrückten. Von diesem Moment an waren die beiden allein, wie in einer Blase gefangen.

Felix schaute Geli an, und sie schaute genauso ratlos zurück.

Der gelbe Nikolaus

Die Bratwurst war schon gut zur Hälfte in seinen Verdauungtrakt unterwegs, als auch Annagret Sophie mit ihrer Mama zusammen den Bratwurststand verließ und auf Lagerfeld zukam. Der eleganten Mutter war das peinliche Befinden groß und breit ins Gesicht geschrieben. Glücklicherweise war das Töchterchen nun vollauf mit dem Vertilgen des Grillgutes beschäftigt, sodass Mama sich schleunigst mit der Beseitigung eventuell entstandener Missverständnisse beschäftigen konnte.

»Entschuldigen Sie, Herr Schmitt, mir ist es wirklich sehr unangenehm, Sie in dieser Art und Weise behandelt zu haben, das müssen Sie mir bitte glauben«, brachte sie leicht errötet hervor.

Lagerfeld sagte nichts, sondern stopfte sich erst einmal den Rest der Wurst in den Mund. Er machte eine sehr zufriedene Miene zum bösen Spiel und kaute genüsslich und ausgiebig. Sollte Madame Vornehm ruhig noch ein wenig leiden, Strafe musste sein.

»Ja, äh, gestatten Sie bitte, dass ich mich vorstelle. Isabella von Süppel, und das ist meine Tochter Annagret Sophie. Annagret Sophie, sag bitte guten Tag zu dem netten Herrn Schmitt von der Polizei.«

Annagret Sophie reichte dem Kommissar mit vollem Mund ihre kleine Hand, die Lagerfeld, ebenfalls kauend, nahm und schüttelte. Das Mädchen schaffte es als Erste, das Essen hinunterzuschlucken, und fragte: »Also gut, Mama, ist das jetzt doch der gelbe Nikolaus, oder wie?«

Lagerfelds Grinsen wurde immer breiter, während Isabella von Süppel nur verlegen ihre Gesichtsfarbe weiter in den roten Spektralbereich verschob. Die Peinlichkeiten nahmen kein Ende.

»Äh, nein, Kind, Herr Schmitt ist von der Polizei und möchte etwas von uns wissen. Apropos …« Endlich deutete sich eine Möglichkeit an, das Thema zu wechseln. »Herr Kommissar, ich glaube, es ist besser, ich bringe Sie zu unserer Vorsitzenden, die kann Ihnen sicher mehr über die örtlichen Gegebenheiten erzählen, ich selbst bin ja gar nicht von hier.«

Bernd Schmitt hatte seine Bratwurst samt Brötchen in die Verdauung geschickt, war also nun wieder unter den Redenden. Er zuckte mit den Schultern und meinte bereitwillig: »Ja, gern, wenn ich mit einem ›Local‹ spreche, macht das die Sache sicher einfacher. Wo finden wir denn Ihre Vorsitzende?«

»Oh, die ist hinten in der Scheune und verkauft selbst gebackene Süßigkeiten. Wenn Sie mir bitte folgen möchten.« Isabella von Süppels Hand krampfte sich um die ihrer Tochter, und sie begann eiligst damit, diese in Richtung Scheune hinter sich herzuschleppen. Gelang es ihr, diesen absonderlich aussehenden Polizisten bei Dorothe zu entsorgen, standen die Chancen verdammt gut, dass sich das unangenehme Kapitel an diesem Abend endlich beenden ließ. So schnell es ging, zog sie ihre Tochter durch die dicht stehenden Menschen, die sich im Innenhof um die wärmenden Befeuerungsanlagen aus Ölfässern scharten.

Rechtsseitig im Haupthaus erkannte Lagerfeld eine Töpferei, die für den Weihnachtsmarkt ihre Pforten geöffnet hatte, davor hatte sich auf einer kleinen Steinrampe eine Blaskapelle aufgebaut, die sich anschickte, Weihnachtslieder über ihr reichlich vorhandenes Blech zu intonieren. Auf der linken Seite war ein Glühweinstand aufgebaut, neben dem sich eine Käsetheke breitgemacht hatte. »Slow Food« war auf dem Schild dahinter zu lesen. Na toll, dachte Lagerfeld ratlos. Optimisten, die langsames Essen verkauften. Wo zum Henker war er denn hier hineingeraten?

Während der ganzen Zeit, in der ihre Mutter sie hinter sich herzog, schaute ihn die kleine Annagret Sophie interessiert an und grinste ab und zu frech. Vor allem die von ihm so heiß geliebte Wollmütze auf seinem Kopf schien es ihr angetan zu haben. Böse Vorahnungen bezüglich seiner eigenen Tochter gingen Lagerfeld durch den Kopf.

Von einem Moment auf den anderen standen sie dann in der besagten Scheune. Sofort wurde es wärmer, es schneite logischerweise nicht mehr, aber es war immer noch genauso voll, eher noch voller als draußen. Zielstrebig bewegte sich Isabella von Süppel auf einen Stand links hinten in der Scheune zu. Dort lag auf einem hölzernen Tisch allerlei Gebäck ausgebreitet, das außerordentlich appetitlich aussah, wie Lagerfeld zugeben musste. Er sah, wie sich Frau von Süppel kurz mit einer grauhaarigen

Dame unterhielt, die von einem gedeckt karierten Poncho umhüllt wurde. Er konnte nicht verstehen, welche Informationen die beiden Damen austauschten, denn Klein Annagret zerrte wieder einmal an seiner Regenjacke.

»Du, gelber Nikolaus, du hast eine echt lustige Mütze auf deinem Kopf. Aber warum schenkst du dir nicht mal selbst eine neue, die ist doch schon ganz kaputt?«

Lagerfeld wusste nicht sofort, was er auf diese kindliche Frage antworten sollte. Allerdings enthob ihn Isabella von Süppel dieses Problems, denn sie winkte ihn zu sich und der grauhaarigen Lady.

»Herr Kommissar, darf ich vorstellen, das ist Dorothe Klement, die Vorsitzende unseres Vereins. Außerdem ist sie seit vielen Jahren Bürgerin dieses netten Ortes, sodass sie Ihnen sicher viel besser Auskunft erteilen kann als ich.«

»Ah, dann sind Sie die Chefin der Optimisten hier, sehr gut. Schmitt, mein Name, Kriminalpolizei Bamberg«, meinte Lagerfeld lässig und reichte seine Hand über den Tisch.

Die Angesprochene verzog ihren Mund zu einem süßsauren Lächeln. »*Sor*optimisten, Herr Kommissar, das wollen wir doch einmal auseinanderhalten, nicht wahr?«

Ach du große Güte, schon wieder so eine Halbadelige, dachte Lagerfeld genervt. Hoffentlich ging das ganze Theater von eben nicht wieder von vorne los. Es war wohl besser, sich direkt auf sein eigentliches Anliegen zu besinnen.

»Aha, ja meinetwegen. Ist ja auch egal. Was ich Sie nun eigentlich fragen wollte, Frau Klement, ist also —«

Weiter kam er nicht. Dorothe Klement war in ihrem Berufsleben viele Jahre lang die Leiterin der Realschule in Scheßlitz gewesen und legte auch in ihrer ehrenamtlichen Tätigkeit als Vorsitzende großen Wert auf Genauigkeit und einen korrekten Umgang mit den Tatsachen.

»Nein, das ist nicht egal, Herr Kommissar«, widersprach sie streng und zog mit der rechten Hand ihren Poncho vorne etwas enger zusammen. »Soroptimisten sind keine Optimisten, sondern eine weltweite Stimme für Frauen. Der Club ›Bamberg-Kunigunde der Soroptimisten‹ besteht seit 1991 als achtzigster Club innerhalb von ›SI Deutschland‹, Herr Kommissar. Die derzeit zweiundvierzig Mitglieder haben bereits eine Vielzahl von

Projekten durch Spenden- und Förderaktionen unterstützt und möglich gemacht, so wie beispielsweise diesen Weihnachtsmarkt hier in Jesserndorf.«

»Ach so. Ja nun, ich wollte ja auch nicht –«, stotterte Lagerfeld hilflos, während Dorothe Klement keine Anstalten machte, in ihrem Vortrag innezuhalten.

»Und, Herr Schmitt, um das gleich mal klarzustellen, ›Soroptimist International‹ ist die weltweit größte Service-Organisation berufstätiger Frauen. Sie ist eine lebendige, dynamische Organisation von Frauen, die Fragen der Zeit aufgreifen.«

»Ja, ja, aber ich –«

»Wir engagieren uns durch das weltweite Netzwerk und durch internationale Partnerschaften für Menschenrechte, weltweiten Frieden und internationale Verständigung, verantwortliches Handeln, ehrenamtliche Arbeit, Vielfalt und Freundschaft.«

Lagerfeld blieb der Mund offen stehen, mit einer dermaßen massiven Belehrung hatte er nun wirklich nicht gerechnet. Was war denn hier los in diesem Jesserndorf? Konnte man nicht einfach ein paar Fragen stellen wie in Bamberg auch, ohne dass man entweder als Obdachloser diagnostiziert oder als ahnungsloser Depp diskriminiert wurde?

Isabella von Süppel packte die Gelegenheit beim Schopf, murmelte ein eiliges »Einen schönen Abend noch« und legte dann fluchtartig den Rückwärtsgang ein. Bevor auch Annagret Sophie von der Bildfläche verschwand, schaffte die Kleine es noch, auf Lagerfelds Mütze zu deuten und ein letztes Mal hämisch zu kichern. Dann war sie am Arm ihrer Mutter verschwunden.

»›SI‹ tritt als Organisation im lokalen, nationalen und internationalen Umfeld für eine aktive Teilnahme an Entscheidungsprozessen auf allen Ebenen der Gesellschaft ein. Beispielsweise«, sich immer mehr ereifernd, hob Dorothe Klement mahnend den Zeigefinger, »beispielsweise planen wir in Syrien in Zusammenarbeit mit lokalen Autoritäten und der Welthungerhilfe den Betrieb einer Schule. Dreihundert syrische Kinder nehmen seit Anfang 2015 regelmäßig an einem Unterricht teil, der genau auf die Lebensumstände syrischer Schüler zugeschnitten ist und in ihrer Landessprache abgehalten wird. Ein paar Stunden täglich können die Mädchen und Jungen so den Schrecken des Krieges entfliehen und ein Stück Normalität zurückgewinnen. Die türkischen Behörden haben sogar zugesagt, uns kurzfristig geeignete Gebäude zur Verfügung zu stellen, die mit Unterstützung von ›Soroptimist International Deutschland‹ von der Welthungerhilfe mit Möbeln und Lernmaterialien ausgestattet werden.«

»Ja, sehr löblich, aber ich —«

»Im Rahmen dieses Vorhabens sollen arabischsprachige Lehrer eingestellt, Schulbusse eingesetzt und ein tägliches Lunchpaket bereitgestellt werden. Kinder aus besonders bedürftigen Familien werden als Erste bei der Platzvergabe berücksichtigt.«

Erst jetzt ließ die Vorsitzende ihren Finger wieder sinken. »Und das ist nur ein kleiner Ausschnitt aus unserem Wirken, Herr Kommissar.« Sie stemmte ihre Hände in die Hüften und schaute Lagerfeld herausfordernd an. »Was sagen Sie jetzt, Herr Schmitt? Sind Sie nun in der Lage, Optimisten von Soroptimisten zu unterscheiden, ja?«

Lagerfeld schaute sie an und überlegte ein wenig. Dann deutete er auf eine der reichhaltig befüllten Plätzchenschalen und meinte lakonisch: »Zuallererst hätte ich gern a paar von dena Heinerla da zum Mitnehmen, bitte.«

Zuerst war Dorothe Klement verblüfft, dann musste sie lachen. »Nicht schlecht, Herr Schmitt, schlagfertig sind Sie ja. Macht dann drei fünfzig, auch für die Bamberger Polizei. Aber nichts für ungut, wenn Sie tapfer bezahlt haben, werde ich Ihnen natürlich gern alle Ihre Fragen beantworten. Dafür sind wir Optimisten ja schließlich da, nicht wahr?«, sagte sie und reichte dem Kommissar mit einem verschmitzten Grinsen eine Tüte mit der fränkischen Spezialität aus Nougatcremeschichten und Oblaten.

Entledigung

Holger Gschwander, Josefs Bewährungshelfer, fuhr in seinem Renault auf der schmalsten Straße in der Bamberger Altstadt die Eisgrube hinauf, um dann, nach rechts abbiegend, den Stephansberg zu erklimmen.

»Was willst du denn um diese Jahreszeit auf dem ›Spezi-Keller‹, um Gottes willen, Josef?«, nörgelte er missmutig, während er nach links in Richtung des hoch gelegenen Bamberger Biergartens abbog. Er folgte einer scharfen Rechtskurve, nach der die Straße steil anstieg, um schließlich direkt neben der alten Sternwarte zu enden.

»Hab's doch schon gesagt, muss was holen«, erwiderte Josef Romano emotionslos, seine Sporttasche, in der seine wenigen Habseligkeiten verstaut waren, auf den Oberschenkeln haltend.

»Aber der Biergarten hat jetzt im Winter zu, wir müssen uns reinsetzen. Und um in die Wirtschaft zu gehen, hätten wir nicht den ganzen Weg hier raufdüsen müssen, Josef, also ehrlich!« Holger Gschwander wurde langsam sauer. Er war zwar Josefs Bewährungshelfer und musste ihn unterstützen, aber es sollte schon irgendeinen Sinn machen. Zum wiederholten Male schaute er zu Josef hinüber, aber der starrte nur weiter nach vorne auf den Teer, bis sie am Ende der Straße angelangt waren und Holger den Renault auf dem Parkplatz des »Spezi-Kellers« abstellte. Es war bereits dunkel.

»Muss was holen«, gab Josef erneut von sich und schaute durch den Regen nach rechts oben in Richtung des unbeleuchteten Biergartenareals.

»Kann ich was helfen?«, fragte Holger Gschwander in der Erwartung, doch bitte ein gnädiges Nein zu ernten, aber die Hoffnung konnte er gleich darauf begraben.

»Ja, musst du«, bekam er in einem Ton zu hören, von dem er nicht wusste, ob er nun bittend oder gleichgültig gemeint war. Letztlich war das aber ja auch egal. Er hatte zugestimmt, ihn hier raufzufahren, bevor er Josef in seine neue Wohnung nach Bayreuth brachte. Dieses Zugeständnis hatte er machen müssen, sonst wäre Josef wieder sehr zickig geworden, wie Holger es gern nannte. Dann tat Romano eben so, als ob er der einzige Häftling wäre, um den er sich zu kümmern hatte. Es gab allerdings für über sechzig Häftlinge nur einen Bewährungshelfer, er war völlig überlastet. Und jetzt kam auch noch dieser Sizilianer mit seinen Extrawünschen daher.

Aber Josef kriegte sowieso immer, was er wollte. Er hatte so eine merkwürdig stille, unerbittliche Art, die ihm anscheinend auch im Gefängnis stets zu all dem verholfen hatte, was er sich so vorstellte, im Rahmen der dort herrschenden Regeln selbstverständlich. Gschwander jedenfalls war froh, wenn er Josef nach diesem Tag wieder los war.

Eigentlich war er froh, wenn er diesen ganzen verdammten Job wieder los war. Er hatte keine Lust darauf, die hatte er noch nie gehabt. Und wenn er ehrlich war, ließ er das auch seine Klienten spüren. Die waren ihm nämlich egal. Da hatte er jahrelang Sozialpädagogik studiert und nun das. Bewährungshelfer. Da hatte er sich wirklich etwas anderes vorgestellt. Aber es klappte nun einmal nicht mit den besseren Berufsbildern. Er habe so eine unangenehme Art, hatte man ihm einmal bei einem Vorstellungsgespräch gesagt.

Also war er vor einigen Jahren in diesem Job als Bewährungshelfer hängen geblieben. Und jetzt sollte er auch noch mitten im Winter im kalten Schneeregen durch einen geschlossenen Biergarten latschen? Einfach zum Kotzen, das alles. Wieso konnten sie nicht im Warmen erst mal ein Bier trinken? Wieso wollte dieser Sizilianer nach hinten in den im Winter logischerweise geschlossenen Keller?

Josef war ausgestiegen und schritt auf das Eingangstor des »Spezi-Kellers« zu. Mangels Alternativen folgte Holger Gschwander ihm.

Als sie das eiserne Tor durchquert hatten, ging Josef Romano wie angekündigt nicht in die hell erleuchtete Wirtsstube hinein, sondern daran vorbei. Vorbei an den großen Fenstern, aus denen es herrlich nach frischem Braten, Klößen und Soße roch.

»Jetzt mach mal langsam, Josef, wo willst du hin, du blödes Arschloch?«, rief Gschwander seinem davoneilenden Klienten hinterher, aber der drehte sich nur kurz um und stieß ein kompromissloses »Komm mit« hervor, das in Tonlage und Mimik keinen Widerspruch duldete. Dann ging er. Dort, wo im Sommer der Eingang zum Bierkeller war, hatte man einen behelfsmäßigen Zaun aufgestellt, für den Fall, dass Betrunkene den Heimweg irgendwie verwechselten. Ansonsten war es hinter der Absperrung ziemlich düster, da ja die Biergartenbeleuchtung ausgeschaltet war.

»Warte hier«, wies ihn der Sizilianer an, was Holger Gschwander zum Anlass nahm, sich unter einem der großen Bäume unterzustellen.

»Sieh bloß zu, dass du dich beeilst, Schwachkopf. Ich verliere nämlich langsam die Geduld, hörst du?«, meckerte er. Aber Josef Romano war schon außer Hörweite an dem Schuppen neben den Sommertoiletten angelangt.

Giuseppe Romano war kalt. Innerlich und äußerlich funktionierte alles bei ihm nach einem Plan, den er sich seit drei Jahren und einem Tag zurechtgelegt hatte. Holger Gschwander konnte nicht wissen, dass er, Pippo, hier im »Spezi-Keller« damals seinen ersten Job in Bamberg gefunden hatte. Und zwar als Bedienung. Nur im Sommer, aber immerhin. Er hatte schon in Sizilien im Gastronomiegewerbe gearbeitet, und ein bisschen Deutsch hatte er durch die Touristen auch gelernt. Das hatte fürs Erste gereicht, Schäuferla, Kloß mit Soß und Ziebeleskäs waren dann ja auch nicht wirklich der Gipfel an grammatikalischer Turnübung. Das hatte er zwei Saisons lang gemacht, dann bekam er den Job in der Schule, und er hatte dem »Spezi-Keller« Ade gesagt.

Der Umstand, der ihn nun hier herauftrieb, war der alte Turnbeutel. Er hatte ihn damals hier versteckt, weil er zu der Zeit noch keine eigene Wohnung gehabt hatte und somit nicht wusste, wohin damit. Da er zudem ein neues, ehrliches Leben hatte anfangen wollen, hatte er eigentlich nicht mehr damit gerechnet, diesen alten Turnbeutel noch einmal wiederzusehen.

Der Schlüssel zu dem alten Schuppen lag immer noch oben auf dem Türrahmen, genau wie vor fünf Jahren. Aber Romano lächelte nicht im Gedenken an alte Zeiten, sondern schloss umgehend die alte Tür auf. Er ließ sie offen stehen, sodass etwas Licht von draußen hereindringen konnte. Viel konnte er wirklich nicht sehen, aber für seine Zwecke reichte es.

Er ging bis nach hinten ans Ende des kleinen Raumes, wo er zuallererst ein paar alte Gartenstühle auf die Seite räumen musste. Dann sah er zufrieden auf den Boden und die dort befindlichen alten Sandsteinplatten. Er schaute kurz um sich, griff nach einem in der Ecke stehenden alten Spaten und steckte diesen in die Fuge an der Seite der hintersten Sandsteinplatte. Dann hebelte er mit sanfter Gewalt die Platte nach oben, was auch ohne große Probleme gelang. Mit einer Hand hielt er den Spaten fest, mit der anderen griff er unter die angehobene Platte und stellte sie vollends auf. Als er den Spaten auf die Seite stellte und mit der Hand in den Hohlraum griff, erschien zum ersten Mal seit langer Zeit ein leichtes Lächeln auf seinem Gesicht.

Da war der Turnbeutel. Eingewickelt in zwei Plastiktüten lag er noch genauso da, wie er ihn vor Jahren abgelegt hatte. Eigentlich hätte er hier bis nach seinem fernen Lebensende verrotten sollen, aber der absolute Notfall, für den er ihn aufgehoben und nicht in der Regnitz versenkt hatte, war eingetreten. Das Lächeln verschwand genauso schnell, wie es gekommen war. Er nahm den Beutel heraus, legte die Platte wieder auf ihren Platz und wischte den Dreck zurück in die Spalten. Dann stellte er die Gartenstühle an ihren Platz, nahm Beutel und Spaten mit nach draußen, verschloss die Tür und legte den Schlüssel exakt dorthin, wo er ihn weggenommen hatte, oben auf den Türrahmen.

Holger Gschwander stand einigermaßen vom Regen geschützt unter seinem Baum und fror. Zwar hatte er eine warme Jacke an, und auch die Zigarette, die er sich angezündet hatte, wärmte ihn ein wenig, trotzdem kroch die Kälte allmählich in seine Kleidung. Missmutig blickte er durch den Regenvorhang hinunter auf die Türme und Gebäude der Bamberger Altstadt, die von den Lichtern weiter unten malerisch angestrahlt wurden. Aber das Bild bewegte Holger Gschwander nicht, er wollte endlich hier weg.

»Bin fertig«, hörte er von hinten Josefs ihm wohlvertraute Stimme sagen und drehte sich um. Hatte ja nun auch wirklich lange genug gedauert, was immer Josef dort hinten getrieben hatte.

»Na endlich, wurde auch Zeit. Hab mir hier den Arsch abgefroren«, beschwerte er sich lautstark und blickte Josef Romano zornig an. Er sah noch, wie dieser mit den Armen Schwung holte, den Spaten jedoch, der ihn rechts an der Schläfe traf, sah er nicht mehr.

Mit einem leisen Knacken bohrte sich die rostige Kante des Spatens in Gschwanders Schädelknochen. Er war schon tot, als er mit dem Körper gegen den Stamm des alten Baumes fiel, der ihm gerade noch als Schutz vor dem Regen gedient hatte. Langsam rutschte der Körper des Bewährungshelfers nach unten, Blut ergoss sich aus der aufgeplatzten Schädeldecke.

Josef Romano nahm eine der Plastiktüten vom Turnbeutel und zog sie über Gschwanders zertrümmerten Schädel. Schließlich wollte er sich nicht unnötig mit dessen Blut besudeln. Mit dem Schal seines Bewährungshelfers band er die Tüte zusammen, dann zog er den leblosen Körper einfach ums Eck, wo er ihn durch eine Öffnung im Zaun hinaus auf die freie Wiese zerren konnte. Neben dem großen Komposthaufen, der an derselben Stelle wie früher aufgehäuft worden war, ließ er ihn erst einmal liegen.

Er ging zurück und holte den alten Spaten. Damit würde er den Kompost nun ein wenig zur Seite schieben und dann ein einfaches, rechteckiges Loch graben. Wenn er den nassen Kompost am Ende wieder darüberschob, konnte dieser Mistkerl von einem Bewährungshelfer sich wenigstens noch als Düngemittel für die Wiese am »Spezi-Keller« nützlich machen.

Noch einmal schaute er grimmig, aber zufrieden nach oben in die dunkle, wolkenverhangene Nacht. Der Regen störte ihn nicht im Geringsten. Das Dreckswetter würde sämtliche Spuren verwischen, alles wegwaschen, was von Holger Gschwanders missgünstigem Gehirn auf den nassen Boden des Biergartens gelangt sein mochte.

Erneut stahl sich ein schmales Lächeln auf sein Gesicht, und er begann zu graben.

★★★

Eugen Wagenbrenner wartete bereits vor dem Haupteingang des Grundbuchamtes, als Franz Haderlein mit Riemenschneider an der Leine dort ankam. Das Ferkel war alles andere als erfreut, bei diesem Schneefall und der sprichwörtlichen Saukälte draußen herumlaufen zu müssen. Haderlein hatte sie während der ganzen Wegstrecke mit allerlei Versprechungen und Aufmunterungen bei Laune halten müssen, damit sie nicht schon nach wenigen Metern umdrehte und ihn zurück nach Hause in die warme Stube zerrte. So stand sie nun missmutig neben ihm, schaute betont desinteressiert und nur kurz an Wagenbrenner hoch, um dann resigniert einfach mal abzuwarten, was der Abend noch so mit ihr vorhatte.

»Ich hab hier aan Schlüssel für absolute Nodfälle, Franz. Den dürfte ich eigentlich gar ned verwenden, des Grundbuchamt döff mer nämlich außerhalb der Öffnungszeiten eichendlich gar ned bedredn.« Eugen Wagenbrenner stockte, dann schaute er Haderlein fragend an.

»Ich erklär dir alles drinnen, Eugen. Hier draußen friert mir die Riemenschneiderin sonst noch fest«, erwiderte der Kommissar.

Ganz kurz huschte ein Lächeln über das Gesicht von Eugen Wagenbrenner. Dann holte er einen kleinen Schlüsselbund aus seiner Hosentasche und öffnete die Eingangstür, die geräuschlos aufschwang. Er schloss die Tür hinter Haderlein und Riemenschneider von innen und ging mit der Taschenlampe voraus die Treppe zum Grundbuchamt hinunter.

»Unten im Büro können wir von mir aus das Licht anmachen, aber ich will nicht, dass man von der Straße aus sieht, dass jemand hier ist, Franz. Sonst krieg ich womöglich noch Ärger.«

Haderlein nickte verständnisvoll. Eugen wollte auf gar keinen Fall seinen gut bezahlten Job verlieren. Deswegen würde er auch alles auf die Kappe der Dienststelle nehmen, sollte es später irgendwelchen Ärger geben. Er nahm Riemenschneider auf den Arm und folgte Wagenbrenner nach unten, wo der auf einmal wie angewurzelt stehen blieb und die Taschenlampe ausmachte.

»Was ist denn, Eugen?«, fragte Haderlein verwundert, woraufhin der Wachmann auf die geschlossene Tür zum Großraumbüro deutete, unter der ein heller Schein auf den Gang hinausschien.

»Ich weiß ganz genau, dass ich alle Lichter ausgemacht habe, bevor ich gegangen bin«, flüsterte Wagenbrenner misstrauisch und wusste augenscheinlich nicht so recht, wie er sich nun verhalten sollte.

Haderlein setzte Riemenschneider vorsichtig auf dem Fußboden ab und nahm dem unentschlossen dastehenden Wagenbrenner die Taschenlampe ab. So leise wie möglich schlichen sie die wenigen Meter bis zur Tür, wo Haderlein verharrte und mit einem mahnenden Blick auf Wagenbrenner und Riemenschneider den Finger auf den Mund legte. Alle lauschten nun gespannt, ob sich hinter der Tür etwas Verdächtiges tat. Und das tat es allerdings. Sie vernahmen ein lautes Schnaufen und in unregelmäßigen Abständen ein Poltern und lautes Rascheln.

Haderlein schaute zu Wagenbrenner, aber der zuckte nur hilflos mit den Schultern. Geheuer war ihm die ganze Angelegenheit nicht. Er war zwar der Wachmann des Grundbuchamtes, aber eigentlich durfte er gar nicht hier sein. Also durfte er streng genommen auch niemanden zur Rede stellen, der sich in dem Büro dort befand, zu welchem Zweck auch immer.

Franz Haderlein hatte indes weit weniger Skrupel. Er drückte Wagenbrenner Riemenschneiders Leine in die Hand, legte seine Hand auf den Türgriff, drückte ihn so unauffällig es nur ging nach unten und stieß mit einer schnellen Bewegung die Tür auf. Dann stürzte er in den Raum, und Eugen Wagenbrenner mit Haderleins Ferkel an der Leine stürzte hinterher.

Das Büro war hell erleuchtet, der Schreibtisch von Angelika Schöpp schräg verschoben, und sämtlicher Inhalt lag verstreut auf dem Boden. Inmitten des ganzen Chaos stand auf frischer Tat ertappt Rechtspflegeamtsrat Gregor Götz und schaute sie mit schweißnassem, blassem Gesicht aus panisch dreinblickenden Augen an.

»Ach nee, der Leiter des Grundbuchamtes höchstpersönlich«, rief Haderlein erstaunt aus. »Darf ich fragen, was Sie hier machen, Herr Götz?« Er betrachtete Götz mit strenger Miene, während der äußerst verzweifelt wirkende Rechtspflegeamtsrat mit sich, seiner Fassung und einer Antwort rang. Seine Blicke hetzten durch den Raum, als suchten sie nach einem Fluchtweg, wo keiner war.

Gregor Götz war definitiv fix und fertig mit seinen Nerven. Völlig erledigt und irgendwie verzweifelt. Natürlich hätte er dem Kriminalhauptkommissar gern eine plausible Antwort gegeben, er schaffte es aber nicht, eine zu formulieren. Stattdessen ließ er sich erschöpft auf den Bürostuhl von Angelika Schöpps Arbeitsplatz fallen und wischte sich mit einem Taschentuch den kalten Schweiß von der Stirn.

Haderlein ging zu ihm hin, beugte sich nach unten und versuchte, dem verstört wirkenden Mann in die Augen zu schauen, aber der wich seinem Blick aus. Gregor Götz hatte nicht damit gerechnet, bei seiner Tätigkeit von ungebetenem Besuch überrascht zu werden, so viel war sicher.

»Ich frage Sie noch einmal, Herr Götz, wollen Sie uns nicht vielleicht anvertrauen, was Sie zu so später Stunde hier im Büro machen? Ich bin etwas verwundert, wissen Sie? Sie sind meines Wissens der erste Beamte, der sich freiwillig und noch dazu mit körperlichem Einsatz am Wochenende um Überstunden bemüht. Noch dazu am Schreibtisch einer gerade verstorbenen Mitarbeiterin, dessen ganzer Inhalt nun in Gauß'scher Normalverteilung über den Boden verstreut liegt. Ich gestehe, Amtsleiter, dass mir das irgendwie verdächtig vorkommt. Können Sie das vielleicht nachvollziehen, Herr Götz?«

Haderleins Stimme war schneidend, mit einer gehörigen Portion Zynismus. Schließlich war er im ersten Moment mindestens genauso vom Anblick seines Gegenübers überrascht gewesen wie der Chef des Grundbuchamtes. Aber Gregor Götz hatte entweder nicht zugehört, oder er war geistig gerade nicht so ganz auf der Höhe. Jedenfalls schien er beschlossen zu haben, einen Punkt auf dem Fußboden zu markieren um sich blicktechnisch an diesem festzuklammern. Sagen wollte er gerade ganz offensichtlich nichts.

»Herr Götz, wenn Sie sich nicht äußern wollen, ist das natürlich Ihr gutes Recht. Allerdings katapultieren Sie sich damit schlagartig auf Platz eins meiner Liste der Verdächtigen, haben Sie mich verstanden?«

Das war von Haderleins Seite aus ein ziemlicher Schuss ins Blaue. Sicher, so eine nächtliche Aktion war hochgradig verdächtig. Aber warum eigentlich? Es war nicht direkt strafbar, den Schreibtisch einer Verstorbenen auszuräumen und alles auf den Boden zu schmeißen. Isoliert betrachtet, ganz bestimmt kein Fall für die Kriminalpolizei. Vor dem Hintergrund einer explodierten Wohnstatt der gerade eben Verstorbenen mit mindestens einer weiteren Leiche aber sehr wohl. Also, was sollte das?

Götz schaute Haderlein mit leerem Blick an, machte aber

keinerlei Anstalten, sich zu seinem merkwürdigen Hiersein zu äußern. Dann ließ er den Blick wieder sinken und wischte sich mit zitternden Händen Schweiß von der Stirn.

Haderlein reichte es langsam. Vielleicht war er übermüdet, vielleicht handelte es sich um eine Überreaktion, vielleicht war das, was er jetzt tat, aber auch das einzig Richtige. »Herr Götz, ich nehme Sie vorläufig fest, Sie sind dringend tatverdächtig, in einen Mordfall verwickelt zu sein, haben Sie das verstanden?«

Noch immer kam keine Reaktion von Götz, und diesmal hatte Haderlein das auch nicht wirklich erwartet. Der Mann war in einer Art Schockzustand oder sonst wie gelagertem emotionalem Stand-by und damit derzeit nicht handlungsfähig. Das hatte er schon öfter erlebt bei seinen Ermittlungen. Aber es half der betroffenen Person nicht weiter, irgendwann musste sie reden, notfalls eben mit Anwalt auf der Dienststelle.

Nachdem er seine Absicht verkündet hatte, fiel Haderlein allerdings auf, dass er sich mit dem Festnehmen grade ein bisschen schwertat, da er weder Handschellen noch ein Fahrzeug dabeihatte. Riemenschneider war diesbezüglich auch keine wirkliche Hilfe. Er brauchte umgehend logistische Unterstützung. Ohne lange zu überlegen, holte er sein Handy heraus und rief Marina Hoffmann an.

»Honeypenny, ich brauche hier schleunigst jemanden mit Handschellen und einem Dienstfahrzeug, ich muss jemanden festnehmen. Schick bitte einen der Kollegen her«, wies er sie an. Aber so einfach, wie er sich das gedacht hatte, ging das anscheinend nicht.

»Äh, Franz, vielen Dank auch. Aber wen denn bitte? Es ist doch keiner da. César und Bernd sind in Jesserndorf. Der Einzige, der hier noch Dienst schiebt, ist Fidibus, aber den wirst du doch nicht wirklich jemanden verhaften lassen wollen, oder? Das hat der doch bestimmt schon seit Ewigkeiten nicht mehr gemacht«, meinte sie ehrlich besorgt. »Franz, der Chef kann das womöglich gar nicht mehr.«

Die Befürchtung, ihr Chef und Leiter der Dienststelle Bamberg könnte mit einer derartig profanen, vor allem aber praxisnahen Tätigkeit etwas überfordert sein, war so abwegig nicht. Dennoch ließ Haderlein das nicht als Entschuldigung gelten.

»Honeypenny, das ist mir völlig egal. Das kriegt er schon hin, ich bin ja außerdem auch noch da, um Erste Hilfe zu leisten«, meinte Haderlein mit sarkastischem Unterton. »Jedenfalls soll er die Handschellen nicht vergessen, ich habe nämlich keine dabei«, schob er nach, während er immer wieder zu dem schweigend dasitzenden Gregor Götz rüberschielte, der sich innerlich in seine eigene Welt verabschiedet zu haben schien.

Eugen Wagenbrenner hatte sich vorsorglich an der Tür zum Büro aufgebaut, für den Fall, dass der gute Götz es sich doch noch anders überlegte und in einem panischen Anfall das Weite suchen wollte. Aber danach sah der Mann gerade überhaupt nicht aus.

»Wo soll der Chef denn überhaupt hinkommen? Bist du in irgendeiner Wirtschaft oder in 'nem Rotlichtviertel?«, fragte Marina Hoffmann spitz. So eine Situation hatte sie in ihrer Karriere bei der Bamberger Polizei auch noch nicht oft zu händeln gehabt.

»Grundbuchamt, Haupteingang. Wird er schon finden, ich hole ihn dort ab.«

»Wohin? Ins Grundbuchamt?«, fragte Honeypenny sicherheitshalber noch einmal nach, weil sie es nicht glauben konnte. »Da ist doch um die Zeit keiner mehr.«

»Doch, einer ist noch da und schuftet wie ein Verrückter. Allerdings will er nicht damit rausrücken, was er hier genau macht. Sag Fidibus, er soll vorsichtig fahren, es schneit.« Haderlein legte auf und wandte sich erwartungsvoll wieder seinem Delinquenten zu, der es aber weiterhin vorzog, mit dem Fußboden zu kommunizieren.

★★★

Sie betraten Opa Karls altes Haus wie immer durch den Hintereingang, an dem sie sicherheitshalber den Schlüssel deponiert hatten. Schließlich waren sie noch nicht endgültig und offiziell die Besitzer der alten Hütte und wollten lieber nicht riskieren, dass er in ihrem Besitz gefunden wurde. Hier hingegen befanden sie und der Schlüssel sich in relativer Sicherheit, denn es war offensichtlich, dass ihr Vater seinen Fuß nicht mehr über diese Schwelle setzen würde.

»Und das gehört bald alles euch?«, fragte Vicki staunend und wusste gar nicht mehr, wohin mit ihrer Begeisterung.

Benni strahlte über das ganze Gesicht. »Ja, allerdings. In nicht mal einem Jahr sind Felix und ich stolze Hausbesitzer. Cool, gell?«

Auch Felix konnte sich ein Lachen nicht verkneifen. Selbst wenn er die ganze Angelegenheit inzwischen etwas nüchterner sah. Geli hatte ihn darauf aufmerksam gemacht, dass Hausbesitzer sein nur die eine Seite der Medaille war, die Unterhaltskosten dann die andere. Als konsequente Bedenkenträgerin war sie einerseits abenteuerlustig, andererseits aber immer darauf bedacht, die Risiken ihrer Unternehmungen richtig einzuschätzen.

Benni war zum Kühlschrank gelaufen, öffnete ihn und holte mit einer triumphierenden Geste eine Flasche Sekt heraus. Dann nahm er die immer noch völlig beeindruckt dastehende Vicki an die Hand und meinte großspurig: »So, liebe Leut, ich werd jetzt mit dieser heißen Braut hier das obere Stockwerk erkunden. Ihr zwei Senioren könnt ja in der Zwischenzeit in der Küche wischen und einen Tee kochen. Bis später dann, Brüder und Schwestern.« Er klopfte Felix mit einer lässigen Handbewegung auf den Rücken und nahm, ohne sich noch mal umzusehen, mit seiner neuen Flamme die Treppe nach oben.

Geli schaute den beiden kopfschüttelnd hinterher. »Weißt du, Felix, ich kapier ja meine Schwester schon nicht, aber deinen Bruder check ich noch viel weniger. Und zusammen sind die zwei das verrückteste Duo, das ich mir überhaupt vorstellen kann.«

Felix lachte laut auf, dann versuchte er, seine Freundin zu beruhigen. Geli machte sich einfach immer und dauernd Sorgen um irgendwas. Aber Benni und vor allem ihre Schwester waren einfach anders als sie. Das musste sie einfach mal akzeptieren. Nicht jeder stand so auf Regeln und Ordnung wie sie. »Wenn ich ehrlich bin, versteh ich Benni auch nicht immer, Geli. Aber er hat verdammt gute Ideen, das muss man ihm lassen.«

Geli war aber nicht wirklich von Benjamins Tugendhaftigkeit überzeugt. »Aha. Und hat er die wenigstens auch in der Schule? Wenn er so drauf ist wie meine Schwester, wird er die mittlere Reife nämlich keinesfalls schaffen.« Fragend schaute sie zu Felix hinüber, der sich tatsächlich anschickte, einen Tee zu kochen.

»Ja, stimmt, Benni hatte tatsächlich mal so 'ne Schwächephase, etwa vor 'nem halben Jahr, aber jetzt hat er sich wieder voll im Griff. Eigentlich ist er sogar so gut wie nie in seinem Leben. Da mach dir mal keine Sorgen. Und Vicki wird die mittlere Reife bestimmt auch irgendwie schaffen.«

Er hatte gerade den Schalter für die kleinste Herdplatte auf die höchste Stufe gedreht, als sie Vicki kreischen hörten. Dann folgte ein lautes Poltern auf der Treppe, begleitet von schrillen Lauten, und Vicki kam mit panischem Gesichtsausdruck in die Küche gerannt. Bevor Felix und Geli Vicki fragen konnten, welches schreckliche Erlebnis sie die Treppe hinuntergepeitscht hatte, betrat auch Benni die Küche, dieser allerdings breit feixend.

»Was ist passiert, Benjamin?«, fragte Geli streng, während sie ihre kleine Schwester beschützend in die Arme nahm.

»Was passiert ist? Vicki hat eine fette Arachnophobie, würde ich mal sagen.« Benjamin lachte und stellte die noch ungeöffnete Sektflasche auf den alten Küchentisch.

»Eine was?«, fragte Felix besorgt.

»Spinnen, da oben gibt es haufenweise Spinnen!«, rief Vicki laut und befreite sich verärgert aus Gelis Armen.

»Da oben gibt es Spinnen?«, fragte ihre ältere Schwester ratlos.

»Ja, allerdings, und zwar tonnenweise«, erwiderte Felix amüsiert, aber auch erleichtert. »Der ganze Dachboden wird ja quasi nur durch die Spinnennetze zusammengehalten.«

Er klappte die oberste Tür des Küchenschrankes auf und holte vier Gläser heraus, die er neben der Sektflasche auf dem alten Tisch platzierte.

»Ich würde sagen, dass sich jetzt erst mal alle beruhigen. Dazu trinken wir jeder einen Sekt, und danach gibt's noch 'nen Tee, wenn einer einen will«, erklärte er grinsend.

Mit Sicherheit würde sich außer Geli ab jetzt keiner mehr für den Tee interessieren. Er fummelte den Draht vom Korken der Sektflasche, ließ ihn mit einem lauten Plopp durch den Raum fliegen und stellte die Flasche zurück auf den Tisch.

Vicki wartete die öffentliche Meinung zu diesem Vorschlag gar nicht erst ab, sondern schnappte sich die Flasche, hob sie an ihren zierlichen Mund und verabreichte sich unter dem lauten Gelächter von Benjamin ein paar tiefe Schlucke zur Nervenberuhigung. Ihre Schwester schüttelte bereits wieder den Kopf, während sich Felix weiter innerlich amüsierte. Irgendwie waren sie vier doch 'ne echt coole Truppe. Langweilig würde es hier vorerst nicht werden, so viel stand fest.

★★★

»Also gut, Frau Klement. Was können Sie mir denn über das abgebrannte Haus und deren Besitzer erzählen? Frau von Süppel hat gemeint, Sie seien hier in Jesserndorf bestens integriert und vor allem ausgesprochen gut informiert. Habe ich das so einigermaßen richtig wiedergegeben?«

Lagerfeld saß mit Dorothe Klement an einem Tisch in einem kleinen Zimmer der Töpferei. Er hatte zwei Tassen Glühwein spendiert, um befragungstechnisch die Gesprächsbereitschaft zu erhöhen. Einen richtigen für die Vorsitzende der Bamberger Soroptimisten und einen Kinderglühwein ohne Alkohol für sich. Dienst war Dienst, zumindest wenn ihm bei einem spektakulären Fall wie diesem so viele Leute bei der Arbeit zusahen.

Die ehemalige Lehrerin hatte sich nun aller Belehrungsbemühungen entledigt und hörte aufmerksam zu. Sie nickte kurz und lehnte sich auf ihrem Stuhl etwas zurück, um über Lagerfelds Frage nachzudenken. Dann neigte sie ihren Oberkörper wieder nach vorne, richtete ihren Poncho und legte ihre gepflegten Hände gefaltet vor sich auf den Tisch.

»Es ist so, Herr Kommissar. Ich bin mir ziemlich sicher, dass Ihnen niemand in Jesserndorf genau sagen kann, was in dem Haus dort unten genau vorgegangen ist. Nicht einmal ich. Und das liegt nicht daran, dass es niemanden interessiert hätte.« Sie machte eine kurze Pause und zog ihre Stirn in kleine, korrekte waagrechte Falten, bevor sie weitersprach. »Das Haus gehörte früher dem braunen John. Aber der ist vor einigen Jahren gestorben.«

Lagerfeld horchte überrascht auf. »Braun? Wieso brauner John?«

Dorothe Klement wackelte kurz mit dem Kopf und zupfte etwas unschlüssig an ihrem Poncho herum. »Nun, ich will niemanden unnötigerweise beschuldigen, Herr Kommissar, vor allem, wenn er schon verstorben ist. Aber im Dorf waren sich einige ziemlich sicher, dass der alte John eine SS-Vergangenheit hatte. Genaues weiß keiner, aber Sie wollten ja unbedingt alles wissen, nicht wahr?«

Sie schaute den Kommissar fast vorwurfsvoll an, aber Lagerfeld winkte sogleich ab und machte sich ein paar Notizen in sein kleines Heft, das er zwischenzeitlich hervorgeholt hatte.

»Nur weiter, Frau Klement, ich höre zu. Draußen ist es kalt, hier drinnen dagegen ist es schön warm. Also bitte ruhig und ausführlich und nix auslassen«, meinte er mit einem verschmitzten Lächeln, das Dorothe Klement denn auch wieder etwas beruhigte.

»Von dem Gerücht, dass er ein Nazi war, einmal abgesehen, konnte man dem alten Karl eigentlich nichts vorwerfen. Er war freundlich, immer gut gelaunt und hat stets geholfen, wenn es im Dorf was zu helfen gab. Da kann ich überhaupt nichts sagen, Herr Kommissar. Ja, und dann ist er wie gesagt vor ein paar Jahren gestorben, da war er schon weit über neunzig, glaube ich. Jedenfalls hat der verrückte John das Haus nicht etwa seinem einzigen Sohn vererbt, nein, er hat die alte Hütte seinen beiden Enkeln vermacht, die zu diesem Zeitpunkt noch nicht einmal volljährig waren.«

Lagerfeld hatte schweigend mitgeschrieben, jetzt hob er interessiert den Kopf. »Ach was, wieso das denn? Hatte er Streit mit seinem Sohn?«

»Nun, das weiß hier auch keiner so ganz genau, Herr Kommissar. Fakt ist, dass bis zum Tod des alten John dessen Sohn in Jesserndorf nicht gesehen wurde. Dann muss er wohl mal kurz hier gewesen sein, wegen dem Haus, aber das war's auch schon. Später kamen nur noch seine beiden Söhne und deren merkwürdige Freunde her.«

»Merkwürdige Freunde? Was wissen Sie über diese Freunde? Und können Sie mir sagen, wie die Söhne heißen?«, wollte Lagerfeld nun gespannt wissen. Endlich ein paar deutliche Hinweise, so langsam nahm die Geschichte Fahrt auf.

»Natürlich kann ich das«, erwiderte Dorothe Klement mit einem leicht angewiderten Gesichtsausdruck. »Der eine heißt Felix John, und der andere ist sein jüngerer, missratener Bruder Benjamin. Die haben dort im ersten Jahr eine Orgie nach der anderen durchgezogen. Erst haben sich die Nachbarn in schöner Regelmäßigkeit beschwert. Als das nichts bewirkt hat, haben wir es bei den Eltern probiert, aber die haben ausrichten lassen, dass ihre Söhne volljährig seien und es sie nichts angehe, was mit oder in dem Haus passiert. Jedenfalls haben wir letzten Endes den Eberner Bürgermeister bemüht, und der hat es dann irgendwie geschafft, einigermaßen Ruhe in die Angelegenheit reinzubringen.«

»Ruhe, was genau meinen Sie denn mit Ruhe?«, wollte Lagerfeld wissen. Er konnte sich schon vorstellen, was zwei gerade erwachsen gewordene Jugendliche mit einem geerbten Haus so alles anstellten. Wenn er ehrlich war, hätte er in dem Alter auch gerne ein Haus für sich gehabt.

»Na ja, kurz nach dem Einschreiten des Bürgermeisters war es vorbei mit den Feiern in dem Haus. Seither hat auch nur noch der ältere der beiden Brüder mit seiner Freundin in dem Haus gewohnt, dieser Geli. Angelika hieß sie, glaube ich, richtig.«

»Ach. Hieß die vielleicht Schöpp, Angelika Schöpp?«

Dorothe Klement überlegte einen kurzen Moment, war sich aber nicht ganz sicher. »Ja, kann schon sein. Sicher bin ich mir aber nicht. So eine Große mit langen braunen Haaren. Die war eigentlich immer ganz ordentlich gekleidet. Und ihr Freund, dieser Felix John, ist meiner Meinung nach auch gar nicht so verkehrt. Er zieht sich ebenfalls vernünftig an, hat Manieren und kann sich zivilisiert ausdrücken, wenn er will. Lauter Eigenschaften, die seinem kleinen Brüderchen irgendwie abhandengekommen sind. Meiner Meinung nach hat der nie Manieren besessen. Im Gegenteil, dem schwirrt bestimmt den ganzen Tag nur Unsinn im Kopf herum, aber das ist nichts weiter als meine persönliche Meinung.« Wieder zupfte sie mit einem verärgerten Gesichtsausdruck an ihrem Kragen herum, legte ihre Stirn in tiefe Falten und nahm zum ersten Mal einen Schluck aus ihrer Glühweintasse.

Lagerfeld stockte in seinen Notizen, so ganz kam er gerade nicht mehr mit. »Äh, Moment, der jüngere Bruder war also irgendwann einfach weg?«

Dorothe Klement stellte ihre Tasse schnell wieder auf den Tisch zurück und nickte heftig. »Ja genau. Benjamin John und diese Vicki, dieses verluderte Stück, waren damals von einem Tag auf den anderen plötzlich verschwunden. Aber das ist kein Verlust und kein Schaden, wenn Sie mich fragen, Herr Kommissar.«

Wieder zeigte ihre Stirn diesen erstaunlich symmetrischen Faltenwurf, und sie nahm einen erneuten, diesmal sehr großen Schluck aus ihrer Glühweintasse. Dann neigte sie sich nach vorne und setzte eine regelrecht verschwörerische Miene auf, derweil sie mit dem rechten Zeigefinger streng vor Lagerfelds Gesicht herumwedelte.

»Ich bin früher Lehrerin gewesen, Herr Schmitt, und habe immer noch meine Kontakte. Und ich fresse einen Besen, wenn diese Vicki nicht irgendwas mit diesem Todesfall an ihrer Schule zu tun gehabt hat. In den ist sie damals verwickelt gewesen, und deswegen ist sie abgehauen. Zusammen mit ihrem Benjamin, da gehe ich jede Wette ein, Herr Schmitt. Die beiden Früchtchen habe ich jedenfalls seitdem nicht mehr hier in Jesserndorf gesehen. Das ist natürlich alles nur meine persönliche Vermutung, Herr Kommissar, ich habe nichts gesagt.« Jetzt war die gute Dorothe aber richtig erregt und griff zur Nervenglättung gleich wieder zum Glühwein.

Lagerfeld für seinen Teil hatte jetzt endgültig einen Filmriss und legte sein kleines Heft kurz entschlossen zur Seite. Hier ging einiges an Informationen ziemlich durcheinander. »Moment, Moment, Moment, Frau Klement. Todesfall? Sagten Sie Todesfall? Was denn für ein Todesfall?«

Die Oberste aller Bamberger Soroptimisten hatte den Glühweinbecher jetzt komplett geleert und schaute Lagerfeld fast mitleidig an. »Ja, sind Sie von der Polizei oder ich, Herr Schmitt? Ich rede von der toten Schülerin am Kaiser-Heinrich-Gymnasium vor ein paar Jahren. Stand doch damals groß in der Zeitung. Das müssten Sie eigentlich besser wissen als ich. Hier im Dorf wurde gemunkelt, dass es eine Klassenkameradin unserer lieben Vicki war, die man tot aufgefunden hatte. Und es ist doch merkwürdig, dass sie kurz danach verschwunden ist, das müssen Sie schon zugeben, Herr Kommissar.«

In Lagerfelds Gehirn ratterte es laut und vernehmlich. Todesfall am KHG? Ja, irgendwas dämmerte da bei ihm. Er hatte damals allerdings nicht direkt mit der Sache zu tun gehabt, seines Wissens war César mit dem Fall betraut gewesen. Aber wie kam die gute Klement jetzt darauf, das könnte etwas mit diesem Haus in Jesserndorf zu tun haben? Alles nur Dorftratsch, oder steckte ein wahrer Kern darin?

Er kam nicht mehr dazu, seine Verwirrung zu bereinigen, denn es klopfte an der Tür. Noch bevor er etwas sagen konnte, wurde sie auch schon geöffnet, und der Kollege Huppendorfer schaute herein.

»Ach da bist du, Bernd. Ich suche dich schon überall. Du solltest kommen, glaube ich, der Experte aus Nürnberg ist da, du weißt schon, Bumm«, meinte er mit bedeutungsvoller Geste. Dann bemerkte er die Dame am Tisch und begab sich zu ihnen in die gute Stube. »Entschuldigen Sie, César Huppendorfer, Kriminalkommissar, Dienststelle Bamberg. Ich muss den Kollegen Schmitt leider entführen, wir haben etwas Wichtiges zu klären. Tut mir wirklich unendlich leid.« Sprach's und gab Dorothe Klement, die sich erhoben hatte, dezent die Hand.

Lagerfeld bemerkte – zunächst erstaunt, dann zunehmend verärgert –, dass der Blick der Dame wohlwollend über Césars zugegebenermaßen recht elegante Aufmachung wanderte und sie von einem Moment auf den anderen einen um ein Wesentliches zuvorkommenderen Ton anschlug als beispielsweise seiner, also Lagerfelds, Wenigkeit gegenüber.

»Gut, dann lass uns gehen«, unterbrach er schroff diese Zeremonie ausgesuchter Höflichkeit und reichte Dorothe Klement seine Karte. »Frau Klement, vielen Dank für die reichhaltigen Auskünfte. Wenn Ihnen noch etwas einfallen sollte, rufen Sie mich bitte an. Für den Augenblick haben Sie mir schon mal sehr geholfen.«

Dorothe Klement nahm die Karte und lächelte ihn an, dann schaute sie zum Kollegen Huppendorfer hinüber und lächelte etwas mehr. »Das werde ich gern tun ... Haben Sie auch eine Karte, Herr Huppendorfer?«, fragte sie auffällig unauffällig.

Lagerfeld verdrehte kurz die Augen und beschloss, draußen vor der Tür zu warten, bevor er noch einen Rührungsanfall bekam. Als César gleich darauf ebenfalls aus dem Zimmer kam, hielt er ihn am Ärmel fest und hob seine Lippen unversehens an Huppendorfers Ohr. »In deinem nächsten Leben solltest du Heiratsschwindler werden oder so etwas Ähnliches. Du könntest mit deiner Garderobe in dem Job wirklich große Erfolge feiern, César, ganz ehrlich.«

Er klopfte dem erstaunten César Huppendorfer jovial bis anerkennend auf die Schulter und wollte sich dann zum Gehen wenden, aber César konnte die Angelegenheit nicht so einfach auf sich beruhen lassen. Nicht wenn der liebe Bernd damit herumhantierte.

César hielt nun seinerseits den Mund an Lagerfelds Ohr und flüsterte: »Wenn man so einen Wischmopp auf dem Kopf hat wie du, Bernd, dann wird's halt schwer. Dann hat man vom Outfit her bei den Mädels kräftig verwachst, und zwar in allen Altersklassen.«

Er klopfte Lagerfeld nun seinerseits auf die Schulter und ging.

Lagerfeld stand einen Moment lang verdutzt da, beschloss aber, lieber nichts mehr zu sagen, rückte sich noch kurz und missmutig die Mütze zurecht und folgte César hinunter zum Haus.

Pervitin

Der Leiter der Dienststelle Bamberg, Robert Suckfüll, kam mit seinem großen schwarzen Mercedes sehr vorsichtig ums Eck gefahren und parkte dann akkurat direkt vor dem Haupteingang des Grundbuchamtes, wo Franz Haderlein bereits auf ihn wartete. Eugen Wagenbrenner hatte unterdessen die Rolle des Polizisten übernommen und bewachte den schweigenden Verdächtigen.

»Was ist hier eigentlich los, mein lieber Haderlein?«, erkundigte sich Fidibus, während er vorsichtig mit seinen schwarzen Lederschuhen durch den Schnee tappte. »Ich will nicht verhehlen, dass ich unter keinen Umständen gewillt bin, auf Dauer Ihre Arbeit zu übernehmen. Ich bin der Leiter dieser Dienststelle, für Arbeiten wie Festnahmen, Befragungen und so weiter habe ich ja meine Kommissare, nicht wahr?«

Fidibus war ganz klar nicht begeistert davon, seinen geliebten Schreibtisch verlassen und sich in die ungewohnten Niederungen der aktiven Polizeiarbeit begeben zu müssen. Der viele Neuschnee schien auch nicht wirklich in seinen Tagesplan zu passen, was Haderlein aber eher amüsierte. Sein Chef bewegte sich über den Schnee wie ein Hundewelpe, der sich das erste Mal auf die zugefrorene Oberfläche eines Karpfenweihers begab.

»Äh, Chef, stimmt was mit Ihren Schuhen nicht, oder warum laufen Sie so vorsichtig durch die Gegend?«

Haderlein durfte seine Belustigung natürlich nicht zeigen, sonst war Suckfüll womöglich wieder beleidigt – oder, was noch viel schlimmer war, er versuchte, sich unter Zuhilfenahme verquerer Zitate aus dem Reich deutscher Poeten und ihrer Dichtkunst in Belehrungen zu ergehen. Spätestens dann wurde es richtig schlimm. Aber mal eine einfache Frage stellen ging in der Regel schon.

Und tatsächlich, Robert Suckfüll antwortete prompt.

»Ja, in der Tat, mein lieber Haderlein, die Schuhe sind neu und ungewohnt. Vor allem sind sie nicht für eine Gletschertour wie diese hier gedacht. Ich wollte eigentlich in Kürze mit meiner Gemahlin einer Tucholsky-Vorstellung im ›E.T.A.-Hoffmann-

Theater‹ beiwohnen. Eine passende Gelegenheit, um die Schuhe einzulaufen. Wenn ich ganz ehrlich bin, sie drücken ein wenig.«

Suckfüll hatte die sichere Treppe erreicht und versuchte nun durch Schütteln seiner Fußbekleidung, den daran haftenden Schnee zu entfernen, was nur ungenügend gelang.

»Sie drücken«, echote Haderlein, der eigentlich nur höflich sein wollte.

»Ja, allerdings, sie drücken. Ich hatte das meiner Frau bereits beim Kauf mitgeteilt, aber sie wollte nicht hören. Sie wissen ja, wie Frauen beim Einkauf sind. Außen passen die Schuhe ja, aber innen sind sie zu lang.«

Haderlein stutzte, beschloss dann aber, lieber nicht nachzufragen, sonst würde es bestimmt noch viel komplizierter werden. »Chef, wenn Sie mir einfach folgen wollen, dann gibt's auch keine Probleme mehr mit dem Schnee oder den Schuhen, drinnen ist alles trocken«, gab er schnell die Parole für den Weg nach unten aus, bevor sich das Gespräch über Ehefrauen und deren Einkaufstechniken in die Länge zog.

Suckfüll schaute ihn dankbar an. Jede Zeitverzögerung würde ihn nur näher an die absolute Katastrophe bringen, die da hieß: Frau Suckfüll steht im Abendkleid vor dem Bamberger Theater, und der gute Robert kommt nicht. Das galt es unbedingt zu verhindern. »Ja, da haben Sie allerdings recht, mein lieber Franz, lassen Sie uns den Fuchs beim Schwanz packen und diesen Ganoven seiner gerechten Strafe zuführen.«

Haderlein beschloss, alles, was Fidibus weiter absonderte, zu überhören, wandte sich um und ging voraus, die Treppe zum Grundbuchamt hinunter. Unten bewachte Wagenbrenner konsequent die Türöffnung, während der Rechtspflegeamtsrat Gregor Götz unverändert auf seinem Stuhl saß. Immerhin hatte er jetzt seinen Blick erhoben, allerdings war seine Gesichtsfarbe noch weniger von der weiß gestrichenen Bürowand zu unterscheiden als zuvor.

Haderlein deutete auf Götz und sagte laut: »Na, Herr Götz, haben Sie Ihre Meinung inzwischen geändert? Das hier ist Herr Suckfüll, Leiter der Kriminalpolizei Bamberg. Vielleicht wollen Sie ihm ja alles erzählen. Das würde Ihnen und uns die nächsten Minuten erheblich erleichtern, hm, wäre das was?« So langsam ging ihm wirklich die Geduld aus. Alles hatte heute Morgen in diesem Raum angefangen und schien auch hier zu enden. Dazwischen lagen ein abgebranntes Haus und eine tote Kollegin. Und Haderleins Belastbarkeit war begrenzt, das merkte er nun massiv. Wenn er nicht zwischendurch daheim bei Manuela gewesen wäre, wäre er mit Götz noch sehr viel ungeduldiger gewesen, so viel stand schon einmal fest. Also, warum redete dieser Mensch nicht einfach?

Fidibus trat neben ihn, ging in die Knie und schaute dem stoisch dasitzenden Amtsrat tief in die Augen. Als nichts passierte, schnippte er direkt vor dessen Nase kurz und heftig mit den Fingern, was aber außer einem kurzen Blinzeln nichts weiter auslöste.

»Tja, der ist ja wie parallelysiert«, urteilte Suckfüll nahezu fachmännisch korrekt.

Haderlein schwante dunkel, dass mit dem Begriff irgendetwas faul war, verkniff sich aber ein intensives Nachdenken darüber. Er hatte wahrlich Wichtigeres zu tun. Er nahm, ohne zu zögern, die Handschellen, die Fidibus ihm reichte, und umschloss mit den metallenen Fesseln die Handgelenke von Gregor Götz. Als die Schlösser einrasteten, meinte er, ein dunkles Leuchten in den Augen des Amtsleiters zu bemerken, und tatsächlich: Einen Moment später erwachte der schweigende Buddha zum Leben.

»Ich will einen Anwalt«, stieß Götz keuchend hervor. Sein Blick irrlichterte durch den Raum, und Haderlein beschloss, beim nervlichen Zustand dieses Mannes erst mal keine Fragen mehr zu stellen.

»Kriegen Sie, kriegen Sie«, meinte Fidibus begütigend und gab dem ehemaligen Mitglied der Bamberger Polizei Eugen Wagenbrenner ein Zeichen. »Eugen, bringen Sie diesen Mann zu meinem Wagen, ich denke, das haben Sie noch nicht verlernt, oder?«

Wagenbrenner schritt sogleich zur Tat und führte Götz, nicht ohne eine gewisse Genugtuung, zur Tür. Dass er noch einmal richtige Polizeiarbeit machen durfte, hätte er auch nicht gedacht.

»Dann bringe ich den Herrn mal in seine Zelle, mein lieber Haderlein«, sagte Fidibus abschließend – schließlich war ja streng genommen er derjenige, der die Verhaftung aus- und durchführen sollte – und schaute gönnerhaft zu Haderlein hinüber. »Kommen Sie hier allein klar, ohne Ihren Chef?«

Haderlein nickte und winkte ab. Irgendwie war Fidibus schon putzig. Das schien ihm gerade richtiggehend Spaß zu machen, das Verhaften. »Wenn Sie Eugen noch heimfahren könnten? Dann schließe ich hier ab, und morgen sehen wir weiter, Chef«, sagte er.

Suckfüll grunzte zustimmend und ging mit Wagenbrenner und dem unglücklichen Götz davon. Gleich darauf war es wieder sehr viel ruhiger im Bamberger Grundbuchamt.

Haderlein atmete erst einmal tief durch und ließ sich schwer auf einen der freien Stühle fallen. Er war gar nicht unglücklich darüber, nach Hause laufen zu müssen, da konnte er die Erlebnisse des heutigen Tages unterwegs noch einmal etwas sacken lassen. Es machte jetzt eh keinen Sinn mehr, Götz zu befragen. Der sollte mal lieber eine Nacht in der Zelle über alles nachdenken, und dann würde er ihn morgen befragen. Bis dahin war Siebenstädter mit der toten Schöpp bestimmt zu einem Ergebnis gelangt, und César und Bernd hatten ihre Ergebnisse aus Jesserndorf beisammen, also war es bestimmt besser, erst einmal auszuschlafen und morgen frisch ans Werk zu gehen.

Ja, morgen, morgen, morgen, dachte er mit sehnsüchtigen Gedanken an sein warmes Bett. Konnte es sein, dass er langsam alt wurde? Früher hatte er in solchen Fällen einfach mal eine ganze Nacht durchgearbeitet.

Trotz seines angeschlagenen Zustandes fragte sich Haderlein jetzt, da diese angenehme Ruhe im Raum eingekehrt war, was der Chef des Grundbuchamtes denn eigentlich so verzweifelt in Angelika Schöpps Schreibtisch gesucht hatte. Er stand auf, um sich das ganze Chaos noch einmal zu betrachten, als er bemerkte, dass Riemenschneider verschwunden war. Außerdem war das mit der Ruhe auch nur ein erster, trügerischer Eindruck gewesen. Aus dem Inneren des leer geräumten Schreibtisches konnte er leise, schweinische Geräusche hören.

Verdutzt ging Haderlein um den Schreibtisch herum, wobei er vorsichtig über die ganzen Ordner, Stifte und sonstigen Utensilien steigen musste, die sich zuvor im Inneren desselben befunden hatten. Als er auf der Rückseite des Schreibtisches angelangt war, konnte er Riemenschneider sehen, die in der linken unteren Schublade stand und voller Begeisterung intensiv mit irgendetwas beschäftigt war. Haderlein konnte ein permanentes freudiges Grunzen hören, das ab und an von einem kurzen Niesen unterbrochen wurde. Riemenschneiders kleiner Ringelschwanz war so hoch nach oben gestreckt, wie es nur ging, die Leine hing schlaff aus der Schublade heraus, und der ganze rosa Schweinekörper bewegte sich wie ein Hund, der auf einer Wiese eine große Mäuseburg auszugraben begann.

»Riemenschneider, was machst du da?«, rief Haderlein halb interessiert, halb amüsiert. »Hast du irgendwelche geheimen Schokoladenvorräte entdeckt, oder was ist los?«

Aber das kleine Ferkel reagierte überhaupt nicht auf seine Anfrage, sondern machte in der Schublade lieber weiter Radau.

Haderlein war unschlüssig, was er tun sollte. Gerade eben noch war sein Polizeiferkel die Ignoranz in Person gewesen, und jetzt benahm sie sich, als ob sie an Ostern Eier suchte.

»Riemenschneider, aus!«, rief Haderlein streng, als es ihm allmählich zu viel wurde. »Aus! Platz!«, rief er noch einmal, so streng es ging, und zwar diesmal direkt von oben in die Schublade hinein.

Endlich reagierte die Riemenschneiderin. Ihr kleiner Kopf erschien, sie reckte sich kerzengerade nach oben und schaute Herrchen aus begeisterten Augen an.

»So, Schluss jetzt, raus da. Du hast deinen Spaß gehabt, meine Liebe!«, befahl Haderlein.

Riemenschneider war die Enttäuschung zwar anzusehen, aber sie gehorchte, sprang mit ihren kurzen Beinen aus der Schublade und setzte sich artig aufrecht neben die Schublade. In Habachtstellung wartete sie weitere Anweisungen ab und wirkte dabei äußerst zufrieden, was aber nicht von einer schokoladigen Leckerei herrühren konnte, denn der rosa Rüssel war völlig unverschmiert, im Gegenteil, er leuchtete feucht und fröhlich in Zartrosa vor sich hin.

Haderlein kniete sich auf den Boden und schaute, so weit er konnte, in die Schublade hinein. Aber die war definitiv leer, leerer konnte eine Schublade gar nicht sein. Was immer Riemenschneider an diesem Schreibtisch begeistert hatte, es würde erst einmal ihr Geheimnis bleiben. Vielleicht war das Ferkel ja ein kleiner Formaldehydjunkie und fand die Spanplatten, aus denen der Schreibtisch gebaut worden war, irgendwie klasse.

Haderlein nahm die Leine und beschloss, für heute endgültig Feierabend zu machen. Es reichte.

»Auf geht's, du Spinner«, meinte er zu dem kleinen Ferkel, das ihn erwartungsvoll von unten anblickte. »Es geht heim, Riemenschneider, dein Kommissar muss schlafen. Außerdem wartet ein heißer Tee auf mich und ein Apfelkuchen auf dich.«

Bei dem Wort »Apfelkuchen« stellte Riemenschneider die Ohren auf, und Haderlein hatte nun von einem Moment auf den anderen keinerlei Schwierigkeiten mehr, sie dazu zu bringen, die Räumlichkeiten des Grundbuchamtes in Bamberg zu verlassen.

★★★

Der Weg zurück zum abgesperrten Tatort führte über die inzwischen gut verschneite Dorfstraße. Die Kollegen von der Bereitschaftspolizei hatten die Absperrung ein ganzes Stück weiter nach oben in Richtung Weihnachtsmarkt verlegt, sodass die Kommissare Schmitt und Huppendorfer schon nach kürzester Zeit an dem polizeilichen Absperrband ankamen, an dem immer noch etliche Schaulustige standen, um aus der Entfernung das sensationelle Geschehen weiter unten zu betrachten. Mit Glühwein und Bratwurst in der Hand ließ sich natürlich trefflich darüber streiten, wie und warum das Haus des alten John wohl in die Luft geflogen war. Und ganz ohne Zweifel war das heute der mit Abstand kurzweiligste Weihnachtsmarkt, den Jesserndorf bisher erlebt hatte, darin waren sich alle Anwesenden einig.

Die beiden Kommissare gingen unter den neugierigen Blicken der Menschen hinunter zum Schauplatz des Geschehens, wo sich Lagerfeld ein ungewöhnlicher Anblick bot: Auf dem Gelände stand ein uralter vierrädriger Spritzenwagen, der von einem Traktor bis hierher gezogen worden war. Der Bürgermeister der Stadt Ebern stand mit Regenschirm über dem Kopf daneben und diskutierte heftig mit dem Feuerwehrkommandanten. Einige der Feuerwehrleute wollten anscheinend gerade damit beginnen, den altertümlichen Feuerwehrschlauch auszurollen, als Lagerfeld und Huppendorfer ankamen.

»Was soll das denn werden?«, erkundigte sich Huppendorfer erstaunt, woraufhin sich Bürgermeister und Feuerwehrkommandant zu ihm umdrehten.

»Mir wollen löschen«, verkündete Michael Pappel fröhlich und gab seinen Mannen ein Zeichen, woraufhin diese tatsächlich den Feuerwehrschlauch in Richtung Haus entrollten.

»Löschen? Wieso denn löschen? Da brennt doch überhaupt nichts mehr«, ereiferte sich Huppendorfer.

»Ja, das hab ich denen auch schon gesagt«, bemerkte Bürgermeister Hahnemann kläglich, aber er hatte wohl keine Lust mehr, sich mit seiner Feuerwehr zu behängen. Der arme Mann stand ja auch seit geraumer Zeit hier in der Kälte herum und machte inzwischen einen reichlich unterkühlten Eindruck.

»Natürlich brennt da nix mehr«, antwortete Pappel und baute sich vor César Huppendorfer auf. »Aber wenn mer scho da sin, dann mache mer wenigstens a Feuerwehrübung, damit die Aktion ned völlig fürn Arsch war.«

Während Bürgermeister Hahnemann Lagerfeld mit leidendem Gesicht erklärte, wie Graben und Löschzug zum Einsatz der Antiquität auf dem Platz geführt hatten, konnte Huppendorfer es nicht fassen. War der Mann noch zu retten? Wieder ein massiver Grund, niemals aufs Dorf zu ziehen.

»Hören Sie mal zu, hier wird überhaupt nichts gelöscht, verstanden? Das ist ein abgesperrter Tatort, auf dem bereits seit geraumer Zeit die Spurensicherung unterwegs ist. Da können Sie nicht einfach spaßeshalber ein bisschen herumspritzen!« Huppendorfer war außer sich und drauf und dran, den Feuerwehrleuten hinterherzurennen, die weiter fleißig den Schlauch ausrollten.

Aber Feuerwehrkommandant Pappel kannte keine Gnade. Schon wieder so ein Laie, der ihn über seine ureigensten Rechte und Pflichten als Feuerwehrmann aufklären wollte.

»Jetzt horch amal zu, du Polizist!«, giftelte er scharf. »Wann und wo die Feuerwehr einen Brandherd zu löschen hat, des entscheidet die Feuerwehr immer noch selbst, verstanden?«

Huppendorfer trat, von der Vehemenz der Ansage überrascht, einen Schritt zurück und forschte intensiv, jedoch nur innerlich in seinen gelernten Vorschriften und Regularien, ob dieses Brandmeisterchen damit recht hatte oder nicht.

Das war der Zeitpunkt, den Lagerfeld für richtig erachtete, um selbst Hand an die Angelegenheit zu legen. Er nahm den erregten Feuerwehrkommandanten am Ärmel und zog ihn halb mit Gewalt, halb mit dessen Zutun etwas zur Seite. Dort legte er ihm freundschaftlich die Hand auf die Schulter und erklärte in ebensolchem Ton: »Jetzt bass amal auf, Babbel. Des läufd etzerd folchendermaßen und ned annerschd: Endweder die berühmd-berüchdichde Eberner Feuerwehr is mid ihrm Gewärch innerhalb von aaner Vierdelschdund hier verschwunden, oder ich sorch dafür, dass euer schönnes neues Feuerwehraudo, das ihr ja widder mal nein Graben gekibbd habd, bis nach Mailand nunner in jeder Zeidung und auf jedem Fernsehsender erscheind, den du kennsd oder aach ned. Und als Zugabe, Babbel, jetzd bass fei auf: Als Zugabe wer ich dann höchsdbersönlich dafür sorchen, dass ihr alle, und zwar die kompledde Eberner Feuerwehr, diensdlich wie brivad, widder a Haßfurder Nummernschid ans Audo grichd, kabierd? Dann wirschd du erleben, Babbel, wie viel Leud blödzlich ihr Haus lieber abbrenna lassn, als sich von so aaner Diledandendrubben löschen zu lassen. Bloß amal so als indellegduelle Anrechung, denk einfach amal a weng drüber nach. Servus.«

Er klopfte dem verdatterten Feuerwehrkommandanten noch einmal nachdrücklich auf die Schulter, dann ging er in Richtung Hausruine davon, ohne sich weiter um die Umstehenden zu kümmern.

Pappel überlegte nur wenige Sekunden, dann hatte er die Konsequenz des eben Gehörten annähernd überrissen und eiligst in einen dringend zu gebenden Befehl übersetzt. »Einrollen«, gab er knapp, aber dafür lautstark die Parole an alle Feuerwehrleute aus.

»Ja, aber mir sollten doch a Übung —«, kam der Ansatz eines Widerspruchs von seinen verstört dreinschauenden Mannen.

»Einrollen, hab ich gsacht!«, brüllte Pappel, und damit war die Diskussion erledigt. Statt ent- wurde wieder eingerollt, und zwar zügig.

Huppendorfer kapierte nicht, was da eben geschehen war, aber er fand's gut und rannte Lagerfeld hinterher, der schon etliche Meter voraus war.

Die Eberner Feuerwehr machte sich vom Acker, und Jörg Hahnemann stand ganz plötzlich allein auf weiter Flur, was bei ihm ohne weitere Verzögerung Unbehagen auslöste, da Nichtbeachtetwerden, mal egal wie lange und warum, bei politischen Amtsträgern naturgemäß in Depressionen mündet. Er schaute nach rechts, nach links und sicherheitshalber auch nach hinten. Aber es war niemand mehr anwesend, der von wahltechnischer Relevanz gewesen wäre, also beschloss er, ebenfalls schleunigst seine Zelte abzubrechen. Er klappte den roten Regenschirm zusammen und fuhr mit seinem neuen »EBN«-Nummernschild vom Hof.

Huppendorfer holte den Kollegen Schmitt erst ein, als der bereits an den Mauerresten des Hauses angekommen war, wo sich ein untersetzter dunkelhaariger Mann angeregt mit dem Leiter der Spurensicherung unterhielt. Huppendorfer unterbrach die beiden kurzerhand in ihrer Unterredung und stellte Lagerfeld den Neuankömmling vor.

»Bernd, das ist Gottfried Schönfeld vom Bombenkommando in Nürnberg. Ich glaube, Herr Schönfeld hat ganz interessante Nachrichten.«

»Kriminalkommissar Schmitt«, sagte Lagerfeld und schüttelte dem Mann die Hand. »Dann schießen Sie mal los, Schönfeld, bin schon sehr gespannt, was Sie uns zu sagen haben. Vor allem bin ich gespannt, ob Sie herleiten können, warum dieses Haus nicht mehr da ist.«

Gottfried Schönfeld machte die Andeutung eines schiefen Lächelns, blieb allerdings ernst. Inzwischen hatte sich das gemäßigte Schneetreiben um sie herum in ein wildes Schneegestöber verwandelt, was für den Weihnachtsmarkt in Jesserndorf weiter oben sicher ein hochromantischer Aspekt, für die Ermittlungsarbeiten vor Ort allerdings extrem hinderlich war. Gott sei Dank strahlten die ehemaligen Brandherde im Inneren des Hauses noch so viel Restwärme ab, dass der Boden im Wesentlichen schneefrei geblieben war. Dieser Zustand würde aber nicht mehr allzu lange anhalten, sodass Schönfeld erklärungstechnisch lieber ein wenig aufs Tempo drückte, bevor durch den Schnee nichts mehr zu erkennen war.

»Also gut, dann kommen wir doch gleich zur Sache. Ich hatte ja schon ein wenig Zeit, mich mit der ganzen Sachlage hier zu befassen und ein paar grundsätzliche Fakten zu ermitteln. Wenn Sie mir bitte folgen möchten.« Ohne eine Antwort abzuwarten, schritt der Sprengstoffspezialist den Kommissaren und Heribert Ruckdeschl voraus in die ungefähre Mitte des Gebäudegrundrisses. Dort blieb er stehen und deutete zum Beginn seiner erklärungstechnischen Rundreise auf den Boden. »Also, meiner Meinung nach war ziemlich genau hier der Ursprung der Explosion. Alles deutet darauf hin, vor allem die Anordnung der verstreuten Trümmer. Die Explosionswirkung war immens, sodass wir von einer großen Menge des verwendeten Sprengstoffes ausgehen müssen.«

»Sprengstoff«, wiederholte Lagerfeld, der immer noch einen Rest Hoffnung mit sich herumtrug, das alles könnte sich irgendwie als Unfall im weitesten Sinne herausstellen. Schönfeld war jedoch auf dem besten Wege, diesen Hoffnungen rückstandsfrei den Garaus zu machen.

»Ja, natürlich Sprengstoff. Was ich an Spuren sammeln konnte, deutet auf ordinäres Schwarzpulver oder etwas sehr Ähnliches hin.«

»Schwarzpulver? Sind Sie sicher?«, bemerkte César Huppendorfer. »Ist das nicht ein wenig antiquiert?«

Gottfried Schönfeld setzte wieder sein angedeutetes Lächeln auf. »Ja, doch, ich bin mir sogar ziemlich sicher, dass die Schwarzpulver genommen haben, wahrscheinlich mit einer erheblichen Menge Benzin als Brandbeschleuniger. Nicht die modernste Art, Bomben zu bauen, da gebe ich Ihnen recht, Herr Huppendorfer, aber wie Sie sehen, extrem wirkungsvoll. Vor allem, wenn man das Sprengmittel strategisch günstig in der Mitte des Hauses, in diesem Fall in der Küche, platziert.«

»Halt, stopp, Moment«, unterbrach ihn Lagerfeld an der Stelle mit zweifelndem Gesichtsausdruck. »Wie kommen Sie denn darauf, dass die Sprengladung in der Küche gezündet wurde? Hier ist doch alles platt, ich habe schon Schwierigkeiten, aus den Trümmern herauszulesen, dass das einmal ein Haus gewesen sein soll.« Ihm war anzusehen, dass er den Bombenexperten ob seiner gewagten Behauptung vielleicht nicht gleich für übergeschnappt, mindestens jedoch für anmaßend und voreilig hielt.

Aber der war jetzt in seinem Betriebsmodus und konnte seine Behauptungen sehr wohl begründen. »Wie ich darauf komme? Ganz einfach, schauen Sie doch einmal hier.«

Er lief von der angenommenen Mitte des Hauses weg, bis er am östlichen Mauerrest des Hauses angelangt war. Dort ging er in die Hocke und deutete auf ein geradezu surrealistisch verbogenes Stück Blech, das von Ruckdeschl und den beiden Kommissaren nicht direkt zugeordnet werden konnte. Irgendetwas hatte dem Material übelst zugesetzt, sodass seine ursprüngliche Form und Zweckdienlichkeit nicht mehr erkennbar waren. Aber zum Glück war ja Gottfried Schönfeld hier, um sie alle zu erhellen. Er holte einen kleinen metallenen Stab aus seiner Jacke und stupste damit das Teil von der Seite her an, sodass es an der Stelle etwas vom Boden abrückte.

»Sie werden es vielleicht nicht sofort erkennen, aber für das geschulte Auge ist es eindeutig, dass wir es hier mit dem Fragment eines Kühlschrankes zu tun haben. Ich kann Ihnen sogar ziemlich genau sagen, was für einer«, meinte der Spezialist und hob das blecherne Teil mit dem Stab noch etwas höher.

Nun konnten alle, zwar mit etwas Mühe, aber immerhin, einen altertümlichen Schriftzug der renommierten deutschen Firma »Bosch« erkennen.

»Wie Sie sehen, meine Herren, ist der Hersteller des ehemaligen Haushaltsgerätes nunmehr geklärt, wenn Sie außerdem die noch vorhandenen Lackreste begutachten möchten ...« Er deutete mit seinem Stab auf einen etwa zehn mal zehn Zentimeter großen Bereich neben der silberfarbenen Firmenbezeichnung, der noch die ursprüngliche, in einem aus der Nachkriegszeit bekannten gelblich weißen Farbton glänzende Beschichtung aufwies.

Schönfeld ließ das das Metallstück zurück auf den Boden sinken und erklärte weiter: »Dieses Gerät war einmal ein Kühlschrank der Firma ›Bosch‹, irgendwann zwischen 1950 und 1965 gebaut, würde ich sagen. Das kann man sowohl am Schriftzug, am Zustand und an der Farbe des Lackes wie auch an den abgerundeten Ecken hier hinten erkennen.«

Wieder hob er das Blechteil ein wenig an, diesmal von der anderen Seite. »Und da sich Kühlschränke in der Regel in einer

Küche befinden, gehe ich bis auf Weiteres davon aus, dass auch dieses Exemplar bis zu seinem gewaltbehafteten Ableben in einer solchen gestanden hat.« Triumphierend schaute er Lagerfeld an, der allerdings nichts mehr sagte, sondern nur anerkennend nickte.

Zufrieden, alle mit seinen Schlussfolgerungen überzeugt zu haben, fuhr Schönfeld fort: »Am interessantesten ist nun aber das hier.« Er hob den Kühlschrankrest komplett hoch, drehte ihn auf die rückwärtige Seite und deutete auf die linke obere Ecke, woraufhin sich alle Anwesenden vorbeugten, um sie näher zu betrachten. »Sie können hier ein kleines Loch erkennen, in dem sich noch ein kurzer Rest eines Kabels befindet. Da haben wir jetzt Glück, das Kabel wurde durch die Explosion nämlich abgerissen; da sich das Metall um das Loch herum aber gequetscht hat, wurde der kurze Rest am Lochrand fixiert.«

Alle schauten sich voller Interesse die entsprechende Stelle an. Schönfeld hatte zwar recht, aber was daraus folgte, war keinem der Umstehenden so richtig klar und damit wiederum erklärungsbedürftig. Ein Umstand, dem Schönfeld sehr gern nachkam: »So, und der Clou an der ganzen Geschichte ist nun, dass dieses Kabel da definitiv nicht hingehört. Zwar muss ich noch genaue Nachforschungen über das Kühlschrankmodell anstellen, aber ich bin mir zu neunundneunzig Prozent sicher, dass weder das Loch noch das Kabel zeitlich zu diesem Kühlschrank passen. Das heißt, sowohl Kabel als auch Loch wurden dem Kühlschrank zu einem späteren Zeitpunkt hinzugefügt.«

Der Sprengstoffexperte erhob sich und steckte seinen Stab wieder weg, dann schloss er seinen Vortrag ab. »Also, wenn ich das jetzt einmal zusammenfassen darf: Ohne den Ergebnissen der Spurensicherung vorgreifen zu wollen, stellt sich für mich die Sachlage folgendermaßen dar.«

Alle stellten sofort ihre Ohren auf maximalen Empfang, denn das, was Schönfeld bisher vorgetragen hatte, war durch außerordentlichen Sachverstand gekennzeichnet. Der Mann wusste, wovon er sprach, also nahm man besser mal ernst, was er jetzt zum Abschluss noch zu sagen hatte.

»Meiner Meinung nach hat irgendjemand diesen alten Kühlschrank mit Schwarzpulver vollgestopft, von hinten ein Loch in die Rückwand gebohrt und das Ganze mit Hilfe eines eingebrachten Kabels elektrisch gezündet. Vermutlich wurde in der Nähe des Kühlschrankes noch eine erkleckliche Menge an Benzin deponiert, sodass wir als Ergebnis eine Zerstörungswirkung haben, die das hier vorgefundene Szenario produziert hat. Genaue Zahlen zur Menge der verwendeten Mittel kann ich Ihnen derzeit nicht präsentieren, das müsste ich noch ausrechnen, aber ich bin mir ziemlich sicher, dass es so oder so ähnlich abgelaufen ist.«

Das war's. Gottfried Schönfeld war am Ende. Ruckdeschl, Lagerfeld und Huppendorfer waren ob seiner Schlussfolgerungen schwer beeindruckt, allerdings auch ziemlich ernüchtert.

»Also kein Unfall«, stellte Lagerfeld sicherheitshalber noch einmal fest und fing sich mit dieser Bemerkung einen strafenden Blick von Ruckdeschl ein, denn der hatte das aufgrund der gefesselten Leiche ja schon vor Stunden deutlich gemacht.

Schönfeld war eher belustigt als überrascht. »Nein, Herr Kommissar, Unfall können Sie als Ursache des ganzen Desasters mit großer Gewissheit ausschließen. Hier hat sich jemand mit Hilfe eines Kühlschranks eine gewaltige Bombe gebaut und das Haus gezielt in die Luft gejagt.«

Schönfeld holte noch schnell einige Visitenkarten aus seiner schwarzen Lederjacke, die er an die Kollegen von der Polizei verteilte. »Meine Herren, wenn noch Fragen sind, dann bitte umgehend bei mir melden. Und wenn Sie mich jetzt entschuldigen möchten, gerade Bombenspezialisten haben ein Recht auf geruhsame Wochenenden.«

Er gab jedem die Hand und verschwand dann schnurstracks durch das Schneetreiben. Zurück ließ er zwei Kommissare und einen Spurensicherer, die erst noch verdauen mussten, was sie gerade gehört hatten.

»Schwarzpulver. Wer zum Geier stopft denn Schwarzpulver in einen Kühlschrank und sprengt ihn dann in die Luft? Das ist doch absolut irre«, meinte Lagerfeld und schüttelte fassungslos den Kopf.

»Was ist denn mit der Leiche, die ihr gefunden habt, seid ihr da schon weiter?«, wollte Huppendorfer von Ruckdeschl wissen, aber der stocherte mit seinen Ermittlungen noch im Nebel.

»Ganz ehrlich, das wird heute nichts mehr. Wir versuchen jetzt noch, trotz des Schnees, die übrigen abgerissenen Körperteile zu finden und zusammenzupuzzeln, damit Sachse das dann alles nach Erlangen zu Siebenstädter fährt. Vielleicht kann ja der was damit anfangen. Aber der wird vor morgen Mittag auch nichts haben, bis dahin könnt ihr jetzt eigentlich Feierabend machen.«

Huppendorfer zuckte mit den Schultern. »Gut, dann machen wir das doch, und morgen schauen wir weiter.«

Lagerfeld hatte auch nicht wirklich etwas dagegen und wollte sich schon umdrehen, als Ruckdeschl ihn am Arm packte und zur Seite zog.

»Noch was, Bernd, das wollte ich dir vorhin schon sagen. Sieh zu, dass du dir eine gescheite Kopfbedeckung besorgst. Der Fetzen auf deinem Haupt sieht nämlich so was von scheiße aus. Wollte ich nur mal loswerden.« Sprach's, ließ den genervten Lagerfeld einfach stehen und ging wieder zu seinem beleuchteten Tatort zurück.

★★★

Der Alkohol tat seine Wirkung, und Vickis Erregung verdampfte allmählich. Allerdings dürfte allen hier klar sein, dass sie diesen grauenhaften Dachboden niemals mehr betreten würde. Das »Dschungelcamp« war ja ein Dreck gegen das Spinnenbiotop dort oben.

Geli versuchte, das Thema in eine andere Richtung zu lenken, schließlich war das so eine Art Familientreffen. Sie begegnete dem Bruder von Felix ja auch zum ersten Mal. Eine gute Gelegenheit also, ihn ein wenig näher kennenzulernen.

»Sag mal, Benni, Felix hat mir erzählt, dass du in der Schule inzwischen richtig gut bist. Hast du Nachhilfe genommen, oder war da ein Anfall von Fleiß im Spiel?«

Sie fragte bewusst so direkt, das schien bei den beiden so üblich zu sein, Felix benahm sich ja genauso, wenn die Brüder zusammen waren. Die Stimmung hier war für sie zwar ungewohnt, aber nicht unangenehm. Benni und Felix versprühten so einen Optimismus. Bei den beiden war eine derartige Überzeugung im Spiel, das grenzte sogar schon an Selbstüberschätzung.

Der großspurige Benni hob in regelmäßigen Abständen die Welt aus den Angeln, und das Organisationstalent Felix fand stets einen Weg, ihn dabei zu unterstützen. Clever genug dazu war er, das hatte sie schon begriffen, und genau das faszinierte sie ja auch an ihm. Felix holte sie mit seiner unwiderstehlichen Art aus ihrer anerzogenen Ordnung. Das war zwar oft anstrengend, aber auch spannend. Und Spannung war in ihrem von Regeln beherrschten Leben elementar.

Benjamin war auch alles andere als von Regeln beherrscht, allerdings zwei Nummern zu durchgeknallt für ihren Geschmack. Kein Wunder, dass er sich sofort blendend mit ihrer Schwester verstand, die war ja im Prinzip genauso gestrickt.

Benjamin hatte auf ihre Frage hin in seinen Taschen gekramt und dann ein kleines, etwa sechs Zentimeter langes Blechröhrchen auf den Tisch gestellt. Jetzt sagte er grinsend: »Na ja, Geli, es stimmt sowohl als auch. Das hier ist meine Nachhilfe. Mit der krieg ich einen Fleißanfall nach dem anderen, und dann klappt's auch mit den Noten.«

Geli schaute ratlos auf die Ampulle, dann zu Felix, der nur in gespielter Verzweiflung die Augenbrauen hob, dann wieder zu Benjamin hinüber. »Was ist das?«, fragte sie und nahm das Röhrchen vom Tisch, woraufhin Felix die Erklärung für seinen Bruder übernahm.

»Das haben wir von unserem Opa geerbt, wir haben es auf dem Dachboden gefunden. Pervitin heißt das Zeug. Hat man anscheinend im Zweiten Weltkrieg verwendet, um die Soldaten zu dopen. Und mein Brüderchen ließ sich natürlich nicht davon abhalten, das Zeug gleich einzuschmeißen.«

»Na, mal halblang!«, protestierte Benni sofort. »Zuerst habe ich ganz ahnungslos diese Schokolade aus dem Krieg vernascht. Da war anscheinend auch was von dem Wunderzeug drin, aber lang nicht so viel. Geiler Stoff jedenfalls.«

Geli konnte es nicht glauben und schaute ihn fassungslos an. »Du hast Schokolade aus dem Zweiten Weltkrieg gegessen? Weißt du eigentlich, wie alt die schon ist? Großer Gott! Und man kann doch nicht solche alten Tabletten nehmen, vor allem nicht, wenn gar nicht klar ist, ob die noch gut sind.« Sie verzog angeekelt das Gesicht, während ihre Schwester fröhlich vor sich hin kicherte. Hilfesuchend schaute sie zu Felix, der aber nur mit den Schultern zuckte.

Mit Benni darüber zu diskutieren, was er durfte und was nicht, das hatte schon ihr Vater vor Längerem aufgegeben, aus anerkannter Sinnlosigkeit.

Geli stellte das Röhrchen wieder zurück auf den Tisch und schaute Benni mit strafendem Blick an, sagte bei dieser Phalanx aus brüderlicher Solidarität aber lieber erst einmal nichts mehr.

»Wer will jetzt 'nen Sekt?«, fragte Felix in die Runde, während er Vicki die Flasche abnahm und die Gläser vollschenkte. Jeder griff sich nun eins, selbst Vicki, die Sekt aus Gläsern allerdings ziemlich spießig fand.

Als sie ihres auf einen Zug geleert und auf den Tisch zurückgestellt hatte, wollte sie es dann doch genauer wissen. »Wenn ich das nehme, werden meine Noten also besser, sagst du?«, fragte sie Benjamin und nahm das Aluminiumröhrchen in die Hand, um ein wenig damit herumzuspielen.

»Nicht automatisch, Süße«, meinte Benni und dozierte wie ein Pharmaziereferent, der das neueste Mittel seines Konzerns verkaufen möchte. »Am Anfang wirst du hellwach und kannst plötzlich alles machen, was du willst. Doppelt so schnell und doppelt so lange. Schlafen kann man ja am Ende des Monats.« Er lachte und nahm ihr schnell das Röhrchen wieder ab, damit sie keinen Unsinn anstellte – zumindest keinen Unsinn ohne Gegenleistung. »Aber wenn du was davon haben willst, Süße, musst du dafür bezahlen, wie alle anderen auch. Zehn Euro, dann sind wir im Geschäft.« Mit gespielt strengem Gesichtsausdruck hielt er das Pervitin in die Höhe, sodass sie nicht mehr rankam.

»Du hast das Zeug verkauft? Davon wusste ich ja gar nichts«, meinte Felix irritiert, der nicht so recht wusste, ob er das gut finden sollte.

»Ja klar. Du kennst doch meinen Geschäftssinn, Bruderherz. Zehn Euro hab ich an der ›Blauen Schule‹ pro Pille gekriegt. Is doch ein geiler Schnitt. Hundertzwanzig Euro verdient und meinen Mitschülern damit auch noch was Gutes getan.«

»Hundertzwanzig Euro? Für ein paar alte Tabletten aus dem Krieg?« Geli glaubte sich in einem schlechten Film. Waren denn hier alle übergeschnappt? Man konnte doch nicht irgendwelche uralten Medikamente einschmeißen, ohne zu wissen, wofür die eigentlich mal gedacht waren.

»Geil, das find ich ja richtig spannend«, hielt Vicki dagegen. »Ich kauf dir ein paar von den Dingern ab, Benjamin, ginge das?« Sie schielte angriffslustig auf das Metallröhrchen, das Benjamin aber immer noch außerhalb ihrer Reichweite nach oben hielt.

»Kannst du dir das denn auch leisten?«, fragte Benni und grinste sie frech an.

»Na ja, ich bezahle eigentlich nur in Naturalien«, säuselte sie und schob ihren Kopf näher an seinen heran.

»Naturalien«, stellte Benjamin unsicher fest, denn er war sich nicht ganz sicher, ob sie damit meinte, was er dachte, dass sie damit meinte.

Doch genau das, was er sich dachte, war es, was sie als Tauschware anzubieten hatte.

»Naturalien«, bekräftigte sie noch einmal, dann pressten sich ihre Lippen auf die seinen.

Geli befand sich bereits wieder an dem Punkt, an dem sie sich für ihre Schwester zu genieren begann. Angenervt wandte sie den Blick ab und schaute hilfesuchend zu Felix hinüber. Irritierenderweise war der aber ganz in Gedanken versunken, schien über irgendetwas massiv zu grübeln. »Felix?«, fragte sie leise.

Felix schreckte hoch, sah die weinrebenartig ineinander Verschlungenen auf der anderen Tischseite und blickte zu seiner Freundin. Zehn Euro pro Tablette. Er wusste zwar nicht genau, wie viele von den Dingern noch da oben lagerten, aber um richtig Geld damit zu verdienen, dafür würde es mit Sicherheit nicht reichen. Was aber wäre, wenn man den Inhaltsstoff anderweitig beschaffen könnte? Wenn Benni es schaffte, das Zeug ohne irgendwelche Schwierigkeiten an seiner Schule loszuwerden, tat sich ihnen ja ein riesiger Markt auf. Er stellte hastig erste Überschlagsrechnungen an.

Geli erzählte er von diesen Plänen lieber nichts, das würde sie ganz bestimmt nicht gutheißen. Aber bedenkenswert war diese Idee allemal.

»Hättest du Lust, dir oben auf dem Dachboden ein wenig die Spinnen anzuschauen?«, fragte er, um irgendwie das Thema zu wechseln.

»Von mir aus, bloß weg hier«, bekam er zu seinem größten Erstaunen zu hören. Als sie aufstanden und die Küche verließen, griff er sich im Vorbeigehen noch schnell die Flasche mit dem restlichen Sekt. Benni und Vicki waren so in sich selbst versunken, dass sie davon überhaupt nichts mehr mitbekamen.

★★★

Haderlein betrat mit Riemenschneider die Wohnung, wo er von Manuela, die fast vor dem Fernseher eingeschlafen wäre, mit fragendem Blick empfangen wurde.
»Und?«, stellte sie die einfache, lapidare Frage.
»Und« hieß in diesem Fall, dass es ihr eigentlich völlig egal war, was Franz jetzt zu berichten hatte, er würde das Haus heute nicht mehr verlassen, und wenn sie sich dazu an ihn ketten müsste. Er sah aber ohnehin nicht so aus, als ob er heute noch zu irgendeiner Tätigkeit fähig wäre, und zwar völlig egal, zu was für einer.
Entsprechend winkte Haderlein ab und erklärte müde: »Manuela, das erzähle ich dir alles morgen beim Frühstück, heute wird mir das, glaube ich, einfach zu viel. Ich gebe Riemenschneider jetzt noch was zu fressen, das habe ich ihr versprochen, und dann wird Franz Haderlein in die Arme seines Frauchens sinken, okay?«
Manuela Rast lächelte milde. Ja, das war aus ihrer Sicht sehr okay. Haderlein ging daraufhin mit seinem Ferkel in die Küche, wo die Riemenschneiderin, als er den versprochenen Apfelkuchen auf einem Teller vor sie auf den Küchenboden stellte, aufgeregt hin und her hüpfte.
»Mahlzeit, du Heldin«, wünschte Haderlein und kraulte sie hinter den Ohren. Dann ging er aus der Küche hinaus und löschte überall das Licht. Riemenschneider würde ihr Nachtmahl halten und sich dann wie gewohnt auf ihre Schlafdecke im Wohnzimmer trollen. Er schaute mit Manuela noch kurz ihre Sendung zu Ende, dann verschwanden sie ins Schlafzimmer.

Irgendwann in der Nacht wachte Manuela auf, weil sie glaubte, etwas gehört zu haben. Ein Geräusch, das nicht ins Haus passte, zumindest nicht um diese Zeit. Es war jedenfalls nicht das Schnarchen ihres Kommissars, der war heute aufgrund seiner Müdigkeit ausnahmsweise einmal lautlos weggepennt. Nein, es war ein Geräusch aus dem Bereich der Eingangstür. Leise, schabend, merkwürdig. Eine leise Angst beschlich sie. Es würde doch nicht etwa jemand auf die Idee kommen, ausgerechnet bei einem Polizeikommissar einzubrechen?

Sie hörte noch einmal genau hin, vielleicht irrte sie sich ja, und es hatte nur mit dem Wetter zu tun und kam eigentlich von draußen.

Das Geräusch kam aber nicht von draußen, nein, da war etwas innen an der Tür, was diese Geräusche verursachte, sie war sich jetzt sicher. Leise verließ sie das Bett und schlich auf Zehenspitzen in Richtung Hausflur. Die merkwürdigen Geräusche intensivierten sich und wurden umso lauter, je näher sie der Eingangstür kam. Manuela fasste sich ein Herz und knipste mit einer entschlossenen Bewegung das Licht im Flur an. Alles war mit einem Mal hell erleuchtet.

Dort war aber kein Einbrecher zu sehen und auch kein sonstiger ungebetener Eindringling, der hier eigentlich nichts verloren hatte. Das Geräusch kam von einem kleinen, hyperaktiven Ferkel, das an der Eingangstür damit beschäftigt war, die Hausschuhe seines Herrchens in ihre Einzelteile zu zerlegen. Manuela Rast, zuerst verblüfft, dann verärgert, schaute auf die Uhr. Es war Viertel vor vier.

»Sag mal, Riemenschneider, hast du sie noch alle? Weißt du eigentlich, wie spät es ist? Und was fällt dir ein, die Hausschuhe von Franz zu vernichten?«, beschwerte sie sich, allerdings nur halblaut, damit Franz den ganzen Aufruhr nicht mitbekam. Was war denn in das kleine Schweinchen gefahren, um Himmels willen?

Andererseits war sie auch erleichtert, dass es kein Einbrecher gewesen war, den sie im Schlaf gehört hatte.

Während Manuela noch überlegte, ob das Ferkel durch die Explosion und die Geschehnisse drum herum vielleicht ein Trauma erlitten hatte, eilte Riemenschneider flugs zu dem Haken neben der Tür und zerrte ihre Leine von dort herunter. Und genau mit dieser Leine in ihrem rosa Maul stand sie nun vor ihr und schaute sie erwartungsvoll an.

»Ach nee, Riemenschneider, du willst jetzt Gassi gehen? Das darf doch nicht wahr sein«, stieß Manuela Rast leise und gepresst hervor. Sie war müde, und draußen schneite es. Es war nun wirklich kein Wetter zum Spazierengehen.

Aber wenn sie ehrlich war, hatte sie keine Chance, das Angebot zu diesem nächtlichen Ausflug in den Winter abzulehnen. Die Alternative wäre nämlich eine gelblich gewässerte Schlafdecke gewesen, die sie dann wieder entsorgen dürfte. Dann doch lieber einen kurzen Rundgang und danach hurtig und beruhigt wieder ins Bett. Wer sich mit einem Hausschweinchen einließ, hatte eben die Konsequenzen zu tragen.

»Aber nur kurz, du Nervensäge«, mahnte sie mit erhobenem Zeigefinger, dann nahm sie ihren Wintermantel von der Garderobe.

Endzeit

Der Weg war frei, allerdings gab es nun auch kein Zurück mehr. Er hatte zum ersten Mal in seinem Leben einen Mord begangen. Genau das, was er mit seinem Weggang aus Sizilien hatte verhindern wollen, war jetzt im schönen, gerechten und ordentlichen Deutschland eingetreten. Er war zum Mörder geworden. Und das nicht einmal, weil ihn irgendjemand dazu genötigt hatte, sondern aus freien Stücken, ganz überlegt.

Es war getan, der Rubikon war überschritten.

Das hieß aber auch, er hatte nur beschränkt Zeit, seine Pläne in die Tat umzusetzen. In den nächsten Tagen würde niemand nach Gschwander suchen oder ihn vermissen. Der Arsch hatte allein gelebt. Wer wollte mit so einem Mistkerl schon zusammen sein? Und die Gefangenen und Ex-Gefangenen, die er zu betreuen hatte, ließen sich bestimmt auch damit Zeit, ihn zu vermissen. Für ihn war das nur positiv, er konnte mit Gschwanders Clio durch die Weltgeschichte fahren, ohne dass es jemandem auffiele. Zwei Tage sollten aber reichen für das, was er vorhatte, dann musste er verschwinden und untertauchen.

Er musste mit Sizilien telefonieren und seine Rückkehr vorbereiten. Es sprach schließlich nichts dagegen, solange er sich an die Spielregeln hielt. Er hatte niemanden verraten, er hatte keinen betrogen. Er war einfach nur gegangen. Wenn er nun zurückkehrte, dann allerdings für immer. Die »Famiglia« unterstützte ihn sicher bei seinem Problem hier, aber danach wäre er gefangen im System der Mafia. Das war ihm vollkommen klar, und entsprechend würde er jetzt vorgehen. Er würde tun, was zu tun war, und dann diesem Land, das ihn so ungerecht behandelt hatte, den Rücken kehren.

Er nahm den alten Turnbeutel vom Beifahrersitz und platzierte ihn mit der Öffnung nach oben auf dem Lenkrad. Er löste den Knoten des Zugbandes, vergrößerte mit beiden Händen die Öffnung und holte den Inhalt heraus.

Alles sah noch genauso aus wie an dem Tag, als er den Beutel unter der Sandsteinplatte im »Spezi-Keller« versenkt hatte. Er wickelte den Trommelrevolver aus seinem öligen Baumwolltuch und legte ihn neben sich auf den Beifahrersitz. Dann zog er die Schachtel mit den Sechs-Millimeter-Patronen aus der Plastiktüte, in die er die Schachtel zusätzlich gesteckt hatte. Wenn Patronen etwas nicht vertrugen, dann war es Feuchtigkeit. Aber diese hier sahen aus wie neu, er würde also keine Probleme mit der Munition haben.

Er schaute noch einmal ringsum aus den Fenstern des dunkelroten Renault Clio, um sicherzugehen, dass er allein war, dann begann er, die Patronen in die Kammern des Trommelrevolvers einzuführen. Als wären sie gerade erst gekauft worden, glitten sie in die dafür vorgesehenen Öffnungen. Josef Romano drückte die Trommel der sechsschüssigen Waffe in die Ausgangsposition zurück, wo sie mit einem leisen Klick einrastete. Zur Kontrolle drehte er sie einige Male mit der Handinnenfläche leer durch, dann legte er den Revolver zufrieden zurück auf den Beifahrersitz. Die Patronen sperrte er ins Handschuhfach, Lappen, Tüte und Öltuch stopfte er in den Turnbeutel zurück, den er auf dem Rücksitz verstaute. Wieder schaute er nach draußen, über das verschneite, hell erleuchtete, nächtliche Bamberg.

Die Endphase hatte begonnen, er würde nun das Versprechen einlösen, das er sich selbst gegeben hatte. Jetzt brauchte er aber erst einmal irgendeinen abgelegenen Parkplatz, auf dem er in seinem Auto schlafen konnte.

Er startete den Renault.

★★★

Die Heimfahrt nach Loffeld kam selten so gelegen wie heute. Lagerfeld war platt. Was war denn das bitte für ein Arbeitstag gewesen? Nicht genug, dass er es mit Grundbuchämtern, Weihnachtsmärkten und frisch detonierten fränkischen Fachwerkhäusern zu tun hatte, nein, zu allem Überfluss musste er sich auch noch mit Extremwetterlagen wie Beinahe-Hochwasser, plötzlich einsetzendem Schneetreiben und jetzt auch noch Straßenglätte herumschlagen. Wenn er sich jemals einen Feierabend mit Schweinebraten, Klößen, Bier und einem gut befeuerten Kachelofen verdient hatte, dann heute.

Vielleicht ginge auch Wild, überlegte er sich versonnen, Reh, Wildschwein oder ein Hase. Egal, Hauptsache, das Essen war deftig genug, um den Stress dieses Tages verdauen zu können.

Der einzige kritische Punkt an dem ganzen Feierabendplan war die junge Mutter, die sich bestimmt wieder einmal über die Tücken seines Berufes ausließ, wo er doch heute Morgen noch Stein und Bein geschworen hatte, ausnahmsweise einmal pünktlich nach Hause zu kommen. Als er die Mühle heute früh verlassen hatte, hatte er von diesem turbulenten Tagesverlauf aber ja noch nichts ahnen können.

Eigentlich war er auf eine verstimmte, vielleicht sogar stark angesäuerte Lebensgefährtin eingerichtet, aber diese Befürchtungen schienen sich als völlig unbegründet zu erweisen. Im Gegenteil, Ute hatte ihm eben am Telefon versichert, alles sei halb so schlimm, er solle doch jetzt erst einmal zu seiner kleinen Familie heimkommen und den Feierabend genießen. Alles sei gut, sie habe sogar eine wunderbare Überraschung für ihn.

Mit großem Staunen, vor allem aber voll unerwarteter Vorfreude, fuhr er nun also gen Heimat durch den Schnee über die Autobahn in Richtung Lichtenfels, wenn auch nur mit Tempo dreißig. Irgendwann hatte Lagerfeld sich an das gemächliche Tempo gewöhnt und wusste es alsbald schon zu schätzen. Er konnte das Wetter eh nicht ändern, also war es doch am besten, einfach hinter dem riesenhaften Schneepflug herzufahren und innerlich ein wenig runterzukommen.

Das klappte so gut, dass er bald darauf in ausgesprochen weihnachtlicher Stimmung die Autobahn verließ und relativ entspannt vor der Loffelder Mühle aus dem Auto stieg. Bevor er zu seinen Liebsten in die Stube trat, rauchte er allerdings schnell noch genüsslich eine vor der Tür. Dann warf er die Zigarette zu den anderen verglühten Kameraden in die zum Aschenbecher umfunktionierte Fischdose auf dem Fensterbrett neben der Eingangstür. Mit einem Lächeln im Gesicht betrat er das Haus und freute sich auf einen richtig gutbürgerlich kitschigen Abend mit fettem Essen, Alkohol und Kindergeschrei im Kreise seiner Lieben.

Im Flur entledigte er sich endlich seines gelben Friesennerzes, über den er als optischen Höhepunkt seine von der Oma selbst gestrickte Mütze hängte. Als er dieses Gebilde betrachtete, musste er – mit etwas Abstand und inzwischen ruhigem Gemüt – zugeben, dass diese Kopfbedeckung ihre besten Zeiten wirklich hinter sich hatte. Das Teil sah aus wie ein zusammengeschusterter Putzlappen, dem man auf seine alten Tage eine Teilzeitanstellung auf seinem Kopf verschafft hatte. Bei der nächsten Gelegenheit würde er sich um eine neue Hülle für seine Ohren bemühen, da hatte seine kritische Umwelt schon recht.

Nachdem Lagerfeld diese für seine Verhältnisse epochale Entscheidung getroffen hatte, öffnete er die Tür zur Küche, in der Ute eifrig damit beschäftigt war, Töpfe und Pfannen auf dem Herd zu beackern. Sie war so versunken, dass sie seine Heimkunft gar nicht bemerkte.

Lagerfelds Tochter Lena hingegen lag in ihrer Wiege neben dem Esstisch und blickte mit großen Augen in die Weltgeschichte, die, was sie anbetraf, ja noch nicht sonderlich alt war, und ihm entgegen. Lagerfeld wurde jedes Mal warm ums Herz, wenn ihn die Frucht seiner Lenden so anschaute. Er beugte sich nach vorne und drückte seinem Töchterchen einen Kuss auf die Stirn, woraufhin die kleine Lena freudig zu strampeln begann und fröhlich juchzte.

Erst jetzt bemerkte Ute seine Anwesenheit, und ein warmes Lachen erstrahlte auf ihrem Gesicht. »Ja, da ist ja der beste Papa der Familie!«, rief sie und lief freudestrahlend auf ihn zu.

Sie umarmten sich, und Lagerfeld bekam, was in letzter Zeit gar nicht mehr so häufig der Fall war, einen leidenschaftlichen Kuss, der nach Knoblauch und irgendetwas anderem, Undefinierbarem schmeckte. Lagerfeld war so überrascht, dass er die Liebesbekundung einen Augenblick lang nur über sich ergehen ließ, bevor er sie sehr erfreut erwiderte.

»Du hast geraucht«, meinte Ute mit strafendem Blick, als sie irgendwann von ihm abließ und sich eilig wieder ihrem Herd zuwandte.

Mit einem leisen »Plopp« zerplatzte der schöne Schein der absoluten Harmonie direkt vor Lagerfelds Augen, und er ging sicherheitshalber mal in den Beziehungsschützengraben.

»Ja, in der Tat, der Bernd hat wieder geraucht. Allerdings nur eine und noch dazu draußen, obwohl es schneit und ziemlich kalt ist. Ganz wie in den Grundsatzvereinbarungen unserer Beziehung niedergeschrieben, mein Schatz«, deklamierte er und setzte sich, ohne eine weitere Antwort abzuwarten. Warum auch, zu dem Thema war jetzt alles gesagt, wenigstens von seiner Seite aus.

Ute schien denn auch bereits alles wieder vergessen zu haben und kümmerte sich mit großer Inbrunst um ihr Gekochtes.

»Was ist denn jetzt die große Überraschung, die du am Telefon erwähnt hast?«, fragte Lagerfeld vorsichtig. Nicht dass er wieder planlos daherredete und in seiner kindlichen Naivität in den nächstbesten Fettnapf latschte. Aber Ute hatte auf diese Frage nur gewartet.

»Trara!«, rief sie, drehte sich freudestrahlend um, und Lagerfeld sah ein silberfarbenes Tablett in ihren Händen, auf dem ein Braten ruhte. Sie stellte es auf den Tisch und hüpfte sofort aufgeregt zum Herd zurück, um als Nächstes eine geblümte Keramikschüssel zu holen, in der tatsächlich perfekt geformte Kartoffelklöße ruhten.

»Ich werd verrückd, du kannsd dadsächlich Braden machen? Wo hasde denn des gelernd?«, fragte Lagerfeld die sichtlich stolze Köchin, die zu guter Letzt noch eine dunkle Soße und Blaukraut auf den Tisch stellte.

»Ja, da schaust du, was?« Ute von Heesen setzte sich und strahlte ihren Bernd an. Als sie nun auch noch für jeden ein Bier öffnete und sie miteinander anstießen, war für Lagerfeld der Abend perfekt. Er war am Gipfel der Glückseligkeit angelangt. Lena schien das in ihrer Wiege zu spüren, denn sie strampelte wie eine Wilde und gab sehr zufriedene Laute von sich.

Im Zuge seines gefühlten Gipfelaufenthaltes schnitt Ute eine Scheibe des Bratens ab und legte sie ihm auf den Teller. Zusammen mit den Klößen, der Soße und einer Portion Blaukraut ergab das auf Lagerfelds Teller eine Kreation von geradezu epischen Ausmaßen, zumindest aus seiner bescheidenen kulinarischen Weltsicht heraus betrachtet. Er setzte sich so bequem wie möglich zurecht und nahm Messer und Gabel in die Hand.

Nun, wie das mit Gipfeln halt so ist: Es geht von ihnen in jegliche Richtung nur bergab. Und je höher der Gipfel, umso steiler. Der Weg nach unten begann für den jungen Familienvater mit dem Moment, in dem er in das erste Stück Braten biss. Er hatte sich schon gewundert, dass das tote Schwein, Reh, Rind oder was auch immer es war, mehr wie ein Leberkäse aussah. Aber bitte, auch das hätte er selbstverständlich akzeptiert. Diese

Aromen – beziehungsweise das fundamentale Fehlen derselben – irritierten seinen eigentlich relativ anspruchslosen Geschmackssinn jedoch erheblich. Mühsam versuchte er durch gründliches Kauen herauszufinden, welches seltsame Tier hier den Weg auf seinen Teller gefunden hatte. Aber beim besten Willen, er kam nicht drauf. Dieser Leberkäse oder was auch immer da vor ihm lag, hatte zwar einigermaßen die Konsistenz eines solchen, allerdings ging der Geschmack seltsame, nie gekannte Wege.

Ute schaute ihn erwartungsvoll an, ganz eindeutig einer positiven Antwort harrend. Ihr Lebensgefährte versuchte sich in einem Ansatz von begeistertem Lächeln, griff aber dann doch lieber zum Bier, um alles, was sich in seiner Mundhöhle befand, hinunterzuspülen.

»Und?«, kam nun die von Ute mühsam zurückgehaltene Frage, woraufhin Lagerfeld, etwas zu schnell im Timing, heftig nickte.

»Ja, doch, ganz toll. A weng ungewöhnlich im Abgang, aber echt gut«, log er in der Not.

»Ha, hab ich's doch gewusst!«, rief Ute von Heesen laut aus, und auch Klein Lena begann wieder mit der fröhlichen Strampelei.

Lagerfeld beschloss, diese einmalige Stimmung jetzt, so kurz vor Weihnachten, nicht mutwillig zerstören zu wollen, und dieses tote Tier, koste es, was es wolle, in seine Verdauungsorgane zu befördern. Aber nichtsdestotrotz wollte er doch wissen, was genau er da inhalierte, das musste zumindest sein.

Er schnitt sich ein eher kleines Stück vom Leberkäse ab und nahm dafür mehr vom Kloß und vor allem von der Soße. Die war zwar auch keine geschmackliche Offenbarung, aber sie hatte wenigstens ein bisschen Salz und Pfeffer intus, was man von dem sogenannten Braten nicht unbedingt behaupten konnte. Er schob sich die Gabel in den Mund und begann wieder damit, mimisch kulinarische Höhepunkte vorzutäuschen. Dann stellte er die alles entscheidende Frage.

»Du sach amal, Ude, was issn des jetzt eichentlich für a Viech? Ich komm fei ehrlich ned drauf«, formulierte er und schaute sie so unschuldig wie möglich an.

Ute für ihren Teil war auch gern bereit, das Geheimnis zu lüften. »Das ist kein Tier, das du kennst, Bernd, das ist Tofu«, verkündete sie stolz die Sensation, die bei ihrem Bernd mangels Fachkenntnis aber geradewegs im Nirgendwo verpuffte.

Er überlegte ein paar Sekunden angestrengt, dann schüttelte er den Kopf. Tofu, wo sollte denn das Tier leben?

»Kenn ich ned, noch nie ghört. Also, was Heimisches is des jedenfalls ned. Aber ich hab mir scho gedacht, dass des a imbordierdes Viech is. Wahrscheinlich aus Australien oder Neuseeland, oder?« Er schob sich höflich die nächste Portion in den Mund.

Utes Gesichtsausdruck verlor merklich an euphorischem Glanz, und sie erwiderte wesentlich nüchterner: »Bernd, Tofu ist kein Tier, sondern eine Methode, um aus Sojabohnen fleischlose Fleischgerichte herzustellen. Und es freut mich ganz ehrlich, Bernd, dass es dir schmeckt. Das wird es jetzt nämlich öfter bei uns geben. Ich habe beschlossen, dass wir unserem Kind zuliebe in Zukunft auf eine vegetarische Ernährung umsteigen werden.«

Lagerfeld hatte das Kauen eingestellt und versuchte krampfhaft, die Informationen kognitiv zu verarbeiten. Der Vorgang zog sich etwas hin, sodass er seine Freundin nur bewegungslos ansehen konnte, während die Talfahrt vom Gipfel an Geschwindigkeit zunahm.

Dies wiederum motivierte Ute von Heesen, die unangenehme Stille zu überbrücken und die Karten vollends auf den Tisch zu legen. Sie spürte zwar, dass irgendetwas nicht stimmte, aber sie war schließlich für dieses Kind verantwortlich und damit auch für dessen korrekte Ernährung beziehungsweise die der Familie.

Sie räusperte sich kurz, dann spielte sie ihr Blatt aus. »Und das ist nur der erste Schritt, Bernd. Im weiteren Verlauf der Erziehung unserer Tochter halte ich es für erstrebenswert, auf tierische Produkte wie Fleisch, Eier, Milch oder Honig ganz zu verzichten und uns irgendwann komplett vegan zu ernähren. Nach allem, was ich in diversen Zeitschriften und Büchern gelesen habe, ist das die Zukunft der Menschheit, und Lena soll an dieser Zukunft frühzeitig partizipieren können. Also keine Koteletts mehr, keine halben Hähnchen oder Schäuferla, verstanden?« Sie verschränkte geradezu trotzig die Arme vor der Brust und funkelte ihren Lebensgefährten herausfordernd an.

Der begann nun langsam zu begreifen, was seine Ute ihm sagen wollte – was aber umgehend dazu führte, dass seine Emotionen zu den Waffen griffen. Solch überstürzte Mobilmachungen führten ja selbst auf Länderebene zu koordinativen Problemen und so auch jetzt bei Bernd Schmitt, dem besten Vater dieser Familie.

Anstatt erst einmal alles hinunterzuschlucken, das Besteck auf die Seite zu legen und Ute zu fragen, ob man das nicht besser in aller Ruhe in einem entspannten abendlichen Gespräch und mit einem Glas Wein vor dem lodernden Kachelofen klären sollte, und vor allem ohne deeskalierend wirkende Maßnahmen in Betracht zu ziehen, atmete Lagerfeld einfach erschrocken ein.

Alles, was sich in seinem Mundraum befand, nahm daraufhin die falsche Abzweigung und machte sich in Windeseile auf den Weg nach unten in Richtung Lungenbläschen. Seine Luftröhre bemerkte natürlich sofort, dass da etwas fundamental verkehrt war, und wehrte sich vehement gegen den vegetarischen Eindringling.

Lagerfeld bekam als Ergebnis den massivsten Hustenanfall seines Lebens, was am langen Ende dazu führte, dass die zerkleinerten Reste des Tofuschweins quer durch die Küche gehustet wurden und neben anderem auch die vegetarische Köchin, vor allem aber die Wiege des kindlichen Nachwuchses als Ziel fanden.

Lena fand die kleinen Gaben, die da zu ihr hereingeflogen kamen, richtig klasse und freute sich über alles, was noch kommen sollte. Ihre Mama war da wesentlich ungnädiger, verfiel sofort in ein angeekeltes »Iiiih!« und sprang kreischend von ihrem Stuhl auf. Dies wiederum kam Lena spanisch vor, und sie stimmte sicherheitshalber in das Gekreische ihrer Mama mit ein.

»Du hast doch an dodalen Schuss«, brachte Lagerfeld noch heraus, bevor er kurze Zeit später reflexartig dem ersten fliegenden Teller ausweichen musste, was sein an und für sich ausgeglichenes Gemüt langsam, aber sicher in Rage brachte und es zu einer sehr unüberlegten Äußerung verleitete: »Man hat mich gewarnt!«, rief er aufgebracht in Richtung der wütenden Ute. »Am Anfang seid ihr Frauen, später nur noch Mütter. Und genau so isses!«

Dies war der Moment, in dem die Stimmung ihren langen Fall vom harmonischen Familiengipfel beendete und mit einem lauten Klatschen auf dem Küchenboden aufschlug.

The Day After

Als César Huppendorfer erwachte, fiel ihm als Allererstes sein blinkendes Handy auf. Irgendjemand hatte versucht, ihn zu erreichen, und eine Nachricht hinterlassen. Noch leicht benommen schaute er auf seine Armbanduhr aus Titan, die ihm rigoros mitteilte, dass es erst sechs Uhr fünfzehn war. Wer zum Teufel rief ihn denn so früh am Samstagmorgen an?

Nach kurzem Überlegen beschloss Huppendorfer, zuerst einmal die Morgentoilette zu erledigen. Wenn der Körper gewaschen und geputzt war, ließen sich solche Fragen viel leichter beantworten und die Antwort womöglich besser ertragen. Er schob seine schwarze Satinbettwäsche zur Seite und ging ins Badezimmer.

Huppendorfer legte naturgemäß sehr viel Wert auf Stil und Ästhetik in seinem Leben. Das betraf zuallererst ihn selbst, insbesondere aber auch das Ambiente, in dem er zu leben sich herabließ. Vor Kurzem hatte er endlich genau das gefunden, was er gesucht hatte. Eine Dachterrassenwohnung am Berg in der St.-Getreu-Straße, direkt oberhalb der »Villa Remeis«. Achtzig Quadratmeter Wohnfläche im ersten Stock, mit einer gigantischen Aussicht auf das zu seinen Füßen liegende Weltkulturerbe. Begünstigt wurde diese formidable Aussicht nicht nur durch die Lage des Hauses, sondern auch die vollverglaste Front des Wohnzimmers, das Huppendorfer mitsamt seinem luxuriösen Stil das Gefühl vermittelte, über dem normalen Lumpenpack zu wohnen.

Die Räume waren kühl und stylish in offen zur Schau getragenem Minimalismus kreiert worden, genau das, was César sich vorgestellt hatte. In seinem Wohnzimmer wurden schließlich edle Weine geöffnet und keine Bierfässer, weshalb in diesen Wänden auch noch keine Einweihungsfeier mit seinen Kollegen stattgefunden hatte. Allein der Gedanke, Lagerfeld würde mit seinen Cowboystiefeln über seine Granitfliesen trampeln, löste bei ihm schon eine Gänsehaut aus.

Als César Huppendorfer aus seinem Bad mit den grau gefliesten Wänden zurückkehrte, fasste er sich ein Herz, griff nach dem Handy, das über Nacht in seiner Designerladeschale geruht hatte, und schaute nach, was denn wer von ihm wollte. Er erstarrte, als er die Nummer auf dem Display erkannte. Jeder Kriminalbeamte im Umkreis von Hunderten von Kilometern fürchtete den Moment, da diese Nummer auf seinem Telefon auftauchte. Es war der Anschluss der Rechtsmedizin in Erlangen. Also hatte Siebenstädter versucht, ihn zu erreichen, was wiederum nur eines heißen konnte: dass er weder Franz noch Bernd an den Haken bekommen hatte. Er, Huppendorfer, war nämlich nur Platz drei in Siebenstädters Datenbank.

So eine verdammte Scheiße.

Huppendorfer griff sich hektisch die Sachen, die er bereits gestern den ganzen Tag angehabt hatte, was sonst gar nicht seine Art war, und versuchte, sich auf einem Bein quer durchs Wohnzimmer hüpfend anzukleiden. Wo waren denn die anderen, wieso waren die noch nicht wach?

Als er alles angelegt hatte, was anzulegen war, setzte er sich auf sein schwarzes Ledersofa und schaute verzweifelt aus seinem Panoramafenster nach draußen. Es schneite tatsächlich immer noch. Erst tagelang Regen und nun der Schnee, der nahtlos in eine Art fränkischen Blizzard überzugehen schien. Na toll, das konnte ja was werden. Hoch oben über der Stadt zu wohnen hatte ganz eindeutig seinen Reiz, nicht jedoch, wenn man bei Straßenglätte nach unten musste.

Kurz entschlossen nahm er das Handy und wählte die Nummern seiner Kollegen. Er hatte überhaupt keine Lust, sich den Tag von einem Besuch bei diesem miesepetrigen Rechtsmediziner verderben zu lassen.

Aber es ging tatsächlich keiner ran. Weder bei Franz noch bei Bernd. Wahrscheinlich waren die beiden vom gestrigen Tag so erschossen, dass sie noch in der Heia lagen und pennten. Auch Honeypenny hatte keine Ahnung, wo die beiden steckten, und Fidibus brauchte er gar nicht erst zu fragen. Frustriert schaute er noch einmal aus dem Fenster, dann wählte er schweren Herzens die Nummer der Erlanger Rechtsmedizin.

»Siebenstädter«, hörte er die grimmige Stimme des Professors sagen, und sogleich sackte seine Stimmung in den Minusbereich.

»Ja, guten Morgen, Herr Professor, Huppendorfer hier, Kriminalpolizei Bamberg. Sie, äh, hatten bei mir angerufen?« Er sagte das so zuckersüß wie möglich, obwohl er natürlich wusste, dass beim Professor jeglicher Versuch, eine angenehme Konversationsstimmung zu erzeugen, zum Scheitern verurteilt war.

»Ah ja, César Huppendorfer, der Unterste in der Hackordnung der Bamberger Kriminalpolizei«, ätzte Siebenstädter sogleich.

Sicher war der Herr Rechtsmediziner verstimmt, weil er nicht sofort und gleich einen Ansprechpartner an die Strippe bekommen hatte. Obwohl Siebenstädter für seine eklatanten Missstimmungen erfahrungsgemäß gar keinen Grund brauchte.

»Na schön, Herr Kommissar, erfreulich, dass es um diese Uhrzeit tatsächlich Polizeibeamte gibt, die nicht mehr im Wachkoma liegen, sondern ihrer zugedachten Profession nachgehen. Schön. Was kann ich denn für Sie tun, Herr Huppendorfer?«

César war verwirrt. Hatte er irgendetwas nicht mitbekommen? »Entschuldigung, Herr Professor, Sie haben doch *mich* angerufen. Ich nahm an, Sie wollten etwas von mir, also uns, also, eigentlich …«, stotterte er, weil er gar nicht mehr wusste, was hier eigentlich los war.

»Nein, will ich nicht«, lautete die bissige Antwort seines Gesprächspartners. »Ich will, dass Sie mir sagen, was Sie von mir wollen. Und wenn Sie das nicht können, Herr Kommissar, dann werde ich es Ihnen eben sagen.«

Es entstand eine kurze, spannungsgeladene Pause, die der verwirrte César Huppendorfer dazu nutzte, sich lieber nicht zu äußern.

Dafür machte Siebenstädter bereitwillig weiter: »Sie wollen, Herr Kommissar, dass ich Ihnen sage, was es mit den Leichen auf sich hat, die Sie mir freundlicherweise so kurz vor dem Wochenende vorbeibringen ließen, nicht wahr? Um genau zu sein, möchte die Bamberger Polizei von mir wissen, ob mit jenen Körpern irgendein Schindluder getrieben wurde, sodass diese armseligen Organismen ihren Zweck in unserem Diesseits erfüllen können, oder liege ich da völlig falsch, Herr Kommissar?«, fauchte er.

Huppendorfer blieb dabei, er sagte einfach mal nichts, Siebenstädter würde ihm sowieso alles im Mund rumdrehen.

»Sind Sie noch da?«, rief Siebenstädter ins Telefon, als er nichts mehr hörte. Die Frage war berechtigt. Es wäre nicht das erste Mal gewesen, dass sich Telefonpartner von ihm einfach verdrückten.

»Ja doch«, meldete sich Huppendorfer zaghaft, bevor ihn eine Anwandlung von Durchsetzungsvermögen überkam. »Sagen Sie mal, Herr Professor, nachdem ich nun weiß, was ich will, was soll ich denn Ihrer Meinung nach tun?«, fragte er frech. Vielleicht ergab ja Minus mal Minus auch in diesem Fall ein Plus.

Es entstand eine kurze Pause am Erlanger Standort, dann folgte die Schlussoffensive: »Was Sie machen sollen? Sie setzen jetzt gefälligst Ihren gepflegten Designerarsch in Bewegung, Huppendorfer, und machen, dass Sie herkommen. Was haben Sie denn gedacht? Dass ich Ihnen die Innereien der Abgelegten persönlich vorbeibringe und erkläre? Sie haben dreißig Minuten, Huppendorfer, dann sperre ich zu!«

Wumms, das war's. Professor Siebenstädter hatte aufgelegt, und Huppendorfer schaute panisch auf seine Uhr. In dreißig Minuten? Nach Erlangen? Bei dem Wetter? Ohne groß nachzudenken, rupfte er seinen Wintermantel vom Haken und rannte nach draußen zu seinem Wagen.

★★★

Honeypenny hatte nach ihrem Gespräch mit César gerade aufgelegt, als Franz Haderlein die Tür zur Dienststelle öffnete. Sie schaute mit leicht strafendem Blick zuerst auf ihre Armbanduhr, dann zu ihrem langjährigen Kriminalhauptkommissar. In all den Jahren, die sie hier arbeitete, war Franz Haderlein noch nie so spät zum Dienst erschienen.

Aus ihrem vorwurfsvollen Blick wurde allerdings sogleich ein mitfühlender, denn ihr Kommissar schaute ausgesprochen schuldbewusst. Seine halbstündige Verspätung schien ihm selbst sichtlich unangenehm zu sein. Er murmelte ein halblautes »Hallo«, dann eilte er zu seinem Schreibtisch, wo er sich sofort niederließ, ohne sich weiter um Honeypennys Blicke zu kümmern.

Marina Hoffmann stand wortlos auf, ging zur Kaffeemaschine und begab sich mit einer Tasse von dem Muntermacher zu Haderleins Arbeitsplatz. Mit einem äußerst zuvorkommenden »Wo ist denn eigentlich die Riemenschneiderin?«, stellte sie ihm den Kaffee vor die Nase, was Haderlein mit großer Dankbarkeit zur Kenntnis nahm.

»Riemenschneider schläft«, erklärte er knapp, während er nach der Kaffeetasse fingerte. »Also, genauer gesagt ist sie erst vor circa einer halben Stunde eingeschlafen, wenn ich ehrlich bin. Sie war nicht nur die ganze Nacht wach, sie hat mich und Manuela auch die ganze Zeit genervt. Dauernd wollte sie spielen, ist durch die Wohnung gerannt, sogar meine Hausschuhe hat sie in ihre Einzelteile zerlegt. Keine Ahnung, was in sie gefahren ist, aber vermutlich war der gestrige Tag ein bisschen viel für sie.«

Haderlein hatte sich für seine Verhältnisse eines richtigen Redeschwalls bedient und war nun bereit für den heißen Kaffee, den er vorsichtig an seine Lippen führte. Dann fiel ihm allerdings wieder die abendliche Verhaftungsaktion im Grundbuchamt ein, und er setzte die Tasse wieder ab.

»Marina, was ist denn mit dem Chef? Hat er diesen Beamten gestern noch reibungslos untergebracht?«

Honeypenny nickte und meinte schmunzelnd: »Ja, allerdings, den hättest du mal sehen sollen, wie er mit dem Götz geredet hat. Regelrecht belehrt hat er ihn, vor allem über seine Rechte. Das war ein regelrechter juristischer Vortrag. Wenn Wagenbrenner nicht irgendwann den Finger gehoben hätte, weil er allmählich nach Hause wollte, säße der Chef wahrscheinlich immer noch hier.«

»Ja und? Wo ist er jetzt?«, fragte Haderlein und schaute nach hinten über seine Schulter, aber das Büro von Fidibus war leer.

»Na, der ist unten und verhört diesen Götz, wusstest du das nicht?«

Haderlein fiel fast die Tasse aus der Hand. »Wie bitte, er macht was? Wo ist er?«, rutschte es ihm unfreiwillig heraus. Natürlich war Robert Suckfüll sein Chef, aber an dessen Begabungen, was Verhöre anbetraf, hatte er doch seine Zweifel.

Honeypenny schien diese Bedenken jedoch nicht im selben Maße zu teilen. »Na, im Verhörraum mit Götz. Der Anwalt ist auch schon da. Stimmt was nicht?«, ergänzte sie verwundert, als Haderlein aufsprang und zur Tür eilte.

»Doch, doch, doch, alles okay, Honeypenny. Ich geh nur

schnell nach unten und helf ihm ein wenig dabei«, rief er und war eine Sekunde später verschwunden.

Honeypenny blieb nicht einmal die Zeit, zu fragen, was denn jetzt mit dem Kaffee werden sollte. Nun gut, so, wie sie die Sache sah, konnte sie den jetzt genauso gut selbst trinken.

Leicht verärgert ging sie zu ihrem Platz zurück und fragte sich, was denn plötzlich von einem Tag auf den anderen in alle gefahren war? Sogar Riemenschneider hatte sich von der ganzen Hektik anstecken lassen, wie es schien. Fehlte nur noch, dass Bernd zur Tür hereinkam und sich ebenfalls seltsam benahm.

Seufzend führte sie den inzwischen gut abgekühlten Kaffee an ihre Lippen, als die Tür zum Büro ein weiteres Mal geöffnet wurde und Lagerfeld den Raum betrat. Ihn als etwas mitgenommen zu bezeichnen wäre noch reichlich untertrieben gewesen. Honeypenny kam es vor, als hätte der Gute die Nacht durchgesoffen und sich danach noch 'ne kleine Schlägerei eingefangen. Seine Klamotten waren völlig zerknautscht, und auf seiner Stirn prangte rechts oben eine saubere Beule.

»Was ist dir denn passiert, um Himmels willen!«, rief Honeypenny erschrocken und bot dem armen Kerl zuerst einmal einen Stuhl und dann ihren lauwarmen Kaffee an, was Lagerfeld beides dankend annahm.

»Hab unten in 'ner Zelle geschlafen«, meinte er mürrisch und nuckelte an seinem Kaffee.

Marina Hoffmann war baff. »Du hast was? In 'ner Zelle geschlafen? Ja, warum das denn? Hat dich jemand verhaftet, oder was ist dir passiert? Und wo hast du das da überhaupt her?« Besorgt versuchte sie, die Beule an Lagerfelds Stirn zu betasten, was dieser aber mit einer schnellen Handbewegung zu verhindern wusste. Da draufzudrücken war grad keine gute Idee.

»Ich hab mich quasi selbst verhaftet, Honeypenny, und der Höcker da stammt von Roswitha von Heesens ehemaliger Suppenschüssel.« Mehr war Lagerfeld gerade nicht bereit preiszugeben, stattdessen schlürfte er immer intensiver an seinem Kaffee.

Honeypenny versuchte krampfhaft, eins und eins zusammenzuzählen, was aber nicht so einfach war. Roswitha von Heesen war Utes aus Hamburg stammende Mutter und die Suppenschüssel bestimmt das teure Erbstück aus Porzellan, auf das sie immer so stolz gewesen war. Wieso machte diese Suppenschüssel Beulen an Bernds Kopf, und wieso ehemalig? Fragend schaute sie Lagerfeld an, der schaute seinerseits bedeutungsvoll zurück, bis bei Honeypenny irgendwann die Lampe der Erkenntnis aufleuchtete.

»Nein«, rief sie erschrocken und hielt sich die Hand vor den Mund.

»Doch«, gab Lagerfeld zurück und zog ein Gesicht wie tausend Regenwolken. Er trank die Tasse auf einen Zug leer, lehnte sich zurück und erzählte Honeypenny die ganze Geschichte, die mit einem Schlafplatz in einer Polizeizelle endete. »Und alles nur, weil sich unsere Familie jetzt plötzlich vegan ernähren soll«, schloss er unzufrieden und begleitet von einer dramatischen Geste, die wohl eine Art hoffnungslose Verzweiflung ausdrücken sollte.

»Nein«, rief Honeypenny noch einmal ungläubig, was Lagerfeld mit einem heftigen Kopfnicken und einem erneuten »Doch« quittierte.

Honeypenny wollte gerade etwas aus ihrer Sicht dazu sagen, als die Tür wieder einmal aufgestoßen wurde und drei Männer die Dienststelle betraten. Diesmal waren es Haderlein, Fidibus und der stadtbekannte Strafverteidiger Reinhard Schmied.

»Mein Mandant hat das Recht zu schweigen, das ist nun mal so!«, meinte Letzterer spitz, während sich Haderlein ganz offensichtlich nur mühsam zurückhalten konnte, dem Anwalt seine sehr persönliche Meinung zu geigen. »Und wenn Sie keine weiteren Verdachtsmomente vorweisen können als einen leer geräumten Schreibtisch, meine Herren, möchte ich Sie höflichst bitten, Herrn Götz umgehend freizulassen.«

Mit freundlichem, aber sehr bestimmtem Gesichtsausdruck schaute Schmied zu Robert Suckfüll, der auffällig zurückhaltend neben den beiden stand. Und Fidibus musste leider zugeben, dass der Anwalt recht hatte. Natürlich war das Verhalten von diesem Götz sehr verdächtig, aber irgendwann mussten sie ihren Verdacht auch erhärten, und danach sah es momentan überhaupt nicht aus. Dabei war er sicher, Gregor Götz hatte irgendeinen Dreck am Stecken, aber welchen?

»Nun gut, Herr Schmied, so von Jurist zu Jurist muss ich leider zugeben, dass ich keine Gründe erkennen kann, Herrn Götz weiter hierzubehalten. Mein lieber Franz, geh doch bitte mit Herrn Schmied nach unten und entlass Herrn Götz aus unserer Gefangenschaft, ja?« Er wedelte bekräftigend mit seiner Hand, woraufhin sich Franz Haderlein mit finsterem Gesicht und einem zufriedenen Anwalt im Schlepptau in Richtung Arrestzelle auf den Weg machte.

Fidibus machte einen Schwenk um neunzig Grad und wollte schon in sein gläsernes Büro eilen, als er aus dem Augenwinkel seinen Untergebenen Bernd Schmitt mit Marina Hoffmann zusammensitzen sah. Allerdings erkannte er ihn nicht gleich, sein Kommissar sah eher aus wie die Klientel, die er früher im Rotlichtmilieu zu verhaften pflegte. Völlig verrutschte Kleidung, eine Beule prangte auf seiner Stirn, und in den Augen loderte die blanke Hoffnungslosigkeit.

»Ja also, Herr Schmitt, was ist Ihnen denn widerfahren?«, fragte er besorgt und betrachtete Lagerfeld noch einmal gründlich von oben bis unten. »Sie schauen ja nicht so aus, als wären Sie gerade vom Glück gesegnet.« Der Versuch emphathischer Konversation wollte aber nicht so recht wirken.

Lagerfelds Blick wurde noch etwas düsterer, und Honeypenny belegte ihren Chef mit dem gleichen strafenden Blick, mit dem sie Haderlein empfangen hatte. »Chef, Bernd hat eine fürchterliche Nacht hinter sich und ist, glaube ich, gerade nicht zu fröhlichen Gesprächen aufgelegt. Aber das wird schon wieder, Chef, seien Sie dessen versichert. Wenn Sie zu Hause Ärger haben, sehen Sie am nächsten Tag auch nicht gerade frisch aus.« Sie stellte sich neben Lagerfeld, um ihren Anspruch als Helferin in allen Lebenslagen für gestresste Kommissare deutlich zu machen.

Aber Fidibus war wenig einsichtig. »Was? Wer hat Ihnen denn diese Rosine ins Ohr gesetzt, Frau Hoffmann? Arbeit ist Arbeit, und privat ist privat. Das muss man einfach trennen können, wenn man —«

In diesem Augenblick wurde die Tür zur Dienststelle ein weiteres Mal aufgestoßen, woraufhin ein ziemlich schlecht gelaunter Haderlein eintrat und die Tür aufgebracht hinter sich zuschmiss.

»Na, na, na, was ist denn das für ein Gebaren?«, rügte Robert Suckfüll seinen dienstältesten Kommissar, der mit verbissenem Gesicht auf die kleine Versammlung zukam. Er fragte lieber nicht nach Haderleins innerem Gemütszustand, der war offensichtlich. Was war denn heute bloß mit seinen Mitarbeitern los? Natürlich, es war Samstagmorgen, da arbeitete niemand gern, schon gar nicht bei so einem Regenwetter.

Er schaute nach draußen und bemerkte erst jetzt, dass es ja gar nicht mehr regnete, sondern heftig schneite. Ach richtig, er war ja gestern Abend auch schon mit seinen Schuhen im Schnee herumgelaufen. Hm. Dann schaute er sich unschlüssig um, während Haderlein sich zu Marina Hoffmann und Bernd Schmitt setzte, um sich erst einmal abzuregen.

Suckfüll zählte kurz durch und stellte irritiert fest, dass seine Belegschaft nicht vollzählig war. »Was ist denn mit dem Kollegen Huppendorfer, hat der heute keinen Dienst?«, erkundigte er sich. Nicht dass ihm die Ordnung in seinem Haus verlorenging.

»César ist nach Erlangen gefahren, Siebenstädter interviewen«, gab Honeypenny bekannt, was bei den drei Kommissaren ein mitfühlendes »Oh« auslöste und Suckfüll umgehend zum letzten Punkt führte.

»Und wo ist eigentlich dieses kleine Schwein?«, wollte er zum guten Schluss wissen, obwohl ihn das in der Regel nur wenig interessierte. Über den Professor in Erlangen wollte er aber auf gar keinen Fall reden.

»Riemenschneider ist daheim und pennt. Die war die ganze Nacht wach, und jetzt liegt sie flach. Weiß auch nicht, warum«, teilte ihm Haderlein mit. Hoffentlich hatten das jetzt alle verstanden.

»Aha, wahrscheinlich hat sie gesoffen oder gekifft, eine Line gezogen, unser kleines Ferkelchen«, lautete der trockene Kommentar von Lagerfeld, der sich ebenfalls nach einem Bett sehnte.

Alle lachten mehr oder weniger belustigt über den Scherz, bis zu dem Moment, als Haderlein plötzlich aufsprang und dadurch sein Sitzgestühl, das er soeben noch belegt hatte, ruckartig nach hinten schoss. Mit einem lauten Scheppern knallte der Bürostuhl gegen den hinter ihm stehenden Schreibtisch, wo er zu Boden fiel und liegen blieb.

»Ja, sagen Sie mal, Franz, was ist denn in Sie gefahren?«, rief Suckfüll, der genauso erschrocken zu dem stocksteif dastehenden Haderlein blickte wie die anderen auch. »Jetzt versuchen Sie doch einmal, Ihre Hormone in den Griff zu bekommen, mein Gott, das muss doch irgendwie zu mösen sein!«, schimpfte er erregt, woraufhin ihn Marina Hoffman leicht indigniert betrachtete.

Aber Haderlein hörte gar nicht hin. Durch Lagerfelds flapsigen Spruch war er doch tatsächlich auf eine ermittlungstechnische Goldmine gestoßen.

»Die Spurensicherung ins Grundbuchamt, sofort!«, rief er voller Enthusiasmus und haute Lagerfeld so begeistert auf den Rücken, dass der fast vom Stuhl gefallen wäre.

★★★

Sie saßen auf dem Dachboden und waren gerade damit fertig geworden, ihre Pervitin-Bestände von Opa Karl zu zählen.

»Viel ist nicht mehr da«, stellte Benjamin fest, und Felix nickte zustimmend. Das reichte noch für eine Woche, maximal. »Wie viel haben wir denn bis jetzt eingenommen?«

Benjamin hatte die Buchführung inzwischen an seinen Bruder übergeben. Für so einen Firlefanz hatte er keine Zeit, dafür war er nicht gebaut. Aber Felix konnte so etwas. Dem würde bestimmt auch eine Lösung einfallen, wie sie weiter an das Zeug kommen konnten, wenn Opa Karls Bestände aufgebraucht waren.

»Fast tausend Euro.« Felix schürzte die Lippen, mit so einem hohen Betrag hatte er ursprünglich gar nicht gerechnet. Und das nur durch den Verkauf an der »Blauen Schule« und am KHG.

»Ey, das ist verdammt einfach verdiente Kohle«, stellte Benni fest, dem die Begeisterung über diesen Verdienst mitten ins Gesicht geschrieben stand. »Ich kann mich vor Anfragen gar nicht retten, Felix, das ist 'ne Goldgrube. Und bei Vicki am KHG fragen auch schon etliche Neue nach.«

Felix nickte wieder, sein Gehirn arbeitete auf Hochtouren. »Pass auf, Benni, wir treffen uns alle morgen um eins am Bahnhof, wir müssen das mal besprechen, und zwar in Ruhe. Ich lass mir was einfallen.«

Benni fragte gar nicht erst nach, was sich sein Bruder genau überlegen wollte. Wenn Felix sich etwas einfallen lassen wollte, dann würde er das auch tun. Er hatte einen sehr cleveren großen Bruder, dessen war sich Benjamin bewusst, und sie hatten eine einmalige Geldquelle ausgemacht, diese Chance mussten sie einfach nutzen.

★★★

Der Bürgermeister der kleinen Gemeinde Ermershausen, Günther Flöter, staunte nicht schlecht, als er den Absender des Schreibens entzifferte, das ihm da gerade von seiner Sekretärin hereingereicht worden war: »Frankenpartei, Sekretariat Manfred Zöder, Leiter der Projektgruppe provisorische fränkische Staatsregierung, i. A. Luise Hadauer«.

Kopfschüttelnd öffnete er den Brief. Manfred Zöder war ihm natürlich ein Begriff, alles andere, vor allem diese Hadauer, eigentlich nicht. Den Namen kannte er zwar, allerdings hatte er ihn bisher nur im Zusammenhang mit der Entlassung der Ex-Chefin der Staatskanzlei in München gehört, die dort mit Schimpf und Schande aus dem Amt gedrängt worden war. Aber die hatte ja hier im Fränkischen hoffentlich nichts verloren, nach der bevorstehenden Unabhängigkeit gleich gar nicht.

Er faltete das Blatt mit dem fränkischen Wappen im Briefkopf auseinander und las, was jene Frau Hadauer ihm mitzuteilen gedachte.

Sehr geehrter Herr Flöter,

im Namen der Frankenpartei, Sekretariat Manfred Zöder, Leiter der Projektgruppe provisorische fränkische Staatsregierung, möchte ich Sie als Bürgermeister zu Ihrer netten kleinen Gemeinde beglückwünschen.

Wie Sie wissen, Herr Flöter, wird im Zuge der Neugestaltung Frankens an einer Neuordnung der Gemeindegebiete sowie der diversen Grenzen auf Landkreis- und Regierungsbezirksebene gearbeitet. Die Planungen zur anstehenden Gebietsreform sind nun weitestgehend abgeschlossen, und wir sind in der glücklichen Lage, allen Bürgermeistern und Landräten im neuen Bundesland Franken nunmehr voller Stolz das Ergebnis präsentieren zu können.

Die Neuaufteilung ist auf dem Plan ersichtlich, den ich diesem Brief beigelegt habe und der zudem unter dem angegebenen Link auf unserer Homepage im Internet einzusehen ist.
Sollten Sie Fragen oder Anregungen dazu haben, so können Sie diese, bitte ausschließlich schriftlich, bis zum Jahresende an das Büro der Projektgruppe, Sekretariat Manfred Zöder, richten. Ansonsten hoffe ich, dass Ihnen die Neugliederung unseres zukünftigen Bundeslandes genauso gut gefällt wie uns.

Mit herzlichem Gruß
Luise Hadauer
Frankenpartei, Sekretariat Manfred Zöder, Leiter der Projektgruppe provisorische fränkische Staatsregierung

Günther Flöter legte den Brief zur Seite und runzelte die Stirn. Er verstand nur Bahnhof. Was für eine Gebietsreform? Von der hatte er noch nie etwas gehört. Bestimmt wieder so eine politische Fehlgeburt, die sich irgendein fachfremdes Beamtengehirn ausgedacht hatte. Er nahm den mitgelieferten Plan zur Hand, der in DIN-A4-Größe auf ein Blatt Papier kopiert worden war, und das ziemlich miserabel. Da konnte er überhaupt nichts erkennen, vor allem nicht, ob sich irgendetwas verändern würde, das ihn und seine Gemeinde beträfe. Wovon er aufgrund der schwierigen Vergangenheit von Ermershausen nicht ausging, weil sich mit Sicherheit niemand erdreisten würde, das fragile Geflecht aus Übereinkünften und Waffenruhen mit den Maroldsweisachern anzugreifen, aber schließlich war er der Bürgermeister und dafür verantwortlich, dass der Landfrieden in seiner Gemeinde gewahrt blieb. Und das war hier beileibe nicht immer einfach. Zwar waren die Unstimmigkeiten zwischen Ermershausen und der ungeliebten Nachbargemeinde schon seit Längerem beigelegt, es gab sogar wieder Menschen, die sich im Nachbarort nach heiratsfähigen Geschlechtspartnern umsahen, aber so ein Burgfriede war mitunter brüchig und unzuverlässig. Der musste gepflegt werden wie eine Wasserlilie in der Kalahari.

Also beschloss er, auf Nummer sicher zu gehen und sich diesen Plan einmal unter der angegebenen Adresse im Internet anzusehen. Er gab die Webadresse im Browser ein und hatte kurz darauf eine Landkarte Frankens vor sich, auf der er genauso wenig erkennen konnte wie auf dem kopierten Papier, das da neben ihm lag. Erst nach längerem Probieren fand er heraus, wie er die Ansicht der Grafik im Netz vergrößern konnte. Die Ansicht war nun doppelt so groß, dafür aber ziemlich verpixelt. Er musste seine Lesebrille aufsetzen, um sie irgendwie entschlüsseln zu können.

Also, wenn jemand für die Homepage seiner Gemeinde so eine Webgrafik erstellt hätte, den hätte er hochkant wieder nach draußen befördert. Mit der Maus schob er die Frankenkarte auf dem Bildschirm hin und her und suchte verzweifelt seine Gemeinde. Dann, endlich, hatte er sie gefunden. »Marktgemeinde Maroldsweisach, Ortsteil Ermershausen«, stand da, klein und undeutlich zu lesen. Es dauerte jedoch einige Sekunden, bis die Windungen des bürgermeisterlichen Gehirns verstanden hatten, was das genau hieß, »Ortsteil Ermershausen«.

Günther Flöter sprang auf, der Stuhl flog nach hinten an die Wand seines Amtszimmers, und er starrte den Computer aus ungefähr drei Metern Entfernung an, als würden jeden Moment Aliens aus den unergründlichen Tiefen des Alls aus dem Rechner kriechen und zu ihm sprechen. Ihm wurde heiß, dann wurde ihm kalt, dann wieder heiß. Endlich, nach endlosen Sekunden, war er wieder in der Lage, Befehle über das Rückenmark an seine Extremitäten zu senden. Er stürzte zu seinem Telefon, nahm den Hörer ab und hämmerte die Nummer seines Amtskollegen in Maroldsweisach in den Apparat.

»Wolfgang Thiem, Bürgermeister der Gemeinde Maroldsweisach«, meldete der sich freundlich.

»Wolfgang, ich bin's, der Günther. Bleib, wo du bist, ich komm sofort vorbei«, rief Günther Flöter aufgeregt in den Hörer und legte dann, ohne eine Antwort abzuwarten, einfach auf. Er griff sich seine Jacke, stopfte den Brief der Frankenpartei, Sekretariat Manfred Zöder, Leiter Projektgruppe provisorische fränkische Staatsregierung, Luise Hadauer, in eine der Taschen und rannte, ohne sich um die sorgenvollen Blicke seiner Mitarbeiter und Mitarbeiterinnen im Ermershäuser Rathaus zu kümmern, nach draußen zu seinem Fahrzeug.

Während er sich mit einer längst verschüttet geglaubten Sportlichkeit hinter das Steuer seines Opels warf, machte er bereits die ersten wilden Pläne. Das, was die da in Haßfurt vorhatten, durfte auf keinen Fall so enden wie damals. Nein, es war Zeit, zusammenzuarbeiten, Ermershausen und Maroldsweisach mussten sich wehren, die Flucht nach vorne antreten. Revolution! Es gab ja genug Beispiele in der letzten Zeit: Stuttgart 21, die Stromtrassen durch Franken oder der Volksaufstand in der DDR 1953.

Mit quietschenden, qualmenden Reifen fuhr er aus Ermershausen hinaus und raste mit Höchstgeschwindigkeit den Berg hinauf in Richtung Maroldsweisach.

★★★

Felix John saß in seiner Klasse, doch seine Gedanken waren mit etwas sehr viel Wichtigerem beschäftigt als mit Religionsunterricht. Er hatte in der Pause im Internet recherchiert, und tatsächlich deutete sich eine Lösung für ihr Nachschubproblem an. Den Grundstoff für dieses Pervitin gab es nämlich auch heute noch, er hieß Methamphetamin. Natürlich war dieses Methamphetamin oder »Crystal« verboten, genau wie Gras und alles andere auch, was man trotzdem problemlos bekommen konnte. Aber in Tschechien wurde es anscheinend verkauft. Es gab dort die sogenannten »Vietnamesenmärkte«, kurz hinter der Grenze, dort konnte man Crystal angeblich ohne Schwierigkeiten bekommen. Das eigentliche Problem aber war, das Crystal über die Grenze zu kriegen. Also wie kam er nach Tschechien, und vor allem, wie kam er mit dem Crystal wieder zurück? Wenn sie das irgendwie hinkriegten, stand einer gigantischen Rendite nichts mehr im Wege.

»Unser Felix träumt mal wieder. Na, dann will ich dich mal aus deinen Wolkengebilden herausholen«, hörte er plötzlich eine Stimme direkt neben sich sagen. Felix schreckte hoch und schaute direkt in das süffisant lächelnde Gesicht von Harald Henrichs, seinem Religionslehrer.

Eigentlich mochte er den Henrichs ganz gern. Der Typ wusste genau, dass man in seinem Fach nicht durchfallen konnte, und war deswegen nicht wirklich streng. Auch sonst war der Typ recht lässig drauf mit seinen Jesuslatschen und dem gebatikten Zeug, das er immer anhatte. Aber gerade jetzt konnte er ihn gar nicht gebrauchen, er hatte nämlich seit Beginn der Unterrichtsstunde nicht eine Sekunde zugehört.

»Also, Felix, wir haben ja jetzt gehört, dass es neben den großen und bekannten Propheten in der Bibel auch die sogenannten kleinen Propheten gab, nicht wahr?«

Ach du Scheiße, dachte Felix. Die kleinen Propheten. Die hatte er sich gestern sogar durchgelesen, aber lernen konnte man das nicht nennen, was er da getrieben hatte.

»Ja, genau«, antwortete er so selbstsicher wie möglich, in der Hoffnung, dass dieser Kelch an ihm vorübergehen möge.

Tat er aber nicht. Henrichs hatte ihn am Haken, und das wusste er ganz genau.

»Also, Felix, dann verrate uns doch bitte mal, wie der kleine Prophet hieß, der von einem Walfisch verschluckt wurde. Ist eigentlich ganz einfach.«

Verdammter Mist. Genau den hatte er nicht abgespeichert. Jetzt gerade wäre ihm ein Walfisch, der ihn mal schnell verschluckte, gar nicht so unrecht gewesen.

Die ganze Klasse schaute gebannt auf den cleveren Alleswisser Felix John, der hektisch sein in diesem Fall rudimentäres Wissen sortierte.

Also, der Erste in der Reihe war Amos gewesen, aber der war es sicher nicht. Dann gab es noch einen Jona und einen Habakuk, die er sich gemerkt hatte. Er war sich sicher, einer der beiden musste es sein.

Jona oder Habakuk, die Chancen standen fünfzig/fünfzig.

»Habakuk«, sagte er schließlich laut und deutlich im Brustton der Überzeugung, woraufhin in der Klasse ein lautes Gelächter ausbrach. Damit war klar, er hatte sich soeben grandios blamiert.

»Du bist mir auch so ein Habakuk«, seufzte Harald Henrichs, und lächelte ihn mitleidig an. »Angelika, kannst du es besser?«

Auch das noch, jetzt fragte der auch noch seine Freundin. Wenn Geli die jetzt alle wusste, war die Blamage perfekt. Und sie merkte sich normalerweise alles, was ihr vor die Augen kam.

Geli schaute einmal kurz und bedauernd zu ihm herüber, dann begann sie aufzuzählen: »Amos, Habakuk, Haggai, Hosea, Joel, Jona, Maleachi, Micha, Nahum, Obadja, Sacharja, Zephanja. Und Jona war der mit dem Wal.«

»Sehr schön, Angelika, du solltest ein bisschen mit deinem Freund üben, glaube ich«, meinte Henrichs lachend. »Also, bis zur nächsten Stunde möchte ich, dass alle die kleinen Propheten vorwärts, rückwärts und von mir aus auch seitwärts aufzählen können, sonst werde ich einen Walfisch organisieren, der die Nichtskönner zur großen Pause verspeist, verstanden?« Er schaute dabei Felix an, der kleinlaut nickte.

***

Die Tür zum rechtsmedizinischen Institut in Erlangen stand offen, also trat Huppendorfer einfach ein. Er hatte es natürlich nicht in dreißig Minuten geschafft, das war bei so einem Wetter auch völlig illusorisch, das musste Siebenstädter einsehen. Wenn der sich jetzt darüber aufregte, war ihm das auch egal. Irgendwann hätte er von diesem abgehobenen Professor sowieso mal genug und würde ihn vom Pferd schießen. Oder noch besser, er würde einen Studenten der Medizin anmieten, der das sicher mit Freuden für ihn tun würde, da hatte er gar keine Bedenken.

»Herr Professor!«, rief er vorsichtig, als er in der Tür des Sezierraumes stand. Da ihm niemand antwortete, schaute er vorsichtig um die Ecke.

Urplötzlich befand sich Siebenstädters Gesicht nur wenige Zentimeter vor dem seinen, sodass er erschrocken einen Meter zurücksprang.

»Großer Gott, haben Sie mich erschreckt!«, rief Huppendorfer verärgert, hauptsächlich darüber, dass er sich hatte erschrecken lassen.

»Sie sind zu spät«, brummte Siebenstädter, aber César, der sich noch kurz nervös die Kleidung zurechtzupfte, war nicht mehr gewillt, sich einschüchtern zu lassen.

»Na und, es schneit. Noch nicht mitbekommen, Herr Professor? Es ist Winter, da müssen Sie Ihre Zeittabellen eben etwas überarbeiten«, stänkerte er trotzig und schaute den Professor angriffslustig an.

»Kommen Sie rein«, erwiderte der und winkte den Kommissar herein. Er schloss die Tür von innen ab, drehte sich um und stapfte davon.

Huppendorfer konnte sich eines gewissen Hochgefühls nicht erwehren. Hatte er sich jetzt endlich einmal durchgesetzt? Hatte er dieses zickige Miststück von einem Rechtsmediziner tatsächlich beeindruckt? Leicht optimistisch folgte er dem Professor in die Tiefen des Instituts, bis dieser vor zwei Tischen stehen blieb, auf denen jeweils eine Leiche lag. Die Frau zur Linken musste Angelika Schöpp aus dem Grundbuchamt sein, von der Lagerfeld und Haderlein erzählt hatten.

Auf dem anderen Tisch war der Anblick weit weniger erquicklich. Dort lagen die verbrannten Überreste des Explosionsopfers. »Überreste« war auch wirklich die richtige Bezeichnung für das, was auf dem Seziertisch zu erkennen war. Dort lag der Rumpf mit einem Arm. Direkt über den Lendenwirbeln hatte es den Körper auseinandergerissen, sodass Siebenstädter den unteren Teil des Körpers mit den Beinen einfach mal lose angelegt hatte. Was für ein grauenvoller Anblick. Jetzt, im sauber zusammengesetzten Zustand, ergab sich erst ein komplettes Bild. Diesen Menschen hatte es wirklich übelst erwischt.

Huppendorfer empfand spontan fast so etwas wie Verständnis für den Professor. Ein Mensch, der tagtäglich mit solchen Bildern konfrontiert wurde, musste ja im Laufe der Zeit ein bisschen komisch werden. Er für seinen Teil konnte dem Berufsbild jedenfalls nichts abgewinnen, eigentlich müsste die Gesellschaft den Rechtsmedizinern dankbar sein, dass sie diesen Job für sie übernahmen. Er nahm sich vor, dem Professor gegenüber in Zukunft etwas rücksichtsvoller zu sein und ihm vielleicht sogar die eine oder andere Gemeinheit nachzusehen.

»Schöner Anblick, finden Sie nicht?«, hörte er Siebenstädter sagen, der sich ihm unauffällig genähert hatte.

»Ja, ganz toll, wirklich«, ließ sich Huppendorfer bereitwillig auf Siebenstädters Zynismus ein. »Nur nicht ganz vollständig, ein Puzzle sozusagen«, meinte er fachmännisch und verschränkte die Arme. »Schade, dass die Spurensicherung den Rest nicht gefunden hat. Ich meine, so in diesem Zustand wirkt das Bild ein wenig, wie soll ich sagen, fragmentarisch.«

Vielleicht milderte es ja die latente Aggressivität des Rechtsmediziners, wenn er auf dessen perfiden Humor einging. Und vielleicht entwickelte sich daraus in ferner Zukunft sogar noch so etwas wie Respekt seinen Mitmenschen gegenüber beim Professor. Wäre ja mal was.

»Da haben Sie allerdings recht«, meinte Siebenstädter nachdenklich. Er stellte sich neben Huppendorfer und betrachtete nun ebenfalls den verstümmelten Körper.

So standen Rechtsmediziner und Kommissar einträchtig nebeneinander und schwiegen vor sich hin, bis Huppendorfer den meditativen Moment beendete.

»Tja, kommen wir doch einmal zu den Erkenntnissen, die Sie mir mitteilen wollten, Herr Professor.«

Siebenstädter blieb regungslos stehen, den Blick versonnen auf den Seziertisch gerichtet, bis er nach Sekunden der Stille überraschend antwortete: »Geht klar, aber vorher müssen wir noch das Bild fertigstellen, das Puzzle zusammensetzen, verstehen Sie? Die Unvollkommenheit beseitigen.«

César Huppendorfer überlegte angestrengt, aber, beim besten Willen, er verstand nicht ganz. »Keine Ahnung, was Sie meinen, Herr Professor. Wir können das Puzzle nicht zusammensetzen, es fehlt ja die Hälfte«, erwiderte er ratlos. Er hatte gerade keine Ahnung, was der Professor von ihm wollte, aber er war bereit, es sich erklären zu lassen, ohne gleich wieder Böses zu vermuten.

»Nein, tut es nicht, es fehlt gar nichts«, orakelte Siebenstädter, weiter versonnen seinen Seziertisch betrachtend. »Ist alles da, nur noch nicht an seinem Ort.« Er drehte sich lächelnd zum Kommissar um. »Das wird ein Spaß«, gab er fröhlich von sich und schnalzte mit der Zunge.

Huppendorfers Gedanken drehten sich im Kreis. Dunkle Wolken der Vorahnung schwebten über ihm, als Siebenstädter aber auch schon zum Kern seines Vorhabens kam.

»Es ist so, Huppendorfer. In den fünfzehn Minuten, in denen der Kommissar von uns beiden an seiner Verspätung auf dem Frankenschnellweg arbeitete, habe ich, der wartende Rechtsmediziner, mir etwas Nettes überlegt. Etwas, das unserer Zerstreuung dienen und das angespannte Verhältnis zwischen Rechtsmedizin und Polizei etwas, sagen wir mal, auflockern soll.«

Siebenstädters Lächeln war jetzt irgendwo in der enormen Spannbreite von hämisch bis einfach nur nett angesiedelt. Huppendorfer war unentschlossen, welcher der Interpretationsmöglichkeiten er folgen sollte.

»Aufzulockern«, wiederholte er Siebenstädters Terminus in Erwartung näherer Erklärungen. Den Gefallen tat ihm Siebenstädter natürlich gern.

»Nun, Herr Huppendorfer, wie Sie bestimmt wissen, ist in genau vier Monaten schon wieder Ostern«, frohlockte der Professor.

»Ach was, Ostern, aha, und weiter?« Huppendorfers Toleranzgrenze drohte erneut überschritten zu werden, er wurde immer genervter. Was für einen Mist hatte Siebenstädter denn jetzt schon wieder vor, verdammt? Der war viel zu guter Laune.

»Na ja, und an Ostern gibt es in unserem Kulturkreis doch den schönen Brauch des Eiersuchens, nicht wahr? Also habe ich mir gedacht, ich lockere unser Zusammentreffen mal etwas auf und lasse den Kommissar Huppendorfer ein paar Eier suchen«, erklärte der Rechtsmediziner im lockeren Plauderton.

Huppendorfer konnte es nicht fassen. Was sollte denn der alberne Quatsch? Er war doch hier nicht im Kindergarten. Eier suchen? Konnte ihm der Professor nicht einfach ein Gläschen seiner grauenhaften selbst gebrannten Alkoholika kredenzen und damit fertig? Siebenstädter erwartete doch nicht ernsthaft, dass er jetzt durch den Sezierraum kroch, um versteckte Eierchen zu suchen?

»Ach, bitte nicht, Herr Professor, muss das denn sein? Sie haben hier allen Ernstes Ostereier versteckt?« Er verzog das Gesicht zu einer schmerzlichen Grimasse.

Siebenstädter hob abwehrend die Hand und legte seinen Kopf, fast neckisch, schief. »Na ja, nicht direkt Eier, Herr Kommissar, das wäre ja doch etwas unpassend, da haben Sie durchaus recht. Ich dachte vielmehr, ich lasse Sie etwas suchen, das zu unserem beruflichen Umfeld passt«, knurrte er mit einem inzwischen erkalteten Lächeln auf den Lippen und wies dezent auf die unvollständige Leiche auf Tisch zwei.

Erst jetzt, dafür aber ganz gewaltig, dämmerte Huppendorfer, was der Professor von ihm erwartete. Und mit der hereinbrechenden Erkenntnis ließ er jegliche Vorsätze zur guten Nachbarschaft fallen. Stattdessen benahm er sich wieder dem üblichen Verhältnis zwischen Bamberger Polizei und Erlanger Rechtsmedizin entsprechend.

»Sie sind ja völlig irre!«, schrie Huppendorfer voller Inbrunst. »Ich werde doch hier nicht herumrennen und Ihre verdammten Leichenteile suchen, Siebenstädter, das können Sie sich abschminken.« Sein Blick wanderte unverhohlen in Richtung Ausgang. Noch eine blöde Bemerkung von diesem Kaputtnik, und er würde unverzüglich die Heimreise antreten, Ermittlungsarbeit hin oder her. So einen Quatsch konnte nun wirklich niemand aus der Dienststelle von ihm verlangen, das war ja widerlich.

Aber Siebenstädter machte seinen resoluten Verweigerungsgedanken sogleich einen Strich durch die Rechnung. Er holte einfach nur einen Sicherheitsschlüssel aus der Tasche, an dem ein kleines grünes Gummiäffchen hing, und deutete damit auf die verschlossene Eingangstür.

»Ach, jetzt kommen Sie schon, Herr Kommissar«, flötete er in dem ihm eigenen gekünstelt lachenden Tonfall und steckte dabei den Schlüssel schnell wieder weg. »Jetzt geben Sie doch nicht den Spielverderber. Irgendwo werden Sie schon sein, Ihre vermissten Puzzleteile. Ich verspreche Ihnen, Huppendorfer, sobald das Bild vollständig ist, bin ich ganz artig und verrate Ihnen absolut sensationelle Neuigkeiten Ihren Fall betreffend.«

Sprach's, ließ sich flugs in seinem weißen Kittel auf einem Drehstuhl aus Edelstahl nieder und setzte sich den Kopfhörer eines uralten Walkmans auf die Ohren, den er aus irgendeiner weiteren Untiefe seiner Taschen gezaubert hatte. Kurz darauf konnte Huppendorfer leise und gedämpft Jazzmusik von Siebenstädters Kopf vernehmen.

Er stand mit offenem Mund da und schwankte einen Moment lang zwischen Weinkrampf und Tobsuchtsanfall. Dann riss er sich mit äußerster Willenskraft zusammen und zwang sich zu einem Lösungsansatz. Er würde ganz sicher nicht planlos auf den Knien auf dem Boden des Sezierraumes herumrutschen und sich unter Siebenstädters belustigtem Blick zum Affen machen. Er brauchte dringend Beistand.

Huppendorfer drehte sich um, bog um den nächstbesten Glasschrank und setzte sich dort auf seinen Hosenboden, damit Siebenstädter dachte, er würde jetzt mit dem Suchen beginnen.

Tat er aber nicht. Er schielte noch einmal kurz um die Ecke: Der Professor saß zufrieden in seinem Stuhl und lauschte ergriffen dem musikalischen Vortrag. Also griff Huppendorfer zu seinem Handy und wählte Lagerfelds Nummer. So langsam musste der doch wach sein.

★★★

Sie stiegen gerade vor dem Grundbuchamt aus Haderleins Landrover, als Lagerfelds Handy klingelte. Er schaute Franz fragend an, aber da Wagenbrenner sowieso noch nicht hier war, um ihnen aufzuschließen, konnte er auch ruhig rangehen.

»Ja, was gibt's?«, meldete er sich ungeduldig.

»Bernd, das wirst du nicht glauben. Siebenstädter hat sich mit mir eingeschlossen und will, dass ich hier den Osterhasen spiele —«, zischte ihm Huppendorfer aufgeregt ins Ohr und wollte entrüstet weiter ins Detail gehen, aber Lagerfeld hatte schon verstanden und unterbrach seinen Kollegen, noch bevor der seinen Satz beenden konnte.

»Ja, hab schon kapiert, César. Hat er die Tür abgeschlossen und Kopfhörer aufgesetzt?«, fragte Lagerfeld, als wäre es das Natürlichste von der Welt.

»Äh, ja, woher weißt du das?«, antwortete ihm Huppendorfer leise, aber völlig verblüfft.

»Erklär ich dir später, César, die Nummer hat er bei mir auch schon abgezogen. Jetzt pass auf, ich erklär dir, wo das Zeug wahrscheinlich liegt, versuch einfach, es dir zu merken, okay?«

Er gab eine Ortsangabe nach der anderen durch, wiederholte alles noch einmal und ließ es sich zusätzlich von Huppendorfer bestätigen. Dann wünschte er ihm viel Glück und legte auf. Der Professor wurde anscheinend langsam alt. Es wurde Zeit, dass er sich für seine Gemeinheiten etwas Neues einfallen ließ, sonst würde es der Bamberger Polizei nämlich bald zu langweilig werden, ihn zu besuchen, und das wäre ja jammerschade. Auf jeden Fall würde Siebenstädter in den nächsten Minuten wohl sehr über die Findigkeit des Kommissars erstaunt sein, mit dem er sich diesmal eingeschlossen hatte.

Das gleichzeitige Eintreffen von Egon Wagenbrenner und

zwei Mitarbeitern der Spurensicherung lenkte seine Aufmerksamkeit zurück auf die Angelegenheit, wegen der sie hier waren. Gespannt steckte er sein Handy ein und wandte sich Franz und den Neuankömmlingen zu.

»So, meine Herren, wenn Sie mir jetzt helfen können, meinen Verdacht zu beweisen, kommen wir der Aufklärung dieses Falles vermutlich einen großen Schritt näher«, erklärte sein Kollege soeben den beiden Menschen von der Spusi, während Eugen Wagenbrenner mit fragendem Blick wieder einmal die Tür des Haupteinganges zum Amtsgericht aufschloss.

Lagerfeld war genauso schlau wie Wagenbrenner, denn Haderlein hatte während der kurzen Herfahrt nicht gerade viel gesprochen. Ihm war das sogar ganz recht gewesen, denn die kulinarische Eskalation des gestrigen Tages hatte ihn noch sehr beschäftigt.

So ging Haderlein mit Wagenbrenner allen voraus die steinerne Treppe hinunter und betrat als Erster das große Büro des Grundbuchamtes. Es sah noch genauso verwüstet aus wie am Abend zuvor, was bei den Spurensicherern zuerst einmal ratlose Blicke hervorrief.

»Aha, und was sollen wir jetzt hier?«, fragte Linus Backert, der eigentlich gern wieder nach Jesserndorf gefahren wäre, um seine Arbeit dort fortzusetzen.

»Sie werden jetzt dieses Büro von oben bis unten durchsuchen, vor allem diesen Schreibtisch dort und an allererster Stelle diese Schublade«, erklärte Haderlein und deutete auf die geöffnete Schublade, in der Riemenschneider gestern Abend so begeistert unterwegs gewesen war.

Die Spurensicherer waren jedoch nicht überzeugt und fragten sich ernsthaft, was das bringen sollte.

»Okay, großer Meister«, versuchte sich Backert auf dem ihm eigentlich fremden Gebiet der Ironie. »Alles schön und gut, aber so ungefähr müssten wir schon wissen, wonach wir denn suchen sollen, sonst dauert das ja ewig.«

Haderlein grinste nur. »Ihr werdet nach ganz feinen Überbleibseln suchen müssen, wahrscheinlich ist die Spur sehr dünn, aber ich bin mir sicher, sie ist da. Irgendeine Art von Aufputschmittel, wahrscheinlich Rauschgift oder etwas Ähnliches. Es muss irgendetwas sein, was man einatmen oder auflecken kann, ein Pulver oder so was.«

Linus Backert und die übrigen Anwesenden, Wagenbrenner und Lagerfeld eingeschlossen, blickten ihn verunsichert an.

»Auflecken?«, fragte Lagerfeld sicherheitshalber noch einmal nach, aber Haderlein hatte keine Lust auf lange Erklärungen, sondern wedelte aufgeregt mit der Hand in Richtung Schreibtisch.

»Ja, auflecken. Aber jetzt ist keine Zeit für Diskussionen, also fangt einfach an. Sobald ihr was gefunden habt und mir sagen könnt, um was es sich handelt, erstattet ihr mir Bericht, ja? Und Backert ...«, er hob eindringlich die Augenbrauen, »... ich erwarte Ergebnisse, verstanden? So, und wir beide gehen jetzt, Bernd, wir haben in der Dienststelle noch einiges zu tun.« Haderlein packte Lagerfeld an den Schultern, drehte ihn um und schubste den verblüfften Kollegen eilig zur Tür hinaus.

***

Sie saßen einander gegenüber, als Einzige im ansonsten leeren Abteil der Regionalbahn von Bamberg nach Ebern.

»Wir müssen das Zeug irgendwie von Tschechien hierherbekommen«, meinte Felix, woraufhin Benni ihn nur abwartend ansah.

Die Phase der konkreten Planung war gekommen, und das war eindeutig die Stärke seines Bruders, also hielt Benjamin lieber erst einmal den Mund, bis Felix ihm erklärt hatte, wie er sich das genau vorstellte.

»Wenn wir das schaffen«, ergänzte Felix mit leuchtenden Augen, »wenn wir es schaffen, das Crystal über die Grenze zu bringen, dann können wir richtig Kohle machen, Benni. Dagegen ist das, was bisher mit Opa Karls Tabletten gelaufen ist, der reinste Kindergarten.«

Benni nickte, und auch seine Augen bekamen einen hellen Glanz, aber es stand auch eine große, ungeklärte Frage darin. Eine Frage, die sie seit den ersten Streichen in ihrer Jugend begleitete: Was war mit ihren Freunden von der Polizei?

»Das ist ja genau das Problem, Felix, wie schaffen wir das Zeug über die Grenze? Soweit ich weiß, ist die Polizei dort ziemlich präsent, oder nicht?«

»Ja, stimmt, obwohl, so wild ist das, glaube ich, nicht. Was ich darüber in Erfahrung bringen konnte, klingt eigentlich nicht so dramatisch. Schließlich leben wir jetzt in einem freien Europa, da gibt's keine Grenzer mehr. Aber im Auto brauchen wir das Zeug nicht zu transportieren, so blöd sind die Bullen dort nicht. Mit meinem Führerschein auf Probe und Papas Auto ist mir das eh zu gefährlich«, meinte Felix. »Wir müssen einfach anders denken, so wie früher, verstehst du? Ich habe eine richtig geniale Idee.« Er grinste Benni an, der daraufhin gespannt die Ohren spitzte.

Felix kramte in seiner Schultasche und holte einen Computerausdruck heraus, den er neben Benni auf das blaue Polster des Sitzes warf.

Sein Bruder nahm die Blätter an sich und betrachtete sie ein paar Sekunden lang interessiert, dann lachte er laut auf.

»Ein Quadrokopter? Du bist genial, Felix, das muss man dir lassen«, tönte er begeistert und betrachtete das Teil auf dem Ausdruck noch einmal genauer. Er hatte schon von diesen Drohnen gehört, aber noch nie eine gesehen. »Wie bist du denn darauf gekommen?«, fragte er, von der außergewöhnlichen Idee seines Bruders schwer beeindruckt.

Der winkte nur lässig ab. »Ach, in der Technikgruppe am KHG haben wir so ein Teil, das ist allerdings völlig veraltet. Aber bis zum Karmelitenkloster und zurück haben wir es mit dem altersschwachen Ding schon geschafft. Das da …«, er beugte sich nach vorne und tippte mit dem Finger nachdrücklich auf die abgebildete Drohne, »das ist das Neueste auf dem Markt, eine ›Phantom III‹. Wenn wir die Kamera weglassen, fliegt sie über dreißig Minuten am Stück, und das mit einer einzigen Akkuladung. Ein paar hundert Gramm über die Grenze zu schaffen ist für die überhaupt kein Problem. Und das Beste ist, keiner kann das Ding aufspüren, wenn es einmal in der Luft ist. Na, was hältst du von der Idee?« Gespannt schaute er seinen Bruder an, doch den musste er nicht weiter überzeugen.

»Was ich davon halte? Das is die geilste Idee aller Zeiten, Bruder, und zwar die allergeilste. Jetzt brauchen wir nur noch ein Basislager an der tschechischen Grenze.« In gespielter Oberlehrermanier hob Benjamin den rechten Zeigefinger. »Und, Brüderchen, da wissen wir doch jemanden?«, meinte er lachend, und Felix stimmte in das Lachen seines Bruders ein.

»Tante Stastny«, riefen beide unisono und gaben sich ein spontanes High five, dass es nur so klatschte.

Ihre Tante, die eigentlich ihre Großtante und die Schwester ihrer schon vor langer Zeit verstorbenen Oma Rosalinde war, betrieb eine kleine Pension bei Waldsassen, so dicht am Grenzübergang nach Eger, dass es idealer gar nicht sein konnte. Es schien den beiden so, als hätte ihnen das Schicksal einen großen roten Teppich ausgerollt, als würde das große Zahnrad ihres Lebens fortan in ein noch viel größeres greifen und dieses mit Leichtigkeit in Bewegung setzen.

Das klang alles sehr vielversprechend und vor allem spannend. Allerdings wurden sie in ihrer grenzenlosen Euphorie abrupt gestört, als zwei Schüler an der Haltestelle Breitengüßbach zustiegen und sich am anderen Ende des Abteils niederließen. Es war besser, die Lautstärke fortan zu mindern.

»Du wirst übrigens nicht glauben, wer neuerdings zu meinen Kunden gehört«, flüsterte Benni geheimnisvoll und beugte sich noch näher zu Felix hinüber. Als sein Bruder ratlos mit den Schultern zuckte, schob er seine Lippen so dicht es ging an Felix' Ohr und flüsterte: »Vickis Papa, der alte Schöpp.«

Felix setzte sich stocksteif in seinem Polster auf und starrte seinen Bruder erschrocken an. »Was? Spinnst du?«, zischte er entsetzt.

Das war doch kein Kinderspiel, verdammt. An der Schule das Zeug zu verticken war eine Sache, aber Eltern mit reinzuziehen eine ganz andere.

Aber Benni legte ihm beruhigend die Hand auf die Schulter. »Bleib ruhig, der Typ ist völlig in Ordnung. Wir haben sogar schon zu dritt bei denen im Wohnzimmer gekifft. Der ist echt okay. Außerdem is er völlig verschossen in seine Tochter, der würde alles für Vicki machen, der verpfeift uns ganz sicher nicht. Im Gegenteil, er hat mich gefragt, ob ich mehr besorgen kann, er hätte da ein paar Bekannte.«

Felix war bereit, ihm zu glauben. Vickis Vater war das zuzutrauen, der war tatsächlich mehr als lässig drauf. Alles erreicht im

Leben und Kohle ohne Ende. Und seine Tochter war wirklich sein Edelstein, für Vicki würde der sich sogar ein Bein absägen, wenn es sein musste. So blöd war die Nachricht wirklich nicht. Ihr Quasi-Schwiegervater wäre womöglich ein vorzüglicher Einstieg in ganz neue Kundenschichten, dachte er und musste bereits wieder grinsen. Ihr Unternehmen wuchs und wuchs, so schnell konnten sie gar nicht schauen, wenn das so weiterging.

»Dann brauchen wir langsam aber auch einen Firmennamen, wenn wir das schon im großen Stil aufziehen«, meinte Benni feixend und ließ sich in seinen Sitz zurückplumpsen. »Einen Namen, so wie die Camorra, von der uns der Hausmeister erzählt hat.«

Felix sagte nichts, aber er gab ihm innerlich recht, während er nachdenklich aus dem Fenster schaute und die vorüberziehende Landschaft des lieblichen Baunachtales betrachtete. In italienischen Gangsterfilmen hatten die geheimen Organisationen auch immer Decknamen. Und sie waren jetzt ebenfalls eine Geheimorganisation, also brauchten sie einen Namen, der als Deckmantel für ihre Aktivitäten herhalten konnte. Aber etwas Italienisches war nicht gut, sie brauchten etwas, das zu ihnen passte, etwas Verrücktes …

»Und, fällt dir eine gescheite Bezeichnung für unsere neue Firma ein?« Benni kicherte leise und schaute nun ebenfalls aus dem Fenster.

Eine Weile saßen sie so da und dachten über das eben Besprochene nach. Irgendwie war es wieder wie früher. Es machte Spaß, es war spannend, und es war verboten. Und wieder einmal war es ein genialer Streich, nur dass sie diesmal Geld damit verdienen konnten. Auf diese Weise hätten sie bald ein Haus und dazu das Geld, um es zu unterhalten. Was sie nach ihrer Schulzeit machen würden, wäre erst mal zweitrangig. Hauptsache, diese war bald vorüber. Auf jeden Fall sah die allernächste Zukunft der beiden John-Brüder sehr vielversprechend aus, jetzt mussten sie nur noch die Mädchen überzeugen.

Vicki wäre auf jeden Fall bei dem Unternehmen dabei, da war sich Benni sicher, sie machte ja jetzt schon nichts anderes, als »Kunden« am KHG anzuwerben, auch wenn ihnen gerade leider das Pervitin ausging. Aber sie erstellten bereits eine Warteliste.

Nur hinter Angelikas Namen stand noch ein Fragezeichen. Benni war sich nicht sicher, ob die Freundin seines Bruders mitziehen würde, die war eigentlich viel zu verklemmt für so ein verbotenes Treiben. Aber es war die Sache von Felix, das mit ihr zu klären.

»Habakuk«, sagte Felix mit einem Mal leise und grinste ihn verschwörerisch an. »Da weiß keiner, was das heißen soll, und es klingt gut. Genau, ›Habakuk‹«, wiederholte er noch einmal im Brustton der Überzeugung.

»Find ich gar nicht schlecht«, meinte Benni und ließ das Wort langsam auf seiner Zunge zergehen: »Habakuk.« Er hatte den Namen zwar irgendwie schon mal gehört, wusste aber überhaupt nicht, wo er ihn hinstecken sollte. Felix hatte recht. »Habakuk« klang ungewöhnlich und gleichzeitig harmlos, fast ein wenig naiv. Warum nicht? Außerdem hatte sein Bruder sowieso das Vorschlagsrecht, wenn er schon den ganzen Plan ausgeheckt hatte. »Von mir aus, dann heißt es ab jetzt eben ›Deckname Habakuk‹, abgemacht!« Er lachte und schlug bei Felix ein.

Die beiden Brüder schauten sich in die Augen und wussten, sie hatten gerade wieder einmal etwas Gefährliches mit sehr großer Tragweite beschlossen. Aber das war ja der Reiz, sich selbst immer wieder zu beweisen, dass ein Plan tatsächlich klappte. Und Polizisten meiden hatten sie in ihrer Jugend ja schon gelernt.

Nachdenklich, aber voller Vorfreude schauten sie aus dem Zugfenster.

Habakuk

Zu Tante Stastny nach Poxdorf zu kommen war gar nicht so einfach, wie sie sich das zuerst gedacht hatten. Waldsassen hatte keinen eigenen Bahnhof mehr, obwohl die Strecke nach Eger vor dem Krieg einmal sehr wichtig gewesen war. Aber das war lange her. Jetzt konnte man nur noch bis Marktredwitz mit der Bahn fahren und musste sich von dort mit dem BAXI abholen lassen, einer Art »Joint Adventure« zwischen der Bahn und ortsansässigen Taxiunternehmen. Das wiederum war aber sehr bequem.

Tante Stastnys Pension, der »Heindlhof«, lag nur wenige Kilometer von Waldsassen entfernt in einer Talmulde. Poxdorf gehörte zum schönen Örtchen Neualbenreuth, in dem auch das bekannte Sibyllenbad mit seiner überregional bekannten Heilquelle beheimatet war. Zu ihrer Überraschung hatte ihnen Tante Stastny bei ihrer Ankunft erklärt, dass sie sich jetzt gar nicht mehr in Franken, sondern im nördlichsten Zipfel der Oberpfalz befänden. Das hatten ihnen ihre Eltern zwar früher schon einmal erzählt, aber wer behielt schon als Kind solche geopolitischen Feinheiten? Sie wussten nur, dass es immer sehr schön gewesen war, Tante Stastny im »Heindlhof« zu besuchen.

Eigentlich stammte Tante Stastny, die mit Vornamen Edeltraud hieß, aus dem Sudetenland, genauer gesagt aus Karlsbad, was ja bekanntermaßen in Karlovy Vary umbenannt worden war. Nach Kriegsende war sie in Poxdorf bei ihrem späteren Mann hängen geblieben, während ihre beiden Schwestern bis nach Ebern gekommen waren, und Rosalinde hatte ja dann auch gleich diesen Karl geheiratet, den Edeltraud nie ausstehen konnte. Aber seine und Rosalindes Enkel hatte sie immer gern gemocht, und sie hatte sich auch richtig gefreut, als sie gehört hatte, die beiden wollten sie einmal besuchen kommen.

Das Erste, was Felix und Benjamin auffiel, war der Umstand, dass es in dem kleinen, engen Tal, in dem Poxdorf lag, keinen Handyempfang gab. Um Anschluss an das Netz zu bekommen, war es nötig, einer der beiden Straßen aus dem Ort hinaus zu folgen; nach ein paar hundert Metern konnte man dann einigermaßen telefonieren, sonst nicht. Mangels Alternativen mussten sie sich abends mit Tante Stastny unterhalten und stundenlang Kniffel spielen, so wie früher, als sie mit ihren Eltern hier gewesen waren. Aber wie hatte schon Otto Lilienthal mutmaßlich mal gesagt: »Opfer müssen gebracht werden.«

Was sie hier in der Gegend zu tun hatten, wollte Tante Stastny gar nicht wissen, sie war froh, die beiden wieder einmal im »Heindlhof« um sich zu haben. Die ehemals kleinen Kerle waren richtig groß geworden, aber noch genauso frech und unternehmungslustig wie früher. Und irgendwie machte es den beiden auch richtig Spaß, ein paar Abende lang mit Edeltraud Stastny zusammenzuhocken, erstklassige Abendessen inklusive.

An einem dieser Abende fassten sie sich ein Herz und fragten Tante Stastny, wie denn dieses schlimme Verhältnis zwischen ihrem Vater und Opa Karl zustande gekommen war. Einen Moment lang zögerte sie, aber dann fand sie, die zwei waren jetzt alt genug, um die Wahrheit erfahren zu können. Eigentlich war das Sache ihres Vaters, aber der hatte sich ja nie zu diesem Schritt durchringen können, was aus ihrer Sicht auch irgendwie verständlich war.

»Das kommt daher, dass euer Opa Karl eure Oma damals in der Schwangerschaft aus dem Haus gejagt hat. Er hat sie aus dem gemeinsamen Heim in Jesserndorf geworfen, von einem Tag auf den anderen.«

»Ja, und wieso?«, fragte Felix neugierig, während Benjamin gespannt die Ohren spitzte.

Ein merkwürdiges Funkeln trat in Tante Stastnys Augen, als sie weitersprach. »Ganz einfach, weil er herausgefunden hatte, dass sie eine Jüdin war. Also, eigentlich war Rosalinde getauft, wir Mädchen sind ja alle katholisch erzogen worden, aber sie hatte ihrem Mann und Ex-Gruppenführer der SS unsere jüdische Mutter verschwiegen. Grund genug für dieses Naziarschloch, seine Frau zu verstoßen. Sie musste euren Vater weitgehend allein großziehen, und Emil hat jeglichen Kontakt zu eurem Großvater abgebrochen, als sie es ihm irgendwann erzählt hat.«

Felix hörte sich alles an, dann zog er einen zusammengefalteten Brief aus der Tasche und reichte ihn Tante Stastny. Die legte ihre Würfel auf die Seite und nahm ihn mit fragendem Blick entgegen.

»Den und noch einen ganzen Haufen anderer Briefe hab ich in einer Kommode auf Opas Dachboden gefunden. Ich kann sie aber nicht entziffern. Weißt du, was da drinsteht?«, meinte er ratlos und blickte gespannt zu seiner Tante. Auch Benni schaute erwartungsvoll zu ihr hinüber.

Tante Stastny hatte nur kurz das Lesen begonnen, als sich ihre Miene bereits verdüsterte und sich ein müdes Lächeln über ihr Gesicht legte. Sie schaute auf, blickte mit traurigem Blick von einem zum anderen und antwortete: »Das könnt ihr nicht lesen, weil es die alte deutsche Schrift ist, Sütterlin. Wir haben sie in unserer Jugend alle lernen müssen. Aber für euch beide ...«, sie schaute Benni und Felix tief in die Augen, »für euch beide ist es ein Segen, dass ihr das hier nicht lesen könnt. Tut euch selbst einen Gefallen und werft diese Briefe einfach weg oder, noch besser, verbrennt sie. Versucht einfach, anständige Menschen zu werden, und befreit euch von dieser unseligen Vergangenheit. So, und jetzt vergessen wir dieses Thema und machen weiter, ja?« Sie faltete den Brief wieder zusammen und gab ihn Felix zurück.

Sie fragten nicht mehr weiter, sondern spielten eine Weile schweigend, bis Tante Stastny irgendwann ein anderes Thema anschnitt und sich die Stimmung wieder verbesserte.

Am nächsten Morgen nahm Felix den alten Roller von Tante Stastny und fuhr zum Duty-free-Shop an der Tankstelle gleich hinter der tschechischen Grenze. Bis Eger waren es noch ein paar Kilometer, aber Eger war nicht das Ziel seines Ausfluges, sondern die barackenartige Siedlungslandschaft, die sich auf der anderen Straßenseite vor ihm ausbreitete.

Er stellte den Roller ab, überquerte die Straße und begab sich in das Gewirr der zahllosen Gassen, die zwischen den Verkaufsbuden hindurchführten. Es kam ihm vor wie in Klein-Saigon. Überall wurde billigste Ware, hauptsächlich Kleidung und Taschen jeder Art, angeboten, die sich von Baracke zu Baracke nicht wesentlich unterschied. Alle, die hier auf dem Vietnamesenmarkt mit was auch immer dealten, schienen denselben Zulieferer zu haben, denn an jedem Stand konnte er die gleichen Sachen erwerben, nur vielleicht in anderen Größen.

Neugierig durchstöberte er die fremdartige Hüttenstadt, wobei er fortwährend von kleinen, schnatternden Asiaten angebaggert wurde, die ihm mit penetrantem Vokabular – »billig«, »nur heute«, »einmalige Gelegenheit« – ihre Plastikpullover aufschwatzen wollten. Das gipfelte in einer filmreifen Szene, als sich eine abgedunkelte Limousine deutscher Bauart im Schritttempo durch die engen Gassen bewegte, woraufhin sämtliche Vietnamesen ganz plötzlich verstummten und aus jedem Verkaufsstand einer angerannt kam, um Geldscheine durch den schmalen Schlitz des minimal heruntergelassenen Mercedesfensters zu werfen. Kurze Zeit später war der ganze Spuk vorbei, und das Geschnatter um ihn herum begann erneut.

Ein seltsames Erlebnis, das ihn für einen Moment an seiner eigenen Courage zweifeln ließ. Es wurde langsam Zeit, zum eigentlichen Grund seines Hierseins vorzustoßen, schließlich wartete Benni auf der anderen Seite der Grenze darauf, dass er ihn anrief.

Felix nahm allen Mut zusammen, näherte sich einem Vietnamesen, der eine Wenigkeit größer war als alle anderen, und sagte zu ihm so leise wie möglich: »Crystal, kaufen?«

Der Angesprochene wirkte in keiner Weise überrascht, eher sogar erleichtert, wusste er doch endlich, was er dem jungen Mann, der da vor ihm stand, verkaufen konnte. »Haben, billig, Gelegenheit«, flüsterte der zurück und machte Felix mit wildem Gefuchtel klar, dass dieser ihm ins Innere des provisorischen Barackenverhaues folgen sollte.

★★★

Honeypenny schrak von ihren Internetrecherchen hoch, als Haderlein mit Lagerfeld im Schlepptau ins Büro stürmte, während sich Fidibus hinten in seinem Glaspalast ausschließlich um seine Angelegenheiten kümmerte und seine Mitarbeiter keines Blickes würdigte. Wenn er Akten studierte, dann studierte er Akten.

Franz Haderlein winkte Marina Hoffmann zu sich her, und zu dritt setzten sie sich um Haderleins Schreibtisch. Lagerfeld hatte den dringenden Verdacht, dass in Haderleins Kriminalergehirn ein Plan gereift war. Wenn dem so war, wäre er der Letzte, dem das missfallen würde, er selbst hatte nämlich keinen, der Beziehungsstress von gestern Abend steckte ihm noch so richtig in den Knochen. Und tatsächlich legte sein älterer Kollege im weiteren Verlauf eine auffallend zielgerichtete Vorgehensweise an den Tag.

»Honeypenny, wir brauchen dich jetzt zu unserer vollen Verfügung«, sagte Haderlein eindringlich, als ihn die Bürofee der Dienststelle fragend anschaute. »Was hast du über das Haus in Jesserndorf herausgefunden? Wem gehört es, wer hat da drin gewohnt, was ist mit Angelika Schöpps Tochter und so weiter«, fuhr er sie fast schon herrisch an, woraufhin Honeypenny ihn eines pikierten Blickes bedachte, der an Haderleins eherner Rüstung der blanken Tatkraft aber wirkungslos abprallte.

Es war eindeutig besser, sie kam seiner Aufforderung nach, sonst bekäme sie ganz schnell großen Stress, das war Marina Hoffmann klar. Schließlich kannte sie ihren Franz fast so gut, wie ihn sonst nur seine Manuela kannte. Und das hieß, jetzt war keine Zeit für Zickereien.

Lagerfeld fiel nun allerdings ein, dass er ja zwischenzeitlich ebenfalls einige Sachdienlichkeiten ermittelt hatte. »Ach so, ja, da kann ich ja auch was von den Soroptimistinnen auf dem Jesserndorfer Weihnachtsmarkt erzäh–«, hob er an, aber Haderlein winkte ab.

»Gleich, Bernd, alles der Reihe nach, jetzt ist erst mal Marina dran.«

Auch gut, dachte sich Lagerfeld, wenn Honeypenny neuerdings ein vollwertiger Kommissar sei soll ... »Bidde«, stellte er fest und verschränkte beleidigt die Arme vor der Brust.

Marina Hoffmann hingegen nahm ihre Notizen zur Hand und legte auch gleich los: »Okay. Das Haus in Jesserndorf ist eingetragen auf einen Felix John, der dort auch gemeldet ist, gemeinsam mit Angelika Schöpp, und das seit ungefähr zwei Jahren. Wo Angelika Schöpp gearbeitet hat, wissen wir, Felix John ist seit vier Semestern als Student der Betriebswirtschaft an der Universität Bamberg eingeschrieben. Von einer Tochter weiß ich nichts, zumindest habe ich in den amtlichen Akten keinerlei Hinweis auf eine Tochter gefunden. Meiner Meinung nach hat die Schöpp phantasiert oder dem gutgläubigen Wagenbrenner einfach Mist erzählt. Diese Tochter gibt es nicht.«

»Aha, sehr spannend. Bis auf das BWL-Studium hätte ich euch das auch alles erzählen können«, maulte Lagerfeld und wollte preisgeben, was ihm gestern aus dem Soroptimistenlager noch so zugespielt worden war. »Eine ehemalige Lehrerin aus Jesserndorf hat mir außerdem gesteckt −«, wollte Lagerfeld erzählen.

Diesmal fiel ihm mit angewidertem Gesichtsausdruck Honeypenny ins Wort. »Aber nicht die Tatjana Gsell, oder?« Sie sah mit einem Mal aus, als hätte sie Zitronen in Knoblauchsoße zum Frühstück essen müssen.

»Wer?«, fragte Haderlein ungeduldig, und auch Lagerfeld schaute irritiert.

»Na, die Tatjana Gsell, die ihren reichen Mann umgebracht haben soll. Die stammt aus Jesserndorf, das weiß ich sicher. Aber Lehrerin war die nie«, erläuterte Honeypenny, ungläubig staunend, dass die beiden Männer diesen Namen nicht kannten. Lasen die denn keine »Brigitte«, »Bunte«, »Neue Revue« oder wenigstens die »Bild«-Zeitung?

»Dürfte ich jetzt vielleicht ausnahmsweise einmal ausreden?«, beschwerte sich Lagerfeld, woraufhin Haderlein ihm aufmunternd zunickte und Marina Hoffmann ihn mit einem vernichtenden Blick strafte. »Also, Dorothe Klement von den Soroptimisten hat gemeint, dass die es in dem Haus da unten ziemlich wild getrieben haben, was auch immer sie damit gemeint hat. Wobei ihr die dahingeschiedene Angelika Schöpp anscheinend noch am ehesten zusagte. Aber das nur nebenbei. Sie brachte noch zwei weitere Namen ins Spiel, eine gewisse Vicki und Felix Johns Bruder, Benjamin John. Diese vier müssen zumindest zeitweise zusammen in dem Haus gewohnt haben. Viel interessanter aber ist ihre Vermutung, dass diese Vicki, bevor sie mit Benjamin John das Weite gesucht hat, irgendwie in den Fall mit dem toten Mädchen am Kaiser-Heinrich-Gymnasium involviert war, den meiner dunklen Erinnerung nach César damals bearbeitet haben muss.«

Haderlein grübelte einen kurzen Moment, dann meinte er nachdenklich: »Ein totes Mädchen am KHG. Doch, ja, ich kann mich erinnern. Das war ungefähr vor drei Jahren, glaube ich. Ist die nicht an einer Überdosis gestorben? César müsste das genauer wissen.« Haderlein schaute erst Honeypenny, dann Lagerfeld an. »Wo bleibt César überhaupt, wenn ich fragen darf?«

★★★

Mit einer theatralischen, fast triumphierenden Geste legte Huppendorfer den verkohlten, noch etwas tropfenden Schädel als Letztes an seinen Platz auf dem Seziertisch. Der Körper war wieder vollständig, das Puzzle komplett.

Siebenstädter war die unliebsame Überraschung deutlich ins Gesicht geschrieben. Etwa so musste seinerzeit Rumpelstilzchen geschaut haben, als die Königin völlig unerwartet seinen Namen herausposaunte. Der Rechtsmediziner warf einen Blick auf seine Uhr und sah angesäuert zu Huppendorfer hinüber. Dieser versnobte brasilianische Arrogantling hatte nicht einmal fünfzehn Minuten gebraucht, um alles zu finden. Dabei war er mit seinen Verstecken doch so gründlich gewesen wie immer. Das war völlig unerklärlich. Wieder blickte der Professor ungläubig auf seine Uhr.

»Ts, ts, ts, ein Schädel im Spülkasten Ihrer Toilette, finden Sie das nicht etwas pietätlos, Herr Professor? Obwohl ich den Unterarm hinter dem Heizkörper mindestens genauso geschmacklos fand, wenn ich ehrlich bin. Aber wie dem auch sei, Herr Professor, das Spiel ist vorbei. Wir hatten eine Abmachung, und ich hätte jetzt gern Ihre Ergebnisse, und zwar ein bisschen flott, wenn's geht.«

Siebenstädter starrte Huppendorfer an, unsicher, wie er sich nun verhalten sollte. Dann fällte er eine Entscheidung: Er beschloss, aufzugeben und stattdessen die Direttissima zu nehmen. Verloren war verloren, das nahm er sportlich. Aber zuerst musste er sich abreagieren. Er holte unter Huppendorfers ungeduldigen Blicken ein altertümliches Nokia-Handy aus den Untiefen seiner weißen Arbeitskleidung, schaute noch einmal kurz auf den Totenschein der Leiche Schöpp und wählte eine Nummer.

Huppendorfer hörte undeutlich, wie sich am anderen Ende eine männliche Stimme meldete, dann redete nur noch der Professor. Nein, falsch, er redete nicht, er brüllte.

»So, aha, Doktor wollen Sie sein? Das nächste Mal melden Sie sich gefälligst mit Ihrem richtigen Berufsstand, Kastura. Das wäre dann aber nicht Doktor, sondern besser Ignorant, Dilettant oder auch einfach nur fauler Sack. Hören Sie mal zu, Kastura, wenn Sie zu bequem sind, bei einer frisch verstorbenen Leiche eine halbwegs akzeptable Diagnose zu erstellen, dann sind Sie in diesem Beruf fehl am Platz! Sollte ich noch einmal so ein Totenscheingeschreibsel mit einer so dämlichen Begründung von Ihnen bekommen, dann gnade Ihnen Gott, Kastura. Dann werde ich Sie wegen Amtsanmaßung, offensichtlicher Unfähigkeit oder zumindest Pfusch am Bau verklagen. Und wenn das alles nichts hilft, komm ich persönlich vorbei, Kastura, und leg Sie übers Knie. Haben Sie mich verstanden, Herr *Doktor*?«

Ohne eine Antwort abzuwarten, legte Siebenstädter auf. Er atmete einmal tief durch und schaute Huppendorfer erleichtert an, jetzt ging's ihm nämlich etwas besser.

»Doch kein Herzinfarkt?«, fragte César Huppendorfer vorsichtig, aber Siebenstädter war bereits wieder der Alte, zumindest im Argumentativen.

»Also, jetzt hör mal gut zu, Jungchen, ich sag alles nur einmal: Die Frau ist tatsächlich an Herzversagen gestorben. Das konnte selbst dieser Volltrottel von einem Arzt feststellen. Allerdings nicht einfach so. Der Körper da«, er deutete mit einem Finger auf die Leiche von Angelika Schöpp, »ist vollgepumpt mit einem Stoff namens Methamphetamin, gemeinhin auch Crystal genannt. Die Frau hatte so viel intus, dass ich mich frage, wie sie überhaupt noch irgendeiner Tätigkeit nachgehen konnte. Wer mit so einer Menge Methamphetamin unterwegs ist, hat mindestens die eine oder andere Halluzination, wahrscheinlich aber eine totale Fehlpeilung, das kann ich Ihnen sagen. Auf jeden Fall hat ihr Herz eine Zeit lang auf Notstrom geschaltet, aber irgendwann diese Belastung nicht mehr ertragen und dann einfach aufgegeben.«

Angriffslustig auf Widerspruch wartend schaute er Huppendorfer an, aber der bot keinerlei Angriffsfläche, sondern gab nur ein spartanisches »Aha« von sich. Da er keinen Gegner fand, musste Siebenstädter wohl oder übel im gleichen Duktus weitermachen. Er ging ansatzlos zu der verbrannten Männerleiche über.

»So, und dieses Bürschchen ist dagegen völlig clean. Keinerlei Spuren irgendeiner Droge. Soweit ich das beurteilen kann, ist dieser Mensch gestorben, weil ihm ein komplettes Haus um die Ohren geflogen ist. Das hat ihn in mehrere Teile zerlegt, so was überlebt auch der Robusteste nicht. War übrigens schon im Mittelalter eine gängige Methode, Vierteilen. So, jetzt die Überraschung. Was ich nämlich auch noch herausgefunden habe, ist die Identität des jungen Mannes.«

»Ach was.« Jetzt war César Huppendorfer aber doch beeindruckt. »Wie haben Sie das denn geschafft, es ist doch alles völlig verbrannt an dem?«

Siebenstädter genoss das Lob sichtlich, ein warmer Regen auf die von der missglückten Eiersucherei durchlöcherte Seele. »Nun, durch ein aufwendiges Verfahren konnte ich vom Daumen der rechten Hand einen partiellen Fingerabdruck rekonstruieren. Das schaffen nur wenige, nebenbei bemerkt, eigentlich nur ich. Den Scan habe ich abgleichen lassen, und siehe da, die Fingerabdrücke sind aktenkundig. Dem jungen Mann wurden bereits einmal die Personalien samt Fingerabdrücken abverlangt.«

»Tatsächlich? Weswegen denn und wo?« Huppendorfer war jetzt aber mal richtig gespannt. Der Professor machte gerade im Eiltempo alles wieder gut, was er ihm bisher an nervlichem Raubbau zugefügt hatte.

»Da schauen Sie, was?« Siebenstädter genoss auch dieses Erfolgserlebnis, und Huppendorfer ließ ihm bereitwillig seinen kleinen Platz an der Sonne.

Hauptsache, er rückte endlich damit raus.

»Ist noch gar nicht lange her«, meinte Siebenstädter zufrieden. »Vor einem Vierteljahr hat man ihn bei einer Schleierfahndung an der tschechischen Grenze festgenommen, wegen des Vorwurfes des gewerblichen Drogenhandels. Die Spürhunde der Polizei hatten wohl bei einer Kontrolle angeschlagen, aber man hat weder etwas bei ihm gefunden, noch konnte man ihm irgendetwas nachweisen. Eine Nacht in einer Zelle, dann war er wieder frei.«

»Ja und, wer ist das nun?«, wollte Huppendorfer endlich wissen. Wenn stimmte, was der Professor ermittelt hatte, konnte sich die Bamberger Polizei einen Haufen Zeit und Arbeit sparen.

»Sein Name ist Felix John, wohnhaft in Jesserndorf. Wo dieses

Kaff liegt, werden Sie ja wohl selbst herausfinden können. Die genaue Adresse kann ich Ihnen aufschreiben, Jungchen.«

Aber »Jungchen« Huppendorfer benötigte keine weiteren Angaben. Er kannte dieses »Kaff«, kannte es sogar ganz genau, er war ja erst gestern den halben Tag dort gewesen. Er wusste sofort, welche Adresse der Professor da gerade auf einen Zettel schrieb. Außerdem sagte ihm der Name Felix John irgendetwas, den hatte er schon einmal irgendwo gehört. Aber wo, verdammt?

»Hier. Am Dorfgrund 8 in Jesserndorf«, meinte Siebenstädter lässig und hielt ihm den Zettel hin, aber César lehnte dankend ab.

»Danke sehr, Herr Professor, aber den Schrieb brauch ich nicht. Die Adresse gibt's nicht mehr«, erklärte er.

Siebenstädter guckte verdrossen. Jetzt tat er Huppendorfer schon fast leid. Irgendwie kam der Rechtsmediziner heute nicht so richtig in Gang. Was des Professors Überlegenheitsbedürfnis anbelangte, so trat der Mann andauernd ins Leere. Er schmunzelte, aber nur innerlich.

Professor Siebenstädter hatte aber noch einen Trumpf im Ärmel, einen allerletzten. Sollte der auch nichts Richtiges zum Angeben sein, war es endgültig so weit, dann würde er sich hier einschließen und hemmungslos mit Formalin betrinken, sobald dieser Polizist weg war.

Er trat näher an Huppendorfer heran und machte ein Gesicht wie zur Oscarverleihung. Nur dass er schon vorher wusste, was auf dem Zettel stand, den er nun aus einer Innentasche seines weißen Medizinerkittels zog.

»Das hier habe ich übrigens in der Unterwäsche unserer weiblichen Leiche gefunden«, sagte er und präsentierte Huppendorfer den kleinen karierten Zettel, der handschriftlich mit Namen und Telefonnummern vollgekritzelt war.

Huppendorfer nahm ihn erstaunt an sich. Was sollte denn das jetzt wieder bedeuten? »In der Unterwäsche?«, fragte er spitz, während er den Zettel eingehend studierte. Es standen irgendwelche Telefonnummern sowie einfache, den Nummern zugeordnete Begriffe wie »Rabe«, »Tulpe« und »Schneeweißchen« darauf. War das wieder eines von Siebenstädters blöden Rätselspielen, weil bald Dreikönig war, oder so? Damit konnte er jedenfalls erst einmal nichts anfangen, also steckte er den Zettel weg. Sollten sich die in der Dienststelle später damit beschäftigen.

Der Professor registrierte zufrieden Huppendorfers Ratlosigkeit. Seine Laune hob sich ein wenig. »Ja, in der Tat, in der Unterwäsche, Herr Kommissar. Auch Rechtsmediziner haben ihre kleinen Freuden.«

Auf diese nebulöse Bemerkung hin beschloss Huppendorfer, lieber nicht mehr nachzufragen, und wechselte flugs das Thema. »Was machen Sie denn jetzt eigentlich mit der toten Schöpp, Herr Professor? Einfach begraben können Sie die ja nicht mit dem ganzen Amphetamin, was die intus hat. Die verseucht ja das ganze Erdreich, oder nicht?«

Endspiel

Guiseppe Romano hatte lange überlegt, wie er es anstellen sollte, dazu hatte er ja im Knast ausführlich Gelegenheit gehabt. Er ging davon aus, dass sie auf ihn warteten, nachdem es ihnen nicht gelungen war, ihn im Gefängnis umzulegen. Sie würden warten, weil sie wussten, er würde kommen.

Als der Richter das Urteil gesprochen hatte, hatte Romano dem Schwein von der Anklagebank aus tief in die Augen geschaut. Die ganze Zeit, während der Richter sprach. Mit seinem Blick hatte er ihm zu verstehen gegeben, dass er ihn töten würde, sobald er wieder draußen war. Und er war sich sehr sicher, dass sein Gegenüber die Botschaft auch verstanden hatte.

Nachdem er das Gefängnis nun lebend verlassen hatte, glaubten sie vermutlich, er sei so blind vor Hass, dass er leicht ins offene Messer laufen würde. Aber den Gefallen tat er ihnen nicht. Er war ein Kind der Mafia, er hatte von Kindesbeinen an gelernt, wie man eine Zielperson überraschte. Das saugte man in Catania quasi mit der Muttermilch ein.

Soeben hatte er in aller Ruhe seinen morgendlichen Espresso im Café am Bamberger »Gabelmo«, dem Neptunbrunnen, getrunken. Jetzt würde er sich nach Jesserndorf begeben, um ruhig und professionell die Sache zu Ende zu bringen. Ob alle dort versammelt waren oder nicht, musste er noch herausfinden. Aber letztlich war es ihm völlig egal, er hatte ja einen Plan.

Er schlug die ersten Seiten des »Fränkischen Tages« auf, um sich noch kurz über das Bamberger Tagesgeschehen zu informieren.

Auch vor seiner Inhaftierung, während seiner Tätigkeit als Hausmeister, hatte er nach dem ersten Espresso regelmäßig den »FT« gelesen, es war sein tägliches Ritual. Er hatte schließlich etwas erreichen wollen in diesem Land. Dazu musste er sich für seine Umgebung, seine Stadt interessieren, musste wissen, was um ihn herum so los war, um nicht ewig Schulhausmeister zu bleiben. Selbst im Gefängnis hatte er sich die Tageszeitung besorgen lassen. Und auch wenn er hoffte, in Kürze wieder in Sizilien zu sein,

Ritual war Ritual, vor allem, wenn man es endlich in Freiheit tun konnte.

Er blätterte eine Seite voller unaufgeregter Nachrichten nach der anderen um, dann saugten sich seine Augen unversehens an einem Bild auf Seite fünf fest. Romano glaubte seinen Augen nicht zu trauen, die Zeitungsseiten gefroren ihm regelrecht zwischen seinen Händen. Ein Haus, nördlich von Bamberg, war gestern in Flammen aufgegangen, regelrecht explodiert. Die Polizei ging von einer Straftat aus, die Leiche eines jungen Mannes war in dem Haus gefunden worden, dessen Identität lag allerdings noch im Dunkeln.

Er starrte das Foto von der Hausruine in Jesserndorf an, und ein Frösteln zog sich über seinen Rücken. Das war *das* Haus, eindeutig. Fieberhaft überlegte er, was das jetzt für ihn bedeutete. Hatten sie angefangen, sich gegenseitig umzubringen? Dann stellte sich die Frage, wer bei wem erfolgreich gewesen war.

Was war hier los, verdammt?

Seinen sorgsam ausgetüftelten Plan konnte er ab sofort in die Tonne treten, denn die Bedeutung des Zeitungsartikels war weitreichend. Er musste nur herausfinden, wie weit. Eines war aber schon mal klar, nämlich dass ihm doch nicht so viel Zeit blieb, wie er geglaubt hatte. Die Bullen würden früher oder später herauskriegen, was es mit dem Haus auf sich hatte, wem es gehörte. Und dann stießen sie unweigerlich irgendwann auf den Namen Romano. Vielleicht erst in ein paar Monaten, vielleicht aber auch schon morgen.

Er hatte keine Zeit mehr zu verlieren. Entweder er handelte sofort, oder aber er verließ sich auf sein Bauchgefühl, das ihm dringend riet, schleunigst zu verschwinden.

Die Entscheidung fiel nicht schwer. Guiseppe Romano war Sizilianer, ein Mann von Ehre. Er konnte nicht einfach aufgeben und gehen, so tun, als wäre nichts gewesen, Bauchgefühl hin oder her. Er beschloss zu handeln, und das schnell. Er ließ die Zeitung auf dem Bistrotisch liegen, zahlte und ging.

Als er im Auto saß, wählte er eine Nummer mit dem Handy, das er von Gschwander »geerbt« hatte, und wartete ungeduldig.

»Hallo?«, meldete sich eine Frauenstimme, die er sofort wiedererkannte. Die Frau, zu der sie gehörte, musste inzwischen etwa fünfzig Jahre alt sein. Von ihr wollte Guiseppe Romano eigentlich nichts, zumindest nichts Böses. Aber sie war ein wesentlicher Bestandteil seines Plan B. Dieser Plan hieß »Flucht nach vorn«. Es musste etwas passieren.

»Ja, entschuldigen Sie, Starke. Ich bin mit Ihrem Mann verabredet, aber er ist bis jetzt noch nicht aufgetaucht. Können Sie mir vielleicht sagen, wo er bleibt?« Er befleißigte sich eines korrekten, möglichst akzentfreien Hochdeutsch, was ihm aber nur teilweise gelang.

Die Methode war so alt wie das Verbrechen selbst, doch sie würde bestimmt darauf reinfallen. Er hatte die Frau einmal kurz am Kaiser-Heinrich-Gymnasium kennengelernt. Im Hauptberuf hübsch, zumindest früher, und ganz die folgsame Ehefrau ihres wohlhabenden Ernährers. Doof war sie schon immer gewesen, daran hatte sich sicher nichts geändert in den letzten Jahren. Ihr Nervenkostüm schätzte er derzeit nicht als das beste ein, schließlich sollte ja dieser grausame Verbrecher aus dem Gefängnis entlassen werden. Und dann noch der immerwährende Ärger mit der chronischen Unpünktlichkeit ihres Mannes. Genau so klang sie auch.

»Ach, du lieber Himmel, Herr Oberbürgermeister, Gottfried ist nicht da, der ist schon beim Basketball. Die ›Brose Baskets‹ spielen doch heute Nachmittag irgend so ein Benefizspiel in der Arena. Ist es dringend?«, fragte Elisabeth Schöpp besorgt. »Soll ich ihn anrufen? Das wird nämlich schwierig. Wenn er dort Geschäftspartner trifft, stellt er es immer leise. Und bei dem Krach in der Arena später hört er sicher auch nichts.«

Romano brauchte eigentlich keine Telefonnummer, er hatte erfahren, was er wollte. Aber schaden konnte es nicht. »Nein, nein, nein, ist nicht nötig«, wehrte er ab. »Geben Sie mir einfach seine Telefonnummer, ich rufe ihn dann nach dem Spiel selbst an.«

Einen Moment lang war nichts zu hören, und er dachte schon, sie hätte Verdacht geschöpft, aber sie war wohl nur auf der Suche nach der Nummer gewesen.

»So, entschuldigen Sie, Herr Starke, jetzt habe ich sie«, meinte sie etwas hektisch und gab ihm die Nummer durch, woraufhin sich Guiseppe ausführlich und in aller Freundlichkeit bedankte.

»Wann ist denn das Spiel aus, wissen Sie das zufällig?«, fragte er vorsichtig, nicht dass sie noch misstrauisch wurde.

»Ach Gott, das weiß ich nicht. Aber nach Spielende sitzt er immer noch eine Weile in der VIP-Lounge. Ich nehme nicht an, dass er vor neunzehn Uhr dort weggeht«, gab Elisabeth Schöpp bereitwillig Auskunft.

Guiseppe Romano kam eine Idee, aber dafür brauchte er noch eine allerletzte Auskunft. »Ich nehme an, er ist mit seiner G-Klasse dort, kann das sein?«

Er landete einen prächtigen Volltreffer.

»Ja, natürlich, was denken Sie denn? Sogar mit Sommerreifen, und das jetzt, im tiefsten Winter, stellen Sie sich das einmal vor. Wahrscheinlich fährt er wieder irgendetwas kaputt, und ich muss dann eine Woche lang seine schlechte Laune ertragen, bis das Auto repariert ist ... Warum fragen Sie?«

»Ach, nur so.« Er lachte ins Telefon. »Hätte mich auch gewundert, wenn es anders gewesen wäre. Ich muss jetzt aber mal los, ich danke Ihnen, Sie haben mir sehr geholfen.«

»Ach, keine Ursache, Herr Starke, sagen Sie meinem Mann bitte, er soll nicht so spät heimkommen, ja?«

Sie klang nicht direkt besorgt, sie wusste wahrscheinlich, dass ihr Mann sowieso immer genau das machte, was er wollte. Schließlich war er kraft seiner beruflichen Erfolge fast so etwas wie ein Heiliger, und dementsprechend verhielt er sich auch. So viel hatte Guiseppe Romano inzwischen über ihn herausbekommen, und so hatte er ihn ja auch erlebt. Gottfried Schöpp konnte alles, wusste alles. Aber nicht mehr lange, dann würde er das arrogante Grinsen in seinem Gesicht auslöschen.

»Na sicher, das werde ich ihm gern ausrichten, ein schönes Wochenende noch«, säuselte Romano und legte auf.

Er blieb noch ein paar Minuten reglos im Auto sitzen und überdachte die Sachlage, dann startete er den Motor des Renaults und machte sich auf den Weg in den Bamberger Süden, zur »Brose Arena«. Schließlich hatte er ja einen Auftrag. Er sollte etwas ausrichten.

★★★

Siebenstädter schaute den jungen, adretten Kommissar nun geradezu wohlwollend an. Die Tote verseuchte den Boden? Der Mann war nicht nur findig, nein, er hatte ja außerdem einen ganz ausgesuchten Humor. Er begann völlig unerwartet, eine Art Respekt diesem Kommissar gegenüber zu empfinden.

»Da haben Sie sogar recht, Herr Huppendorfer, da hatte ich noch gar nicht drüber nachgedacht. Es gilt, eine Lösung für dieses Problem zu finden. Ich nehme an, weder die Müllverbrennung in Bamberg noch die Tierkörperbeseitigungsanstalt in Walsdorf wären zu diesem Opfer bereit? Ewig kann ich die Leiche ja nicht hierbehalten.«

Huppendorfer war nicht ganz klar, ob der Professor das jetzt als Scherz gemeint hatte oder nicht. Er nahm einfach mal Ersteres an und schüttelte den Kopf. »Bedaure, Herr Professor, da werden Sie sich wohl selbst was einfallen lassen müssen. Das sind technische Feinheiten, die meine beruflichen Fähigkeiten, vor allem aber meine Kompetenzen übersteigen. Versuchen Sie es doch mal beim Landratsamt, am besten in der unteren Naturschutzbehörde, die wissen so was. Ich muss Sie jetzt verlassen, leider. Wenn Sie mich dann freilassen könnten?«, rief er fröhlich und verließ die Erlanger Rechtsmedizin wenig später durch die Tür, die ihm der Professor nun endlich bereitwillig öffnete.

***

Felix John stand auf einem freien Feld etwa hundert Meter hinter dem Vietnamesenmarkt und hatte seinen Rucksack abgesetzt. Zweihundertfünfzig Gramm Crystal Meth hatte er ohne Probleme für sein Geld bekommen, das war weit mehr, als er zuvor ausgerechnet hatte. Der Vietnamese wollte ihm sogar noch etwas Haschisch als Bonus mitgeben, aber er hatte dankend abgelehnt. Das gesamte Firmenvermögen von »Habakuk« steckte nun in dieser unscheinbaren Plastiktüte. Es war so eine Art Alles-oder-nichts-Investition.

Er schaute sich noch einmal um, aber es war weit und breit niemand zu sehen. Felix war allein auf weiter Flur. Er öffnete seinen Rucksack und holte die Einzelteile der Drohne heraus, um sie zusammenzubauen. Gut tausendfünfhundert Euro hatte das Teil gekostet, die Umbauten nicht mitgerechnet. Benni hatte das Fluggerät nämlich technisch noch etwas optimiert, sodass die Drohne leistungsfähiger war als sowieso schon angegeben.

Als er fertig war und die Drohne in ihrer ganzen Pracht, mit den vier Rotorblättern, vor ihm auf der Wiese stand, bekam er es das erste Mal mit der Angst zu tun. Wenn das jetzt schiefging, waren sie erstens pleite und zweitens womöglich sehr bald im Knast. Aber Angst vor der Polizei war für Benni und ihn noch nie das große Problem gewesen.

Also gut, dann mal los. Er verstaute die kleine Plastiktüte in dem verschließbaren Fach, das Benni direkt hinter der Kamera am Rumpf des Quadrokopters befestigt hatte. Dann verschraubte er den Aluminiumbehälter mit dem dazugehörigen Deckel und trat zur Seite. Ein letztes Mal betrachtete er die schwarz lackierte Drohne und schaltete die Fernsteuerung ein. Die sah eigentlich nicht anders aus als die Fernsteuerung für den Modellsegler, den er früher einmal besessen hatte. Nur dass man so eine Drohne inzwischen zusätzlich per Handy steuern und den Flug auf dem Display verfolgen konnte.

Er schickte seinem Bruder eine kurze SMS, dann klemmte er das Handy auf die dafür vorgesehene Halterung an der Fernbedienung und startete den Elektromotor der Drohne. Anschließend starrte er nur noch, und zwar auf das Handy.

Wenige Sekunden später kam die abgesprochene Nachricht von Benni. »OKAY«, konnte er groß und deutlich im Display lesen. Er dachte nun nicht weiter über mögliche Unwägbarkeiten nach, sondern fütterte die vier Propeller der Drohne mit allem Strom, den die Akkus hergaben.

Der Quadrokopter gab ein Brummen von sich, als würde sich ein kompletter Bienenschwarm in die Luft erheben. Die Drohne stieg laut summend in etwa zwanzig Meter Höhe, wo Felix sie einfach »parkte«. Dann tat er etwas, das ihm auch nach etlichen erfolgreichen Probeläufen immer noch die Schweißperlen auf die Stirn trieb. Aber Benni hatte es ihm technisch erklärt, und bei ihren Übungsflügen hatte es auch jedes Mal anstandslos geklappt. Felix murmelte ein leises »Also gut«, dann schaltete er die Fernsteuerung einfach ab.

Die Kontrolldioden erloschen, und der Quadrokopter war

auf sich allein gestellt. Sein Segelflugzeug von früher hätte nun sofort einen wilden Veitstanz in der Luft aufgeführt, sich willenlos in den Wind gelegt und wäre wohl irgendwo außerhalb seiner Sichtweite an irgendeinem Baum zerschellt. Aber das war früher. Jetzt hatte er es mit der allerneuesten Technik zu tun.

Benni hatte dieser Drohne die GPS-Daten seines Standortes auf der anderen Seite des Waldgebietes, das die Grenze zwischen Tschechien und Deutschland markierte, einprogrammiert. Bei Verlust der Verbindung zur Fernsteuerung seines Besitzers schaltete das Fluggerät in den Notfallmodus und flog autonom zu genau diesem GPS-Punkt zurück, wo es selbstständig landete. So weit der Plan.

Felix schaute nach oben und betrachtete die Drohne, die immer noch bewegungslos summend an ihrem Platz in der Luft verharrte. Dann, ganz plötzlich, wurde das Summen lauter, und sie stieg in wenigen Sekunden noch höher, auf ungefähr fünfzig Meter, wo sie wieder einen kurzen Moment verharrte, um dann aber mit Höchstgeschwindigkeit in Richtung Grenze davonzufliegen. Felix schaute ihr mit klopfendem Herzen hinterher, bis sie irgendwann hinter den Baumwipfeln verschwunden war. Dann kam für ihn der schlimmste Teil der ganzen Veranstaltung, das Warten.

Felix schulterte den Rucksack, der nur noch die Fernsteuerung enthielt, setzte sich auf den alten Roller und wartete mit schweißnassen Händen auf eine Nachricht von Benni.

Die Minuten vergingen, und sein Glaube an einen positiven Ausgang der ganzen Unternehmung nahm sekündlich ab. Als er schon erwog, einfach auf Verdacht und vor allem sicherheitshalber heimzufahren, sonderte sein Handy endlich ein leises »Ping« ab, und eine Nachricht erschien auf dem Display seines iPhones.

»Yeah, Bruder, wir werden reich! :-):-):-)«.

»Yeah!«, rief Felix voller Inbrunst und Erleichterung. Dann stülpte er sich eilig den Helm über seinen Kopf, startete den Roller und machte sich ziemlich euphorisiert auf den Weg zurück zum »Heindlhof«. Sollten ihn die Bullen hinter der Grenze doch ruhig filzen. »Habakuk« kriegten sie nicht.

★★★

»Wo César bleibt? Ich kann dir sagen, wo César bleibt«, meinte Lagerfeld süßsauer lächelnd. »Unser jüngster Mitarbeiter befindet sich in den heiligen Hallen eines gewissen Professor Siebenstädter, wo er zum fröhlichen Ostereiersuchen eingeladen wurde.«

»Oh nein!«, brach es aus Marina Hoffmann heraus, während Franz Haderlein die Augen verdrehte. Siebenstädter hatte aber auch ein Talent dafür, im absolut ungünstigsten Moment seine schrägen Nummern durchzuziehen.

»Das heißt, wir müssen jetzt den Rest des Tages auf den Kollegen Huppendorfer verzichten, oder wie?«, rief Haderlein genervt aus. Aber die Beantwortung dieser Frage wurde unvermutet durch das Klingeln seines Mobiltelefons unterbrochen. »Haderlein«, meldete er sich mit nicht gerade entspannter Stimmungslage.

»Ja, hier ist Backert, Herr Haderlein. Ich glaube, wir haben was gefunden.«

Haderlein war sofort hellwach und voll konzentriert. »Warten Sie einen Moment«, bat er und stellte sein Handy auf laut, damit alle mithören konnten. »Okay, Backert, Sie können sprechen.«

Das Handy lag nun mitten auf dem Schreibtisch, und Lagerfeld, Honeypenny und Haderlein schauten es gebannt an.

»Also, ich mach's kurz, wir haben zuerst den Schreibtisch untersucht und danach systematisch die Flächen drum herum.« Es entstand eine kurze Pause. Ganz offensichtlich wollte Backert gebeten werden, bevor er etwas preisgab. So hatte eben jeder seine Eitelkeiten.

»Uuund?«, machte Lagerfeld, um das akustische Übermittlungsverfahren zu beschleunigen.

»Na ja, wir haben tatsächlich Spuren gefunden. Den Schnelltest habe ich gerade eben abgeschlossen, also kann ich auch mit ziemlicher Sicherheit sagen, was.« Wieder entstand diese ominöse, bedeutungsvolle Pause.

»Ja, und?«, warf diesmal Haderlein, allerdings wesentlich harscher im Tonfall, ein.

»Methamphetamin. Crystal Meth, und zwar überall. Das ganze verdammte Grundbuchamt ist voll davon. Im Schreibtisch der verstorbenen Schöpp gab es mehr, im restlichen Büro etwas weniger, am Arbeitsplatz von diesem Götz am meisten. Der Schreibtisch, der Boden drum herum, alles crystalverseucht. Die müssen in diesem

Amt einen regelrechten Umschlagplatz gehabt haben, Haderlein. Respekt, Herr Kommissar. Ich weiß zwar nicht, wie Sie auf dieses schmale Brett gekommen sind, aber Ehre, wem Ehre gebührt.«

»Danke, danke, Backert, gute Arbeit. Wir hören und sehen uns dann nächste Woche. Danke für Ihren Anruf«, meinte Franz Haderlein, unterbrach die Verbindung und schaute äußerst zufrieden in die Runde. »Ich hab's ja gewusst«, sagte er, und seine Augen glitzerten.

»Wir haben es hier mit Crystal zu tun? Willst du mir jetzt ernsthaft erzählen, dass die Schöpp mit Crystal gedealt hat?«, fragte Lagerfeld vorsichtig.

Haderlein nickte bedeutungsschwer.

»Und wie zum Teufel bist du darauf gekommen?«, wollte Marina Hoffmann wissen, die Franz Haderlein nun mit einer gewissen Ehrfurcht betrachtete.

»Wie ich darauf gekommen bin? Na, durch das bekiffte Schwein, wie unser allseits geschätzter Kollege Schmitt das Ferkelchen genannt hat, das schnarchend bei mir daheim auf dem Bettvorleger liegt. Als ich gestern Abend noch mit Riemenschneider im Grundbuchamt war, hat sie in der Schreibtischschublade der Schöpp rumgewühlt, als ob es kein Morgen gäbe. Als wäre darin die allergrößte Leckerei zu finden, die ihr das Leben jemals vor den Rüssel gelegt hat. Ich hab nachgeschaut, aber die Schublade war leer, Schokolade oder Äpfel können es nicht gewesen sein. Also was dann? Und die Riemenschneiderin war ja nicht die Erste an diesem Tag, die sich intensiv mit Angelika Schöpps Schreibtisch befasst hat. Um es kurz zu machen, durch Bernds Bemerkung wurde mir klar, dass sich Riemenschneider in dieser Schublade irgendetwas Rauschhaftes reingezogen haben muss. Wahrscheinlich nur feinste Reste eines ehemals beeindruckenden Inhalts, aber ihr kennt ja ihr übernatürlich feinsinniges Riechorgan. Es hat jedenfalls ausgereicht, sie die ganze Nacht wach und Manuela und mich auf Trab zu halten.«

Honeypenny und Lagerfeld hörten sich Haderleins Schlussfolgerungen nicht ohne ein gewisses Staunen an, schließlich konnte diese Erkenntnis ja allerlei Konsequenzen haben. Aus einem natürlichen Herztod war innerhalb eines Tages womöglich ein Todesfall im Drogenmilieu geworden.

»Und das heißt, der Grund für unsere verkohlte Hütte in Jesserndorf hat logischerweise ebenfalls was mit irgendwelchen Crystaldealereien zu tun«, spann Lagerfeld den Faden weiter.

★★★

Felix saß am Küchentisch, während Angelika gerade die nächste Dosis durch die Nase zog. So allmählich gefiel ihm seine Freundin nicht mehr. Erst hatte sie sich geweigert, das Meth auch nur aus der Ferne anzusehen. Dann, als sie ihre Lernendphase erreicht hatte, wollte sie es doch haben. Einfach aus Angst, sie könnte die Prüfungen nicht bestehen. Vor allem Benni hatte ja immer auf sie eingeredet, sie solle es doch einfach einmal probieren, damit könne sie nächtelang durcharbeiten, und die Prüfungen seien nur noch ein Klacks. Und genau so war es dann auch gekommen. Sie schloss als Beste ihres Jahrganges ab und bekam daraufhin sofort einen Job im Bamberger Grundbuchamt. Ihm war schleierhaft, was einem an so einem Beamtendasein gefallen konnte, aber für Angelika war es genau das Richtige. Allerdings betrachtete er mit Sorge, dass sie von dem Meth nicht mehr runterkam.

Sie hatten im letzten Jahr so richtig verdient. »Habakuk« hatte auf sein Bestreben hin den Kundenkreis von den Schulen weg verlagert, hin zu den Gesellschaftsschichten, die richtig Kohle hatten und sich das Zeug auch regelmäßig leisten konnten. Gottfried Schöpp, Angelikas und Vickis Vater, hatte einen nicht unerheblichen Teil zu dieser Entwicklung beigetragen. Interessanterweise konnte man mit ihm über Haschisch oder LSD nicht reden, das war für ihn Teufelszeug. Beides vernebelte nur das Gehirn, machte langsam, träge und blöd, wie er sich auszudrücken pflegte. Aber Crystal, Crystal, fand er richtig gut. Es machte hellwach, versetzte den Konsumenten in eine euphorische Hochstimmung und verschaffte diesem damit die notwendigen Voraussetzungen, um das Leben in dieser Leistungsgesellschaft besser meistern zu können als alle anderen.

Das hatte ihnen zu einer enorm breiten Einnahmequelle verholfen und ihnen binnen weniger Monate satte Gewinne beschert, die immer noch wuchsen. Und so war das Crystal in gesellschaftliche Kreise gelangt, in denen es nur als eine Art Medikament galt, ein leichter Stimmungsaufheller zu sehr moderaten Preisen. Ein kleines Helferchen, um das Leben besser zu ertragen.

Wenn er ehrlich war und seine Kunden der Reihe nach betrachtete, kamen viele mit dem Crystal ziemlich gut klar. Niemand in ihrem Umfeld würde ihnen je anmerken, dass sie illegale Drogen konsumierten. Im Gegenteil. Diese Leute waren immer gut drauf, leistungsbereit und sehr angenehme Mitmenschen. Jeder Alkoholiker, der zwar in dieser Gesellschaft völlig legal seinen Whisky, Bier oder Schnaps kaufen und konsumieren konnte, war viel schneller auffällig und alles andere als leistungsfähig. Da war Crystal Meth ein weit praktischerer Kamerad.

Aber nur bis zu dem Zeitpunkt, an dem man die Kontrolle über das Meth verlor. Dann, ganz plötzlich, verlor der erfolgreiche Mensch das Gleichgewicht und rutschte eine sehr lange, sehr steile Bergflanke hinab. Aus dem erfolgreichen, unauffälligen Mitmenschen wurde ein Junkie, und zwar der schlimmste von allen. Jucken und Kratzen im Gesicht, unstete, fahrige Verhaltensweisen, die nicht selten in irgendwelchen sinnentleerten Neurosen mündeten. Wenn es ganz schlimm kam, streikte irgendwann der Körper, und das gequälte, malträtierte Herz des Crystal-Users hörte einfach auf zu schlagen. Bei seiner Angelika war er sich nicht sicher, ob sie die Kurve noch kriegte. Er machte sich ernsthaft Sorgen.

Noch schlimmer war im Moment aber der Fall bei einer Freundin von Vicki gelagert. Das dumme Huhn hatte sich am KHG doch tatsächlich in den Hausmeister verknallt. Ob sie sich das einbildete, weil ihr das Meth das Hirn schon so vernebelt hatte? Sie war der letzte Kunde, den sie noch in der Schülerschaft hatten. Felix hatte darauf bestanden, dort nichts mehr zu verkaufen. Es war einfach zu gefährlich. Schüler waren unzuverlässig, weil sie kein Geld hatten und auch gern einmal etwas ausplauderten. In der Lehrerschaft hatten sie noch etliche Abnehmer, aber Vickis Freundin, Carmen Birke, war die letzte Schülerin, die von »Habakuk« beliefert wurde. Es war inzwischen jedoch völlig unmöglich, dass Carmen noch das Abitur schaffen konnte, dazu war sie nicht mehr in der Lage.

In ihrer Verzweiflung und der ihrer Eltern hatte sie sich an der Kosmetikschule in Bamberg angemeldet, damit sie überhaupt irgendwo unterkam. Kosmetische Behandlung war im Moment auch das Beste, was sie sich selbst angedeihen lassen konnte, denn Carmens Gesicht sah aus wie ein zerkratzter Streuselkuchen. Carmen selbst war ihr äußeres Erscheinungsbild aber inzwischen völlig egal, sie wollte nur noch ihr Meth – und diesen italienischen Hausmeister. Wahrscheinlich hatte ihr Guiseppe in seiner italienischen Art ein Kompliment zu viel gemacht, viele kriegte sie ja nicht mehr.

Carmen hörte einfach nicht auf, dem Hausmeister nachzustellen. Obwohl der ihr schon mehrfach verdeutlicht hatte, sie solle ihn gefälligst in Frieden lassen. Das ging schon seit Monaten so, wie Vicki ihm erzählt hatte. Giuseppe Romano konnte echt nichts dafür, er war ein netter Kerl, der einfach nur seine Ruhe haben wollte. Er war deswegen sogar schon bei ihnen in Jesserndorf gewesen, wo sie über Carmen geredet hatten. Felix, Benni und Vicki hatten ihm versprochen, sich um Carmen zu kümmern und sie von ihm fernzuhalten. Felix erinnerte sich noch genau an diesen Tag.

Und jetzt hatte Vicki ganz panisch angerufen, er solle unbedingt zum KHG kommen, Carmen sei etwas passiert. Es war Freitag, dreiundzwanzig Uhr abends. Was zum Teufel hatte Carmen da am Kaiser-Heinrich-Gymnasium verloren? Dunkel schlummerte die Angst in ihm, es könnte irgendetwas wirklich Schlimmes mit Carmen Birke passiert sein. Auf jeden Fall musste er sofort los und das klären.

Er schaute Angelika prüfend in die Augen. Er liebte diese Frau, auch wenn er sie oft nicht verstand in ihrer Spießigkeit. Einerseits war sie so überkorrekt und gerechtigkeitsliebend, andererseits konnte sie inzwischen nicht mehr vom Meth lassen. Es war ihr inzwischen auch äußerlich anzusehen. Ihre Ausbildung absolvierte sie weiterhin mit erstaunlicher Zähigkeit. Aber das Meth fraß sie von innen auf, wenn sie nicht bald gegensteuerte. Sie würden später darüber reden.

»Ich muss los, irgendetwas ist mit Vicki und dieser Carmen. Bin bald wieder da«, sagte er und küsste sie auf die Stirn.

Angelika nickte lächelnd, ihr ging es gerade wieder gut. »Aber beeil dich, ja, wir wollen doch noch ein wenig feiern, ja?« Ihre Augen strahlten, und Felix lächelte zurück, auch wenn er wusste, dass das Strahlen hauptsächlich vom inneren Glühen des Meth herrührte.

★★★

»Tach allerseits«, hörte man César Huppendorfer gut gelaunt vom Eingang des Büros grüßen.
»Du bist schon da?«, fragte Honeypenny überrascht, hatte sie doch angenommen, dass César bei Siebenstädter noch mehrere Stunden mit Eiersuchen beschäftigt sein würde.
»Ja, der César ist schon wieder da. Der Bestie in Erlangen im letzten Moment von der Schippe gesprungen«, erwiderte Huppendorfer fröhlich, warf seinen Mantel über einen leeren Stuhl und setzte sich zu den Kollegen an den Tisch. »Und ich habe sensationelle Neuigkeiten«, sagte er mit einem spannungsgeladenen Blick, der aber nur auf mäßig fruchtbaren Boden fiel.
»Du auch?«, fragte Lagerfeld demonstrativ gelangweilt und nahm ihm mit dieser Bemerkung gleich etwas von dem Wind aus den Segeln, der ihn von Erlangen hierhergeweht hatte. Die Siebenstädter'sche Brise war aber immer noch stark genug, um ihn seine Neuigkeiten trotzdem sogleich auspacken zu lassen.
»Ja, ähem, ihr werdet nicht glauben, was der Professor herausgefunden hat.« Er blickte bedeutungsschwanger in die Runde, aber es hatte keiner der Anwesenden Lust, sich schon wieder an einem polizeilichen Ratespiel zu beteiligen.
»Und?«, fragte Honeypenny, als sonst niemand Anstalten machte.
»Ja, ähem, also, der Körper des verstorbenen Fräuleins Schöpp, der korrekten Arbeitskraft aus dem Grundbuchamt, dieser Körper wurde von einem ganz bestimmten Stoff regelrecht verseucht. Jetzt ratet mal, von welchem.« Siegessicher lehnte Huppendorfer sich auf seinem Stuhl zurück und verschränkte die Arme hinter dem Kopf. Diese Überraschung wollte er ganz genüsslich auskosten.
»Crystal Meth«, schallte es ihm aus drei Kehlen unisono entgegen.
Sogleich fiel Huppendorfers selbstsichere Attitüde in sich zusammen, und er wurde zwei Zentimeter kleiner. »Ja, ähem,

toll. Und woher wisst ihr das schon wieder? Hat der Professor hier angerufen, oder wie? Dann wisst ihr natürlich auch schon, dass die männliche Leiche aus Jesserndorf ein gewisser Felix John ist.«

»Ach, das ist natürlich interessant!«, rief Lagerfeld überrascht aus, und auch Honeypenny und Haderlein machten große Augen.

»Ach, das ist jetzt die große Neuigkeit?«, meinte César Huppendorfer verwirrt, der merkte, dass er informationstechnisch nicht annähernd so sehr auf dem Laufenden war, wie er geglaubt hatte. Aber jetzt war eh alles egal, den Rest konnte er auch gleich noch erzählen. »Mir hat das während der Rückfahrt keine Ruhe gelassen. Ich hatte den Namen schon mal irgendwo gehört. Und als ich wegen der Hochwasserumleitung über den Kaulberg bin, ist mir auch eingefallen, wo.«

Wieder trat der verschmitzte Ausdruck des selig machenden alleinigen Wahrheitsbesitzes in seine Augen. »Ich hatte vor ein paar Jahren einen Fall, eine tote Schülerin oben am Kaiser-Heinrich-Gymnasium, und in dem Zusammenhang gab es einen Beteiligten, einen ehemaligen Schüler, der hieß Felix John. Und jetzt haltet euch fest, da ging es auch irgendwie um Crystal Meth, 'ne Überdosis, ich kann mich noch ziemlich gut dran erinnern«, ergänzte er, und endlich hingen die Kollegen, vor allem Franz, gebannt an seinen Lippen.

»César, mal ganz von vorne. Was genau ist damals am Kaiser-Heinrich-Gymnasium passiert? Ich glaube, das könnte sich als sehr wichtig erweisen«, erklärte Haderlein mit eindringlicher Stimme, woraufhin Huppendorfer kurz durchatmete und dann langsam und konzentriert zu erzählen begann.

***

Felix hätte niemals gedacht, dass er sich an diesem Abend in einem solchen Desaster wiederfinden könnte. Kaum dass er in der Dunkelheit das Tor des Gymnasiums passiert hatte, kam ihm auch schon Vicki mit tränenüberströmtem Gesicht entgegengelaufen.

»Ich glaube, Carmen ist tot«, brach es mit mühsam beherrschtem Schluchzen aus ihr heraus.

Als ihr Felix daraufhin bis zur Hausmeisterwohnung rechts

vor dem Schulgelände folgte, wusste er sofort, dass Vicki recht hatte. Carmen Birke saß auf der Türschwelle, aufrecht mit dem Oberkörper an die Tür gelehnt, und blickte aus leeren, leblosen Augen starr nach vorne. Die Nadel, mit der sie sich den Schuss gesetzt hatte, steckte noch in ihrem Arm und hing lose nach unten. Es war ihr letzter Trip gewesen.

»Scheiße«, brachte Felix nur heraus, während sich Vicki zitternd an ihn klammerte. Er kannte Carmen noch aus der Zeit, als er selbst hier zur Schule gegangen war und er ihr Nachhilfe in Mathe gegeben hatte, was sich damals schon als absolut sinnlos herausstellte. Sie wollte Meth von ihm und sonst gar nichts. Er hatte es bald bitter bereut, ihr jemals seine Handynummer gegeben zu haben. Gott sei Dank hatte Vicki dann ja übernommen, und Carmen hatte ersatzweise ihre neue beste Freundin anrufen können. Das hatte sie heute zum letzten Mal getan.

»Was machen wir denn jetzt, Felix?«, fragte Vicki wimmernd, während sie sich hilflos in seine Jacke krallte. Aber Felix war selbst so geschockt, dass er keine Antwort wusste. Das Bild der im Dunkeln an der Tür lehnenden toten Carmen musste er erst einmal verdauen. Nahezu apathisch legte er seine Arme um die zitternde Vicki.

Das Mädchen dort war tot, durch sein Meth. Die Bedeutung dieser Erkenntnis erschloss sich ihm noch nicht in voller Gänze, da bog ein großer dunkelgrüner Mercedes SUV um die Ecke und parkte direkt vor dem Tor zum Schulgelände. Benni und Vickis Vater Gottfried sprangen heraus und kamen angelaufen. Vicki löste sich von Felix und stürzte sich, nun hemmungslos schluchzend, in die Arme ihres Vaters.

Sowohl Benni als auch Gottfried Schöpp waren geschockt, als sie sahen, was passiert war. Gottfried Schöpp erfasste die Lage dann aber relativ schnell und reagierte sofort. Der etwas untersetzt gebaute, durchtrainierte Zweiundfünfzigjährige mit den kühlen grauen Augen tat das, was er in seinem Leben schon immer getan und was ihm zu überdurchschnittlichem beruflichem Erfolg verholfen hatte: beobachten, analysieren, handeln. Und das ohne moralische Hürdenläufe.

»Hat euch jemand gesehen, habt ihr sonst noch jemandem Bescheid gesagt?«, fragte er Felix und Vicki, die beides verneinten.

Gottfried Schöpp analysierte die Situation und prüfte ihre Optionen. Egal, was geschehen war, auf gar keinen Fall durfte etwas an seiner Tochter kleben bleiben, sie durfte da nicht mit hineingezogen werden. Das hieß im Umkehrschluss, dass er Felix und Benni als Lieferanten des Stoffes, der Carmen Birke umgebracht hatte, ebenfalls heraushalten musste, sonst kam man über sie irgendwann auch auf seine Tochter. Er betrachtete die tote Schülerin auf der Schwelle des Hausmeisters und fand in kürzester Zeit die Lösung, die er suchte.

»Wie viel hast du dabei?«, fragte er den immer noch geschockt neben ihm stehenden Felix, der aber sofort wusste, was er meinte.

»Hundertfünfzig Gramm, vielleicht hundertachtzig, warum?«, erwiderte er geistesabwesend.

»Hol es her, sofort«, befahl Gottfried Schöpp, dann wandte er sich Benni und seiner Tochter zu, aus deren Umklammerung er sich fast mit Gewalt herauswinden musste. »Benni, Vicki, ihr nehmt den Wagen von Felix und verschwindet von hier, verstanden? Felix und ich bleiben hier und regeln das. So, und jetzt haut ab, ihr habt nichts gesehen und gehört. Alles Weitere besprechen wir, wenn ich wieder zu Hause bin.«

Die beiden nickten und machten sich nur zu gern aus dem Staub. Vicki drückte ihren Vater noch einmal ganz fest, bevor sie mit Benni zum Auto lief. Papa würde das schon irgendwie richten. Papa schaffte alles, immer.

Felix händigte den beiden ohne weitere Nachfrage seinen Autoschlüssel aus und kam mit einem kleinen, durchsichtigen Plastikbeutelchen zurück. Er reichte es Vickis Vater. Der nahm es ihm vorsichtig aus der Hand und ging damit zu seinem Wagen, wo er zwei Gummihandschuhe aus dem Verbandskasten und den Reservekanister aus dem Kofferraum nahm. Er zog die Handschuhe an, schüttete etwas Diesel aus dem Kanister über das Päckchen und rieb es damit ab.

»So, Fingerabdrücke dürfte es nun keine mehr geben«, murmelte er mehr zu sich selbst als zu dem ratlos neben ihm stehenden Felix. »Hier, räum das auf«, befahl er knapp und drückte Felix den Benzinkanister in die Hand. Dann ging er um das kleine Häuschen des Hausmeisters herum und verschwand dahinter.

Als Felix den Kanister verschlossen und wieder im Heck des

Mercedes verstaut hatte, kam Gottfried Schöpp zurück, das Crystal und die Handschuhe hatte er nun aber nicht mehr dabei.

»Alles klar, Felix, wir rufen jetzt die Polizei. Aber du musst genau das tun, was ich dir sage, schaffst du das?« Eindringlich, mit hartem Blick, schaute Gottfried Schöpp Felix in die Augen. »Ich mache das nicht für mich, sondern für Vicki und Angelika, verstanden? Niemand wird meinen Kindern die Zukunft versauen und schon gar nicht so eine abgekratzte Junkie-Tussi. Ich hab euch immer gesagt, trennt euch von den willenlosen Kreaturen. Wenn man sich nicht im Griff hat, soll man gefälligst die Finger von den Drogen lassen. Aber das ist jetzt egal, sie ist tot, und hier geht es um uns, die Familie. Also reiß dich zusammen, Felix, dann wird niemandem etwas geschehen, kapiert?«

Gottfried Schöpp wirkte auf Felix wie ein Feldherr aus einer längst vergangenen Zeit. Unerbittlich, entschlossen und skrupellos. Willens, sich alles einzuverleiben, sich jeden unterzuordnen, der seinen Vorstellungen nicht entsprach. Denn am Ende zählte nur das eigene Überleben.

Felix nickte entschlossen, er war nur eingeschränkt zu koordinierten Gedankengängen fähig und würde alles tun, was Gottfried Schöpp vorschlug. Hauptsache, dieser Alptraum hatte bald ein Ende.

★★★

»Also, für die Feinheiten müsste ich noch mal in den Akten kramen, aber was das Grundsätzliche angeht, krieg ich's hin«, schickte Huppendorfer seinen Schilderungen voraus.

»Sehr schön, dann fang schon mal an, ich geh ins Archiv und hol sie her«, erklärte Marina Hoffmann kurz entschlossen und eilte davon.

»Es war ein Wochenende, spätabends, als ich zum KHG gerufen wurde. Die Bereitschaftspolizei und die Spurensicherung waren bereits vor Ort. Das Mädchen, an den Namen erinnere ich mich gerade nicht mehr, lehnte mit offenen Augen an der Tür der Hausmeisterwohnung, die Nadel steckte noch im Arm. Der Anblick war wirklich übel. Sie sah aus, als hätte sie schon sehr lange Crystal genommen. Ein klassischer Fall. Völlig abgemagert, die Augen eingefallen und das Gesicht total aufgekratzt. Crystal war damals noch was Besonderes, es war nicht so weit verbreitet wie heute. Ich hab die Kollegen von der Drogenfahndung dazugerufen und, während wir auf deren Ankunft warteten, die beiden Zeugen befragt. Und jetzt wird es interessant.«

Huppendorfer setzte sich in seinem Stuhl auf, und seine Zuhörer spitzten die Ohren, keiner wagte es, ihn zu unterbrechen.

»Es wird genau genommen sogar doppelt interessant, bei den beiden Zeugen handelte es sich nämlich um unser Explosionsopfer Felix John und einen gewissen Gottfried Schöpp«, zählte Huppendorfer auf.

Franz Haderlein riss es auf seinem Stuhl kerzengerade in die Höhe. »Gottfried Schöpp? Der ›Bosch‹-Schöpp? Ist der etwa der Vater von Angelika Schöpp? Was hatte denn der mit Felix John an der Schule zu schaffen?«

»Tja«, fuhr Huppendorfer nun eloquent fort, »Felix John war damals schon der Freund von Schöpps Tochter Angelika und kannte auch deren jüngere Schwester, Vicki Schöpp, die mit dem Mädchen zur Schule ging, das die Überdosis gehabt hatte. Laut Aussage der beiden Zeugen hatte die Verstorbene kurz vor ihrem Tod bei Vicki Schöpp angerufen, die daraufhin ihren Vater und Felix John benachrichtigte, damit die sich um die Sache kümmerten, da Vicki zu dem Zeitpunkt gar nicht in Bamberg war. Felix John kannte die Tote auch, er hatte ihr ein Jahr zuvor Nachhilfe in Mathe gegeben. Wir haben die Handys überprüft, und der Ablauf entsprach der Wahrheit. Gottfried Schöpp hat damals, glaube ich, das Mädchen gefunden, Felix John kam kurz darauf hinzu. Dann haben sie sofort die Polizei angerufen.«

»Aha«, kam es diesmal von Haderlein. »Und die Drogenfahndung, haben die noch was beitragen können?«

»Ja, allerdings.« Huppendorfer beugte sich nach vorne und faltete die Hände über seinen Knien. »Die Kollegen kamen zu zweit und hatten einen Hund dabei. Sie haben das Gelände abgesucht, wie sie es in so einem Fall immer tun, und tatsächlich was gefunden. Fast zweihundert Gramm Crystal Meth, hinten im Geräteschuppen versteckt. Das Zeug lag in Plastikfolie eingewickelt in einem Eimer mit Gartenerde. Der Schuppen war abgeschlossen, sie mussten ihn aufbrechen, als die Hunde anschlugen. Es stellte sich raus, dass es genau dieses Zeug war, das das tote Mädchen sich gespritzt hatte.«

»Carmen Birke«, tönte es nun hinter ihnen. »Das Mädchen hieß Carmen Birke, sechzehn Jahre alt, aus Bamberg.« Honeypenny stand da, mit einem aufgeschlagenen Aktenordner in der Hand, aus dem sie rezitierte. »Verhaftet wurde noch am selben Abend ein Guiseppe Romano, damaliger Hausmeister des Kaiser-Heinrich-Gymnasiums.«

»Ja, genau«, stimmte ihr César Huppendorfer zu. »Der Typ kam an dem Abend irgendwann ganz normal dahergelaufen, schaute sich verwundert um und fragte, was denn hier los sei. Hat alles abgestritten und wie ein Wilder rumgebrüllt. Vor allem dem Schöpp wäre er am liebsten sofort an die Gurgel gegangen. Die zwei standen da und starrten einander an wie zwei Preisboxer vor dem Wiegen. Aber er hat niemals irgendetwas zugegeben, auch im Prozess nicht. Hat immer nur beteuert, er sei unschuldig, das Crystal habe man ihm untergeschoben. Im Laufe der Ermittlungen über Interpol hat sich aber herausgestellt, dass er in Sizilien aktenkundig war, ein Mafioso, der dort früher schon krumme Geschäfte mit Drogen gemacht hatte. Nach diesen Neuigkeiten war für die Staatsanwaltschaft natürlich alles klar, der Prozess hat auch nicht lange gedauert damals.«

César Huppendorfer war fertig, und auch Honeypenny schien in der Akte sonst nichts Wichtiges mehr finden zu können. Alle saßen einen Moment lang schweigend da.

Der Erste, der die Sprache wiederfand, war Franz Haderlein. Im Angesicht der gestrigen Geschehnisse und der allgemeinen Aktenlage konzentrierte sich sein kriminalistischer Spürsinn mehr und mehr auf eine ganz bestimmte Theorie. Die Bausteine dieser Theorie wurden immer konkreter, nur die Reihenfolge und welches Konstrukt sie genau bildeten, war ihm noch nicht ganz klar.

Klar war ihm jedoch inzwischen die Rolle von Felix John in diesem ganzen Spiel. »Sag mal, César, ganz ehrlich, ist euch nie der Gedanke gekommen, dieser Romano könnte tatsächlich reingelegt worden sein?«

Huppendorfer schaute ihn groß an, dann meinte er bedauernd: »Wenn ich ganz ehrlich bin, Franz, nein. Die Ermittlungsergebnisse waren damals eindeutig und deckten sich zu hundert Prozent mit den Zeugenaussagen. Aber ich gebe zu, nach den Ereignissen in Jesserndorf kommen mir jetzt auch Zweifel.«

Haderlein nickte und wollte etwas sagen, doch Lagerfeld kam ihm zuvor.

»Mich würde jetzt vor allem interessieren, was aus dieser Vicki Schöpp geworden ist und aus Benjamin John. Die sollten wir vielleicht einmal befragen, meint ihr nicht? Schließlich sind sie im Gegensatz zu ihren Geschwistern womöglich noch am Leben, oder sehe ich das falsch? Die stecken da irgendwie mit drin, wenn ihr mich fragt.«

»Ja, und Gottfried Schöpp natürlich«, warf Haderlein ein. »Der lebt auch noch, und ich würde einen sehr großen Besen fressen, wenn er der Wahrheitsfindung damals nicht etwas nachgeholfen hat.«

Lagerfeld und Huppendorfer nickten zustimmend.

»Marina, von dir brauche ich erstens Adresse und Telefonnummer von Gottfried Schöpp, zweitens will ich wissen, in welchem Knast dieser Romano seine Zeit absitzt. Wenn du es rausgefunden hast, Marina, machst du mir dort einen Termin, ich muss schleunigst mit dem Kerl reden«, wies Haderlein Honeypenny an, bevor er tatendurstig von seinem Stuhl aufsprang. »César, du findest heraus, wo sich die beiden Früchtchen Benjamin John und Vicki Schöpp aufhalten. Dann schnappst du dir ein paar Kollegen von der Bereitschaftspolizei und bringst sie hierher. Ich denke, die werden uns einen großen Schritt näher an die Wahrheit bringen.«

»Aha, und was mache ich?«, fragte Lagerfeld. Für ihn schien kein Job übrig geblieben zu sein. Aber da lag er völlig falsch.

Haderlein lächelte und tätschelte ihm gönnerhaft die Wange. »Du und ich, Bernd, wir gönnen uns jetzt was. Wir gehen Gregor Götz verhaften. Na, wie findest du das?«

Lagerfeld huschte, gänzlich unerwartet an diesem Tag, ein Lächeln über das Gesicht. »Endlich mal Arbeit, die Spaß macht«, meinte er und erhob sich mit Elan von seinem Stuhl.

***

Die Gerichtsverhandlung war vorbei, und sie saßen einander am Küchentisch gegenüber, schweigend. Sie waren allein im Haus von Opa Karl, in dem alles angefangen hatte. Aber es war nicht mehr wie früher, ganz und gar nicht. Die Leichtigkeit war aus ihrem Leben gewichen. Sie waren davongekommen, das zumindest hatten sie dank Vickis Vater erreicht. Ohne sein kaltblütiges Handeln säßen sie jetzt statt Giuseppe im Gefängnis. Doch genau das war der Punkt.

Sie waren keine abgebrühten Verbrecher, die hatten sie auch niemals sein wollen. Sie wollten einfach nur ihr Ding durchziehen, echte Abenteuer erleben und, da es sich so ergab, auch noch richtig fette Kohle machen. Aber jetzt saß ein Unschuldiger im Knast. Und zwar nicht nur wegen Drogenhandels, sondern auch noch wegen fahrlässiger Tötung in einem besonders schweren Fall. Das hatten sie so weder geplant, noch hatten sie es gewollt.

»Ich steige aus, Felix«, sagte Benjamin irgendwann leise, und Felix sah, dass er mit aller Gewalt die Tränen zurückhalten musste. »Und Vicki kommt mit. Du weißt ja, sie will von Gottfried nichts mehr wissen. Er musste sie fast mit Gewalt davon abhalten, alles hinzuschmeißen und im Prozess die Wahrheit zu sagen. Aber du kennst ihn, der duldet keinen Widerspruch, auch nicht von Vicki. Wir wollen weg, woanders ein neues Leben anfangen. Das ist uns jetzt alles zu blöd hier.« Benjamins Stimme hatte beim Sprechen einen entschlossenen Tonfall angenommen, und er wischte sich mit beiden Ärmeln über die Augen.

Felix sagte erst einmal nichts, sondern nickte nur. Dann schwiegen sie wieder eine Weile, bis diesmal Felix die Stille durchbrach. »Und wo wollt ihr hin, habt ihr 'nen Plan?«

»Costa Rica, erst mal. Dann schau mer weiter«, antwortete Benni wie aus der Pistole geschossen, und Felix musste spontan lachen.

»Ach nee, Costa Rica. Hat dich Vicki doch noch rumgekriegt. Aber ich find's klasse, Benni, ehrlich. Das passt zu euch. Ich wünschte, ich hätte auch den Mut, auszusteigen.« Er verfiel wieder in Schweigen.

»Du wirst weitermachen?«, fragte Benni vorsichtig.

Felix nickte und schaute auf den Boden. »Ich kann nicht einfach Schluss machen, Benni, dafür läuft es einfach zu gut, das geht nicht.«

Benjamin nickte, und wieder herrschte Schweigen in der Küche des alten Fachwerkhauses.

Nach einer Weile stand Felix auf, ging zum Küchenschrank hinüber, holte ein kleines Paket hervor und legte es vor seinen Bruder auf den Tisch. Es sah aus wie eine Schachtel, um die man eine Plastiktüte gewickelt hatte, die wiederum anschließend mit Paketband verschlossen worden war.

»Was ist das?«, fragte Benjamin und runzelte die Stirn.

»Fünfundvierzigtausend, die Hälfte unseres Betriebsvermögens. ›Habakuk‹ war ziemlich erfolgreich im letzten halben Jahr, weißt du?«, erwiderte Felix knapp und lächelte in einer Mischung aus Stolz und Trauer. »Es war unsere Idee, unsere Firma, Benni, von Anfang an, und das ist dein Anteil, den hast du dir ja wohl verdient. Ohne dich wäre ich in diesem Geschäft niemals so weit gekommen. Also nimm es, damit werdet ihr in Costa Rica eine Weile klarkommen, würde ich sagen. Das Leben ist dort nicht so kostspielig wie in Deutschland. Wenn ihr irgendwo länger bleibt, sag Bescheid, ich kann dir gern noch was überweisen, wenn das Geschäft weiter so gut läuft, okay?«

Er schob das Paket zu seinem Bruder hinüber, der gar nicht so recht wusste, was er sagen sollte. Eigentlich wollte Benjamin nur weg, das mit dem Geld hätte er erst viel später zur Sprache gebracht. Er starrte das Geldpaket an, dann stand er auf und nahm seinen Bruder in den Arm.

»Mach's gut, Felix«, sagte er, dann ging er, ohne sich umzudrehen.

Es war das letzte Mal, dass sich die beiden Brüder begegneten.

Das Ende der Zeit

Manfred Zöder stand zusammen mit Luise Hadauer vor dem Rathaus in Haßfurt, da der Stadtkämmerer angeboten hatte, ihnen die berühmte »Ritterkapelle« einmal von innen zu zeigen. Im Prinzip war die ganze Aktion nur eine Verschnaufpause, um die Gemüter im Rathaus etwas abkühlen zu lassen. Nachdem Luise Hadauer die fränkische Gebietsreform nach eigener Aussage vollkommen im Griff hatte, kümmerte sich der zukünftige Ministerpräsident seinerseits nun persönlich um die Umgestaltung der neuen Landeshauptstadt Haßfurt. Das hatte am Morgen zu teils heftigen Kontroversen mit dem Haßfurter Bürgermeister und seinem Stadtrat geführt. Zöders Vorschlag, die Haßfurter Innenstadt quasi bis auf wenige Ausnahmen komplett abzureißen und als modernes Regierungsviertel wieder aufzubauen, stieß bei den eingeborenen Entscheidungsträgern – gelinde gesagt – insgesamt auf wenig Gegenliebe.

Im Laufe des Tages war die Situation immer mehr eskaliert, und der Tonfall der Diskussion hatte heftige Züge angenommen. Zöder führe sich auf wie der Führer persönlich, hieß es. Ob er schon einen gewissen Architekten Speer beauftragt habe, um Haßfurt neu zu planen? Es stimmte sogar, dass Zöder in Kontakt mit einem Architekten stand, nur kam der aus Schottland und hieß Homsworth. Aber das würde er diesen Provinzaffen hier keinesfalls auf die Nase binden. Am Ende würde es ja doch genau so kommen, wie er es wollte, da sollten sich die Herrschaften mal besser dran gewöhnen. Wenn er etwas in seiner Münchner Zeit gelernt hatte, dann Durchsetzungsvermögen in der Provinz.

Also hatte er ebenfalls verbal aufgerüstet und ein paar Breitseiten abgefeuert: Was sich die Damen und Herren eigentlich einbilden würden? Ohne den Titel »Landeshauptstadt« sei Haßfurt in Deutschland doch ungefähr so bekannt wie Laibarös oder Kleinschwenderode an der Ilm, also gar nicht. Außerdem gebe es nichts einer Landeshauptstadt Gebührendes an historischen Gebäuden oder anderen Sehenswürdigkeiten. »Oh, ich weiß, jetzt kommen mir wieder alle mit der ›Ritterkapelle‹. Na super, die ›Ritterkapelle‹. Ich weiß zwar nicht genau, vor wie viel hundert Jahren die gebaut worden ist, aber seitdem ist hier doch absolut nichts Nennenswertes passiert. Ihr seid ja nicht mal mehr von irgendwem überfallen worden. Und warum? Weil es in Haßfurt nie was zu holen gab. Und so ist es bis zum heutigen Tag geblieben. Oder, um es mal klar und deutlich zu sagen«, hatte er den fassungslosen Haßfurter Gemeinderäten entgegengeblafft: »Wer aus Haßfurt kommt, dem gefällt es überall!«

Das war's dann erst einmal gewesen. Tumultartige Szenen hatten sich im Haßfurter Rathaus abgespielt. Die einen fingen an zu telefonieren, um eine Spontandemo zu organisieren, die anderen drohten Manfred Zöder mit Handgreiflichkeiten, manche versuchten, ihn mit Aktenordnern, Stiften oder Tablets diverser Hersteller zu bewerfen.

Das war der Augenblick gewesen, in dem Stadtkämmerer Bronnenmeyer den Ministerpräsidenten und dessen Staatssekretärin in spe aus dem Raum gezogen hatte und mit ihnen aus dem Rathaus geeilt war.

»So wird das nix, Herr Zöder, an Ihrem Umgang mit den Franken müssen Sie noch sehr feilen. Außerdem ist es falsch, dass wir hier in Haßfurt keine bedeutenden Baudenkmäler vorzuweisen haben. Das eindrucksvollste Bauwerk ist wohl zweifelsohne die ›Ritterkapelle‹, und genau die werden wir uns jetzt einmal anschauen«, hatte er sich ereifert. »Dann werden Sie erstens einsehen, dass Sie sich für die eine oder andere Aussage entschuldigen müssen, und zweitens können die Haßfurter oben im Saal solange drüber nachdenken, ob die eine oder andere von Ihnen vorgeschlagene Baumaßnahme nicht vielleicht doch gerechtfertigt ist.«

Zu Fuß hatten sie sich auf den Weg in Richtung »Ritterkapelle« gemacht und waren kaum außer Sichtweite, da kamen die ersten Busse angefahren. Eins, zwei, drei ... Nun, es waren viele. Der ganze Platz um das Rathaus war in null Komma nichts mit Fernbussen zugestellt, denen Menschen mit entschlossenen Mienen und reihenweise Plakaten und Transparenten entstiegen. So lange, bis alles mit Menschen überfüllt war. Es hatte eine Anmutung von Montagsdemonstration, nur dass diese Demonstranten aus der fränkischen Peripherie ein völlig anderes Anliegen hatten. Ein Anliegen, welches verheilt geglaubte tiefe Wunden der fränkischen Seele berührte.

***

Lagerfeld hatte die Türklinke schon in der Hand und wollte mit Haderlein gerade die Dienststelle verlassen, als sie von hinten die Stimme ihres Chefs vernahmen: »Ja, was ist denn jetzt los? Hier geht es ja plötzlich zu wie in einem Taubenschlag! Wäre es den Herren vielleicht möglich, den Leiter ihrer Dienststelle einmal auf den neuesten Stand zu versetzen?«

Aus dem Augenwinkel konnte Lagerfeld erkennen, wie Franz zunächst tief durchatmete, sich dann aber umdrehte, schließlich sprach ihr Chef mit ihnen. Und dem war es erst mal egal, ob sie es eilig hatten oder nicht.

»Chef, wir haben neue Erkenntnisse. Wenn es gut läuft, können wir den Fall bald abschließen. Aber jetzt wollten wir eigentlich gerade los, um Gregor Götz zu verhaften. Sie wissen schon, den Gruppenleiter aus dem Grundbuchamt.«

Robert Suckfüll stutzte einen Moment, dann fragte er verdutzt: »Gregor Götz? Ja, aber mein lieber Haderlein, da muss ein Irrtum vorliegen. Wenn ich mich recht entsinne, war das doch das Individuum, das ich persönlich gestern Abend hinter Schloss und Riegel gebracht habe und später wieder in die Freiheit entlassen musste, oder nicht? Hat es sich der Rechtsverdreher Schmied doch noch anders überlegt? Raus mit der Sprache, was ist da im Busch?«

Fidibus stand in der Raummitte des Büros, die Arme hinter dem Rücken verschränkt, wo seine Finger wieder einmal eine seiner berüchtigten unangezündeten Havannas umklammerten, und wartete.

»Crystal Meth«, sagte Haderlein. »Gregor Götz steht im dringenden Verdacht, mit Crystal Meth gehandelt zu haben. Die Spurensicherung hat Beweise dafür im Grundbuchamt gefunden.«

»Das ganze Amt war voll mit dem Zeug, bei der Menge ist dieser Götz wahrscheinlich so eine Art Amphetaminsommelier für seine Mitarbeiter, würde ich sagen«, warf nun Lagerfeld ein, um Franz etwas Beistand zu leisten. Aber der warf ihm ob seiner flapsigen Bemerkung gleich einen vorwurfsvollen Blick zu.

Robert Suckfüll nahm seine Arme nach vorne und die Zigarre nach oben. Nachdenklich drehte er sie zwischen seinen Fingern hin und her, bis er schließlich zur Überraschung seiner beiden Mitarbeiter ein gewisses Gefallen ausdrückte: »Sehr fein, sehr fein. Ein Amphetaminsommelier im Grundbuchamt. Das erklärt dann wohl auch das Arbeitstempo in diesen Gemächern. Sehr fein. Ich schlage vor, dass ich mein Tagwerk für heute vollende und die Verhaftung dieses Herrn übernehme, wenn nichts dagegenspricht. Man könnte wohl sagen, ich sei richtig vom Glück umsegnet, dass ich diesen Unhold gleich zweimal festnehmen darf, sehr fein. Also, husch, husch, an die Arbeit. Sie können sich ruhig wieder den wichtigen Dingen Ihrer beruflichen Ausbildung zuwenden, meine Herren, den Herrn Götz übernehme ich.« Sprach's und eilte davon.

Haderlein und Lagerfeld sahen sich ratlos an, während César Huppendorfer im Hintergrund ein Lachen unterdrücken musste. Die Situation wurde aber gleich wieder hektisch, denn Marina Hoffmann hatte erste Ergebnisse zu vermelden.

»Franz, ich habe hier die Telefonnummern der Justizvollzugsanstalt in Bayreuth und von Gottfried Schöpp, plus Adresse. Willst du lieber selbst dort anrufen, nachdem die Verhaftung nun ausfällt?«

»Nein, das machst du, Marina. Ruf bitte zuerst bei den Schöpps an und versuch rauszufinden, wo der Herr des Hauses sich aufhält. Du kannst so was doch. Die Adresse vom Schöpp gibst du mir, Bernd und ich fahren da jetzt einfach mal auf Verdacht hin, obwohl ich mir nicht vorstellen kann, dass der Kerl wirklich zu Hause ist. Und dann machst du mir den Termin in Bayreuth mit diesem italienischen Häftling.«

Er nahm den Zettel, auf den Honeypenny Gottfried Schöpps Adresse gekritzelt hatte, in Empfang und eilte erneut mit Lagerfeld zur Tür. »Und wenn's Neuigkeiten gibt, ruft ihr mich sofort an, verstanden?«, rief er noch, dann schloss sich die Tür der Dienststelle Bamberg geräuschvoll hinter den beiden.

★★★

Felix saß in der Küche und sah apathisch auf den alten Kühlschrank, den ihnen Gottfried vor Jahren einmal geschenkt hatte. Gekühlt hatte der da noch, aber das nur kurz. Später dann hatte er als Lager für das Crystal gedient.

Das verdammte Crystal.

Was war nur aus ihm und seinem Leben geworden? Er war reich, doch er hatte Angelika an die Droge verloren. Sie hatte es nicht mehr ertragen, ihr Herz hatte heute Nacht endgültig aufgegeben. Gerade hatte er im Grundbuchamt angerufen. Als ihm der Mann von der Polizei mitteilte, dass sie tot war, hatte er sofort gewusst, dass es die Wahrheit war.

Dabei hatte er ihr gesagt, sie solle nicht mehr ins Grundbuchamt fahren, es sei keine Zeit mehr dafür. Aber so war Angelika nun mal. Sie war zwar in letzter Zeit ziemlich verwirrt gewesen, aber den Schreibtisch hatte sie heute Nacht unbedingt noch ausräumen wollen. Als ob es im Grundbuchamt irgendwen interessiert hätte, dass noch was in ihrem Schreibtisch lag, wenn sie heute verschwunden wären.

Außerdem hatte sie sich noch von diesem Wachmann verabschieden wollen, Eugen Wagenbrenner, der sie sich als eine Art Tochterersatz ausgesucht hatte. Aber Angelika war eben nicht mehr richtig zurechnungsfähig gewesen, wenn er ehrlich war. Zum Glück war ihr Chef, dieser Götz, in den letzten Monaten ebenfalls auf Crystal gewesen, so hatte sie wenigstens noch weiterarbeiten können, und wenn es eng wurde mit ihren Neurosen, hatte Götz ausgeholfen und ihre Arbeit mitgemacht, damit die betroffenen Bürger nicht anfingen, sich zu beschweren. Dafür hatte Angelika ihn kostenfrei mit Crystal versorgt.

Das war lange Zeit gut gegangen. Bis Angelika heute Nacht gestorben war. Ein paar Stunden bevor sie verschwinden wollten.

Er starrte weiter auf den offenen Kühlschrank. Es befand sich längst kein Kühlgut mehr darin, und seit ein paar Tagen war auch das Methamphetamin daraus verschwunden. Stattdessen lagerten hier lauter kleine braune Pakete voller Schwarzpulver. Ein weiteres Geschäft, das er mit den Vietnamesen in Eger gemacht hatte. Auf Schwarzpulver sprang kein Drogenhund der Polizei an, vor allem nicht, wenn es als Babynahrung verpackt war. Er wollte gar nicht wissen, wie viele illegal eingeführte Feuerwerksraketen die Asiaten für ihn auseinandergenommen hatten, um das ganze Schwarzpulver zu generieren. Es war ihm schlussendlich auch egal.

Er hatte sich gleich nach der Gerichtsverhandlung und nach Bennis Ausstieg einen Plan zurechtgelegt. Einen Plan, der bis zu dem Moment laufen würde, in dem man Guiseppe Romano aus dem Gefängnis entließ, um während dessen Haft das Maximum an Gewinn aus dem Crystalgeschäft herauszuholen. Und das hatte wirklich gut geklappt. Die Zeiten, in denen sie das Meth mit Drohnen aus Tschechien geholt hatten, waren längst vorbei. Drei Meth-Küchen hatte er zum Schluss betrieben, Meth-Küchen, die irgendwo in den heiligen Ländern zwischen Jesserndorf und Königsberg zuverlässig seinen Stoff produzierten. Im Laufe der Jahre waren auf diese Weise ein paar hundert Kilo Verkaufsmasse zusammengekommen. So war er reich geworden, richtig reich. Und die Polizei hatte ihn nie erwischt, er war zwar im Kreis ihrer Verdächtigen, weil sie ihn einmal hinter der Grenze angehalten hatten, aber man hatte nichts bei ihm finden, ergo nichts beweisen können. Und Menschen, bei denen die Hunde auf Meth anschlugen, kamen nun wirklich jeden Tag über die Grenze, das war kein Alleinstellungsmerkmal.

Die Meth-Küchen hatte er inzwischen aufgelöst, die Reste waren von seinen Leuten irgendwo in den Wäldern der Haßberge entsorgt worden. Wenn der stinkende Müll gefunden wurde, wollten sie Deutschland längst verlassen haben und bei Benni und Vicki ihr Wiedersehen feiern. Aber das mit dem Fest wurde nichts, denn Angelika war tot.

Die Flugtickets lagen neben ihm auf dem Tisch, und er starrte in einen alten Kühlschrank voller Schwarzpulver. Um den Kühlschrank herum hatten sie zur Sicherheit noch etliche Benzinkanister gestapelt, damit es richtig schön brannte und eventuelle Spuren auch garantiert vernichtet wurden.

Gottfried hatte in den Kühlschrank einen Zündmechanismus eingebaut, der auf die Türklingel reagieren würde oder falls die Alarmanlage anschlug, weil jemand einbrechen wollte. Das sollte die Falle für Guiseppe Romano sein, der heute entlassen wurde. Ihnen allen war seit dem Vorfall am KHG klar, dass Guiseppe kommen würde. Sie hatten es in seinen Augen gesehen.

Also hatten sie überlegt, was sie tun sollten. Wenn es nach Felix und Angelika gegangen wäre, hätten sie einfach schon vor Wochen ihre Sachen gepackt und wären abgehauen, aber Gottfried hielt das für keine angemessene Lösung. Hinter ihm würde Romano ja als Allererstes her sein, und er hatte vor, in Deutschland zu bleiben. Außerdem würde dieser Sizilianer sie überall finden, egal wo sie waren, und sie dann umbringen, davon war Gottfried überzeugt. So waren die halt in Sizilien. Romano hatte ihretwegen Jahre unschuldig im Knast verbracht, da war es eine Sache der Ehre, Felix und vor allem Gottfried zu bestrafen. Es brachte also nichts, einfach abzuhauen. Entweder Guiseppe oder sie, ganz einfach.

Irgendwann war die Idee mit dem Kühlschrank geboren worden. Alles sollte hier mit Guiseppe in die Luft fliegen, auch ihre Vergangenheit. Dann konnte endlich ihr neues Leben in Übersee beginnen. Mit Benni und Vicki zusammen gäbe es bestimmt haufenweise neue Ideen, wie es weiterging. Aber all das war nun obsolet, Angelika war tot.

Es klopfte an der Tür, aber Felix war unfähig, sich zu erheben. Sein Elan war dahin, seine Welt verdunkelte sich immer mehr, die Trauer um seine Freundin wurde übermächtig.

Als Gottfried Schöpp eintrat, sah er am Küchentisch eine zerstörte Persönlichkeit sitzen, Felix war nur noch ein Schatten seiner selbst. Ihm war ja klar, dass der Junge sehr an seiner Tochter gehangen hatte. Aber so sehr, dass er jetzt heulend am Tisch sitzen musste? Das war seiner wirklich unwürdig, so hätte er ihn nicht eingeschätzt. Was sollte er da sagen? Er hatte heute seine älteste Tochter verloren. Aber hockte er sich hin und heulte sich in die Schuhe hinein? Nein. Erstens war es nicht mehr zu ändern und zweitens abzusehen gewesen.

Angelika war schwach gewesen, auch wenn sie ihr Leben lang versucht hatte, ihm das Gegenteil zu beweisen. Aber das Meth hatte es erkannt und Besitz von ihr genommen. Beim ersten Probieren und dem Gefühl, das sich ihrer bemächtigte, hatte Angelika schon verloren gehabt. Er hatte gleich gesehen, wohin das führen würde, und jetzt war es eben so weit.

Allerdings ein wirklich dämlicher Zeitpunkt, das musste er

zugeben. Dennoch blieb keine Zeit für Trauer, sie mussten die Sache hier zu Ende bringen, die Bombe scharf machen, den Zünder aktivieren und Felix zum Flughafen fahren. Im Flugzeug konnte er Trauerarbeit leisten, so viel er wollte, aber jetzt musste er schleunigst hier weg. Die Polizei wusste, dass Angelika hier wohnte, und würde bald auftauchen. Der ganze Plan war im Arsch. Denn ob Romano oder die Bullen zuerst hier auftauchten, war noch nicht ausgemacht. Er hoffte auf Romano, das wäre ein glücklicher Ausgang. Aber selbst wenn nicht, das Haus musste weg, es gab hier viel zu viele Beweise. Das Haus musste einfach weg.

»Los jetzt, Felix. Angelika ist tot, du musst verschwinden.« Gottfried Schöpp drehte sich um, schloss mit einem kurzen Fußtritt die Kühlschranktür und begann anschließend, hinter dem Kühlschrank zwei Drähte mit einer Lüsterklemme zu verbinden. Als er fertig war, richtete er sich wieder auf und sah, dass Felix noch immer unverändert an seinem Platz saß. »Hast du deine Sachen gepackt? Können wir dann los? Ich bin quasi fertig hier, Felix«, knurrte er, während er mit einem kleinen Schraubenzieher die Schrauben der Lüsterklemme nachzog.

Aber Felix John hörte nur noch mit einem Ohr hin. Die Schmerzen in seiner Brust wurden immer stärker, er wusste, dass es vorbei war, das alles hatte keinen Sinn mehr. Tränen liefen ihm über das Gesicht, als er die Flugtickets in die Hand nahm und sie langsam zerriss. Die Dämonen, die seit einigen Jahren in ihm wohnten, sollten nicht länger die Oberhand haben. Er konnte nicht mehr, und er wollte auch nicht mehr.

»Ich werde zur Polizei gehen«, sagte er mit brüchiger Stimme. Die Fragmente der Tickets segelten zu Boden, wo sie sich mit seinen Tränen vereinigten.

Gottfried Schöpp hatte sich ruckartig zu ihm umgedreht und betrachtete das Bild des Jammers da vor ihm am Tisch.

»Ich kann nicht mehr, Gottfried. Es ist vorbei. Ich werde ihnen alles erzählen. Dann habe ich meinen Frieden, und vielleicht kann auch Giuseppe uns vergeben, wenn wir alles richtigstellen. Wir können doch so nicht weitermachen und jetzt auch noch Menschen umbringen, Gottfried.«

Felix verspürte eine grenzenlose Erleichterung allein dadurch, dass er es aussprach. Er wollte nicht mit der Schuld leben, einen Menschen umgebracht zu haben. Mit Crystal zu dealen war eine Sache, einen kaltblütigen Mord zu begehen eine ganz andere. Er hatte eine Entscheidung gegen seine Freiheit und für sein Gewissen getroffen.

»Ich werde einfach hier sitzen bleiben und auf die Polizei warten, Gottfried. Die Kohle liegt drüben im Schrank, nimm sie einfach mit und mach damit, was du willst. Die Hälfte gehört allerdings Benni und Vicki. Du kannst ja für dich entscheiden, was du tust, Gottfried, aber ich werde niemanden umbringen. Ich will endlich alles loswerden.«

Gottfried Schöpp starrte Felix mit unergründlichem Gesichtsausdruck an. Trotz der Tränen schien der Kerl tatsächlich glücklich über das zu sein, was er da gerade von sich gegeben hatte. Was für ein unglaublicher Blödsinn. Aber es waren halt immer noch Kinder, auch Felix, mochte er als Geschäftsmann noch so abgebrüht gewesen sein. Jetzt war er nur noch ein kleiner Junge, der nicht mehr weiterwusste. Er hatte einfach nur spielen wollen, dabei aber nicht gemerkt, dass er längst am Erwachsenentisch Platz genommen hatte. Und da galten andere Regeln. Auch jetzt, auch für ihn.

»Nein, das wirst du nicht tun«, sagte Gottfried Schöpp kurz, knapp und bestimmt. Ansatzlos holte er aus und schlug zu. Der Kopf von Felix John wurde so heftig herumgeschleudert, dass dieser mitsamt dem Stuhl, auf dem er saß, bewusstlos nach hinten kippte.

Gottfried Schöpp schaute den Jungen kopfschüttelnd an, dann hob er ihn hoch und setzte ihn zurück auf den Stuhl. Für den Fall, dass er aufwachte, bevor jemand klingelte, holte er ein Seil, um ihn an den Stuhl zu fesseln. Und zwar so, dass er sich nicht mehr rühren konnte. Zum Schluss steckte er ihm noch einen der Lappen, mit denen er die Benzinkanister abgewischt hatte, in den Mund.

Er holte das Geld aus dem Schrank und ging zur Tür, wo er den kleinen Schalter betätigte. Eine rote Diode blinkte auf, der Kühlschrank war scharf. Das würde eine nette Detonation geben. Schade, dass er sie nicht sehen konnte, es wäre bestimmt ein Erlebnis.

Er schloss die Tür von außen ab und ging zu seiner G-Klasse. Entschlossen startete er den Motor.

★★★

Haderlein war schon unterwegs in Richtung Haingebiet, als sein Handy klingelte. Beethoven schallte durch den Innenraum des Landrovers, dann hatte er sein Mobiltelefon aus der Tasche gezerrt und reichte es Lagerfeld zum Beifahrersitz hinüber. Während er am Seitenstreifen anhielt, hörte sich Lagerfeld an, was Honeypenny zu sagen hatte.

»Is gut, Marina, ich richte es ihm aus.« Er beendete das Gespräch und wandte sich mit nachdenklichem Gesicht an seinen Kollegen, der ihn sehr ungeduldig anschaute. »Also, Franz, aus deinem Termin in der JVA in Bayreuth wird fei nix. Den Idaliener hamse scho endlassen. Und jetzt rad amal, wann?«

Haderlein hatte aber gerade überhaupt keine Lust auf Ratespielchen, schon gar nicht auf Fränkisch, sondern machte gesichtsmäßig auf bösen Kommissar am Samstagnachmittag.

Lagerfeld begriff die stumme Botschaft und wurde sogleich wieder förmlich. »Gestern, Franz, gestern Vormittag ist der raus. Der Konka lässt dir einen schönen Gruß ausrichten, er traut dem Romano nicht. Er sagte, der wäre seiner Meinung nach nicht nur ein stilles, sondern vor allem ein sehr tiefes Wasser. Er hat Honeypenny die Nummer von Romanos Bewährungshelfer gegeben, vielleicht weiß der ja, wo der Italiener steckt.«

Haderlein nickte und ließ schon mal den Motor an. »Sonst noch was?«

»Ja, in der Tat«, bestätigte Lagerfeld, »die Frau von Gottfried Schöpp hat Honeypenny gesagt, ihr Mann sei nicht daheim, sondern beim Basketball, wo er sich mit dem Bamberger Oberbürgermeister treffen will. Oder der Oberbürgermeister mit ihm, der hätte nämlich extra angerufen, wo er denn bleibt.«

Haderlein musste das alles erst mal sortieren, dann gab er Gas und verließ den Radweg, den er die ganze Zeit blockiert hatte.

»Aha, und wo fahren wir jetzt hin?«, fragte Lagerfeld, obwohl er es sich schon denken konnte.

»Na, zur Arena, wohin denn sonst?«, knurrte Haderlein und

drückte auf die Tube. Etwa fünfzig Meter weiter stieg er aber bereits wieder dermaßen in die Eisen, dass Lagerfeld das Gefühl hatte, der Sicherheitsgurt würde ihn in zwei Teile schneiden.

»Was is denn jetzt scho widder?«, beschwerte er sich lauthals, und diesmal war es an ihm, böse zu schauen.

Aber Haderlein saß wie versteinert hinter seinem Lenkrad. »Der Oberbürgermeister? Der ist doch das ganze Wochenende in Haßfurt bei diesem Treffen mit dem Zöder. Stand doch heute früh in der Zeitung. Die konferieren da mit allen fränkischen Oberbürgermeistern und Landräten. Ruf sofort Honeypenny an, sie soll auf der Stelle rausfinden, ob die ›Brose Baskets‹ heute überhaupt spielen.«

Lagerfeld wählte die Nummer vom Büro und sprach mit Honeypenny. Es vergingen endlose, quälende Sekunden, bis sie sich wieder meldete. Lagerfeld hörte kurz zu, nickte und sagte: »Danke, Marina.« Dann legte er auf.

»Und?«, fragte Haderlein.

»Die ›Brose Baskets‹ spielen heute, allerdings nicht zu Hause, sondern in München.«

Haderlein sagte nichts, sondern stieg aufs Gas, sodass Lagerfeld diesmal in die andere Richtung, ins Sitzpolster, gedrückt wurde.

★★★

Guiseppe Romano stand vor der geschlossenen Arena im Bamberger Süden und wusste sofort: Die arglose Frau Schöpp hatte entweder ihm Scheiße erzählt oder ihr Mann ihr. Hier gab es kein Basketballspiel und schon gar keinen Gottfried Schöpp. Hier war irgendwas oberfaul.

Er merkte, wie die Wut in ihm hochkochte. Es reichte jetzt. Auch wenn alles nach einem Hinterhalt roch, er würde jetzt zu den feinen Schöpps nach Hause fahren. Und wenn er das nicht überleben sollte, war das eben so, basta. Er warf sich in den Wagen und schmiss die Fahrertür zu, dass es nur so krachte. Wild auf dem Schnee schleudernd, kam der Renault in Fahrt.

★★★

»Willst du mir nicht erst einmal sagen, Gottfried, was eigentlich los ist? Ich weiß gar nicht, ob ich so plötzlich in Urlaub fahren will. Mein Gott, jetzt lauf doch nicht wie ein angestochenes Huhn durchs Haus, ich will eine Antwort von dir, Gottfried!«

Aber Gottfried antwortete nicht, dazu hatte er wahrlich keine Zeit. Außerdem hatte er keine Lust, dieser doofen Nuss, die sich seine Ehefrau nannte, irgendwas zu erklären, sie würde sowieso nichts kapieren, hatte sie noch nie. Vom Tod ihrer ältesten Tochter hatte er ihr auch noch nichts erzählt, das würde sie gar nicht verkraften. Aber es war im Moment ohnehin unwichtig. Romano und gerade eben auch noch die Polizei hatten hier angerufen. Es wurde verflucht eng mit der Flucht, das war so klar wie Kloßbrühe.

Es gab gar kein Basketballspiel, zu dem er hatte gehen wollen. Das hatte er seiner Frau nur erzählt, damit er den Nachmittag über frei hatte, um das Geld außer Landes zu bringen und seine Flucht vorzubereiten. Aber nun war Eile geboten. Romano war hinter ihm her, das schloss er aus dem angeblichen Anruf des Oberbürgermeisters, von dem Elisabeth ihm erzählt hatte, als er eben nach Hause gekommen war. Und die Bullen wollten bestimmt auch bald ihr Beileid darüber ausdrücken, dass Angelika verstorben war. Vielleicht arbeiteten sie sogar schneller, als er angenommen hatte, und konnten aus Angelikas Crystalkonsum bereits gewisse Schlüsse ziehen. Am Telefon eben hatte er sich jedenfalls lieber verleugnen lassen, für den Fall, dass die Bullen ein paar ihm unliebsame Zusammenhänge hergestellt hatten. Irgendwann würden sie auf die ganze Wahrheit stoßen. Aber bis dahin saß er schon längst im Flugzeug nach Tanger.

Er musste feststellen, dass sein stahlhartes Nervenkostüm, das ihn so lange durchs Leben geboxt hatte, an seinen Grenzen angelangt war. Die Tochter tot, er selbst von einem rachsüchtigen Sizilianer verfolgt und die Polizei in Habachtstellung. Was zu viel war, war zu viel, selbst für einen wie ihn. Man musste wissen, wann es Zeit war, den Rückzug anzutreten.

Es hatte keinen Sinn mehr. Er machte es jetzt seiner Tochter nach und verschwand ins Ausland. In Nordafrika kannte er sich durch seine Urlaubssafaris ziemlich gut aus. Dort ging es gerade so rund, niemand würde ihn in Ägypten oder Libyen suchen wollen. Und Ingenieure wurden überall gebraucht. Geld hatte er fürs Erste sowieso genug. Ob seine Frau nun mitkommen mochte oder nicht, war ihm wirklich scheißegal. Er griff nach den letzten beiden Koffern und ging nach draußen, um sie im Heck des Mercedes zu verstauen.

★★★

Haderlein fuhr langsam am Staatsarchiv vorbei und parkte an der Minigolfanlage in der Hainstraße. Gegenüber war die angegebene Adresse. Eine weiße Villa mit rotem Dach. Das ebenfalls weiße Rolltor der Villa war offen, und ein dunkelgrüner Mercedes-Geländewagen stand mit geöffneter Heckklappe in der Einfahrt, jemand schien sich am Kofferraum zu schaffen zu machen.

Haderlein und Lagerfeld stiegen aus und überquerten die Straße. Irgendwie kam Haderlein der Geländewagen bekannt vor, aber er verdrängte den Gedanken, er musste sich jetzt konzentrieren. Als sie das in die Jahre gekommene, aber nichtsdestoweniger sündhaft teure SUV erreicht hatten, rief Haderlein laut: »Hallo, ist da jemand?«, woraufhin das geschäftige Treiben hinter der Heckklappe erstarb.

Es dauerte einen kurzen Moment, dann kam ein Mann hinter dem Fahrzeug hervor. Sein Gesicht war von absoluter Überraschung gekennzeichnet, die Gesichtsfarbe blass, von tiefen, harten Falten durchdrungen.

Haderlein war sofort klar, dass er Gottfried Schöpp vor sich hatte. So sah ein Mann aus, der es mit stählernem Willen und einem Mindestmaß an Skrupellosigkeit im Leben zu etwas gebracht hatte. Aber jetzt war dieser Mann mit den Nerven augenscheinlich ziemlich runter. Sein Blick flackerte, er wirkte nervös.

»Herr Schöpp?«, fragte Haderlein und zeigte seinen Dienstausweis. Der Angesprochene nickte nur, sein Blick irrlichterte zwischen den beiden Kommissaren hin und her, dann hob er den Arm und zeigte mit zitternden Fingern fast apathisch in Richtung Hauseingang.

»Der Italiener, Romano … meine Frau. Er ist bewaffnet.«

Haderlein und Lagerfeld reagierten sofort. Eine Ehefrau, die von einem gesuchten Verbrecher bedroht wurde, das war ein konditionierter Reiz, der bei jedem Polizeibeamten der Welt die gleichen automatisierten Handlungsabläufe auslöste. Sie mussten die Frau vor dem rachsüchtigen Sizilianer retten.

Haderlein schickte Lagerfeld mit einer knappen Geste zum Hintereingang der Villa, während er selbst mit gezogener Waffe zur Vordertür schritt. Es war eine alte, aber schwere Holztür mit einem kleinen Glasfensterchen in Kopfhöhe. Er drückte die Klinke und öffnete die Tür. Es war düster, aber der Weg war frei. Vorsichtig ging er eine kleine Treppe hinauf, die in den Teil des Hauses führte, von wo er leises Gewimmer und Schluchzen hören konnte. Hatte Romano Gottfried Schöpps Ehefrau als Geisel genommen?

Er wollte gerade mit erhobener Waffe ins Wohnzimmer stürmen, als ihn die Erkenntnis traf wie ein Blitz. Ihm fiel ein, woher er den Wagen kannte. Im selben Moment hörte er, wie draußen ein Motor gestartet wurde. Aufspritzender Kies prasselte gegen die Hauswand, und die Silhouette des Mercedes huschte am Fenster vorbei.

Haderlein richtete sich aus seiner leicht geduckten Position auf, machte kehrt und rannte dann fast seinen Kollegen um, der sich von der Rückseite der Villa genähert hatte. »Bernd, komm!«, rief er laut und rannte zur Eingangstür hinaus, wo er gerade noch sehen konnte, wie der Mercedes die Einfahrt verließ und nach rechts, in Richtung Würzburger Straße, davonrauschte.

Die beiden Kommissare steckten ihre Waffen weg und sprinteten zum Landrover.

»Dieser Drecksack«, keuchte Haderlein, während er den Motor startete und das Martinshorn aufs Dach klatschte. Dann spritzte auch hinter seinem Wagen der Dreck in die Höhe, und sie nahmen die Verfolgung auf.

»Was ist denn hier los, verdammt? Franz, könntest du mich vielleicht einmal aufklären!« Lagerfeld kapierte überhaupt nichts. Wieso haute der Schöpp denn jetzt ab?

»Der Aufkleber, das Kamel!«, schrie Haderlein, um den Lärm des Martinshorns zu übertönen. »Gottfried Schöpp hat Gabi und Felix John auf dem Gewissen. Er kam mir gestern in Jesserndorf mit einem Affenzahn entgegen, kurz bevor das Haus in die Luft flog. Er ist der Bombenleger.«

Schöpp fuhr wie ein Wahnsinniger in Richtung Autobahn,

dann bog er plötzlich nach links ab und fuhr auf der vierspurigen Stadtumgehung in Richtung Hallstadt. Haderlein hatte alle Mühe, nicht abgehängt zu werden.

»Bernd, ruf in der Dienststelle an, wir brauchen Straßensperren! César soll alle Zugänge zur Autobahn dichtmachen lassen, und zwar so schnell wie möglich, verstanden?«

Lagerfeld tat sein Bestes, aber bei der wilden Fahrt eine Nummer zu wählen war nicht die leichteste Übung. Schließlich schaffte er es und gab kurze, klare Anweisungen.

»César, pass auf, hier geht's grad rund. Verfolgung eines dringend Tatverdächtigen. Du musst folgende Autobahnzufahrten sperren ...«

***

Guiseppe Romano kochte. Ihm war langsam alles egal. Er würde jetzt zu diesem Schöpp in die Wohnung gehen und ihn einfach abknallen. Wenn der wirklich nicht da war, was er nicht glauben konnte, schnappte er sich eben seine Frau und wartete, bis er heimkam. Es reichte ihm jetzt endgültig.

Er bog in die Hainstraße ein und näherte sich gerade der gewünschten Adresse, als plötzlich, direkt vor ihm, Schöpps G-Klasse aus der Grundstücksausfahrt herausschoss und von ihm weg, stadtauswärts, im Höchsttempo davonfuhr. Eine Sekunde später kamen zwei Männer hinterhergerannt, die sich in ihren auf der anderen Straßenseite geparkten Landrover warfen und mit Blaulicht davonfuhren. Aha, Polizei. Wollten die ihn etwa verhaften?

Einen kurzen Moment lang war Guiseppe Romano völlig geplättet von dem, was er sah, dann gab er Gas und hängte sich in den Windschatten des Landrovers. Die Bullen würden ihm den Weg zu Gottfried Schöpp weisen. Sie waren der rote Teppich, auf dem er zu seinem Recht kommen konnte. Allerdings, mit diesem Renault war es nicht so einfach, dem Landrover zu folgen. Wild mit dem Clio schlingernd, versuchte er, nicht abgehängt zu werden, was er auch immer gerade so schaffte.

***

Gottfried Schöpp saß fluchend in seinem Auto. Es war ein Kurzschluss gewesen. Ein Kurzschluss, weil die Bullen so schnell aufgetaucht waren. Und dieser ältere Polizist hatte ihn mit diesem wissenden Blick angeschaut, als hätte er schon genau überrissen, was los war. Früher hätte er einfach nur zurückgeschaut und dem Mann argumentativ gezeigt, wo der Hammer hängt. Aber in dieser Verfassung war er nicht mehr. Also war er durchgedreht, das erste Mal in seinem Leben.

So eine verfluchte Scheiße.

Er hatte keine Ahnung, wie, aber er musste die Bullen da hinter ihm loswerden. Einfach davonfahren ging nicht. Der Mercedes war zu schwer und zu langsam. Er musste irgendwohin, wo er sie abhängen konnte, dorthin, wo er sich auskannte und die nicht.

***

Die Autobahnzufahrten waren jetzt alle gesperrt. Auch die Umgehungsstraße an Hallstadt vorbei nach Breitengüßbach war dicht, überall in Bamberg konnte man nun blau blinkende Straßenbarrikaden aus Polizeifahrzeugen sehen. Der Schnee und die Hochwassersituation taten ihr Übriges, und in kürzester Zeit bildeten sich im Norden kilometerlange Staus. Gleich war es vorbei, gleich würde der Mercedes von Schöpp zum Stehen kommen, und er konnte bestenfalls noch zu Fuß weiter. Doch mitnichten, kurz bevor sie die Autobahnzufahrten nach Bayreuth und Schweinfurt erreichten, bog Schöpps Wagen überraschend scharf nach rechts ab.

»Scheiße, ich weiß, wo der hinwill«, entfuhr es Lagerfeld. »Der fährt zu ›Bosch‹. Da kennt der sich aus!«, rief er und krallte sich in die Türverkleidung, als Haderlein im Schnee rutschend um die Kurve fegte.

Der Mercedes preschte voraus und bog dann tatsächlich in einem wilden Manöver nach rechts aufs »Bosch«-Gelände ab. Die Schranke am Eingang des Betriebsgeländes durchbrach er einfach, die Aluminiumröhre flog mit einem hellen Klang auf den Boden, als der Mercedes sie aus der Verankerung befreite.

Schöpp fuhr durch die engen Straßen der »Bosch«-Welt, als wäre es eine extra für ihn angefertigte Rennstrecke, Haderlein und Lagerfeld immer hinterher. Wie in Manhattan, dachte Lagerfeld spontan. Alles auf dem Gelände war in Blocks aufgeteilt, quadratische Blocks, um die Schöpp ein ums andere Mal kurbelte. Und so allmählich hängte er sie tatsächlich ab.

★★★

An Block B-407 waren die Bullen endlich außer Sichtweite, und er konnte einen weiteren Haken schlagen. Er sah gerade noch, wie der Landrover weiter in die falsche Richtung schoss, während er mit Höchstgeschwindigkeit zurück zum Ausgang steuerte.

Normalerweise hätte er die Schranke mit Hilfe seines Transponders im Fahrzeug regulär öffnen können, aber erstens würde das viel zu lange dauern, und zweitens war die Schranke ja eh nicht mehr da. Er donnerte durch das Tor und wollte mit einem gerüttelt Maß an Zuversicht nach links abbiegen, um sich endgültig in Richtung Flugplatz abzusetzen. Dort gab es so viele Schleichwege, dass er sich ohne Probleme an sämtlichen Polizeisperren Bambergs vorbeimogeln konnte, schließlich hatte er ein Allradfahrzeug der Spitzenklasse. Und wenn das erst einmal geschafft war, konnte er weitersehen.

Er hatte das Lenkrad noch nicht ganz nach links eingeschlagen, als es plötzlich krachte. Etwas durchschlug die Scheibe auf der Fahrerseite, und seine linke Schulter schmerzte wie nach einem Schlag. Links vor ihm, neben einem Renault, der die Straße versperrte, stand Romano mit einem Revolver und zielte auf ihn. Er schaffte es noch, das Steuer nach rechts herumzureißen, bevor ihn die nächste Kugel in die Wange traf und auf der anderen Gesichtshälfte wieder austrat.

Er schrie auf und beschleunigte den Wagen, doch er fuhr nun in die falsche Richtung davon. Er wusste, dass er sich in einer Sackgasse befand, er konnte nicht mehr entkommen, es war vorbei. Sein hartes, aber auch höchst erfolgreiches Leben zog noch einmal an ihm vorüber. Dann sah er den Bamberger Stadtbus, der gerade an der etwa hundert Meter entfernten Erdgastankstelle tankte. Er dachte nicht mehr nach, sondern handelte. Es war grimmiger Fatalismus.

Er drückte das Gaspedal bis zum Anschlag durch, woraufhin

der Mercedes noch ein letztes Mal beschleunigte. Das hundertfünfzigtausend Euro teure, drei Tonnen schwere Fahrzeug schlug mit Höchstgeschwindigkeit in die Zapfanlage der Gastankstelle ein. Die G-Klasse zermalmte die komplette Wand der Anlage, dann schoss das Gas, vom Verschluss befreit, mit gewaltigem Fauchen heraus.

★★★

Haderlein und Lagerfeld hatten das Tor fast erreicht, als sie von rechts, außerhalb des »Bosch«-Firmengeländes, eine gewaltige Explosion hörten. Augenblicke später schoss eine gewaltige Feuersäule in den Himmel. Sie hielten in sicherer Entfernung an und stiegen aus dem Landrover.

Den Mann, der ein Stück weit entfernt mit sich und seiner Seele im Reinen in seinen Clio stieg und davonfuhr, bemerkten sie nicht. Die Kommissare hatten nur Augen für das gewaltige Schauspiel, das sich ihnen bot, und natürlich für den Busfahrer, der panisch auf sie zugelaufen kam. Er hatte sich in letzter Sekunde retten können.

»Das ist ja nicht zu fassen«, meinte Haderlein leise. Auch wenn es mit hoher Wahrscheinlichkeit einen Mörder erwischt hatte, der sich soeben in den Tod gestürzt hatte, Haderlein brauchte so etwas nicht. Er wollte aufklären, verhaften, einfach nur Gerechtigkeit. »So langsam habe ich genug von Explosionen, das kann ich dir sagen«, kam es richtig genervt über seine Lippen.

Lagerfeld dagegen stand lässig und mit aufgestützten Armen hinter der geöffneten Landrovertür. Seine Welt war schon eher in Ordnung. Ihm kam der ganze Zinnober eigentlich sogar ganz recht. Wenn Franz richtiglag, hatte Schöpp knallhart die Konsequenzen gezogen, wie er es wohl schon immer im Leben getan hatte. Er ersparte der Justiz damit einen Prozess und ihm als Kommissar einen Haufen Zeit, den er ansonsten mit Verhören, Protokollen und vielleicht Geständnissen verbringen müsste.

Außerdem hatte der gute Gottfried Schöpp ihnen in dieser unwirtlichen Winterzeit zur Abwechslung mal einen schönen, warmen Platz beschert. Und was das Beste war: Es war einer der seltenen Momente, in denen Lagerfeld mit voller Berechtigung im Dezember seine Sonnenbrille tragen durfte. Er rückte sie sich auf der Nase zurecht, während hinter ihnen ein Einsatzwagen der Polizei nach dem anderen eintraf. Und da die Bamberger Feuerwehr im Gegensatz zu manch anderer nördlich von Bamberg auch fähige Fahrer und verkehrstüchtige Einsatzfahrzeuge hatte, kam auch die.

Weihnacht

Stunden später saßen das erste Mal an diesem Wochenende alle in der Bamberger Dienststelle versammelt und besprachen abschließend die Ermittlungsergebnisse. Die Faktenlage wurde noch einmal ausführlich erörtert. Großartig Neues hatte sich nicht ergeben, auch das Verhör von Gregor Götz hatte nicht viel erbracht, nur das, was sowieso schon alle vermutet hatten. Mit den Ergebnissen der Spurensicherung konfrontiert, war seine stoische Abwehrhaltung ganz abrupt in sich zusammengebrochen. Er hatte bestätigt, dass Angelika Schöpp das Grundbuchamt als eine Art Zwischenlager für das Meth missbraucht hatte. Er hatte es geduldet und sogar einen Teil ihrer Arbeit übernommen. Dafür war er von seiner jungen Mitarbeiterin kostenlos mit Crystal versorgt worden, so wie einige der anderen Mitarbeiter auch. Er hatte den Schreibtisch und das restliche Büro in der Nacht nach Angelika Schöpps Meth-Vorrat durchwühlt, weil er dringend Nachschub brauchte. Aber alles Crystal war weg gewesen, verschwunden, sehr zum Missfallen von Rechtspflegeamtsrat Gregor Götz, der seit Freitag unter Meth-Unterzucker litt. Fidibus hatte daraufhin das Verhör beendet und Gregor Götz in Dauergewahrsam genommen.

Huppendorfer warf noch ein, dass der Zettel mit den Telefonnummern, den Siebenstädter bei Angelika Schöpp gefunden hatte, wahrscheinlich eine Liste von Kunden war, die die Gruppe um Felix John und Angelika Schöpp mit Crystal beliefert hatte. Er erwähnte auch, dass er den Großteil der Telefonnummern bereits konkreten Personen hatte zuordnen können. Es handelte sich samt und sonders um hochgestellte Persönlichkeiten des öffentlichen Lebens in ganz Oberfranken. Es seien einige sehr delikate Ergebnisse dabei gewesen, wie er nebulös formulierte.

Was den Verbleib von Benjamin John und Vicki Schöpp anbelangte, so konnte er noch nicht sagen, wo die Betreffenden sich aufhielten, allerdings hatte Vicki Schöpp anscheinend einen Facebook-Account, sodass er sich zuversichtlich zeigte, den Aufenthaltsort der beiden darüber in Kürze ermitteln zu können. Er schlug vor, da der Mord an Felix John als solcher ja im Prinzip aufgeklärt sei, diesen Fall und die Unterlagen der Drogenfahndung zu übergeben. Sollten die doch an der Stelle weitermachen, wo sie jetzt aufhörten, und versuchen, die beiden Flüchtigen aufzuspüren.

Diese Einschätzung der Lage wurde von allen Anwesenden geteilt, sodass Robert Suckfüll sich ermutigt fühlte, zum guten Schluss noch einmal alles zusammenzufassen.

»Liebe Mitarbeiter, liebe Mitarbeiterin, ich möchte mich an dieser Stelle für die hervorragende –«

Die Tür ging auf, und Manuela Rast kam mit Riemenschneider an der Leine herein. »Schaut mal, wen ich mitgebracht habe«, verkündete sie lachend. »Da ist jemand von den Toten erwacht und möchte sich wieder an der Polizeiarbeit beteiligen.«

Es gab ein großes Hallo und teilweise sogar aufmunterndes Klatschen. Allerdings wurden auch anzügliche Kommentare über das äußere Erscheinungsbild des kleinen Ferkels gemacht. »Ach, der Junkie«, »die Komasäuferin« und »kleines Schnarchschwein« musste sie sich an mehr oder weniger gerechtfertigten Sticheleien aus dem Rund anhören. Denn tatsächlich, Riemenschneider schaute, gelinde gesagt, verkatert aus. Sie hatte Schatten unter den Augen, die müde und missmutig in die Gegend blickten. Ihr Kopf schwebte wie magisch von der Erdenschwere angezogen nur wenige Millimeter über dem Boden.

Honeypenny brachte es als Einzige fertig, bei diesem erbärmlichen Anblick ausschließlich Mitgefühl zu entwickeln, und rief sie sofort mit aufmunternden Worten zu sich: »Na, komm her, armes Ding. Hör nicht auf diese ganzen Idioten hier, komm her zu Mama. Na, was ist denn? Schau, ich hab hier aufgeschnittene Äpfel für dich. Na, was ist?«

Mit diesen Worten stellte sie eine Schüssel auf den Boden, in der jede Menge Apfelstücke ruhten, die mit einer dicken Schokoladenschicht überzogen waren.

Riemenschneiders Kopf hob sich tatsächlich nach oben, und der kleine rosa Rüssel begann, sich rhythmisch zu bewegen. Dann lief sie unter dem Beifall und reichhaltigen Gelächter der versammelten Mannschaft zu Marina Hoffmann hinüber, wo sie sogleich anfing, das erste Stück Schokoladenapfel zu inhalieren.

»Na also, siehst du, ist doch Weihnachten, auch für Polizeischweinchen«, meinte Honeypenny mit warmer Stimme, nahm Riemenschneider samt Schüssel auf den Schoß und strich ihr über den Rücken.

Alle erwärmten sich an diesem goldigen Anblick und wollten sich gerade wieder Fidibus und seiner Ansprache zuwenden, als Riemenschneider ruckartig in Honeypennys Schoß aufsprang und sich aufrecht hinsetzte. Die Schüssel mit den Schokoäpfeln polterte über den Boden, und der Inhalt verteilte sich zwischen den Füßen der Anwesenden. Das kleine Ferkel sprang von Marina Hoffmann herunter und lief schnurstracks zu deren Damentoilette, wo sie in Habachtstellung sitzen blieb, als hätte sie einen Fuchsbau mit sieben Insassen entdeckt.

Zuerst schauten ihr alle verblüfft hinterher, dann schallte lautes Gelächter durchs Büro. Selbst Fidibus, der Humor mehr als zusätzliche Fremdsprache betrachtete, stimmte eine Art gackerndes Gelächter an.

»Ah, unsere tierische Mitarbeiterin muss auf die Damentoilette. Da bin ich mir aber nicht sicher, ob das den gesetzlichen Vorschriften entspricht«, meinte er und zwinkerte seiner Bürofee schelmisch zu, woraufhin Honeypenny ihn aber nur finster fixierte.

Es kamen noch mehr Bemerkungen zum Thema Damentoilette, was die Heiterkeit im Büro noch verlängerte. Riemenschneider blieb, von alledem unbeeindruckt, regungslos vor der Tür von Honeypennys Bedürfnisanstalt sitzen und rührte sich nicht vom Fleck.

Der Erste, dem das Verhalten des Ferkels nicht mehr lustig, sondern eher spanisch vorkam, war Riemenschneiders direkter Vorgesetzter, Kriminalhauptkommissar Franz Haderlein. Neugierig erhob er sich und ging zu seinem Ferkel hinüber.

»Alles klar, Riemenschneider? Hast du was gefunden?«

Riemenschneider sah ihr Herrchen mit aufmerksamen, hellwachen Augen an und gab diesen typischen heiseren Ton von sich, von dem alle vermuteten, dass er wohl das Bellen eines Hundes imitieren sollte. Außerdem fing sie an, mit einem Füßchen an der Tür zu kratzen.

Franz Haderlein fackelte nicht lange, sondern öffnete die Tür zu Honeypennys Heiligtum.

»He, ich glaub das ja nicht. Ich hatte doch schon —«, protestierte diese sogleich lautstark, aber Haderlein war mit Riemenschneider schon in der Toilette verschwunden.

Nun gab es kein Halten mehr. Alle sprangen auf und wollten sehen, was Riemenschneider wohl im Damenklo zu finden gedachte. Nur Honeypenny hatten die Affen gebissen. Da sie die Kleinste war und außerdem noch ganz hinten stand, sah sie nichts, was sie ausnehmend erzürnte.

Haderlein hatte die Toilettentür bis auf einen kleinen Spalt geschlossen, damit Riemenschneider nicht durch die ganzen Gaffer gestört wurde. Nach etwa zwei Minuten Wartezeit kam er mit einem sehr zufrieden schauenden Ferkel wieder aus dem kleinen Raum heraus. In der Hand hielt er einen Plastikbeutel, der mit reichlich Paketband zugeklebt worden war. Trotzdem konnte man den Inhalt gut erkennen.

Jeder der anwesenden Kriminalbeamten erkannte an der speziellen Form der Kristalle sofort, was Haderlein da in seinen Händen hielt. Es waren einige hundert Gramm Crystal Meth. Schlagartig war jedes Lachen im Raum verstummt, alle schauten bedeutungsvoll zu Marina Hoffmann, die kreideweiß geworden war und ausnahmsweise einmal nicht wusste, was sie sagen sollte.

»Haben wir etwa einen Meth-Junkie als Bürokraft?«, meinte Haderlein süffisant und kam, lässig mit dem kleinen Beutel jonglierend, auf Honeypenny zu, die heftige Abwehrbewegungen mit beiden Händen machte.

»Das ... das kann nicht sein, Franz. Ich hab keine Ahnung, wie das in meine Toilette gekommen ist. Ehrlich, Franz, das musst du mir glauben. Das muss mir jemand untergeschoben haben!«, rief sie verzweifelt und warf hilflose Blicke in die Runde.

Lagerfeld ging zu der völlig aufgelösten Marina Hoffmann, die das Crystal in Haderleins Händen anstarrte, und legte mit väterlicher Geste den Arm um sie. Haderlein und Huppendorfer mussten sich ein Grinsen mühsam verkneifen, nur Fidibus war wieder einmal auf dem falschen Gleis unterwegs.

»Tja, nun, da können wir jetzt keine Ausnahme machen, Frau Hoffmann, das geht den ganz normalen Gang der Gerichtsbarkeit, sprich der Staatsanwaltschaft. Es tut mir leid, Frau Hoffmann, das liegt nicht in meinem Tresort.«

Honeypennys Glaube an die Welt löste sich langsam auf. Wie konnten denn bloß alle annehmen, sie hätte Rauschgift auf ihrer Toilette deponiert, das war ja unfassbar. Hilfesuchend schaute sie Lagerfeld an.

»Ich mache dir einen Vorschlag, Marina. Ich helfe dir jetzt ermittlungstechnisch aus der Patsche, aber dann habe ich wirklich was gut bei dir«, sagte er und bekräftigte Letzteres mit mahnendem Blick.

Honeypenny nickte heftig, sie schaute wie Bambis dicke Schwester mit großen Augen zu Lagerfeld hinauf, der die Gunst der Stunde nutzte, um ihr noch ein weiteres Zugeständnis abzuringen.

»Und du gestattest dem männlichen Teil des Personals in diesem Büro in Notfällen, ich wiederhole: in Notfällen, ausnahmsweise die gewerkschaftlich ausgehandelte Damentoilette zu benutzen.«

Honeypenny zuckte zwar kurz zusammen, nickte aber, ihr war gerade alles egal. Dafür erntete sie begeisterten Beifall der anwesenden Männer, dann klärte Lagerfeld den Sachverhalt auf, den er, Huppendorfer und Haderlein schon längst erkannt hatten.

»Das da«, er deutete theatralisch auf das Päckchen in Haderleins Händen, »das ist das Gold der Nibelungen, zumindest für einen Meth-Junkie, wie Angelika Schöpp einer war. Sie hat das Zeug versteckt, als sie im Sommer hier in der Dienststelle war und du ihr erlaubt hast, die Toilette zu benutzen. Mehr Möglichkeiten gibt's leider nicht. Außer dir und der Schöpp war ganz sicher niemand dort auf dem Klo.«

Honeypenny war die grenzenlose Erleichterung deutlich anzumerken, und sie wischte sich dankbar eine Träne aus dem Auge. »Ja aber, wieso …?«, erkundigte sie sich dann, eine durchaus berechtigte Frage, die Huppendorfer beantwortete.

»So, wie die hier aufgelaufen ist, und nach dem, was wir inzwischen wissen, war die doch voll im Delirium. Vielleicht hat sie ja gedacht, der Götz will ihr das wertvolle Crystal wegnehmen. Und wo ist es am besten aufgehoben? Na, hier bei uns!«, rief er laut, und es war wieder Gelächter im Raum zu hören.

»Ihr Verbrecher, das habt ihr doch alle gewusst«, schimpfte Honeypenny nun schon wieder angriffslustig und hob Riemenschneider vom Boden hoch. Sie brauchte jetzt irgendetwas zum Trösten.

Fidibus hatte zwar alles verfolgt, jedoch nichts verstanden. Den Reaktionen seiner Mitarbeiter nach zu urteilen, war aber ja alles im Lot. Also konnte er endlich seine Rede halten.

»Nun denn, liebe Mitarbeiter und Mitarbeiterinnen, dann wird dieses Rauschgift hier zusammen mit den Akten bitte umgehend den Kollegen vom Rauschgiftdezernat übergeben. Ich betrachte den Fall damit für uns als abgeschlossen. So, und weil ja Weihnachtszeit ist und wir sowieso schon alle zusammensitzen, lade ich Sie alle zu einem kleinen Umtrunk auf dem Bamberger Weihnachtsmarkt ein.«

Die Stimmung im Büro war daraufhin vollends wiederhergestellt, und endlich, endlich konnte sich so etwas Ähnliches wie eine weihnachtliche Vorfreude ausbreiten.

Ende

Epilog 1

»Der Bau wurde im Jahr 1431 begonnen und gilt heute als eines der bedeutendsten gotischen Baudenkmäler in Unterfranken.«

Der Stadtkämmerer hatte die Führung durch die Haßfurter »Ritterkapelle« gerade beendet, da pochte es laut und vernehmlich an der Kirchentür.

Als sie diese öffneten, staunten sie nicht schlecht. Vor der Kirche war eine Demonstration im Gange, und zwar eine der erschreckenden Art. Es mussten Tausende von Demonstranten sein, die zahlreiche Schilder und Transparente in die Höhe hielten, auf denen Parolen zu lesen waren wie »Freiheit für Ermershausen«, »Wir sind Frankida« oder »Nieder mit dem Diktator!«.

Bevor sich der fränkische Titelaspirant und seine Helfershelferin mit dem eigenen Entsetzen über diesen Auflauf und der Missgunst, die ihnen da entgegenschlug, beschäftigen konnten, stellten sich ihnen zwei Männer vor und hielten ihnen gleichzeitig ihre Ausweise unter die Nase.

»Gestatten, Diedrich, und das ist mein Kollege Lautenschläger. Wir sind von der Drogenfahndung Bamberg und würden uns gern einmal mit Ihnen auf der Dienststelle unterhalten.«

Zöder glotzte die beiden Polizeibeamten nur an, während Luise Hadauer sich halb hinter ihm versteckte. »Wie bitte? Jetzt? Da muss ein riesengroßer Irrtum vorliegen«, rief Zöder über den Krach der Protestanten hinweg.

Drogenfahnder Diedrich blickte die beiden Lokalpolitiker, die da vor ihm standen, nur kurz an, dann meinte er süffisant: »Ich stehe doch hier vor ›Schneeweißchen‹ und ›Suppenkasper‹, das sehe ich doch richtig, oder nicht?«

Die Wirkung war durchschlagend. Zöder wurde rot wie eine reife Kirsche, Luise Hadauer musste sich sicherheitshalber erst einmal auf den Steinboden vor der Kirche setzen.

Kurze Zeit später wurden beide unter dem großen Beifall der Demonstranten aus Maroldsweisach und Ermershausen zum Verhör nach Bamberg abgeführt.

Epilog 2

»Problemkörperbeseitigungsanstalt, Siebenstädter, guten Tag, wie kann ich helfen? – Was? Ein vietnamesischer Gewichtheber? – Gestern verstorben. Weltmeister, Olympiasieger, Weltrekordler. Okay. Das ist aber fast die höchste Schadstoffklasse, das wissen Sie schon. – Ja, der kostet so dreißigtausend Euro. – Das weiß ich selbst, dass das teuer ist, gute Frau. Aber den müssen wir mit Filtern der Emissionsklasse 10 verbrennen, damit der absolut rückstandsfrei eingeäschert wird. Das kostet halt, so sind die Vorschriften. – Ja, da kann ich gar nichts machen. – Nein, so kurz nach Olympia ist Hochsaison, da gibt's keine Sonderpreise. – Ja, gut, im Juli ist es natürlich viel billiger. – Von mir aus, wenn Ihr Kühlschrank groß genug ist? – Okay, dann bis Juli.«

Professor Siebenstädter legte genervt den Hörer auf die Telefonstation. Mit was für Fällen ihn die Kunden in letzter Zeit belegten, war schon abenteuerlich. Er wandte sich wieder seiner Arbeit zu.

Aber er kam nicht dazu, sich in seine Unterlagen zu vertiefen, denn sein neuer Mitarbeiter betrat das Büro. Der junge Mann war bis vor Kurzem Kommissar bei der Bamberger Kriminalpolizei gewesen. Aber da sie sich gleich so gut verstanden hatten, hatten sie beschlossen, zusammen diese Firma zu gründen. Allerdings blieb er der Boss hier, das hatte er gleich zu Anfang klargestellt. Jetzt hatte César wohl ein Problem.

»Äh, Chef, also ich hab Nummer 141 verbrannt und –«

Erneut klingelte das Telefon, und Siebenstädter nahm mit wachsendem Unmut den Hörer ab. »Problemkörperbeseitigung, Siebenstädter, grüß Gott. – Was? Ein Springpferd? – Was für eine Salbe? – Dimethyltransformhydromethylmethamphethaminester. Dreizehn Jahre lang damit eingeschmiert. Haha. – Das Pferd war immer gut drauf, ja das glaub ich. – Was? – Na, so um die hundertzwanzig Euro kostet das. – Ja, klar ist das teuer. Was meinen Sie denn, was so ein Gaul wiegt? – Nein, ich kann Ihnen keinen Sonderpreis einräumen. – Nein, das Pferd können Sie nicht einfach im Garten vergraben. Erstens kriegen Sie dann

Ärger mit dem Wasserwirtschaftsamt, und zweitens gehen Ihre Erdbeeren ein. – Na, sehen Sie. – Ja, das wünsche ich Ihnen auch, auf Wiedersehen.«

Er knallte den Hörer wütend zurück auf die Gabel. Was war denn heute los, verdammt? Waren die alle verrückt geworden?

»Äh, Chef, ich hab Nummer 141 verbrannt, aber irgendwas stimmt nicht.«

Ach so, ja, Huppendorfer war ja immer noch da. Was hatte der denn jetzt schon wieder für ein Problemchen? Es wurde Zeit, dass der junge Kerl mal etwas selbstständiger arbeitete.

»Wieso, was soll denn nicht stimmen?«, blaffte er. »Das war ein amerikanischer Basketballspieler, was hast du denn erwartet?«

Er wurde aber bereits wieder durch das Klingeln des Telefons unterbrochen.

»Problemkörperbeseitigungsanstalt. – Oh, Herr Landrat, was kann ich für Sie tun? – Ein Chemieunfall in unserer Anlage? Äh, nein, wir haben alles vorschriftsmäßig ... Was? – Lungenverätzungen, Ohnmächtige ... – Was, das Seuchenkommando aus Fürth? Moment, ich schau mal raus.« Siebenstädter verdeckte die Sprechmuschel mit der Hand und schaute aus dem Fenster. Das, was er da zu sehen bekam, gefiel ihm allerdings gar nicht. »Oh mein Gott! Was ist denn das für eine ekelhafte gelbe Rauchwolke, die dort hinten bei uns aufsteigt, César?«, fragte er Huppendorfer entsetzt.

»Das versuch ich Ihnen doch die ganze Zeit zu erklären, Chef. Weil wir doch so überbucht sind, hab ich den Basketballspieler im Freien verbrannt, zusammen mit den Gartenabfällen.«

Der Professor schaute ihn ratlos an. »Ja und? Das haben wir doch schon tausendmal gemacht.«

»Nun, Herr Professor, das war bestimmt kein Basketballspieler. Da ist sicher eine Verwechslung passiert.«

César Huppendorfer hatte jetzt etwas Weinerliches in seiner Stimme, was dem Professor ganz und gar nicht gefiel. Er hatte nichts übrig für Weicheier, die waren völlig falsch in diesem Beruf.

»Herr Landrat, ich rufe Sie zurück«, sagte er knapp ins Telefon, legte auf und rupfte Huppendorfer die Unterlagen aus den Händen. »Muss man denn alles selbst machen? Zeig mal her. Wie heißt denn der Basketballspieler?«

»Lance Armstrong«, kam es von Huppendorfer wie aus der Pistole geschossen.

Siebenstädter fielen fast die Augen aus dem Kopf. »*Was?* Lance Armstrong? Bist du wahnsinnig? Das is ein Radfahrer! Und den hast du im Freien verbrannt? Der is Schadstoffklasse 11, du Vollidiot! Versuch, den zu löschen – aber sofort!«

Der Professor war ob solch massiver Blödheit verständlicherweise außer sich. »Und vergiss deine ABC-Maske nicht!«, rief er César noch hinterher. Da klingelte auch schon wieder das Telefon. Natürlich war genau der dran, den er eben abgewimmelt hatte.

»Oh, Herr Landrat. – Nein, das ist nur ein kleines Malheur, das haben wir schon im Griff. Wir haben sofort unser zehnköpfiges Expertenteam darauf angesetzt. – Ja, ich kenne das Verwicklungspotenzial. – Ja, ich kenne die Vertuschungsrichtlinie des IOC. – Ja, natürlich können Sie sich auf mich verlassen. – Einen Gefallen? Natürlich kann ich Ihnen einen Gefallen tun … – Ihre verstorbene Frau? Auf dem Friedhof geht also nicht? – Wie heißt das Zeug? – Botox, ›Dr. Müllers Antifaltencreme‹ und ›Nivea Sport spezial‹. Ja, im Prinzip können wir das schon bei uns machen. Nur eine kurze Frage noch, hatte ihre Frau Silikonimplantate? – Ja? Wo genau? – Moment, Herr Landrat, nicht so schnell. – Ja, ich hab alles. Vorschlag zur Güte, Herr Landrat. Wir machen in diesem Fall lieber Mülltrennung. – Ja, das ist wesentlich günstiger. Weil, so wie ich das sehe, gehört locker die Hälfte Ihrer Frau in den gelben Sack. Einverstanden? – Ja, dann machen wir das so, Herr Landrat, Wiederhören.«

Siebenstädter legte auf und atmete erst einmal tief durch. Diese Kuh hatte er Gott sei Dank vom Eis. Dafür kam César Huppendorfer vom Außeneinsatz zurück. Hoffentlich hatte dieser Jungspund endlich Erfolge zu vermelden.

»So, der Radfahrer is gelöscht«, rief César freudig.

»Na, Gott sei Dank«, entfuhr es dem Professor daraufhin voller Erleichterung. Dann konnten ja alle endlich zur Tagesordnung übergehen.

»Der Wald gegenüber ist jetzt allerdings entlaubt«, schob Huppendorfer etwas kleinlaut hinterher.

Professor Siebenstädter hatte jedoch keine Zeit, sich der Bedeutung dieser Nachricht zu widmen, denn wieder klingelte dieses vermaledeite Diensttelefon.

»Langsam hab ich's satt!«, schrie er entnervt seinen Mitarbeiter an, bevor er den Hörer abnahm. »Problemkörperbeseitigung, Siebenstädter! – Na, ihr seid doch die Eberner Feuerwehr, nicht ich ... – So, die Kühe vom Schneiderbanger haben den Rauch eingeatmet, na und? – So, die sind auf die Autobahn gerannt. – Aha, und ihr könnt sie nicht einholen ... Ja, dann kauft euch ein schnelleres Auto, ihr rückständigen Idioten!«

Verwundert bemerkte Professor Siebenstädter, dass er sich selbst im Traum schreien hörte. Also beschloss er, sicherheitshalber lieber aufzuwachen.

Epilog 3

Der Bamberger Weihnachtsmarkt war im vollen Gange und außerordentlich gut besucht. War durch den Kältesturz und den Schneefall doch endlich ein weihnachtliches Ambiente entstanden, das sogleich die Massen in die Bamberger Innenstadt zog. Das Weltkulturerbe präsentierte sich von seiner prachtvollsten Seite. Eigentlich gab es keinerlei Chance, an den Stehtischen mit Holzofenbeheizung neben dem Glühweinstand einen Platz zu bekommen. Aber wenn man einen Dienstausweis von der Kriminalpolizei hatte und etwas von dringenden Ermittlungen murmelte, wurde der angepeilte Platz ziemlich schnell frei. So organisierte sich Lagerfeld seinen weihnachtlichen Lumumba eigentlich jedes Jahr.

So standen nun alle um das wärmende Feuer herum und schlürften ihre mehr oder weniger alkoholischen Getränke.

»Wo ist denn eigentlich meine Mitarbeiterin Hoffmann?«, fragte Fidibus, der sich einen warmen Whisky mit Sahne gönnte.

Lagerfeld zuckte mit den Schultern und meinte: »Keine Ahnung. Sie wollte noch kurz was erledigen, sie kommt ein bisschen später.«

Halb verärgert, halb sehnsüchtig dachte er an seine Ute und das Töchterlein, seine Familie, mit der er ja seit dem gestrigen vegetarischen Zwischenfall im Clinch lag.

Wehmütig nahm er einen großen Schluck von seinem heißen Lumumba.

***

Marina Hoffmann trug das eingemummelte Baby voller Stolz in ihren Armen. Sie waren nur noch wenige Schritte vom Zentrum des Weihnachtsmarktes entfernt, als Honeypenny anhielt und sich zu Ute von Heesen herumdrehte. Zuerst schaute sie ihr so von Frau zu Frau tief in die Augen, dann redete sie Tacheles mit ihr.

»Also, Ute. Du wirst Bernd jetzt den ganzen Abend und morgen den ganzen Tag nett behandeln, verstanden? Ich weiß, dein

Kind ist jetzt der Mittelpunkt der Welt. Aber wenn du deinen Typen behalten willst, musst du ein paar Kompromisse eingehen, das ist halt so in diesem Leben. Das heißt, du wirst dich bei ihm entschuldigen und ihm versprechen, dass er nie mehr vegetarischen Leberkäse essen muss, wenn er das nicht will, verstanden?«

Ute von Heesen schaute wenig begeistert, aber sie nickte und presste ein kaum hörbares »Also gut« durch die schmalen Lippen.

»Außerdem wirst du mit ihm an irgendeinem Stand eine Mütze aussuchen. Er darf genau die Mütze kaufen, die er will. Und du wirst begeistert sein, Ute, und zwar völlig egal, wie hässlich das Teil ist, verstanden?«

Mit diesem Punkt hatte die junge Mutter sichtlich schwer zu kämpfen. »Marina, du kennst Bernd. Er wird bestimmt eine beigefarbene Pudelmütze kaufen, die einen rosa Bommel hat, oder irgendetwas in der Art.« Bei dem Gedanken an diese Farbzusammenstellung bekam sie sofort Schüttelfrost.

Aber Honeypenny, altersweise und erfahren in der Männerwelt, duldete keinen Widerspruch. »Du wirst diese Kappe gut finden, Ute, auch wenn sie voller Strass und neonfarbiger Applikationen ist, verstanden? Es geht schließlich um deine Familie, alles andere ist so was von egal.« Sie schaute nach unten, wo die kleine Lena in ihren Armen schlief. Als sie wieder hochblickte, hatten sich die Gesichtszüge der jungen Mutter geklärt.

»Also gut«, sagte Ute von Heesen diesmal im Brustton der ehrlichen Überzeugung. »Wahrscheinlich hast du recht, Marina.«

»Na dann, auf ins Getümmel!«, rief Honeypenny fröhlich.

Wer sagte es denn. Wenn das jetzt gut ging, hatte sie ihre Schuld bei Lagerfeld damit abgetragen. Und wenn sie ehrlich war, das hatte sie sogar gern gemacht.

Epilog 4

Kriminalkommissar Bernd Schmitt kaufte sich an diesem Abend eine beigefarbene Pudelmütze mit rosafarbenem Muster und einem großen rosafarbenen Bommel. Trotzdem wurde es ein wunderschönes erstes Weihnachtsfest für die kleine Familie Lena, Ute und Papa Lagerfeld.

Endgültiges Ende

Mein von Herzen kommender Dank!

Ohne die Hilfe folgender Menschen und Organisationen wäre dieses Buch nicht möglich gewesen:

Josef Schauer, Dr. Dr. Uwe Greese, Bezirksklinikum Hochstadt am Main, Pension »Heindlhof« in Poxdorf/Neualbenreuth, Franz Jahn, Heiko, Chaco, Stadt Ebern, Soroptimisten Bamberg, Gemeinde Jesserndorf, Zentralverband Fränkischer Veganer, Land Rover Deutschland, HUK-Coburg, Konzertagentur Friedrich, Emons Verlag in Köln, Marit und besonders Maren.

Ein besonderer Dank geht an die Personen, die sich mit mir so bereitwillig und ehrlich über das Thema »Crystal Meth« unterhalten haben, an dieser Stelle aber nicht öffentlich genannt werden möchten.

Spezieller Dank geht natürlich an das »La Stazione« in Kaltenbrunn für die fränkisch-sizilianische Nahrungsbereitstellung, das alkoholfreie Hefe und den konsequenten Koffeinnachschub. Ich danke insbesondere dir, Josef, für die sehr intimen Einblicke in die schwarze sizilianische Seele.

Und ganz besonders danke ich meinen absolut unersetzlichen und tapferen Probeleser(inne)n:

Martina Altmann, Martin Klement, Denise Appis, Uwe Schilling, Andrea Jahn und Beate Friedrich.

Ihr seid die Größten!

Eger / Cheb

PERVITIN

Methamphetamin - Hydrochlorid

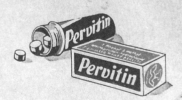

TEMMLER - WERKE · BERLIN · JOHANNISTHAL

Jesserndorfer
Weihnachtsmarkt

Kaiser Heinrich Gymnasium

Vietnamesenmarkt Eger

Helmut Vorndran
DAS ALABASTERGRAB
Broschur, 368 Seiten
ISBN 978-3-89705-642-8

»Modern und hochspannend erzählt.«
Bayerisches Fernsehen, Abendschau

»Ein Krimi, wie er sein sollte: Spannend von der ersten bis zur letzten Seite.« Fränkischer Tag

Helmut Vorndran liest:
DAS ALABASTERGRAB
Hörbuch, 5 CDs,
ca. 380 Minuten
ISBN 978-3-89705-804-0

»Ein ganz besonderes fränkisches Schmankerl.« Neue Presse Coburg

»Absolut hörenswert!« Bamberger Stadtmagazin

www.emons-verlag.de

Helmut Vorndran
BLUTFEUER
Broschur, 400 Seiten
ISBN 978-3-89705-728-9

»Wer sich ins ›Blutfeuer‹ begibt, sollte mit einem ausgeprägten Sinn für skurrilen, tiefschwarzen Humor ausgestattet sein. Denn der Öko-Thriller eskaliert zum satirisch-sarkastischen Action-Krimi, der von der Provinz-Posse bis zur Splatter-Orgie so ziemlich alle Register zieht – ein B-Movie zum Lesen, sozusagen.«   Neue Presse

»Bizarre Todesfälle, viel Lokalkolorit und schwarzer Humor sind die Zutaten. Ein Krimi, den man wegen seiner jenseitig abstrakten Handlung im vertrauten Diesseits lieben muss.«   Fränkischer Sonntag

www.emons-verlag.de

Helmut Vorndran
TOT DURCH FRANKEN
Broschur, 256 Seiten
ISBN 978-3-89705-895-8

»Vorndrans kriminelle Fantasie ist überwältigend.«
Neue Presse Coburg

»Vorndrans Ideen sind manchmal sehr skurril, aber immer sehr unterhaltsam. Wie in seinen beiden Romanen tauchen fränkische Typen auf, die es in ihrer Reinrassigkeit in echt überhaupt nicht geben kann. Alle mit Zügen, die man als echter Franke an sich selber oder an anderen sehr gut beobachten kann.« Mainpost

www.emons-verlag.de

Helmut Vorndran
DER COLIBRI-EFFEKT
Broschur, 320 Seiten
ISBN 978-3-89705-953-5

»Vorndran ist in seinem neuen Buch ein witzig-spannender Bogen zwischen der Fortschreibung der Agenten-Thriller älteren Datums und dem ironisch lächelnden Lokalkrimi gelungen. Trotz der deutlich regionalen Anklänge, auch in der Sprachfärbung, verdient das Buch Aufmerksamkeit über die Region hinaus.«   Bayern im Buch

»Ein geschickt gebauter Polit-Thriller, der erschreckend nah dran ist an den realen Ereignissen rund um die rechte Szene.«   BR Franken

www.emons-verlag.de

Helmut Vorndran
DREI EICHEN
Broschur, 336 Seiten
ISBN 978-3-95451-123-5

»Vorndran entwickelt die Story mit Rückblenden und Parallelhandlungen und würzt sie mit trockenem Humor. Ein lesenswerter Krimi, skurril und hintersinnig.«   Fränkische Nachrichten

»Helmut Vorndran ist mit ›Drei Eichen‹ ein mitreißender Krimi gelungen, der sich liest wie ein Kabarettstück.«   Fränkischer Tag

www.emons-verlag.de

Helmut Vorndran
DAS FÜNFTE GLAS
Broschur, 304 Seiten
ISBN 978-3-95451-311-6

»*Ein hochkomplexer Politthriller, Wirtschaftskrimi und Psychogramm eines Rachefeldzuges, der seinesgleichen sucht. Das Ganze mit fränkischem Kolorit und einer großen Portion Humor versehen. Diese Mischung macht Lust auf mehr.*« Die Zwiebel

www.emons-verlag.de